谨以此书献给
所有曾在鸭绿江彼岸
为世界和平而战的
生者与死者

谨以此书献给
所有曾在鸭绿江彼岸
为世界和平而战的
生者与死者

1953年出生于福建

老三届知青，当过工人

1972年入伍

原为南京军区空军政治部创作室一级作家

中国作协会员，江苏作协理事

著有长篇报告文学、长篇小说、电视连续剧剧本多部

曾获第九届中国人民解放军文艺奖

第四届全军文艺“新作品奖”一等奖

第二十一届中国电视“飞天奖”

中宣部第八届、第十届、第十二届“五个一工程”奖等

张嵩山 著

解密上甘岭

DECIPHER SHANGGANLING

北京出版集团
北京出版社

图书在版编目（CIP）数据

解密上甘岭 / 张嵩山著. —2 版. — 北京 ：北京出版社，2022. 10

ISBN 978-7-200-16624-8

Ⅰ. ①解…　Ⅱ. ①张…　Ⅲ. ①报告文学—中国—当代
Ⅳ. ①I25

中国版本图书馆 CIP 数据核字（2021）第 186647 号

解密上甘岭

JIEMI SHANGGANLING

张嵩山　著

*

北 京 出 版 集 团
北 京 出 版 社　出版

（北京北三环中路 6 号）

邮政编码：100120

网 址 ：www . bph . com . cn

北京出版集团总发行

新华书店经销

北京雁林吉兆印刷有限公司印刷

*

787 毫米 ×1092 毫米　16 开本　22. 25 印张　299 千字

2010 年 1 月第 1 版　2022 年 10 月第 2 版　2022 年 10 月第 1 次印刷

ISBN 978 - 7 - 200 - 16624 - 8

定价：58. 00 元

如有印装质量问题，由本社负责调换

质量监督电话：010 - 58572393

志愿军第四十五师反击597.9高地

第四十五师首长在坑道指挥所制订作战方案
（右一为师长崔建功，右二为师政治委员聂济峰）

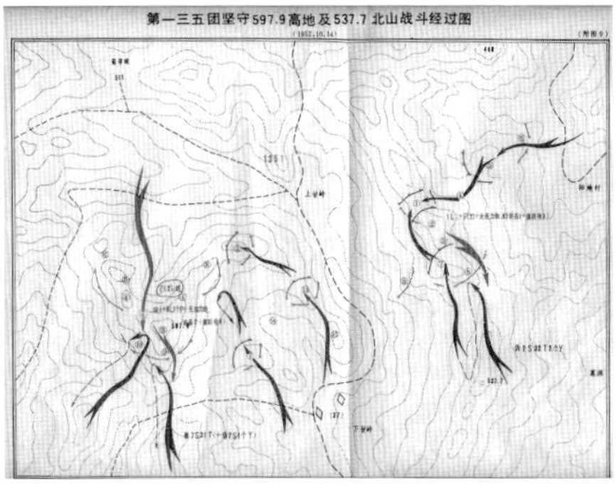

上甘岭两高地战斗经过图

第十五军首长在指挥所坑道里研究敌情
（左二为军长秦基伟，左三为军参谋长张蕴钰）

五圣山

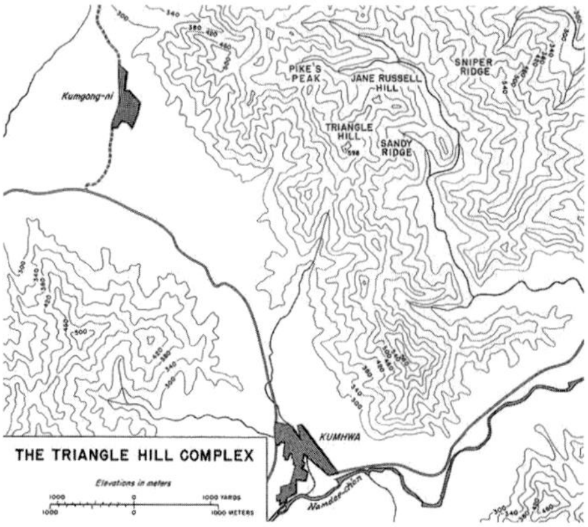

美军上甘岭地图

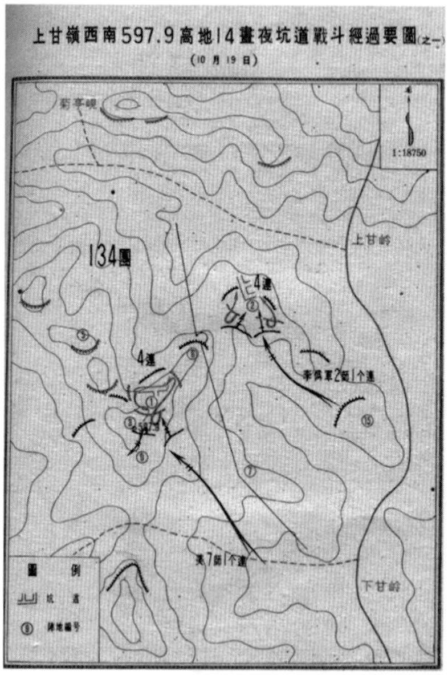

志愿军第一三四团坑道图

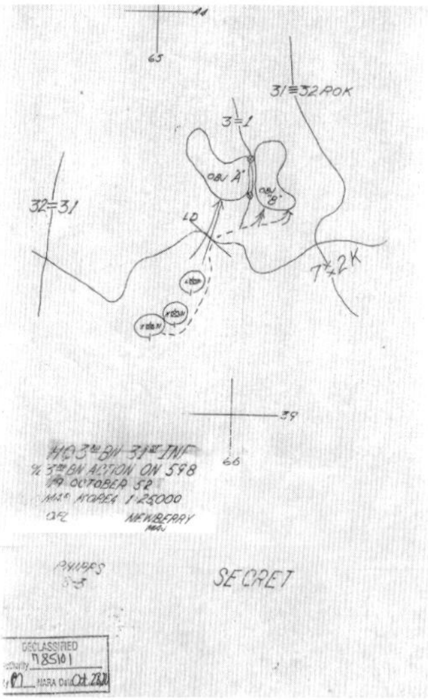

美第三十一团1952年10月14日作战草图

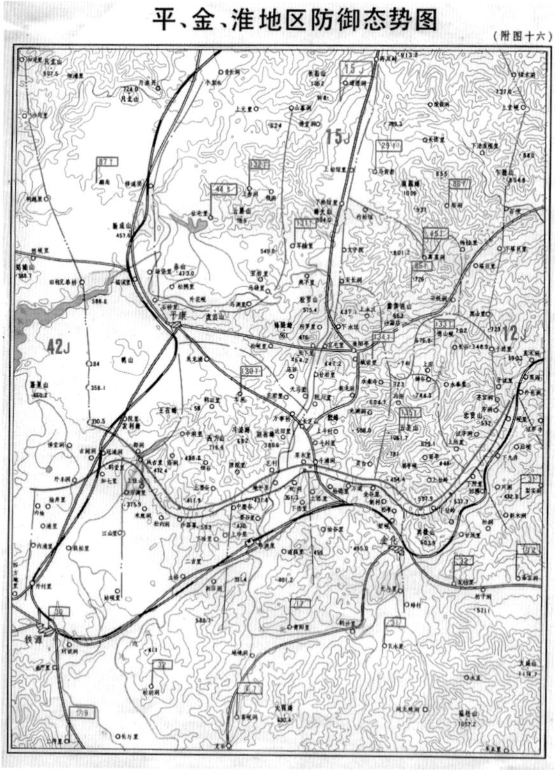

平、金、淮地区防御态势图

美第十七团作战指挥报告

秦基伟军长在第十五军出国作战
誓师大会上作报告

第四十五师师长崔建功会见英雄黄继光母亲

军长秦基伟为特功八连连长李保成题字

卫生员陈振安接坑道岩缝滴水，救护伤员

第四十四师师长向守志在东海岸防御阵地

第十五军著名狙击手、一等功臣邹习祥

1952年秋，美第八集团军司令范弗里特与韩国总统李承晚在总统官邸后山散步

（照片源自美国保罗·布拉姆所著《战则必胜》）

美第七八〇炮营装备的朝鲜战场最大口径火炮8英寸榴弹炮

1952年10月15日，美第三十一团在集结地为上甘岭美军阵亡者祈祷

目录

我为什么重写上甘岭

1993年江苏文艺出版社为我出版长篇纪实文学《血祭上甘岭》，五年后江苏人民出版社重新付印，书名改为《摊牌——争夺上甘岭纪实》。此书为我攒下足够多的荣誉：1999年获第四届全军文艺“新作品奖”一等奖；2000年获江苏省首届紫金山文学奖、第四届空军“蓝天文艺创作奖”优秀作品奖。其部分章节发表于《雨花》杂志，获“雨花文学奖”一等奖、江苏省第二届报刊优秀文学作品一等奖。

按理说，至此我的“上甘岭战役”就算打完了。然而，仿佛魂灵附体，十多年来我却始终无法摆脱它的缠绕。

其一，这本书出版后，我有幸又先后见到了秦基伟、向守志、崔建功、张蕴钰、张纯清、温锡等一批老将军，当面聆听，甚至几次聆听了他们各自亲历的上甘岭战役，厚厚实实地又积攒下一堆素材。

其二，这十多年里，我陆续接触了一些上世纪50年代非公开出版物和英文版的李奇微、范弗里特传记，发现《摊牌》中多处引用有误，对战役进程中一些时间、地点、伤亡数字以及事件因果的表述，也与事实不尽相符，且以讹传讹，贻误多位照抄《摊牌》的作者。

其三，志愿军在朝期间共进行了七次大战役，就主要作战形式而言，自1950年10月开始连续进行的五次战役为运动进攻战，1952年秋冬的上甘岭战役为坚固阵地防御战，1953年夏季的金城战役为对敌坚固阵地进攻战。国内一些文学作品，写朝鲜战争只写五次战役，对上甘岭战役和金城战役，要么忽略不计，要么一笔带过。更令人吃惊的是，就连有些获得国家大奖的文学作品，居然也不知道上甘岭是场“战役”，而称之为“战斗”。

当然，上述还都不是主因，真正促使我下决心重写上甘岭，是因为三年前认识了凯文。

凯文是个爱尔兰裔美国人，一米八几的大个儿，身材修长挺拔，虽已年过五十，仍很帅气，像个阳光大男孩儿。他毕业于美国马里兰大学，获法学、工商管理双硕士学位，三十岁就成为美国十大金融投资咨询公司之一的某公司总裁。后因不堪忍受那个圈子里的贪婪欺诈而辞职，在纽约另创办了一家投资咨询公司。

凯文的父亲乔治，是美国陆军第七步兵师第三十一团I连连长，曾参加上甘岭597.9高地（美军简称为598高地）头三天的战斗。乔治去世前，详细给儿子讲述了他的598高地之战。正为公司初创忙碌的凯文，当时根本没把父亲的战斗经历当回事，心想那肯定是场不入流的仗，因为没多少美国人听说过它。

直到2000年偶然碰到一位华裔美国教授，闲聊起来凯文才知道父亲参加的竟是中国人家喻户晓，被视为传奇式胜利的上甘岭战役，他的好奇心一下被触动了。打那以后他四处奔波，走遍美国，采访了一百多位健在的美第七步兵师官兵和有关人士；两度去韩国查找资料，察看上甘岭地形。前年他又赶到台湾采访志愿军第十五军被俘人员，自费研究这场父亲一生难以释怀的战事。为了给美国人写一部真实的朝鲜598高地之战，他查阅复印了美国国家档案馆刚刚解密的美第七步兵师全部档案资料，托朋友购买、翻译了中韩两国许多有关上甘岭战役的回忆录和纪实文学作品。

陪同凯文来中国采访的翻译柳伟告诉我：凯文研究上甘岭已经如痴如迷。他的办公室里到处张贴、悬挂着上甘岭作战地图和战果图表。每有客人拜访，他总要亢奋地先给人家讲一通儿上甘岭之战。

在凯文搜集到的有关上甘岭的出版物中，他认为资料最翔实、持论最公允的是我那本《摊牌》。不久，他通过江苏人民出版社找到我，相约北京，交流资料，探讨历史。

那天北京正飘着2006年的第一场小雪，我和凯文坐到了一起，一双黑眼睛和一双蓝眼睛共同凝视半个世纪前的上甘岭。他颇动感情地说：从今往后，我再也不是孤独一人研究上甘岭了。

可是有两个问题我们始终没有谈拢，一是美军在上甘岭战役中的伤亡总数，二是美国第一八七空降团是否曾作为步兵投入上甘岭之战。但这些丝毫无损于我对他的敬意。看到凯文从大洋彼岸为我拎来沉甸甸的一大捆资料，我知道，无论为史为人，他都是真诚的。

这捆资料中，除了几本传记、部分照片，还有凯文为我复印的数百页美军598高地指挥、作战报告，其中包括上甘岭战役中第十五军四十四名被俘官兵的全部审讯记录。它们已在美国国家档案馆尘封了整整五十年。而再遥远的历史，一经解密仍是新闻。它不仅使我多了一个仰望上甘岭的视角，同时也为考证中国人民志愿军1952年秋冬战事，提供了极好的参照。

为了无愧于浴血上甘岭的前辈们，也为了一部信史《上甘岭》，我不再犹豫。

张嵩山

2009年11月11日

序

杜　平[1]

抗美援朝是中国人民军队在世界战争舞台上的第一次亮相。如果说它是二百多万志愿军官兵上演的一场威武雄壮的活剧，上甘岭战役就是剧中的一段华彩乐章。

上甘岭在五圣山南面，属朝鲜金化郡，是个只有十几户人家的小山村。1951年4月6日，我曾在那里参加志愿军第五次党委扩大会议，研究部署第五次战役，批发此役的政治动员令。然而，当时我们谁也没有想到，一年半之后，一场喋血之战，使得这个藏在群山褶皱中的小山村举世闻名。

记得那时由于美方的无理刁难、阻挠，单方面宣布休会，致使朝鲜停战谈判陷于僵滞，我便离开了工作八个多月的停战谈判代表团，回来主持志愿军政治部工作。

会场降温，战场升温，这已成了朝鲜战场谈谈打打的规律。就在美方首席谈判代表哈里逊宣布无限期休会，傲慢地退出会场

---

[1] 杜平：中国人民解放军中将，原志愿军政治部主任、南京军区政委。此序为本书作者初写《血祭上甘岭》而作。

的当天，“联合国军”总司令克拉克批准了蓄谋已久的“金化攻势”计划。

六天之后——1952年10月14日，敌人集中了三百多门远程重炮、百余架飞机，对我志愿军第十五军仅3.7平方公里的上甘岭阵地，实施狂轰滥炸。之后，他们又投入数营兵力轮番攻击，企图突破我志愿军中部防线。上甘岭昼夜硝烟弥漫，弹片纷飞，炮声雷鸣，敌机轮番轰炸声不绝于耳。美、韩军不惜血本，孤注一掷，倾力猛攻，其疯狂在朝鲜战争中是绝无仅有的。

我第十五军守备部队面对装备殊优于己的敌人，毫不畏惧，依托坑道和其他工事，奋起反击，将敌人的攻击势头有效地遏制在上甘岭，未让其向北延伸一步。该军连续苦战二十三天之后，战役二梯队第十二军投入战斗，继续与敌反复拼杀。战斗之残酷，之悲壮，令人触目惊心。

上甘岭成了朝鲜战争的主战场。为了保证将战役必需的弹药给养运上去，汽车司机不够用，最后把总部领导的小车司机全部拉上去了。我的司机李殿瑞也上去了，还立了个三等功。

浴血苦战四十三天，我上甘岭坚守部队前仆后继，顽强作战，寸土未失，彻底粉碎了敌人的持续进攻，取得了歼敌两万五千余人的伟大胜利，创造了我军依托坑道工事进行坚守防御战役的光辉范例。

这是我军有史以来依托坑道工事进行的一次成功的阵地防御战，其激烈程度在朝鲜战争中是罕见的，而它的胜利则加速了朝鲜停战的历史进程。

四十多年过去了，上甘岭战役依然辉煌地耸立在世界战争史上。它不仅是军事史上的一个奇迹，同时也为军事文学提供了一个充沛的创作源泉。但我感到遗憾的是，长期以来，一直还未有一部完整反映上甘岭之战的文学作品问世。

在上甘岭战役胜利四十五周年前夕，我欣慰地看到空军青年作家张嵩山的长篇纪实文学《血祭上甘岭》。这位上甘岭战役胜利后才出生的部队作家，历史唯物主义地观照四十五年前的那场血战，用文学手法，纪实地对其做了全景式的描述。这部作品在准确把握国际主义、爱国主义和革命英雄主义主脉，通篇洋溢着英勇无畏的激情的同时，着意刻画了战场氛围和参战官兵的亲历感受。其中许多细节，读来感人至深，如临其境。这部作品记录了战无不胜的志愿军在上甘岭的血与火中建立的丰功伟绩，对那场战事做了大量的发掘和严谨的考证，具有较强的史实性。加上文字凝练，质朴无饰，具有很强的可读性。

我愿意将这部革命英雄主义的颂文，推荐给广大读者。让我们一起记住志愿军是怎样创造了历史的辉煌，记住和平的鸽子是怎样从血光与火光中飞腾起来的。

第一章　对峙三八线

1. 邓小平拍板：十五军上！

1950年6月25日凌晨，朝鲜北纬38度线上，瓮津半岛夜色如磐，大雨滂沱。4时30分，这片素有粮仓之称的富饶湿地上，突然响起海啸般的炮击。朝鲜战争爆发了。

两天之后，美国便做出反应。在联合国安理会谴责朝鲜民主主义人民共和国入侵大韩民国的同时，美国提出动议案，与英、法等十五国军队组成“联合国军”，宣布出兵朝鲜。于是，这场原本朝鲜半岛南北方为国家统一而进行的内战，在此后仅两个多月时间里，很快演变成一场共有十九国军队参战的小型世界大战。

9月15日，朝鲜战争的又一个重要节点。是日，“联合国军”总司令、美国远东军最高司令官道格拉斯·麦克阿瑟指挥美第十军七万余人于仁川登陆，直接介入朝鲜战争，并不顾中国政府一再严正警告，悍然越过38度线，大举北进。

越过38度线，就是越过了中国所能容忍的心理底线。

10月8日，中国人民革命军事委员会主席毛泽东发布命令："着将东北边防军改为中国人民志愿军，迅即向朝鲜境内出动。"

此时，朝鲜北部局势已急剧恶化。10月19日，朝鲜民主主义人民共和国首都平壤陷落，世界为之震惊。至此，朝鲜已成为20世纪50年代全球军事最热点，无数双色泽迥异的眼睛，一起投向那个横卧在黄海和日本海波涛间的半岛。几乎大半个世界都从广播里听见了麦克阿瑟踌躇满志的预言："我认为到感恩节，正规抵抗在整个南北朝鲜就会终止。我本人希望到圣诞节能把第八集团军撤到日本，因为我们已在朝鲜赢得了胜利。中共军队参战的可能性很小，他们出兵的有利时机早已过去了。没有任何一个中国指挥官会冒这样的风险，把大量兵力投入已被破坏殆尽的朝鲜半岛。"

然而，历史却诡异地将一个国家的失望与希望、失利与胜利，经纬交织地编进了同一天里。

麦克阿瑟怎么也不会想到，命运已经为他安排下一个最强硬的对手，一个朴实得像大西北窑洞里走出的老农般的中国将军——彭德怀。就在平壤陷落的当天夜里，彭德怀指挥中国人民志愿军四个野战军、三个炮兵师，由鸭绿江中国一侧的安东、辑安和长甸河口等三个渡口，冒着深秋的濛濛细雨跨过江界。二十天之后，宋时轮所率第九兵团的三个野战军也偃旗裹甲，钳马衔枚地悄然开进朝鲜北部的盖马高原。三十多万人的军事行动，美军竟毫无觉察。

鸦片战争以来，总是被人撵到家里来打的中国人，第一次没等人家打进门就迎将上去。

10月25日，晓伏夜行的志愿军突然扑向两水洞、黄草岭、飞虎山，在两个多月时间里连续发动三次战役，解放平壤，光复汉城，将美军从鸭绿江边一直赶到北纬37度线的平泽、堤川、三陟一带。

日本战史学家认为："美国第八集团军吃了美国陆军史上未曾有过的败仗。"

第三次战役结束仅一星期，第四次战役便又拉开战幕。敌我双方激烈攻防八十七天之后，美军北进一百多公里，重又把战线推至38度线以北二十多公里处。从此，敌我双方战线便像条风中的丝带，倏左倏右、忽南忽北地飘移在三八线两侧。

为夺回战场主动权，彭德怀毅然决定发起第五次战役，欲以实现歼敌五个师，将战线推向北纬37度线的作战企图。

1951年4月中旬，第二批入朝的志愿军第三、第十九兵团和第四十七军以及大批特种兵部队刚刚完成战略集结，4月22日，朝鲜战争中规模最大的一次战役——第五次战役，于黄昏时分惊天动地地打响了。志愿军十一个野战军连同朝鲜人民军第一、第三、第五军团，在朝鲜中部两百多公里宽的正面上全线出击，近七十万人马一举突破三八线。

这是志愿军继第三次战役之后，再度打过这条割裂朝鲜的非自然分界线。

当时还是第十五军文工队小队员的阚文彬老人，回忆起当时的壮观情景激动不已。他告诉笔者："千军万马往南涌，一条山道上拥挤着好几支部队。人马车辆密不透风，一个贴着一个往前走，根本转不过身来。有好几次我给挤得两脚离地，游移漂浮在南去的人流里。那天走到大半夜时，前面传下口令：'注意了，正在过三八线！'我伸长了脖子看，四野墨黑，什么标志也没有，只见正前方远远地闪动着敌人探照灯的光柱，剪状交叉地将夜空铰出了一个个斜格子。就是这时，我听见背上嘣的一声，入朝后我一直装在蓝布套里背在身上的二胡带子挣断了。我刚感觉到它的滑落，便揪心地听见一阵被踩踏的碎裂声……"

担任中央突击的志愿军第三兵团一字摆开三个野战军，中路便是秦基伟指挥的第十五军。

第十五军历史并不久远，其前身是1947年8月在太行军区及所属分区十几支地方武装基础上组建的晋冀鲁豫野战军第九纵队，简称九纵。太行军区司令员秦基伟任该纵司令员，太行军区副政委黄镇任该纵政委。组建十天后，九纵便投入中国共产党人的战略大反攻，西下太行，南渡黄河，挺进豫西。

《中国人民解放军第十五军抗美援朝战争战史》的权威编撰人之一桑临春老人，对自己曾亲身参与创建的那段军史，态度极其洒脱。他以治史的公正与严谨，一句话便说白了九纵在豫西战区的地位："敲敲边鼓。"

那时九纵三个旅两万一千多人，机枪、步枪加起来不到八千，两个人摊不上一支。队伍里有的战士只背了柄大刀，还有许多甩着两条膀子的徒手兵。

后来担任武汉军区空军政委的康星火说："那会儿的九纵穷得叮当响，全纵只有九门轻型火炮。我一说你就记住了，二三四——两门野炮，三门山炮，四门战防炮。"

该纵第八十团全团只有一门六〇迫击炮，过黄河时炮手没留意，被一浪颠到河里去了，团长牛子龙心疼得骂了他好几天娘。

那会儿，怎么瞧它也不过是个晋冀鲁豫野战军里的一个末流小纵队，只能帮主力纵队打打下手，跑跑龙套。主力纵队送给他们几杆缴获富余下的枪支，或几卷电话被复线什么的，都高兴得屁颠颠的。

秦基伟也不否认这点，说："我们不行就是不行嘛，从来不怕掉底子。不行就要拼命学习，拼命地干。"

正是基于这种精神，九纵很快便显现出它的战斗灵性。豫西挺进，竟日厮杀，虽说仗都不大，可是打一仗胜一仗。眼瞅着年把时间，九纵就骨粗气壮地发育起来。

1948年10月，刘伯承、邓小平调集中原野战军四个纵队围攻中原重地郑州。九纵的任务是由郑州北边攻城。秦基伟打仗一向爱琢磨，他分析郑州已是孤城一座，守城的国民党第四十军军长李振清并非蒋介石嫡系，未必会为老蒋卖命死守，很可能弃城逃跑。第四十军如果逃跑，最大的可能就是向北突围过黄河铁桥，与新乡的敌人会合。于是，他预先将其第七十九团、豫西第四分区基干团和郏县独立团部署在敌人北逃的必经之地——郑州西北的薛岗、苏家屯、双桥、杜庄一线，构筑工事，枕戈以待。

这一招儿是郑州战役制胜的关键。

果然不出秦基伟所料，郑州万余守敌一看中野四个纵队不声不响地合拢过来，未战先怯，没等中野部队形成合围，一大清早便慌忙洞开北门，仓惶出逃。然而，才出城十来公里，他们就被九纵阻击部队死死堵住，九纵主力随即遍地掩杀过来，将逃敌压缩到老鸦陈这个五百来户人家的村庄里，人马密集得一颗手榴弹扔过去就能炸倒一大片。

当天下午3点左右，九纵对敌发起最后总攻，穿插分割，零敲碎剐地一口口吃。残阳如血时，九纵已开始打扫战场了。

过了好多年，四纵一位姓武的老人还气不过地骂道："他奶奶个熊的，咱们四个纵队忙活半个多月，结果让九纵连肉带汤地全独吞了，一口也没给咱们剩下！"

此战，九纵以1∶32的微小伤亡，歼敌一万一千余众，光俘虏就有九千五百多人。九纵官兵们从没见过如此巨大的斩获，一堆一堆枪支摞得跟柴火垛似的；一箱一箱弹药，码得跟方城似的。俘虏多得没处打发，秦基伟一高兴，送给四纵七百个，拨到三纵三百个……九纵的兵再不是一杆"三八式"、十几发子弹的寒酸样了，不仅武装起钢盔、呢绑腿、牛皮子弹袋，一多半人还都使上了美式卡宾枪。就连兵团司令员陈赓看了都眼热，一把拽住秦基伟非要他请客。

当时华东野战军司令员陈毅也在场，连声赞同说："对头，对头，你打了蒋委员长的土豪，我们要打你的土豪！"

秦基伟笑道："那好啊，我这几个月的伙食尾子，都共产算了。"

当晚三人就上街，可是城里的饭店都关门了。陈赓不甘心地转了几条街，硬是敲开一家小饭馆的门，自己动手下了一锅肉丝面，几个人开开心心地吃了一顿。

郑州战役一下子喂肥九纵这只潜下太行的长毛瘦虎，使其一跃成为中野装备最好的纵队，枪精兵猛地直插淮海，参加围歼黄维兵团。

1989年11月20日，邓小平在北京会见编写第二野战军战史的老同志时还谈起过："经过大别山斗争，二野受到削弱。只有秦基伟的九纵，你们那一坨，保持兴盛的旺气。"

黄维兵团是国民党主力兵团之一，装备及官兵待遇等都优于一般部队，因而上上下下都有股狂劲。被中野七个纵队围追堵截后，黄维兵团十二万人马于双堆集就地麇集，迅速构筑起坚固野战工事，凭恃精良的美式枪械，灼烫燎人地武装起七八平方公里地幅内每一寸空间，以死守待援。

战争云谲波诡。中野将士已运用自如的大兵团运动战，就在1948年11月27日这天，倏然变得陈旧了，战争大舞台上开始时兴新剧目：平原攻坚战。这一更高层次的战术方式，转换得太急、太快，弄得中野各纵一时有些手足无措。

连日进展畅快如流的中野各纵队，这一天攻击同时受阻——

一纵与敌僵持于杨庵、周围子；

三纵受挫于马围子；

四纵兵滞于李围子、沈庄一线；

六纵与敌胶着于小马庄、小李庄；

十一纵数次强攻苇子湖而不下；

九纵则锋钝于沈家湖、小张庄……

国共大决战陷入了僵局，淮海之战的进程整整停滞了二十多个小时。忽然，胜利的时钟在小张庄被九纵拨动了。

仅八户人家的小张庄，是黄维兵团防御圈东北角上的前沿阵地，由国民党第十军一个团防守，环村构有三道防线，最外围则是错落列障的鹿砦、铁丝网。九纵第二十七旅的大个子机枪班班长牛孟连和两个战士，被敌人火力压得贴地趴在鹿砦前六七十米处，攻不上去，也撤不下来。

熬到半下午，牛孟连抽出背上的工兵锹，为自己挖了个卧姿掩体。旁边两个战士见了，便也挖。卧姿的挖好了，他们又往深里刨，挖成个立姿掩体。最后牛孟连招手一示意，三个人索性对挖出一条十几米长的堑壕，结成一个战斗小组。

团长刘明玉在指挥所隐蔽部看到这情景，立即派部队挖条壕沟前伸过去，与牛孟连小组接通。

这一情况随即上报到旅部，有如一块质地上乘的燧石，嚓地撞击出旅参谋长张蕴钰的智慧之光。他敏锐地发现这一战场创造的巨大意义，就在于解决了对平原筑垒之敌进攻中，缩短敌火下运动的时间与空间问题。随之，他进一步丰富这一创造，向崔建功旅长提出开展近迫作业，利用壕沟接敌，削弱敌人火力优势的完整设想："堑壕、交通沟的平面布局，以金字塔形结构为好。第一道堑壕为突击阵地，距敌阵地以敌人手榴弹投不到为准。第二道应长于第一道，作为预备队、重机枪和火炮阵地。第三道更长，应可设置平射炮。第四道最长，用以设置曲射炮阵地和救护所。纵向则用几条交通沟连接，其宽度应便于运动部队、抬担架和架设电线。有了这样的阵地，攻，能抵近发起冲锋；守，可节节抗击防御，防敌反扑、突围。我以为非此不能消灭黄维。"

崔建功大喜过望，说："好主意！通知部队立刻照此作业。马上报告秦司令，我们准备先用这法子拿下小张庄。"

天一黑，该旅第八十一团的连长们各拖一袋石灰，向敌阵地匍匐而去。部队沿着石灰袋拖出的白线，静默地梯次跟进。到达预定地带后，连长一声暗号，战士们一起动手，摸黑作业。淮海平原沙质土壤松软，一夜之间，第八十一团部队便将一片金字塔形的堑壕网，铺陈在敌我阵地之间。

秦基伟接到报告，一竿子插到第八十一团前沿，亲自检查攻击准备。他反复叮嘱崔建功说："小张庄一战事关全局，只能成功，不能失败。淮海战场到现在还没有攻克平原坚固阵地的先例，都在等你们拿出个样板来。炮火准备一定要充分，炮弹不够，纵队给予最大限度保障。再说一遍，不能失败！”

崔建功一梗脖子，说：“放心吧，打不好还是邓政委那句话：受最高处分。”

这是启动战局的一仗，第二十七旅绝对不敢大意，精心准备了整整三天。三天后的那个傍晚，中野各路将士都站在自个儿的阵地上观战，看到小张庄方向腾起的火光、烟云和尘雾，翻滚到第二天傍晚终于平息下来，知道那村子拿下来了。

小张庄战斗像是把钥匙，捅开了国民党军淮海平原坚固防御的大锁。中野各纵队纷纷派人到第二十七旅取经，学习近迫作业这一新战法。回去后，各纵队全都挖开了，从四面八方往双堆集迫近。多是来自农民的几十万中野将士，无不精于此道。他们凭着对土地的稔熟，富于技巧地摆弄着手中的镐锹，用祖辈们搂食刨吃的家什，扬落一坨坨泥土沙壤，硬是压翘起战争的天平。

有的纵队直挖到敌人的地堡前，顶头杵脸地与之对峙。

近迫作业工程之浩大，当属世界军事工程史上的奇观。在这八平方公里的战场空间，仅九纵就挖了五十多公里堑壕和交通沟。所以，后来被俘的国民党第十八军军长杨伯涛，一口咬定他的部队不是被打垮的，而是被中野的板锹、镐头挖垮的。

九纵从地平线下发起攻击的堑壕战法，重新走活了淮海战役这盘棋。在淮海战役总前委作战会议上，邓小平政委心境奇佳，谈笑风生，打趣说：“九纵有创造性嘛！哎，我说谢政委啊，四纵可是老大哥部队哟，这回倒让九纵跑头里去了，率先拿出了对付平原固守敌人的办法。大家都要向九纵学习，多动脑筋，进一步活跃战场，坚决歼灭黄维兵团。”

这一军把四纵政委谢富治的脸都将长了，回到指挥所他就把几个旅长叫来给训了一顿，说：“你们通通都给我下到第一线指挥去，我就不服这个气，我们四纵还搞不赢他九纵。”

可是不服不行，中野、华野七个纵队另两个旅会攻双堆集，又是九纵第二十六旅的兵们腿长，最先攻入小马庄黄维兵团部。

黄维刚刚钻进坦克逃走，屋里满地扔的都是电话机、地图和罐头盒，土灶上煨的马肉汤还热乎乎的呢。

全歼黄维兵团十二天之后，邓小平在中野作战会议上兴高采烈地表扬围歼黄维兵团的各纵时，特别提到："四、九两纵出力最大。"

淮海战役后，九纵改编为中国人民解放军第二野战军第十五军，并荣膺二野渡江先遣军。1949年4月21日夜，第十五军第一梯队在安徽望江县境内，仅用五十分钟便突破长江天险，23日便转入对国民党军队的大纵深战略追击。

这支骁勇之师由皖入赣，一路飞兵，长驱一千五百里，一直打到福建南平。眼看福州指日可下，秦基伟接到陈赓电话，说按照中央军委部署，福建是华东野战军作战范围，令第十五军停止东进。于是，该军又调转头来，挥师向西再向南，横扫两广，激战西昌。

该军兵抵川、滇、黔、康边时，大西南国民党残余与地方恶霸、惯匪等实力派沆瀣一气，组织暴乱，势力已逾三十万之众。中央军委调集包括第十五军在内的多路野战军予以清剿。第十五军苦战半年，剿匪近十一万人。

经三年北战南征，第十五军叱咤疆场，已露虎相霸气，但在解放军五十七个野战军中，还只能算支二等部队。即便在当时西南军区，它不及王近山的第十二军显赫，也不如杜义德的第十军神气。第十五军还需要再有个漂亮的亮相，一个扬威沙场的机会。

巧的是这个机会来了，而且被秦基伟紧紧抓住了。

1950年10月28日的中共西南局会议上，听到西南局书记邓小平传达中央军委指示，为组建第二批志愿军，决定从西南军区抽三个军，成立第三兵团入朝参战。秦基伟顿时就坐不住了，当场陈述两条理由，坚决请缨入朝：第一，第十五军已基本肃清川、滇、黔、康边地区五十人以上股匪，正是士气高涨之师；第二，第十五军没有兼负建设地方政权和地方武装的任务，完全是野战军结构，机动性强，说走即走，说打能打，一无羁绊。

他在当天的阵中日记里写到："我发言后，邓政委没有表示可否。"

当时西南军区已内定由秦基伟担任西南公安军司令员，指挥包括第十五军在内的五个满员师，司令部就设在重庆。

一散会，秦基伟又去找时任川东军区政委的谢富治帮他说话。

第二天会议讨论时，谢富治发言说："我看老秦的意见有道理，十五军没有地方任务，可以考虑去朝鲜。"

他这一带头，大家都投赞成票。

主持会议的邓小平一拍板："好，十五军上！"

于是，朝鲜战场多了一支骁勇之师。

2. 穿假冒野战服的李奇微挥师反扑

第十五军由四川泸州、内江、宜宾水陆并进，"八千里路云和月"地赶到朝鲜北部武库里地区集结。彭德怀连个彩排时间都没给，第十五军一到就登台亮相，悉数投入第五次战役。

自1951年4月22日始，第十五军初战菲律宾营，再战美第三师，于涟川附近撕裂美军"堪萨斯防线"；继而又与美第二师交手，于沙五郎寺和大水洞地区痛歼其第三十八团大部，俘虏了三百多美军。二十八天之后，前卫第一三二团兵抵洪川江边的村镇——也是岱里。

是役，志愿军各野战军攻击勇猛，推进速度很快。可是，朝鲜半岛山多路少，人的两条腿终归赶不上敌人机械化的收缩速度，加上有的部队穿插不到位，因而未能对敌形成战役包围。仗，又打成彭德怀最恼火的一线平推，没能成团建制地歼灭美军，多是战果有限的击溃战。

连战月余，志愿军虽然重又将战线推至三八线以南四五十公里处，第十九兵团一支部队已兵抵汉城北郊，然而后勤补给无继，人倦马乏，粮弹匮缺，各野战军攻锋渐钝。而敌人则有计划地逐步退至北汉江、昭阳江以南，以逸待劳，用绵密的炮火组织起纵深防御。

为此，彭德怀决定停止进攻，立即回撤。

对于志愿军来说，此战虽未圆满实现预定的战役设想，但毕竟歼敌四万六千余人，回撤本应是一次班师凯旋。可是彭德怀没料到，突然间朝鲜战场风乍起，云骤变。

而那位呼风唤云的人物就是李奇微。

接替麦克阿瑟担任美国远东军总司令和“联合国军”总司令的李奇微，是个炮兵上校的儿子，西点军校1917届毕业生。他真正进入公众视野，成为西方军界明星式人物，是被挑选担任第八十二空降师第一任师长，率部参加诺曼底空降作战之后。

关于他在犹他海滩跳伞着陆后找不到自己部队的情景，英国作家科·瑞恩曾在他那部著名长篇纪实文学《最长的一天》中褒贬莫测地写到：“马修·B.李奇微少将一个人拿着手枪待在一块田地里，觉得自己运气不错。他后来回忆说：‘虽然没看见朋友，至少也没发现敌人。’”

此后，他因多次率部参加大规模空降作战而愈加引人注目，迅速被擢升为美国第十八空降军军长。二战后他更是官运如火，屡屡晋升，先后担任过地中海战区司令官、联合国军事参谋委员会美国委员代表、加勒比海战区司令官和主抓作战训练的美国陆军部副参谋长。

美军仕途得意的将军，都有刻意装扮自己，以突出和强化自身形象的嗜好。麦克阿瑟喜欢俏皮地斜戴一顶帽檐上镶有金饰的战斗软帽，拎根褐色曲柄手杖，嘴里叼着个欧石南根大烟斗。巴顿则好在头上扣顶钢盔，腰间挎支珍珠象牙柄的大号左轮手枪，有事没事手里都要拎根马鞭。李奇微也不例外，经常脚蹬高勒皮靴，身着野战军服，军服外还不伦不类地套着副双肩式背带。媒体上，有人说那是马甲，也有人管它叫环形佩带。只有当过伞兵的人才能认出，那其实就是副剪掉座带的降落伞背带。左肩胛处的背带环上拴着个急救包；轮不着他打仗，右肩胛处的背带环上也总吊着枚甜瓜式手榴弹；束腰带上丁零当啷地挂着左轮手枪、双匣皮质子弹袋和一个疑似装压缩干粮的小帆布包。他好像特得意曾指挥过第八十二空降师，除了降落伞背带，身上还总得别枚伞兵徽章。那玩意儿本该佩戴在左胸前，可那个位置被急救包挡住了，于是他便很搞笑地把徽章别在野战帽上一字横陈的四颗将星下面。

天气寒冷时，李奇微则会戴上一顶样式怪诞的毛边棉帽，穿件伞兵毛领棉衣，翻起的衣领上灿然地缀着拢成一簇的将星。棉衣外面照例要套上那副降落伞背带，依旧挂着急救包、手榴弹、左轮手枪等。

美国第八集团军官兵们议论说：这是我们司令官的注册商标。

李奇微曾为自己招牌式的装束辩解道：“经常有人背地里说我右胸前悬挂的手榴弹同乔治·巴顿上将的珍珠象牙柄手枪一样，也是表明自己特征的装饰品，但这不是真实情况。我之所以手榴弹不离身，完全是为了自卫。在欧洲战场上，我多次体会到有一颗手榴弹就能够摆脱困境。”他还特别强调，“因为我在战线上到处乱跑的机会多，在伏兵和圈套多的朝鲜战场上遭到伏击时，我不想不抵抗就当俘虏，仅此而已。”

五十六岁的李奇微不光喜欢坐着敞篷吉普车在战线上“到处乱跑”，也多次钻进外形跟大肚子蝈蝈似的L-17联络机，在战场上飞掠盘旋，低空巡视战斗进展。有时他索性要飞行员直接降落到子弹横飞的前线，好让他下来找士兵们询问战况。他觉得这样能让士兵们一眼就看到，司令官在他们身边，有助于振奋军心，鼓舞士气。

一些美军战地记者可不这么认为，说是四星上将到最前沿，是把自己混同于一个普通大兵，并嘲笑他那身装扮“一副好战形象”。

在对李奇微着装的一片批评声中，心存芥蒂的美国第八集团军司令官詹姆斯·范弗里特的指责，显得尤其尖刻。他挖苦李奇微把手榴弹挂在胸前的样子，就是个作秀者而不是个真正的战士；讽刺他那样式怪诞的毛边棉帽和套在军服外的降落伞背带，是假冒野战服。

这些话自然也传到李奇微耳朵里了，可他依然我行我素。

不管他着装怎么另类，也不管他行为如何玩酷，有一点不可否认，李奇微是个具有强烈现代作战意识的指挥官。此人不仅富有作战经验，而且勤于观察思考。他最早发现了直升机在地面作战中的重要作用，1951年11月就曾要求美国陆军部为他的第八集团军提供四个各装备二百八十架直升机的陆军直升机营；同时还向美国参谋长联席会议建议，将来一个标准的陆军集团军应当拥有十个直升机营。

五十多年后，建立陆军航空兵已成为世界各国军队的发展趋势。

最能显示李奇微军事才干的，是1951年1月志愿军第三次战役结束后，他敏锐地发现一个规律性现象：中共军队入朝以来的三次战役，都是在打到第八天头上即自行停止攻击。他认为这绝非巧合，并据此推断出一个结论：由于中共军队后勤供应方式落后，粮弹补给跟不上，士兵携带的弹药给养只够维持一个礼拜攻击势头。他称此为中共军队的“肩上后勤”，或“礼拜攻势”。

于是，志愿军第三次战役1月8日结束，1月25日李奇微便迅速完成调整部署，集结起十六个师又三个旅，趁对手人疲马乏之际，悍然发起代号为“雷电作战”的大规模进攻。美军先西线后东线，多路同时展开。志愿军被迫停止休整，仓促应战，提前进行第四次战役。激战八十七天后，美军战线向北推进了一百多公里。

到了第五次战役时，李奇微动作更快。志愿军但有回师迹象，他便从日本飞往朝鲜，抓住对手粮弹将罄、师老而归的有利战机，督令范弗里特实施全面反击计划：美第一军以汉城、铁原为主要攻击方向；美第九军径直向春川、华川一线进攻；美第十军朝麟蹄、杨口纵深突击；韩国第一军团沿东海岸向北推进。四路人马均以摩托化步兵、炮兵和坦克混编合成的"特遣队"为先导，实施快速追击穿插。

志愿军对美军突袭式反扑估计不足，奉命回撤却忽略了掩护协同。当美军一反常态地多路突击，穷追猛打过来时，志愿军的回撤就乱了章法。美军乘机加速突击，三天推进了八十多公里，长驱直入春川、富坪里，先从志愿军第三、第十九兵团的接合部冲开个大豁口，成功地打了志愿军一个措手不及。

彭德怀紧急应对，命令第三兵团用一个军的兵力，在场岩里、国望峰、史仓里一线部署阻击，遏制美军对我中部战线的反扑，以稳定局势。

然而，此时中部战线已经一片混乱。

首先第三兵团部就未能严格执行志愿军司令部的回撤命令，在兵团预备队第三十九军先行撤离的同时，兵团部也于5月22日黄昏提前转移了。再者转移途中，兵团部的电台又遭敌机空袭炸毁，兵团指挥员与所属各军失去联络达三天之久，各军不得不自行组织撤退。朝鲜仅有的几条南北向公路上，北撤部队与汽车、马车、担架队争相夺路，拥挤不堪；指挥员呵斥声、伤员呻吟声、汽车喇叭声、部队争吵声、驮马嘶叫声充盈于道。

美国远东空军的战斗机、轰炸机几乎悉数出动，趁乱俯冲轰炸扫射。公路上弹片纷飞，爆尘四起；担架团民工惊恐万状，狂奔四散。

据两个月之后"志司"①关于第五次战役回撤情况的一份报告所述：第三兵团三个军的担架团除部分伤亡外，全部跑散，仅

① 志司：中国人民志愿军司令部简称。

第十五军收容了一百余人；第三兵团遗弃重伤员约六千余人……

第三兵团所属三个野战军中，顶数第十五军攻得快，撤得也快。

秦基伟有个深刻的战争体会：大部队行动，组织进攻相对要容易一些，而安排撤退时稍有不慎，四五万人马就会炸了窝，退成洪水决堤之势，当军长的都喊不应。所以，一接到“志司”回撤命令，精明过人的秦基伟便令全军报话机通通打开，把团长们一个个地叫出来，亲自交代回撤时间、路线。他怕军部直属分队婆婆妈妈事多，拖全军后腿，专门派军参谋长张蕴钰去组织。这位干练的参谋长一去就搞了个紧急集合，将好几百号勤杂人员拢到一堆，一个“向后转”，扔下后勤那摊子坛坛罐罐，一路小跑着撤离驻地。

秦基伟这手“越级指挥撤退”极有成效，第十五军因此得以全面收拢，火速转移。唯独军属高炮团没按规定，擅自在夜幕降临之前便上路了。结果这个团遭敌机空袭，一下损失了十九门37毫米口径高射炮，令秦基伟痛心疾首。

由于第十五军已迅速北撤远去，第十二军配属第九兵团向南穿插太深，不遑北返，第三兵团接到“志司”的阻击令后，只有将任务交给第六十军。然而，第六十军之一八〇师为掩护兵团八千伤员转移，正滞留于汉江南岸打阻击。该师本来就处于背水而战且因第十五军撤离造成左邻空虚的恶劣态势，偏偏右邻几个军又发生了多米诺骨牌效应。

第一张倒下的牌是朝鲜人民军第一军团。该军团挡不住美军猛烈突击，匆匆退至临津江一线。这使得奉命在议政府、清平地区打阻击的第六十五军顿失右邻屏护，其左邻第六十四军也未能按时进入防御地域。因而第六十五军在两翼暴露的情况下，坚守了四天就顶不住了，被迫撤往哨城里、永平一带。这一撤，西部防线豁口愈加扩大，美第二十四师趁势由西向东，直向第六十军右邻第六十三军包抄过来。第六十三军军长傅崇碧一看情况不妙，当机立断，主动收缩部队撤退。然而退得过于仓促，他们没顾上通知其左邻第六十军第一八〇师。待第一八〇师看到形势危急连忙后撤时，已经来不及了。美第七师与美第二十四师迅速从左右两翼穿插过来，合围了第一八〇师。而第六十军主力援救第一八〇师脱险尚且力有不逮，哪里还能顾及兵团交给的阻击任务？

至此，志愿军防线多处出现漏洞、缝隙。美第一军突击方向上的加拿大第二十五旅、美第二十五师和美第三师，沿抱川至金化的一级公路和加平至金化的二级公路，迅猛插向芝浦里，直逼铁原、金化。

这将是致命的一击。志愿军东线部队来不及调整部署，一旦铁原、金化有失，东线第九兵团所属各军与朝鲜人民军第二、第五军团的几十万人马将被堵在三八线南北的狭长地带，既无山地据守，亦无粮弹补充，后果简直不堪设想。

更糟糕的是由于部队过于密集，内部相互交叉，指挥系统紊乱，东线部队回撤也已乱了章法。第九兵团团部抓住哪个部队，就让哪个部队堵口子、打阻击。有的部队本来是奉命占领要点进行防御的，一看其他部队后撤，也跟着就撤。数百名重伤员未能转移出来，上千人的民工团溃散在北汉江以南地区。

至5月26日，志愿军第二十七军、第十二军军部及其所属两个师与第六十军第一八〇师，均被敌人截断在三八线以南地区。

战场形势险恶如虎。

次日，彭德怀采取紧急补救措施，急调志愿军第六十三、第六十四、第十五、第二十六、第二十军，以及朝鲜人民军第二、第三、第五军团，于临津江至杆城一线展开防御。

其中第十五军当之要冲，置于芝浦里地区。此地群峰连绵，山高林密，为铁原、金化以南之天然屏障，是北犯之敌必经之地。

“志司”正式命令下达后，彭德怀还不放心，又亲自和秦基伟通了电话，叮嘱他迅速抢占芝浦里正面之角屹峰、朴达峰一线要点，克服一切困难，坚决阻敌北进，无论如何都要坚持七到十天。

然而，此时第十五军北撤前卫第四十四师远在一百二十多里以外，断后的第四十五师第一三四团距芝浦里最近也有三四十里地。而且经连日激战，第四十五师减员近半，有的连队还不到四五十人，且所携粮弹已近告罄，连抓获的美、韩军战俘也跟着挖苦蒿、灰灰菜充饥。路边马粪里涨大的黄豆，也被人一颗颗地扒出来洗洗吃了。

但秦基伟还是咬咬牙，在电话这头拍胸脯保证："请彭总放心，我们采取一切手段，至少顶住十天!"他放下电话，迅速部署：令第四十四师为二梯队；第二十九师为右翼，于角屹峰一线构筑阵地；第四十五师为左翼，于朴达峰一线组织防御；第四十五师第一三四团不惜一切，务必于5月28日天亮前抢占角屹峰，阻止敌人北进，为师主力进入阵地争取时间。

已是疲惫之师的第十五军各部抖擞起精气神儿，火速收拢部队，连夜调头南返。

5月的朝鲜多风多云，连日阴雨。

第一三四团官兵饿着肚子摸黑行军，顶风冒雨走了七个多小时，于28日拂晓准时占领角屹峰，构筑阻击阵地。29日上午11时，乘坐卡车赶到的敌加拿大第二十五步兵旅发起攻击。战至下午4时半，敌未能前进一步。当夜，第一三四团团长刘占华将角屹峰移交给刚刚赶到的第二十九师，连个盹儿都没空儿打，又带领他那支打不垮拖不烂的团队东进，翻山越岭抄近道，爬了五个多小时山路，浑身泥污地插上朴达峰。

至此，第十五军已全部完成角屹峰、朴达峰一线防御部署。

角屹峰位于抱川至金化一级公路左侧，海拔466.6米；朴达峰位于都坪里至金化的二级公路左侧，海拔799.6米。两峰均居高俯制公路，为阻敌北犯金化的要点。

为打开北进通道，美第一军以必得之势，连续发动猛攻。加拿大第二十五旅攻了两天打不动了，遂又换上美第二十五师和美第三师，在飞机、大炮的掩护下轮番攻击。

这是第十五军在第五次战役中最艰苦的一仗，阵地几度易手，敌我反复拼杀，几乎所有的山头都打成了白刃战。官兵们刺刀捅、石头砸、拳头擂，有的连牙齿都用上了。两个师都打得精疲力竭，二梯队第四十四师又被彭德怀调到二线布防，无一兵一卒可援。一连几天，角屹峰、朴达峰防线皆岌岌可危，险情迭出。

6月4日，美第三师一部在十几辆坦克的掩护下，终于突入角屹峰主阵地，并迅速撕裂性地向477高地扩展战果。

密切关注着中部防御的彭德怀得知这一消息，立刻抄起电话，对着第十五军政委谷景生怒极吼道："守不住角屹峰，我撤销你们军番号！"

第二十九师师长张显扬立即组织兵力炮火，三次反击才夺回阵地。

第十五军的两个师在漫山火海中殊死苦战十昼夜，以伤亡一千两百余人的代价，毙伤敌五千多人，击落击伤敌机四架，不仅出色地完成阻击任务，粉碎了敌人北出铁原、金化，断我东线志愿军退路的企图，其第二十九师还打出了朝鲜战争中著名的步兵师防御战例——角屹峰阻击战，第四十五师则在朴达峰上打出一个以特等功、一级战斗英雄柴云振为首的英雄群体。

战斗刚结束，彭德怀便激动地发来一份电报："秦基伟，我十分感谢你们！彭德怀"。

在他整个军事生涯中，这样充满感情色彩的战场电文是罕见的。

志愿军战线终于稳定下来，被困敌后的第十二、第二十七军部队交替掩护，辗转突击，也相继杀出敌人重围。唯有第六十军之第一八〇师损失较重。

此后，朝鲜战场上开始了一个漫长的两军对峙时期，敌我双方战略思想，均发生了根本性转折。

3. 彭德怀最后一次排兵布阵

战火无法阻止大自然的嬗变。

硝烟弥漫中，1952年的春天照旧丰盈艳丽地攀登着，一路斑斓地向高纬度的朝鲜北部走来。志愿军总部所在地桧仓，那座废弃的金矿洞前绿意森森，几乎一夜之间爆满了金达莱、天竺花、野蔷薇、紫丁香……半岛信风吹过，花簇摇秀，泻红流黄，遍地溢彩。

趁总部作战会议前的片刻闲暇在洞口散步的彭德怀，似乎不忍踏乱这满地娇艳，手一背停下步子，昂起硕大浑圆的脑袋，默望着头顶那片蔚蓝的深邃。没人知道他在想什么。但许多人都看出第五次战役之后，彭德怀心事挺重，黧黑的面孔瘦削苍老了不少，额上的皱纹竟如斧凿般深刻，眼袋也明显凸现了。即令在这金达莱盛开的春天，他心情也没晴朗起来。参谋们说一连几天，都看不到彭总一个笑。

第五次战役过去已近一年，彭德怀心里仍淤积着难以化解的憾意和隐痛。他曾在多个场合，向多位将军谈及这次战役：除了志愿军装备低劣与后勤运转条件落后等客观因素，自己在战役决策和指导上，存在着不可推诿的过失。正如毛泽东主席婉转批评的那样，此役打得“急了一些”，“大了一些”，“远了一些”。

彭德怀反省此役，打得实在太匆忙了，第三、第十九兵团和第四十七军仓促入朝，根本没有准备，拉上去就打。不光粮食弹药均未储足，有的部队四五月份了还穿着大棉袄打仗。朝鲜山地狭长，就那么几条南北向的公路，一下子涌来近七十万人马，赶大集也没见这么热闹的。部队挤成一坨，队伍展不开，无法进行穿插分割，势必导致平行推进。而且，从毛主席到他彭德怀胃口都太大，动辄要歼灭美、韩军两三万人，张口就想吃掉敌人五六个师，结果连美军一个完整建制团都很难啃下来。我们光顾着算计对方，却没料到对方快速反扑。总部一说撤，中线几个军呼呼啦啦全往回跑，什么组织协同、交替掩护，全不谈了。命令部队组织防御，也不问问人家还有没有阻击力量，那里的地形适不适合坚防固守。一仗打了五十天，歼敌八万二，自己伤亡八万五，付出这么大的代价，非但没能把战线推到三七线去，反倒被敌人撵到战役开始的战线北边一点。

究其根本原因，还是在于军事观念落后和战术手段老套，习惯于按那些可信手拈来的老经验打仗。一打就是多点突击、两翼包抄，连李奇微都十分熟悉这一套了。其实在朝鲜这样的狭长国土上，根本不适合打这种大穿插、大迂回、大分割、大包围。结果五次战役都打成了一线平推，敌我双方来回拉锯。

直到1959年，他在《彭德怀自述》里还反思到："这是第五次战役的第二阶段所遭受的损失，也是全部抗美援朝战争中的第一次损失。"然而战史对此役的评价是公正的，认为"总体上是次胜利，但收尾不理想"。"不理想"，是可计算的志愿军伤亡略大于敌，而难以计算的收获是，志愿军从此摆脱了对传统战法的因袭。

我军摆脱对传统战法的因袭，从战略到战术诸层次上，均发生了一系列深刻转变，并最终做出取消第六次战役计划，由运动进攻战为主转入阵地防御战为主的战略抉择，开始了我军战争史上从未有过的大规模长期阵地防御战。这是在朝鲜战争紧要当口上，中国共产党人再次表现出的大清醒、大智慧。

朝鲜战场上进行的五次拉锯式战役已经充分证明，凭着志愿军一时难以改观的武器装备状况，要想把美军赶出朝鲜半岛，根本不现实。但就我志愿军目前所占据的朝鲜国土面积，与朝鲜战争爆发前相比较而言，已是略有所获，基本上达到了志愿军出兵抗美援朝的目的。若能巩固住现有阵地，迫使敌人在三八线附近就地停战媾和，大致恢复到战争前朝鲜半岛南北方地理态势，或许会是敌我双方都可能接受的最体面停战。

美国亦有此觉悟。

志愿军入朝后连打五个大战役，把从没输过一场战争的美国政府打冷静了：它的全球战略重点在欧洲，如果由于以强大人力为后盾的中国介入，而陷入朝鲜这场旷日持久的战争，那是极其愚蠢的，有悖于美国根本利益。唯一的明智之举，就是尽可能将战线稳定在三八线附近，再寻求达成停火协议。

所以，第五次战役后美军就摆出一副守势，积极改进防御条件，用钢筋混凝土结构的坚固工事，取代了过去简单的方形坑掩体，并在前沿设置了大量地雷和铁丝网。到1951年8月中旬，美军已先后建起了分别名为“耳明线”“俄怀明线”和“堪萨斯线”的三道防线，纵深达三四十公里。而且，早在第三次战役结束后的第三天，美国政府就放出了和谈的信号，只是当时中、朝两国政府未予理睬。

第五次战役尚未结束，5月16日美国国家安全委员会又做出了“通过停战谈判，结束敌对行动”的决定，并多次通过联合国秘书长赖伊多茨、中立国外交使节和苏联驻美国大使等渠道，试探进行和谈的可能。中国、朝鲜和苏联三国政府磋商后，决定接受美国这一建议，并由苏联驻联合国大使马立克出面，在联合国新闻部《和平的代价》这一特别广播节目中发表演说：“苏联人民认为，第一个步骤是交战双方应该谈判停火与休战，双方把军队撤离三八线。”

事隔八天，“联合国军”总司令李奇微，奉命向中、朝方最高指挥官发出在一艘丹麦伤兵船上举行谈判的建议。翌日，金日成首相与彭德怀司令员联名复电，要求将谈判地点改在开城。美军同意了。

从此，敌对双方在朝鲜战场上，开始了一个边谈边打、谈谈打打的政治、军事、外交斗争交织展开的漫长过程。

美国著名记者威廉·曼彻斯特曾在他那本畅销书《光荣与梦想》中，形象地概述过这段时期的朝鲜战场局势：“在其后的两月内，韩国军队相继溃散而逃，第八集团军再度穿过三八线踉跄后撤。但是赤色分子仍然未能突破。一个月后，他们停顿下来，筋疲力尽。于是，詹姆斯·范弗里特将军组织的一次巧妙反攻，扭转了战役的势头。但是，他把战线扳直后，中国人马上把它扳向南方。李奇微又把它扳回原状。”

到了1951年11月份以后，这张被扳来扳去的弓，仿佛失去了弹力，谁也扳不动了。战线变得相对稳定，双方平静地对峙在三八线南北。

然而志愿军很清楚，战场上任何平静都是虚假的，不断粉碎静止，打破平衡，才是战争铁的定律。在那张从开城又挪到板门店大帐篷里的谈判桌上，双方就军事分界线的划分、从朝鲜撤离一切外国军队以实现就地停战，以及战俘遣返等问题争吵不休，反反复复，这使得气氛沉滞的战场，随时都可能变得活跃起来。

虽然志愿军在1951年的九十月间粉碎了敌人的“秋季攻势”，从而振奋起各部队阵地防御的信心，但能否寸土不失，牢牢守住朝鲜这北边的半壁江山，有效地将敌人攻势遏制在三八线以南的问题，还不能说已经最终解决。

因此，志愿军总部召集的这次“三月作战会议”，中心议题就是关于进一步加强阵地防御，尤其是中部战线阵地防御的问题。

所谓中部战线，韩国《朝鲜战争》称：“一般指金城、金化一带，其以东至北汉江上游地域称中东部，其以西至铁原一带叫中西部”，“上述地域，不仅包括金城盆地和所谓‘铁三角’地区的金化、平康和铁原等地，而且，敌人的要冲五圣山也在这里。另外，还有通向东西南北的主要公路网。该地域是整个战线的‘胸部’，因此，战况最为激烈”，“双方在对峙中展开了对前哨线主要高地的争夺战，有时围绕着无名棱线或一个小小高地展开史无前例的血战。韩国战争史上罕见的‘白马’高地战斗，以及‘首都’高地、‘指形’棱线、‘狙击’棱线战斗都发生在这里”。

志愿军各军军长乘坐清一色美式吉普车，昼夜兼程，赶往桧仓金矿洞。

3月25日，金矿洞口那幢大木板房里将星云集，坐了满满一大屋子人。彭德怀个性铁石，从不肯将时间耗费在寒暄客套上，到齐就开会，讲话奔主题：关于目前敌我对峙情况下我军的作战方针；关于当前敌情变化；关于巩固现阵地和相机挤占阵地；关于我军兵力的调整配置……

军长们一个个神情专注，但许多人都还不知道，这是彭德怀司令员最后一次在朝主持志愿军作战会议。不久前医生给他做体检，发现他头上长了个小瘤子，良恶难辨，便担心是癌肿块。中央军委得知后，决定彭德怀立即回国治疗，同时主持军委工作。志愿军司令员一职，由陈赓代理。陈赓代理了两个多月后，奉调回国组建哈尔滨军事工程学院，遂由邓华代理志愿军司令员和政治委员。

就在这次桧仓作战会议上，彭德怀做出一项重要决定：将志愿军战略预备队第十五军拉上去，接替第二十六军在五圣山、斗流峰、西方山一线的防御。

这是彭德怀在朝鲜战场上最后一次排兵布阵，它的军事意义半年之后便显现出来。

解放战争时期，秦基伟是二野九纵司令员，所以一野司令员彭德怀对他不太熟悉。但是，第十五军在第五次战役中的出色表现，给彭德怀留下了深刻印象，他们是那次战役中为数不多的几个得大于失的野战军之一。

第五次战役后，第十五军撤至谷山地区休整。这一休整就是九个多月，先后补充了八千老兵和近九千新兵。到1952年3月，这只伤痕斑斑的猛虎，舔干创处的血迹，已养息得膘厚毛齐，在谷山红松如海的大密林里低吼长啸，跃跃欲出。因而，彭德怀决心将这支能战之师，摆到朝鲜中部战线大防御的要冲上去。

散会后，彭德怀又单独将秦基伟留下。

面对墙壁上的大幅作战地图，他目光灼灼地聚焦在那片蛛网般密集的等高线上，对站在身边的秦基伟说："五圣山是朝鲜中线的门户，失掉五圣山，我们将后退二百公里无险可守。你要记住，谁丢了五圣山，谁就要对朝鲜的历史负责。"

秦基伟一凛。

4. 秦基伟有两个好参谋长

有一首豪气干云的民谣，将湖北一个小县唱得响彻全国："小小黄安，人人好汉；铜锣一响，四十八万；男将打仗，女将送饭。”

一场中国革命战争里，民风强悍的黄安打出了两百多个将军，煌煌然如星河灿烂。因而，黄安又有“将军县”之称。1952年，黄安改名叫红安。

秦基伟就是红安人，一颗从战争苦难中磨砺出的将星。

他九岁丧母，十岁殁父，接着是兄长病故。十一岁的孤儿秦基伟过早开始独自谋生，也过早开始思考这世道为什么富的富穷的穷这一沉重的社会问题。

1927年秋，年仅十四岁的秦基伟扛了杆红缨枪，趔趔趄趄地跟着黄麻农民起义队伍，在硝烟和呐喊声中攻进了离村四十多里的黄安城。两年之后，他和村里几个半大伢子一起参加红军，编入红三十一师三团机枪连。因每每打仗冲锋在前，入伍不到一年他就当了排长。

有一次秦基伟在打谷场上组织全排操练，碰巧被红四军军长徐向前看到了，发现这个娃娃样儿的小排长颇有战术意识，很会练兵，便把他叫到军部去谈话。谈完话，徐向前笑道：“行了，你回去吧，到军部手枪营二连当连长。”

这时秦基伟的军龄还不足两年。

1931年11月7日，中国工农红军第四方面军在红安七里坪成立，红四军手枪营升格为红四方面军手枪营，除了负责方面军总部首长的安全，黄安战役、商潢战役、苏家埠战役和潢光战役也一仗没落下，四战皆捷。此时，鄂豫皖根据地中央分局书记兼军委主席张国焘，在接连而至的胜利面前已经昏头涨脑，强令红四方面军乘胜不停顿地进攻，南下夺取麻城，进而威逼武汉。

然而，麻城攻坚受挫，秦基伟也在强攻陡坡山时被一枪击穿右臂。麻城之战成了鄂豫皖根据地生死存亡的转折点，那一枪也险些改变秦基伟的命运。

麻城久围不克，蒋介石对鄂豫皖苏区第四次“围剿”又开始了，红四方面军被迫撤围。从此，数万红军将士东征西突，仍处处被动，始终没能扭转战局，1932年10月不得不放弃根据地向西转移。

西去一路山高水险，红军没法儿带着伤病员行军打仗，只好动员疏散，把他们藏到老百姓家里养伤治病。

有一天下午，组织上派了两个人来医院看望秦基伟。由于药品匮乏，秦基伟臂伤已严重化脓，异臭扑鼻。来的人压根儿没提部队行动的事，只是给他留下两个银元宝，嘱咐他好好养伤。就是这两个沉甸甸的银元宝，让聪明过人的秦基伟一下警觉起来，马上意识到红军要丢下他走了。

事隔六十多年，回想起那个天色阴霾的下午，秦基伟将军心里仍不好受，说："整整一下午，我都坐卧不安。我知道上级的难处，留下我们这些伤病员也是迫不得已。可不管怎么说，我也不甘心被丢下。我已经是红军的人了，而且入了党，当了连长，可以说，我把自己的一切都交给红军了。现在不要我，让我到哪里去呢？这里全是白区，群众还不是很觉悟，把我们留在老百姓家里，要药没药，敌人来了只好束手就擒。再说就算安全地养好伤，以后又往哪里去呢？我越想越难过，想到最后，我抱定一个主意，追上去，跟着部队走。虽然我胳膊负了伤，但腿是好的，照样可以行军。"

黄昏时，部队前脚走，后脚他就悄悄溜出医院，远远地跟着队伍。

秦基伟将军痛苦地回忆说："那一路，可真是心酸。刚开始不能跟紧了，怕让部队发现了把我撵回去。到了宿营地部队开饭，我就藏在一边等，等同志们吃完了，我就跑去帮炊事班刷锅洗盆，顺便捞两口剩的吃。那时候给养困难，同志们都吃不饱，能剩下多少呢？我饥一顿饱一顿，完全没有保障。"

直到跟进河南境内，秦基伟才算回到红军队伍里。他托着已烂了半边的右小臂，跟着部队突破漫川关，翻越大巴山，进入川北，创建川陕边苏区。入川后，秦基伟先后担任过红四方面军警卫团团长、红三十一军第二七四团团长、红四方面军总参谋部补充师师长。

1935年4月，张国焘擅自放弃川陕根据地，命红四方面军强渡嘉陵江，向西转移。往后的岁月里，秦基伟不仅经受了红军长征中最深重的苦难——三过草地，而且亲历了红军时期最惨烈的失败——西路军覆没。

1936年10月下旬，红四方面军主力组成西路军，西渡黄河执行夺取宁夏计划，以打通国际路线。然而在军阀马步芳九个骑、步兵旅的堵截追击下，西路军一步步陷入绝境。高台失陷的前一天，敌人腾出兵力，将地处河西走廊中部的小城临泽围得铁桶一般。

临泽是西路军供给部驻地，城内除一个警卫连外，尽是些勤杂人员。秦基伟临危受命，担任守城前线指挥。敌猛攻两天，未能突进城池。坚守到第三天晚上，秦基伟奉命带领供给部的男女老少雪夜突围，退往倪家营子与西路军总部会合。可是，马步芳四个骑、步兵旅，随即向倪家营子两路夹攻过来。

碧血黄沙，胡天悲歌。西路军渡河西进不到半年，红五军打光了，红九军也拼垮了，总部与红三十军突围人员不足三千，分散退到风雪弥漫的祁连山腹地。那份凄凉，那种悲壮，让秦基伟什么时候想起来都揪心。

冰天雪地中，衣衫褴褛的秦基伟仍聚拢起三十来人打游击。但这支冻馁交加的小队伍，最终没能摆脱被围捕的厄运。秦基伟被敌人抓获后，在凉州坐了四十多天的牢又被押往西安。押解途中，他机警地借小解寻隙逃脱，一路狂奔，找到刘伯承指挥的援西军。

在战火与血水里反复淬炼过的红军西路军将士，能活着走出祁连山地的，无一不是特殊材料制成的人，注定会在中国革命战争史上轰轰烈烈一番。

3月，桧仓作战会议一结束，秦基伟便驱车南驰，直奔第二十六军防区，徒步爬上五圣山顶。

第十五军司令部作战科科长温锡用脚跺了跺，告诉秦基伟：“军长，这就是顶峰，我们正站在它1061.7公尺海拔高上。”

秦基伟点点头，举起了望远镜，吃惊地望着面前铺展开的险要——

位于三八线以北约三十公里处的五圣山，是朝鲜中部绝对制高点，雄伟奇峭，坡崖陡立，草深林密，岩石突兀，满山红松。沿山脚南延，有五个海拔都在448米以上的高地，恰如揸开的五指，呈欲夺欲揽状。日后敌我反复争夺，统称上甘岭的597.9高地和537.7高地北山，便分别是这五指里的中指与无名指。

视线继续前伸，美军控制的金化、铁原地区纵深十多公里，亦尽在鸟瞰之中。天气晴朗时，从望远镜里能清楚地看到金化城内建筑物上飘扬的星条旗和阴阳双鱼旗。

朝右看去，远处森然屹立着的西方山，与五圣山东西并耸，互为唇齿。再辅以斗流峰、王在峰、发利峰，如壁似垒，连绵一线，浑然天成。如此山川形势，成半壁河山之障，扼南北交通之喉，无疑是志愿军中部防御的重要战略支撑。倘西方山失守，敌人则可能直驱县里、洗浦，使五圣山成三面受敌之孤峰；五圣山若破，西方山则无坚守依托，整个防线便有帛裂之虞。

打开五万分之一军用地图，第十五军防区与左邻第十二军、第六十八军，同在朝鲜中部战线U字形的大弯曲部上。

所幸五圣山峰势险峻，即使在秦基伟这样善攻善夺的战将眼里，亦是易守难攻之地。真正让他揪心的，是西方山西边的那片谷地。

这是第十五军与右邻部队的防御接合部，最宽处约八公里半，由浅丘陵和平原构成，像是在如屏的中西部山区豁开一条宽阔走廊，汉城至海港重镇元山的铁路、公路贯穿其间。由铁原经此可直驱平康，因而这个谷地又被称为平康谷地。

秦基伟警觉地久久眺望着它，一双浓眉拧得半晌不松动。

若干年后，秦基伟在他的回忆录中曾这样描述：“如果把朝鲜半岛看成一个人字形，那么第十五军担任防御的平、金、淮这个三角地区，正处在‘人’的肚脐偏上的心窝地区。”

返回军部后，秦基伟便一头扎进他那间小草屋，不露面了。

这是间用朝鲜红松搭起的木刻楞式的草顶房子，屋里脂香四溢。

军参谋长张蕴钰交代总机员："军长的电话只打出不打进。三天之内不许打搅军长，有电话一律找我。"

三天后小屋柴扉大开，秦基伟踩着满地烟蒂走出来，将一份以积极防御、持久作战为战术指导方针，建立"突不破"防御阵地的作战方案，提交军党委扩大会议讨论。

方案中，秦基伟认为，第二十六军不死守阵地，而是与敌反复争夺，以达到大量杀伤敌人为目的的战法，是在运动战仓促转为阵地战，防御设施来不及完善的大背景下确立的作战方针；而我第十五军的作战原则是改造阵地工事，进行大规模筑城作业，建设一个完整的以坑道为骨干支撑点式的防御体系，不放弃一个阵地，把敌人挡在防线外面打。

第十五军一向军事民主，可是让秦基伟大为惊讶的是与会者对此方案竟异议甚多。不少同志都提出：二次世界大战中马其诺防线、齐格菲防线和西壁防线的崩溃，已经证明现代战争中没有攻不垮的阵地，没有突不破的防线。

有些意见甚至很尖锐，措辞激烈地批评"突不破"的提法，是主观色彩过于浓厚。他们认为，第十五军防御正面宽大，不可能一厢情愿地不被敌人占领一个阵地，我们的方针应当确定在与敌人反冲击、反争夺上。

与会者争得不可开交，唯独张蕴钰一直沉思未语。他在想：这些争论，恐怕不仅仅是战术观念的分歧，更多属于一种惯性心理反应。自从1934年红军在与国民党军队阵地对垒战中损失惨重，导致第五次反"围剿"失败而被迫长征以来，我军似乎一直余悸未消，除了一些辅助性阻击战外，基本上长期不打阵地防御战，总是习惯于大踏步进退的运动战。如今，这一战法又被模式化地从国内照搬到朝鲜战场。可是在国土狭长、山多路少的朝鲜半岛，大兵团运动战处处受掣，我们最擅长的战法难以得到发挥。长久的单一作战形式，也造成了我军指挥员怕打防御，战士们怵守阵地。连队里就有顺口溜说：宁攻三个山头，不守一个钟头。似乎“守”就是被动，就是消极，就是挨打。

张蕴钰理清思路，便侃侃而谈起来——

诸如马其诺之类的防线，经对手多年研究、准备，或强攻或迂回将其击破，这是历史事实。但我们研究问题，应更多地着眼于当前现实。眼下朝鲜战场敌我双方处于对峙状态，敌人也害怕我们攻他。倘若攻我，他们不可能将我们的防御研究透了再攻。而未能认真准备的攻击，没打就先输了一半。再者，美军虽然火力猛，机械化程度高，却后备兵源不足，拼不起阵地战的大量消耗，况且他们最大的弱点是攻击精神差。我们拥有强大的后备力量，火力也逐渐得到加强，又有有利地形和坑道做依托。所以，我认为军长关于“突不破”的战术想法，是完全可行的。

他看看大家，又接着说道：

我们十五军是一支善于学习，适应能力很强的部队。大家都记得吧，在太行山与日本鬼子周旋，我们的拿手好戏是游击战；过了黄河打老蒋，我们学会了大兵团运动战；在淮海战场，我们适应了平原阵地攻坚战；到大西南剿匪，我们又掌握了反游击战术。而战术形式每转换一次，我们第十五军便成熟一次，壮大一次。眼下朝鲜战场的态势，需要我们再次改变作战方式，那么我们就横下心来打防御，进行阵地战。反冲击、反争夺可以是辅助战术，但不是方针。我们的方针只能是积极防御，寸土不让，一个山头不丢。我们绝不是支只会打运动战的军队，依托有利地形，我们一定可以创造出一个“突不破”的防御范例来。

桑临春回忆说，那些原本持不同意见的人，率先为张蕴钰这番话鼓掌。

五个月之后，第十五军发布的《粉碎敌人秋季攻势作战方案》里，着重强调“寸土不让，坚决固守”这一作战指导思想。

在第十五军军、师级指挥员中，张蕴钰资历最浅，是抗日战争时才参加打游击的年轻知识分子，但他善思慎行，颇谙韬略。

桑临春老人说，他曾多次听秦基伟在不同场合讲过，当军长期间，很幸运有两个好参谋长，都是有“参”有“谋”的人。一个是后来担任过总参谋部副总参谋长的何正文，再一个就是20世纪60年代初为我国核事业的开创和发展，做出过重大贡献的原国防科工委副主任兼参谋长张蕴钰。

第二章　朝鲜中线大弯曲部

1. 总统坚持任命的司令官

1952年4月4日，第十五军四万五千人马由休整地谷山，向五圣山、西方山一线多路开进。美军侦察机很快发现这一大规模调动。上午10点30分，远东空军司令部便将志愿军调动情况通报给范弗里特。

范弗里特刚放下电话，美第五航空队司令官詹姆斯·埃弗雷斯特的电话就来了。这个电话使4月4日这天，成为范弗里特一生中最阴郁、最悲情的日子。

电话里，埃弗雷斯特沉重地告诉他：您的儿子吉米，今天凌晨1点飞往鸭绿江以南五十英里的敌占区执行任务，到现在没有返航。凌晨3点时，因目标被浓云覆盖，吉米曾请求更换目标。他最后一次无线电联络时间是凌晨3点30分，空中另一架飞机的机长听到吉米呼叫，请求雷达确认他的位置，此后便再无音讯。

范弗里特知道，这是儿子入朝参战后第四次执行轰炸任务，却是第一次夜间单机飞行。他想知道吉米未归，到底发生了什么。

然而，美第五航空队始终没能查明吉米的轰炸机究竟是云里迷航撞山，还是被志愿军炮火击中坠毁。直到停战谈判时，美方代表也曾请求中、朝方代表和国际红十字会组织协助寻找，但了无结果。

范弗里特有二女一子，和他小时的昵称一样，小儿子也叫吉米。那年吉米参军时，他曾希望家里再出一个步兵，可是吉米和当时的许多美国年轻人一样喜欢天空，迷恋高速，执意要学飞行，最后终于如愿以偿，成为绰号“掠夺者”的B-26中型轰炸机驾驶员。十六天前吉米还带着机组的六个伙伴来到第八集团军司令部，就在汉城市郊这幢被韩国人称为小白宫的日本式白楼里，点蜡烛切蛋糕，陪父亲过了个快乐的六十岁生日。可仅仅半个月之后，吉米就从这个世界上消失了。

尽管许多人都宽慰他说，或许吉米已成功脱险。但范弗里特心里很清楚，在那个山高云低的轰炸目标区，一架满载炸弹重达二十多吨的轰炸机，迫降生还的概率几乎是零。

打那以后，第八集团军机关的处长、参谋们发现，他们的司令官常常独自站在办公室的大阳台上，脸色沉郁，目光散淡地望着群峰连绵的北方。

詹姆斯·范弗里特是荷兰移民后裔，1892年3月19日生于美国佛罗里达州一个叫波尔克的小镇，兄弟中排行第七。他父亲用南北战争中意外发的一笔小财，在镇上办了个邮局，却始终没能把他那个多子女的家庭带出贫困。因而，范弗里特中学毕业后，父亲坚持要他报考免费教育的西点军校。

1911年6月4日，范弗里特顺利考入坐落于哈得孙河畔的那所著名军校。

为范弗里特撰写传记《战则必胜》的作家保罗·布拉姆说：

范弗里特学习成绩平平，在西点军校同届一百六十四名学员中，他的成绩总分排名九十二，属中等偏下。但他却是个天才的猎人、枪手。他的来复枪射击考核成绩总是优秀，能够连续十枪正中牛眼睛。

范弗里特自己回忆说，他在军校最差的科目是法语和历史，比法语和历史更差的是跳舞。舞场上，他总被同学们嘲笑为“受伤的水牛”。他承认，在军校正式社交场合，自己从来都觉得浑身不自在。一方面是因为他身高一米八六的大块头，动作有些笨拙；另一方面是他生长于边远小镇，见识少，在女孩子面前很害羞。但他擅长体育，是整个西点军校最优秀的手球和橄榄球运动员。

1915年6月12日，范弗里特以工程专业学士学位从西点军校毕业。这是西点军校至今仍引以为荣的一届，日后出了德怀特·艾森豪威尔、奥马尔·布莱德雷两位五星上将和包括范弗里特在内的三位四星上将，共有五十九人被授予将衔。

当时毕业学员大多向往陆军机械化部队，或者去炮兵、骑兵部队服役。虽然范弗里特是个很出色的骑手，但他最后还是选择了步兵，被分配到纽约州第三步兵团。1918年8月他奔赴法国西线戈兰德地区参加第一次世界大战时，已是美国第六师机枪营营长，并获两枚英勇银章和一枚紫心勋章。

可是，功勋与升迁之间未必就是等号。

1918年7月，范弗里特被授予少校军衔后就一直走背字儿，苦熬了八年多才盼来一纸中校晋升令。又过了五年，他才获得上校军衔。1941年7月他被派到贝宁堡指挥第四师第八步兵团。这时的范弗里特已四十九岁，然而他恪尽职守，为人表率，要求部属做到的他必先做到。

有个叫威星顿的上校，当时是第八团的中尉，他回忆说：看到比我们年龄大一倍的团长，还在训练场上跟我们一样翻越障碍，我们都有些不好意思，然而他比我们这些年轻人翻越得还好。

这段时间美国军队为应对第二次世界大战，由十九万人急剧扩充到五百多万人，正是大批提拔使用军官的时候。可是陆军部好像把范弗里特这人给忘了，直到1944年6月开赴欧洲战场，他仍在第八团没挪过窝儿，还是上校团长。

这军衔、职务，对一个参加过第一次世界大战并有着三十三年军龄的军官来说，委实难堪。此时，范弗里特的那些西点军校1915届同学，许多都已经跻身将军行列。布莱德雷已是美第一集团军司令官；艾森豪威尔更是名满天下，成为近三百万盟军的最高统帅，指挥“霸王行动”这一世界战争史上最大的两栖作战。甚至连比他范弗里特晚两年才步出西点校门的马克·克拉克和马修·李奇微，都已分别晋升为三星中将和二星少将。

向来不问军事的妻子海伦·摩尔也沉不住气了，小心翼翼地向丈夫打探，什么时候才能晋升一星准将。范弗里特告诉她，几天前马克·克拉克中将曾向他透过风，说他已经在下一批上星名单上了。

可这话过去大半年，陆军部那边也没动静。

那是范弗里特心情最沮丧的一段岁月，好在他的第八团很优秀。这支1798年组建的老牌团队，几乎参加过美国所有战争，不仅形成了英勇顽强的战斗作风，而且训练有素，精诚团结。范弗里特曾多次告诉来访者，第八团官兵亲密得像个大家庭。

1987年春天，离开第八团已四十三年的范弗里特还很念旧，把当年团里的军官和太太们全都请到他的波尔克农场做客。那是次充满感慨和感恩的聚会。一位军官笑道：太太们对老团长的感情似乎比对自己的丈夫还深厚。有位太太当即回应道：那当然，因为范弗里特将军把我们的丈夫活着从战场带回了家。

就在这次聚会上，有个部下旧话重提，问范弗里特：为什么在第八团三年多还得不到提升？

范弗里特摇摇头，说到现在他也没搞清楚。但他记得大约在1943年底，有人曾悄悄告诉他，陆军参谋长马歇尔，说他这人好酗酒，所以屡次拒绝提拔他。但他认为这传言不大可信，说他与马歇尔在社交场合有过好几次接触，而且当时两家几乎比邻而居，彼此很熟悉，“马歇尔应该知道我是个滴酒不沾的人，威士忌对我从来都没有吸引力”。

美国军事大学历史教授保罗·布拉姆，是位参加过二战、朝鲜战争和越南战争的退役陆军上校，曾在范弗里特手下当过第八集团军一个来复枪连的连长，与范弗里特相交相知甚深。据他分析，范弗里特之所以晋升滞后，是因为他长期在团以下部队担负训练工作，没有总部机关高级参谋的任职经历。而马歇尔总是喜欢优先任用他身边的高级参谋，如艾森豪威尔、克拉克等人都是这样扶摇直上的。另一个更重要的原因，是1929年和1940年，喜欢带部队训练的范弗里特曾两次放弃去利文沃斯堡陆军指挥参谋学校学习的机会，而宁愿留在佛罗里达大学的后备军官训练队和第二十九步兵团一营，这给马歇尔留下了不堪大任的印象。

日本陆上自卫队干部学校战史教官们编纂的《朝鲜战争》一书中写到：“经常有人说，如果不发生第二次世界大战，他（范弗里特）最多升到中校……”

但在该书第八卷第三章《范弗里特》一节中，日本战史教官们关于范弗里特在诺曼底的登陆地点、部队序列及其作战经历、晋升缘由的介绍，简直就是驴唇不对马嘴，并又以讹传讹地翻译到中国来。国内许多纪实文学作品，包括笔者《摊牌》一书，也都错误地引用过那节文字。

法国诺曼底是范弗里特命运的拐点。而自第八团从纽约启程，经九天海上航行，于1944年1月26日抵达英国普利茅斯投入登陆训练，他就已经为这个拐点的到来做好了准备。

这位擅长抓训练的老上校有句名言：训练永远不为多。他一次次组织全团模拟实战演习，气氛逼真得让许多士兵都以为已经在攻打法国了。以至于到了诺曼底，第八团官兵竟然很失望，觉得登陆战还不如在普利茅斯的演习激烈。

在1944年6月6日那个世界著名的D日[①]，强悍的第八团是第

① D日：预定进攻发起日。

一批冲上犹他海滩的美军部队。然而，潮水和风向使他们的舰船偏离预定登陆点约一英里。那里只有一条公路通向内陆，如果堵塞，紧随第八团之后涌来的大批登陆部队，将会被阻滞在海滩上，造成大面积混乱，后果不堪设想。

包括科·瑞安在内，许多人都认为之所以避免了这个后果出现，是随同第八团行动的罗斯福总统之子、第四师副师长西奥多·罗斯福准将，做出了一个至关重要的决定。

瑞安在《最长的一天》里写到："罗斯福将军把营以上指挥官召集到一起，做出了决定。第四师将放弃对原登陆地区目标的进攻，沿着这条唯一的公路向内陆挺进，随时摧毁沿途遇到的德军阵地。现在起决定作用的因素是，必须在敌人从登陆的首次震惊中恢复过来之前，尽快地前进。"

事后证明，这个决定对后续部队顺利登陆至关重要。

然而，范弗里特仔细回忆了当时情景，肯定地说："这个决定是我独立做出的。"

D日诺曼底登陆的二十多万盟军中，第八团是唯一完成预定作战计划的团队，因而受到盟军总部嘉奖。

时任美第七军司令官的约瑟夫·柯林斯后来回忆说："第八团与第八十二空降师并肩向前，推进速度很快。"

范弗里特不认同这个说法，他告诉布拉姆：第八十二空降师在犹他海滩飘得七零八落，连李奇微都找不到自己的部队，根本没有形成像样的攻击力量，许多伞兵都是被我们第八团在推进途中收容的。

第八团挥戈疾进，直插瑟堡，会同友邻苦战一周，于7月27日攻克这座希特勒下令死守的法国重要海港城市。这是盟军登陆欧洲后的第一场夺城之战，第八团所属第四师伤亡最大。始终奔走在火线上指挥作战的范弗里特，也被一块弹片击中腹部。但手术后仅一小时，他便不顾医生劝阻，叫来吉普车重返战场。第一集团军司令官布莱德雷闻讯亲自赶去，为他的老同学，可能也是美国最老的上校团长，别上优异服务十字勋章。

一个月之后，范弗里特终于获得提升，调任第二师副师长并晋升准将。虽说五十二岁之年才跌跌撞撞挤进美国将军行列，但范弗里特已很知足了，他怎么也没想到，一旦爬过将军这个坎儿，好运竟接踵而来。

1944年10月初，马歇尔到第二师视察时悄悄告诉范弗里特：你很快就将有一个自己的师了。半个月后，范弗里特便接到担任第九十师师长的命令。

该师原是一战时组建的一支国民警备队，登陆欧洲后作风松散，行动迟缓。虽然第三集团军司令官乔治·巴顿给它派去个新师长雷蒙德·麦克莱恩，使这支部队面貌有所改观，但总的状况还是不尽如人意。就在盟军司令部考虑是将这个师拆散补入其他部队，还是送回美国重新训练时，布莱德雷不失时机地推荐了范弗里特。

范弗里特10月16日赶到法国洛林上任，不到一个月便迅速振奋起第九十师士气。11月8日，该师担任集团军主攻，冒着瓢泼大雨夜渡摩泽尔河，一举突破德军工事坚固的科尼西斯马克尔地区防御和马其诺防线。这异常激烈的一仗，使第九十师雨夜雪耻，一战成名。范弗里特认为，那是他战争生涯中最辉煌的时刻。此战一结束，巴顿亲自发来一封激情洋溢的贺电，并为该师集体报请总统嘉奖令。然而，所请未获批准。第九十师未能得到应有的荣誉，这让范弗里特至死都感到遗憾。但这一仗为他又添了一颗将星。

范弗里特从学员到上校用了三十年，从上校到少将却只用了四个月。

此后，他分别担任过第二十三勤务军、第三军、第二勤务军司令官和第一集团军副司令官。

1948年2月，希腊弗雷德里卡王后要求美国政府派一个既懂作战也会训练的将军，指导她的政府军与希腊共产党领导的民主军作战。国务卿马歇尔随即派范弗里特持节希腊，以中将衔出任四百多人的美国军事顾问组最高代表。

三十多岁的弗雷德里卡王后美貌睿智，是希腊内政外交的主要决策者。第一次会见范弗里特，她就认定这个美国将军值得信赖，嘱咐他：如果我的哪位将军或政治家找你麻烦，马上告诉我。

范弗里特不辱使命，竭尽心力为希腊政府军制订了一整套训练计划和围剿方案。不到两年，苏联和南斯拉夫等国支持的两万四千余众的民主军，几乎全军覆没。据1950年春范弗里特给华盛顿的报告：希共民主军所剩不足五百人。

国王夫妇越发赏识范弗里特，一连授予他三枚希腊政府勋章，并一再感谢美国政府给他们派了位能干的将军。这事给杜鲁门总统留下很深印象。

1950年7月15日，范弗里特回到美国，指挥驻扎米德堡的第二集团军。美国军人都知道，到这样一个担任国内地区性防务的部队当司令官，意味着退居二线。

然而，范弗里特的战争还没有打完。

这年年底，美国第八集团军司令沃尔顿·沃克在朝鲜因车祸丧生。沃克葬礼上，陆军参谋长柯林斯私下里建议范弗里特关注一下朝鲜战局，暗示说美国陆军部副参谋长李奇微已去朝鲜接手第八集团军，如果李奇微再有什么变故，他便有可能接任。

四个月后，屡屡与美国政府的朝鲜政策唱反调的麦克阿瑟被免职。时任国防部部长的马歇尔建议，由李奇微接任美国远东军司令官和“联合国军”司令官一职，派范弗里特指挥美国第八集团军。

杜鲁门问：范弗里特现在在干什么？

柯林斯回答：正在指挥一个集团军。

杜鲁门又问：哪个集团军？

当被告知是第二集团军时，杜鲁门厉声道：不就是米德堡路边的那个军吗？找个人接替他就是了。

已回佛罗里达休假的范弗里特正在他的果园里栽苹果树，柯林斯电话来了，问他：“还记得沃克葬礼上我跟你说的话吗？”

范弗里特说:“记得。”

柯林斯说:“那好，从空军弄架飞机飞回来，立刻去朝鲜接手第八集团军，我会让你太太提前帮你做好准备。在朝鲜由你说了算，我们将尽可能少干涉你。”

后来范弗里特回忆，在他接管第八集团军问题上，杜鲁门总统和马歇尔、李奇微，以及陆军部是有过一番讨论的。主要是李奇微担心范弗里特进西点军校比他早，现在归他指挥，未必会听命于他。但杜鲁门坚持要范弗里特去第八集团军，李奇微这才无话可说。

1951年4月14日，范弗里特乘坐空军提供的B-26中型轰炸机，飞抵韩国大邱机场。

美国参谋长联席会议曾建议李奇微在第八集团军待到时机成熟，适合范弗里特接手时再去日本上任。李奇微知道这是想让他带带范弗里特，可是让比自己资历浅的学弟帮带，范弗里特心里会爽？因而，范弗里特一到朝鲜，李奇微就把包括二十万韩军在内，共四十一万七千人的第八集团军全交给他，同时也给他上了紧箍咒：怀俄明线以北的任何军事行动，都须经远东军司令部批准。随后，李奇微又行文补充指示第八集团军：今后的作战目的是造成敌方人员和物资重创，而不是争夺地盘，特别要避免将作战扩大到朝鲜半岛以外的地方。

范弗里特接过权柄仅八天，志愿军发起了第五次战役。这一战谁都没占着什么便宜，却促使双方于1951年7月10日在开城的停战谈判桌旁坐下来。

谈到第十六天头上，刚被晋升为四星上将的范弗里特，向东线朝鲜人民军驻守的大愚山、杜密里以北的773.1高地和851高地，接连发起团、营规模进攻。

被美军称为“血岭”的773.1高地正打得血肉横飞，范弗里特又制订了两套由元山港附近登陆，从朝鲜人民军背后发起攻击的作战计划，试图一举将对手压向金刚山。

可李奇微比范弗里特有政治头脑，他不能不考虑，停战谈判尚未破裂，发动如此大规模的作战势必刺激中、朝军队，特别是惹恼中国人，从而发展成一场全面战争。一旦全面开战，他必须投入驻日本的美第十六军。这样一来，处于苏联军事威胁之下的日本，便毫无防卫力量。而保障日本安全，是美国远东军的基本任务。

两套作战计划被毫不客气地同时驳回。

但如果李奇微以为范弗里特这人很好打发，那他可就错了。事隔十九天之后，不肯消停的范弗里特乘着直升机，从空中视察以平康为顶端、金化和铁原做底边的三角地带。偌大一片交通要冲，美军只控制一条底边，这对美第七师和韩第二师的防御非常不利。他对陪同视察的美第九军指挥官们说："一定要把中共当作生命线死守的'铁三角'拿下来。"

此语一出，普遍认同。后来美、韩军官兵皆称平、金、铁地区为"铁三角"。

十来天后，代号"棍棒作战"的"兰格拉"计划，便搁在了李奇微案头。美第一军军长奥丹尼尔制订的"指令作战"计划，作为预备方案同时上报。

"兰格拉"的核心是：10月中旬，以美、韩军两个师在通川地区实施登陆，配合美第九、第十军和韩第一军团由南向北同时攻击，将战线推进到平康—淮阳—库底一线。

"兰格拉"，英文为WRANGLER，有说服人的意思。范弗里特是想用计划之周密说服李奇微，以进攻的烈度说服志愿军。可他首先就没能说服李奇微，计划上报一星期，如泥牛入海。要是换作他人也就明白上司的态度了，可范弗里特一根筋，隔天就向东京发报催问一次。连远东军总部参谋人员也讥笑这个老将军被不断驳回却仍反复呈报的举动，是"絮絮叨叨的申请"。

李奇微似乎受不了这种逼宫式的呈报，只好批了。但批准的不是"棍棒"，而是"指令"。他认为这个预案只是攻击志愿军西线第六十四、四十七和四十二军警戒阵地或前进阵地，不会有激怒中国而导致战局无法控制的危险。

日本战史教官们也觉得，这让范弗里特的面子完全丢尽了。

可是范弗里特具有超常执拗的潜质。1952年初，他再次制订了“大棒”和“还乡”作战计划。计划刚刚拟就，恰好李奇微从东京飞来汉城视察，那天他正为中、朝政府谴责美军在朝细菌战的事恼火，范弗里特坚定有余却灵活不足的毛病，又在最不恰当的时机和场合复发了。李奇微刚下飞机，他就呈上“大棒”和“还乡”。

李奇微随手翻了翻两份作战计划，全盘否定道：“我不喜欢这些方案，你们的行动只能限于安全上所必需的侦察和反击。你等待下一步的命令吧。”半点讨论余地都没有。

瞅瞅已成废纸的作战方案，范弗里特一言未发。他很知趣，既然受制于人，那就没什么好争辩的。更何况他非常清楚这些年李奇微一直军界得意，生生被宠坏了，变得越来越自负。

据范弗里特传记披露：早在诺曼底登陆那会儿，范弗里特就不喜欢李奇微，认为这个指挥官缺乏锐气。最先登陆犹他海滩的第八团与第八十二空降师共同抗击德军时，李奇微只防不攻，一遭遇敌人就掘壕固守。

如今第八集团军的作战方案一而再，再而三地被否决，更加剧了范弗里特的反感。

其实，李奇微并不比范弗里特缺少攻击性。在他接手第八集团军时，向麦克阿瑟提出的唯一要求，就是赋予他发起进攻的决定权。进攻是空降部队的兵种特性，也是李奇微任第八十二空降师师长时形成的指挥风格。只是眼下政治氛围根本就不允许激化战事，他也不喜欢自己的下属指手画脚地告诉他该何时突击、怎样进攻，即便是西点军校的学长也不行。

范弗里特与顶头上司李奇微面和心不和，却与韩国总统李承晚私交甚好，太太海伦与李承晚的妻子弗朗西斯卡也颇有交情。

布拉姆说：范弗里特特别敬重李承晚，欣赏他拒不签署停战协议，把以武力统一朝鲜半岛作为最终政治目标的举动，赞扬他为“了不起的爱国者和强有力的领袖”。在李承晚与华盛顿，尤其是与国务院的争执中，范弗里特总是很同情李承晚。

2. 两个主力师扼守一个谷地

经过四天行军，第十五军各师、团分批赶到前线，先二线阵地，后一线阵地；先左翼防区，后右翼防区；逐个营、连，逐个高地接防。至4月20日，秦基伟稳健地接过第二十六军东起五圣山西至西方山，正面约三十公里纵深约二十公里，面积约六百三十平方公里的防区，布下“一头沉”的防御态势——

第二十九师（欠第八十七团）为军预备队。

第四十五师配属三个炮兵营和一个高炮营，固守五圣山、忠贤山地区。五圣山为核心阵地，防御正面八公里。

第四十四师配属第二十九师第八十七团，连同五个炮兵营、两个高炮营、一个反坦克炮营和两个战车连的重筹码，全押在西方山方向。四个团均以后三角配置，依托西方山、斗流峰、王在峰俯制平康谷地，阻敌由此机械化突击。

向守志指挥的第四十四师，是秦基伟一向倚重的主力师。怕伤那两个师自尊，多少年这话都没明说过，但第十五军的人谁都看得出来，因为最辣手的仗总是第四十四师去打。

三十多年之后，已是国防部部长的秦基伟才在《中国人民解放军第十五军军史》审稿会上第一次明确表示：“战争年代第十五军的主力、拳头，是第四十四师；拳头的拳头，是第四十四师的第一三〇团。”

该师战史上最惨烈的一仗，是淮海战役中打张围子。

张围子防御是黄维的一个军事杰作，具有平原坚固防御的典范性。其三道环村的主防御线上，疏密有致地错落着工事网和梅花状地堡群，互为支撑，又与村中央的核心子母堡构成火力交叉覆盖的大防御系统；配属的步兵伴随火炮，随时可以得到双堆集兵团大炮群的战术支援，在防御前沿构成绵密的火制地带。

防守张围子的部队，是黄维兵团三个命名团之一的“青年团”，王牌军中的精锐团，据说从没吃过败仗。团长陆秀山蛮横凶悍，恃宠骄纵，见了杂牌军的少将都不肯先打个敬礼。

料到青年团这根骨头硬，指挥中野东集团的陈赓令九纵、十一纵各上一个主力旅，从张围子东西两头一起啃。

秦基伟打出向守志第二十六旅这张牌，向守志则派该旅第七十八团先上。

第七十八团刚解除郑州警备任务撤回归建，虽说浩浩荡荡三千多人马，但不识淮海战场深浅。第一次打平原攻坚战就碰上国民党精锐，再加上各营协同失误，第七十八团从张围子东北角攻了近五个小时也打不下来，还牺牲了团参谋长陈鸿汉。

由村西南头突破的十一纵第三十一旅，攻击亦未奏效。

这是12月6日——淮海总前委发出总攻令的第一天，各纵队战斗均有进展，唯独张围子之战受挫。这一来，中野东集团的压力就大了。

深夜12点钟，谢富治打来电话：“老秦啊，你们不是还有个‘老二团’吗？都这时候了，怎么不用上？”

秦基伟说：“要用，一定拿下张围子，不然不好交代。”放下电话就往宋庄的第二十六旅指挥所跑。他人刚踏进旅指挥所门槛，邓小平的电话跟着就撵过来了：“秦基伟吗？下一步如何攻击？”

秦基伟素来慎言，十成的事只说七八成的话。一看这事惊动了邓政委，他更不敢大意，回答说：“邓政委，待我跟向守志碰个头，马上向你报告。我现在就去七十六团。”

邓小平一听，隔着几十里地拦住他：“你不能去那里，太危险。可是张围子无论如何要打掉，有什么困难你找陈赓说说。”

是夜，冷月孤悬，一地寒晖。模样儒雅的向守志顶着大平原漫卷的西北风，连夜把第七十六团调上来。

该团前身是后来担任解放军总后勤部副部长的唐天际拉起的“晋豫边抗日游击队”，1940年编为八路军第二纵队新编第一旅第二团时，又将一支黄麻暴动的赤卫队编入，使该团整体作战能力上了个新台阶。此后该团辗转征战，功勋叠加，成为名噪太行的“老二团”。组建九纵时，该团番号为第二十六旅第七十六团，始终是九纵最坚硬的拳头，砸到哪里，哪里就溅起一片辉煌。

然而，自打九纵下太行以来，第七十六团屡为先锋，连战不止，已有劳瘁之感。想到黄维三成尚有两成多的实力，恶仗还有的打，不到节骨眼儿上，向守志舍不得用它。可是没料到张围子这盏小灯竟如此耗油，看来第七十六团不上是不行了。

第二天，秦基伟亲自坐镇第二十六旅。傍晚，第七十六团与第十一纵第三十一旅仍由原地进攻。炮火打完两个急袭，第七十六团突击队虎啸而起，只用了五分钟便将敌防线撕开个口子。

可青年团也不是个瓤茬儿，其战斗作风殊异于其他国民党部队。一看第七十六团楔入阵地，自己火力无法施展，青年团官兵纷纷挺枪跃出掩体、地堡，嗷嗷叫地径直迎将上来。主力对主力，王牌对王牌，硬碰硬地拼起了刺刀，震彻天宇的喊杀声里，利器撞击出一片丁零当啷。双方预备队都潮水般往突破口涌，见面就搂火，抵近就肉搏，一道堑、一个堡地争夺。胜利以寸土数命的代价艰难推进，尸体绵软地一直向村中核心大地堡铺去。

第七十六团三连是个红军连队，全纵闻名的红三连。该连是作为预备队投入战斗的，齐装满员的两百多号人，打到核心大地堡前只剩下十七个伤员了。团长李钟玄心疼得直掉眼泪：“狗日的青年团哪，把我的红三连拼光了，把我的红三连拼光了呀！……”

在这个面积不足0.2平方公里的小村庄里，敌我双方拉锯般厮杀了整整十个小时。8日凌晨4时，第七十六团终于拿下张围子。天亮时一看，张围子遍地血土红泥。两千多人的青年团被俘的不到一百四十人，余皆战死。

第七十六团也是元气大伤，连欢呼胜利的力气都没有了。

两天后，秦基伟和参谋长张蕴钰冒着敌机的轰炸扫射，来到张围子观察敌情。当晚的日记中，秦基伟这样描述被打烂的张围子：“七十余户的一个村庄没有一间房子有顶，把村的周围等于翻了一次地皮一样，死人和死骡马遍野都是，敌人的交通沟内死人成堆，其情景是难以形容的。我们的战士就在敌人的死尸上走来走去，甚至在一起休息，战士们并不在乎，情绪甚好。”

1949年2月整编时，第七十六团编为第十五军第四十四师第一三〇团。如今，这个第十五军最强悍的团队，被向守志部署在平康谷地锁喉卡脖子地段上。

由西方山西侧横穿谷地，是第三十八军的防御地带。该军是“志司”刚从西海岸调来扼守平康要冲的志愿军一等主力部队。

采访中，许多当年的志愿军指挥员和参谋人员都说：整个志愿军战线上，顶数第十五军和第三十八军的防御位置最重要。

第三十八军原为四野主力纵队，能打善守，攻防兼备，在国内革命战争中，就曾有过彪炳史册的建树。朝鲜战争第二次战役中，该军第一一三师打穿插动作勇猛，疾如射矢，在七八十公里崎岖山道上奔袭了十四个小时，先敌半小时抢占三所里、龙源里一线要地，截断美第九军退路。美第九军与北上增援的美骑兵第一师、英军第二十九旅各一部，在上百架飞机、百多辆坦克支援下，南北夹击第一一三师。第一一三师舍命抗击，死战不殆，致使南逃北援之敌相距不到一公里，却突围无望，援救亦无望，保证了军主力对敌肢解聚歼，取得了二次战役关键一仗的胜利。

魏巍名篇《谁是最可爱的人》，主要记述的就是这个师第三三五团三连阻击美军南逃的松骨峰之战。

战斗尚未结束，彭德怀便亲自为志愿军司令部、政治部起草对第三十八军的联合嘉奖令。文就，彭德怀犹有言未尽意之感，遂又在文末补上：“中国人民志愿军万岁！三十八军万岁！”

从此，第三十八军便破例地享有“万岁军”之盛誉，名震遐迩，无出其右。

调防中部战线后，第三十八军也将其主力第一一四师摆在了平康谷地东侧，与第四十四师为邻，形成两个主力师扼守一个谷地的强硬态势。

美军部署也相应地做出了调整。韩国《朝鲜战争》称：“在中部战线的东半部，由刘载兴中将指挥的韩国第二军团第三师、首都师和第六师共三个师，同中共军第十二军在金城东侧山岳地带对垒……在战线的西半部，由詹姆斯中将指挥的美第九军团统一指挥美第二、第三、第七、第四十师和配属之我韩国第二、第九师，逐次轮换配置在一线，同中共军第十五军和第三十八军相对阵。”

战争总是先从排兵布阵开始的，士兵们还没交火，双方指挥员已经运筹帷幄，较上心劲儿了。

第十五军接防时，当面之敌为美第二师和美第四十师。

桑临春老人说：我们上阵地没多久，就发生一支战争小插曲——志愿军第二十六军撤出阵地后，美第二师的情报部门很快便获悉志愿军接防部队番号。消息传开，美第二师官兵尽皆惊愕。

该师原本也是美国第八集团军的一支能战之师。第四次战役中，志愿军六个团逾万人攻击砥平里，激战两昼夜打不下来。眼看美军援兵将至，志愿军被迫撤出战斗。据守砥平里的就是美第二师第二十三团与法国营。

此战时间不长，却深刻影响了战局。美军由此发现志愿军缺乏攻坚炮火的弱点，再不像过去一遭攻击即行后撤，而是敢于就地设防，固守待援。韩国《朝鲜战争》高度评价：“这次胜利的意义可与英国第八军在阿拉曼取得的胜利相比拟，也可以说是‘第二仁川’。”

可是，美第二师荣耀仅保持了两个来月。第五次战役中，该师第三十八团团部及一营、三营，被第十五军第四十四师围歼于大水洞地区，其一营营长成鲁盖夫以下官兵二百六十二人被俘。

一年过去，美第二师余痛犹在，听说老冤家第四十四师上了西方山，未战，士气先就撅了一半。

5月下旬，美国第八集团军立即组织调防，一星期之内便把美第七师拉上来，替换下美第二师。接着，又用韩军第二师替换下美第四十师。

美第七师也是支在太平洋战场打过许多硬仗的劲旅，有“尖刀师”之称誉。1943年5月，该师在阿留申群岛的阿图岛实施两栖登陆，与日军苦战十八天，全歼守岛日军。

1944年2月，该师与美国海军陆战队在马绍尔群岛的夸贾林岛，联手发起“燧发枪行动”，激战三天，死伤千余人，歼灭八千多日军，攻占了这座世界最大的珊瑚岛。美国一些将军认为，此战是美军打得最漂亮的一次两栖进攻战。

1945年4月刚打完菲律宾莱特岛战役，该师又投入太平洋战场最著名的冲绳之战。是役，美军付出死伤四万六千余人的惨重代价。

美第七师装备精良，士气旺盛，1950年9月仁川登陆后，曾一口气将朝鲜人民军撵出三百二十多公里。11月21日，该师先头第十七团直抵朝鲜北陲边镇惠山，隔着冰封江面眺望中国。这是唯一深入到鸭绿江边的美军步兵团，而攻克惠山镇被美军视为占领朝鲜全境的标志。

美国作家约翰·托兰在《漫长的战斗》一书中这样描述：“麦克阿瑟欣喜若狂，致电第十军军长：‘最衷心的祝贺，内德，转告戴维·巴尔的七师中了头彩’”，“这一日，摄影师们倾巢出动。不少官兵得意忘形，仿效当年丘吉尔和巴顿在莱茵河畔的行径，朝鸭绿江中大撒其尿”。

美第十军军长阿尔蒙德也电贺美第七师师长戴维·巴尔：“你师在零下的山岳地带，击破反复进行顽强抵抗的敌人，仅二十天时间即前进二百英里，这个事实无疑将作为辉煌的军事成果载入史册。”

然而，仅仅隔了十一天，美第七师这把“尖刀”就在风雪长津湖畔折了一截，整整一个加强的第三十一团，被志愿军第二十七军全歼。

美第七师辖三个步兵团、一个炮兵团（含五个炮兵营）、一个侦察营、一个工兵营、一个卫生营，以及配属的埃塞俄比亚步兵营、哥伦比亚步兵营，共一万六千九百七十七人。

韩军第二师按美军编制，也有一万五千人左右。

美、韩军两个师三万余人，对阵第十五军四万五千人马，看起来以寡敌众，但其武器装备占据了绝对优势。让我们从双方悬殊甚巨的火力密度对比上，看看上帝的屁股是怎样坐在美国人那边的。

以美第七师一个普通步兵连第十七团I连为例：全连共二百一十人，每米防御正面上，平均每秒钟可发射22.62发子弹，0.45发炮弹。

再看看第十五军装备最好的主力连队第一三〇团四连：全连共一百八十八人，每米防御正面上，平均每秒钟只能发射2.32发子弹，炮弹发射量则为〇。

因而，美第七师上上下下，军官狷狂，士兵傲气。

原该师第十三工兵营B连下士詹姆士·格罗夫看到美国关于朝鲜战争的电视剧里，不是歌颂海军陆战队仁川登陆，就是吹嘘海军陆战队拿下汉城、激战长津湖，特不忿地说："记住，是我们师第三十二团收复了汉城。如果不是我们陆军在长津湖以南阻止中国人收拢他们布下的罗网，陆战队恐怕就得划着小艇把他们还活着的弟兄从北朝鲜撤出来了。功劳该记在应得的人头上。"

美第七师一上阵地，便在前沿支起几个高音大喇叭，一个从汉城请来的播音员小姐，嗲劲儿十足地操着一口夹生中国话，成天冲西方山这边絮叨："中共第十五军的弟兄们，你们丢下老婆孩子大老远跑到这儿来挨冻受饿，图的什么呢？你们那几支破枪，挡不住联合国军的前进步伐……"

第十五军官兵们根本没空儿搭理她，一线、二线部队都在忙着掘洞筑城建设阵地呢。

这是一项为了生存与战斗的艰苦工程。

刚接防过来的阵地，其实就是片渺无人烟的荒山野林，只有几条掘开式工事和数百个藏身的猫耳洞。每逢阴雨，一部分官兵蜷缩在潮湿的猫耳洞里，大部分官兵只能顶块桌面大的防雨布露宿山野。一线阵地上约有五千官兵不能生火做饭，但有火光烟缕，便遭美军炮击空袭；阵地上的饭全靠十多公里外的二线部队往上送。官兵们十天半月吃不上一顿热饭，喝不上一口开水，见不到一片蔬菜叶。严重营养不良与超强度筑城作业，使官兵们体质普遍下降。上阵地一个月，第四十四师就有一千二百五十多人患夜盲症，数千人浮肿。第二十九师一个班，上阵地不到一个月平均体重下降三公斤。冬去春来，荒野里蚊蝇鼠蛇也开始活跃，加上数千人生活垃圾和粪便无法处理，致使阵地环境污染，疾病蔓延，出现大量非战斗减员。五六月间，第十五军发病人数超过七千人，住院病号四千二百余人，病亡竟达一百零四人。疫情除了常见的痢疾，甚至有伤寒、疟疾和回归热等烈性传染病。

从没打过阵地防御战的第十五军这才切身体会到，一旦防御具有长期性质，首要的就是改善环境，建设阵地。他们自造铁匠炉锻钎制镐，拆下敌人投掷过来的未爆炸弹，取出炸药，爆石破岩，开山掘进，把掘开式工事改造成以坑道为骨干支撑的防御体系，能打能防，能储能藏，既利于作战，又便于生活。

第十五军防域的前沿与纵深，到处是锤钎叮当声和岩石爆破声。

美军也在构筑以美国总统杜鲁门家乡命名的主防御阵地——密苏里防线，但它主要由工兵部队和“韩国民工队”负责施工。与志愿军阵地作战、生活条件相比，密苏里防线那份阔绰、舒适，让人觉着这帮美国兵不是打仗，而是旅游度假来了。

其前沿防御设施由地雷、三角铁、尖桩、蛇腹形铁丝网等障碍物和地堡构成。地堡不仅坚固，里面还铺上了木头地板，用给养箱板条镶衬了内壁，甚至还用给养箱里的塑料做成窗户，透气而又敞亮。大部分士兵都有收音机；许多军官和士官都有煮饭或取暖的炉子，甚至铁床。供给规定的每人每天一听啤酒、一杯咖啡和一袋小零食，定期由韩国运送队背上阵地。运送队里总会混进些装扮成男人的韩国妇女，钻到阵地上与美军士兵厮混。当中有不少是从美国大兵们称之为“猫屋”的妓院里跑来的女人，时常色胆包天地就在地堡里留宿过夜。前沿阵地反斜面的山坡上，还搭有保暖帐篷，以便天冷时站岗放哨的士兵每过几小时就可以进去暖和一下。前沿也是轮流休假积分标准最高的“四分地区”，能很快挣够五天假期的分值，而且通常都是飞到日本度假。人在朝鲜前沿，美国兵们还时常能看到美国演艺团体的慰问演出。好莱坞电影明星安妮·斯特琳也曾赶到前沿劳军，连续三天，每天演出三场，场场受欢迎。

过于优越的条件，滋生了美军官兵的富人心态。他们打骨子里瞧不起那些穿着破胶鞋，拿着轻武器的志愿军，觉着除了打仗不怕死，对手简直一无是处。看到第十五军官兵操着简陋的工具，整天浑身泥满脸汗地忙着挖工事、掘坑道，那些美国兵每个毛孔都透着不屑，其行为也越发地张狂无忌。

志愿军第四十五师第一三五团九连守备的597.9高地前沿，距敌不过百十米之遥。而在537.7高地上，敌我之间距离更近。这是条南北走向的驼峰状山岭，南山主峰被美第四十师占据，北山则由第一三五团一连守备，双方共一条鞍形山梁。两军对垒的前哨麻包掩体，只隔五六十米，彼此听得见对方说话。

一连官兵都是第一次听见外国话，说：听美国鬼子说话还挺有意思，呜啦呜啦的，好像舌头都伸不大舒展。

就隔着这么一段手枪有效射程的空间，美第四十师那伙人高马大的士兵们，便公然挑衅性地在南山阵地上列队开饭，集群看地形，摔跤嬉闹，席地野餐，冷水冲澡，裸体晒太阳，勾肩搭背地散步，搂着韩国女人跳贴面舞，掏出裤裆里那玩意儿冲着一连比谁尿滋得高……气得北山阵地上一片恶骂：“狗日的们，非得教训教训他们！”

志愿军第十五军依据敌我对峙的战略局面，决定开展冷枪冷炮运动，“零敲牛皮糖”，“积小胜为大胜”，把斗争焦点推向敌前沿去。537.7高地北山一连距敌最近，最先发动。七班班长邹习祥第一个搂响了扳机，“砰”地撂倒那个只穿着三角裤衩正在山坡上日光浴的金发大兵。

这下可就打开了，从五圣山到西方山，冷冷的枪声在第十五军弯弯曲曲的防御正面上，爆豆似的响成三十公里一条线。

3. 可怕的狙击兵岭

守备537.7高地北山的一连连长世代贫寒，穷得连个正经名字都取不起，就叫王二。抗美援朝第五次战役结束后他去师部参加连长集训，崔建功师长见了他，笑道：“都当连长了，而且以后还要发展进步，总叫王二不像回事吧？”

王二也嘿嘿地笑：“那就请师长给咱起个名儿吧！”

崔建功沉吟片刻，说：“我们当兵打仗，为的是谋求建立一个幸福的新中国。我看就叫王福新，怎么样？”

师长亲自给起名儿，还有啥说的，王二连连点头：“行，那就王福新。”

可是最土的名字往往最具特色，凡俗的名字反而上口好记。“王福新”就始终不如“王二”叫起来顺溜，怎么也透不出原先的那份亲昵。他后来当到了师副参谋长，许多老同志见了，还叫他“王二”。就连崔建功自己也改不过口来，直到离休仍一口一个“王二”地叫。

阵地对面的美军也叫他“王二”。

一连上了537.7高地北山不久，美第四十师的前沿大喇叭里就喊起来：“王二连长投降吧，到我们美国自由世界来……”

王二几分得意几分纳闷儿：“吔，他们怎么知道我叫王二？”

王二是河南林县人，不知道生日是哪天，只知道生于1930年。他七岁时父亲病故，八岁时母亲饿死，是老奶奶把他和小妹带大的。奇怪的是，从小饥一顿饱一顿的王二，竟长成那年月少见的大个子。他不满九岁就跟牲畜打交道，放过牛，养过驴，时间最长的是牧羊。这个小羊倌天天扔泥块砸羊角，驱赶啃庄稼苗的羊儿。不想天长日久，他竟练出一手百步穿杨的好功夫，一入伍就成了投弹能手。据说隔着五十米开外，他一扬臂能将手榴弹从射击孔砸进地堡去。

采访中问及此事，王二老人不由得嘿嘿一乐，回答说："是有过那么一两次。"

1946年王二虚报两岁入伍，一个月后就赶上打汤阴县黑山的一股地方反动势力。那会儿他连枪都没有，只背了四个手榴弹，手上拎了把板锹。但他天生就是打仗的，一听枪响就亢奋，连长那声"冲——"还没落音，他个儿大腿长地已经蹿出去了。

半年之后打杞县，他被子弹击中。当时他只觉得大腿上一烫，不知道这就是负伤，愣是把敌人撵出七八里地去，等到发现满大腿都是血，这才身子一软倒下了。他被抬到医院后又感染破伤风，救治无效便转到太平间搁着。眼看着这么鲜活的一条生命就要没了，医生、看护都心疼得哭了。可是王二命大，在太平间里徐徐吐出一口气，又转回了阳间。

他算了算，入伍后平均一年负伤一次多。到1952年入朝作战前，他已经负伤八次。子弹、手榴弹片、炮弹片和飞机炸弹片，都在他身上留下过疤痕，可什么样的武器都没能打倒他。2006年夏，王二老人以七十六岁高龄谢世。

王二不识多少字，但打仗勇敢，而且浑身透着机灵，十九岁就当了排长。那次对笔者说完，他还不忘补充一句："全团最年轻的排长。"

1949年底，第十五军打到了广西。有天晚上，王二带着一排人搜索国民党部队残余，路上碰到四野的几个兵，告诉他那边山沟里发现有敌人。王二便向他们建议："咱们合起来打，你们占领那个山头掩护，我带几个人进去让他们投降。"

等他摸进沟去一看，不禁吓了一跳，只见朦胧星光下，黑压压满满一沟的敌人。他给自己壮了壮胆，大声喊道："我们是解放军，你们已被包围了，现在我命令你们投降！”

就在这时，已爬到山头的那几个四野的兵，噼里啪啦地打了阵机枪。

沟里人就慌了，一起乱嚷嚷：“让我们投降，那你们怎么还打啊？”

王二朝山头吆喝了一嗓子：“别打了，战斗结束了！”他又命令沟里的人，“不要乱，排起队往外走！”

山沟里火炮、机枪、电台、粮食……什么都有，光骡马就五六十匹。在千里追击国民党部队的1949年底，骡马可是各部队辎重的主要运载力。王二心眼儿一动，派几个兵先悄悄将骡马牵到另一条山沟里藏起来，一边还给自己找些理由：人家四野不缺骡马，咱们二野有的是俘虏，就把俘虏给他们吧！

采访中，王二很自豪地说：我们是一三五团的主力连，拉上北山以后，我都是直接跟团长通电话。我这个连也是全师最大的一个连，总共二百三十八号人。我从全连挑选了一批射击尖子，两人一组，编成了三十个狙击小组，亲自领着开展冷枪冷炮歼敌竞赛。

几十个人精枪准的狙击手，每天天一亮就趴到岩石旁，钻到草棵里，藏在小树丛中，东一枪西一枪地打，头五天就打死打伤了二十多个美军官兵。两个星期下来，对面美军那个连就给打残废了，不得不撤下去重换一个连上来。可换上来的这个连也没能撑多久，又换。一个6月打下来，一连已冷枪歼敌三百多名。

一连六十名狙击手各个有战绩，而狙杀率最高的是邹习祥。

贵州务川县有个方圆四十多公里，四面悬空的高山草原——栗园大草场。一眼望去，奇石飞瀑，陡崖流泉，牧草丰茂。邹习祥就是这片神奇草场养育的仡佬族青年。他从小随父亲进山狩猎，打兔子射山鸡，入伍前就练得一手好枪法。但他自己都没想到，参加抗美援朝后，上甘岭的537.7高地北山成了他大展身手的平台，仅仅一个月里，他就用八十七发子弹，毙伤三十九个美国大兵，命中率达45%。

或许有人不以为然，觉得这算不上百步穿杨。可是要知道，邹习祥使的是机械瞄准具的苏制莫辛·纳甘M1944式步骑枪，也就是中国人俗称的“水连珠”。

朝鲜战争爆发后的1951年初，中国向苏联老大哥紧急订购了三十七个步兵师装备，其中步枪就是苏军已淘汰的莫辛·纳甘这一款。第十五军入朝参战前，在集结地邯郸地区改装，原先步兵手里的“老套筒”“中正式”“三八大盖”，全部换成莫辛·纳甘步骑枪，数量达八千三百一十支。但第十五军许多老人都反映苏联老大哥不够仗义，卖给咱们的步骑枪中有不少是二战后战场回收的，膛线磨损严重，子弹经常卡壳。

然而，就凭这款老枪，邹习祥两枪毙伤一个美军，成为第十五军一大批优秀狙击手里最著名的神枪手，先后荣立一个一等功、两个二等功。

遗憾的是在第十五军的大量史料中，始终没有查到邹习祥6月份以后的狙杀数字。但我们可以想象，可以估算，从1952年7月至11月25日上甘岭战役胜利结束，邹习祥打出了千余发子弹。按他45%的命中率，邹习祥曾毙伤多少敌人？

冷枪战一展开，537.7高地南山阵地上顿时清静了许多，闹不清打哪儿飞来的子弹，让美国兵们恐惧得终日龟缩在地堡里，连屎也不敢出来屙，实在憋不住了就屙在空罐头盒里往外扔。非出不可的公差勤务轮着派，派到谁都跟接到阎王爷请帖似的，都拿出百米冲刺的劲头，弓下腰，顺着交通壕猛跑。

美第四十师第一六〇团重机枪连上士罗伯特·格里斯后来回忆：“谁都不想离开地堡，但又明白该出还得出，否则敌人就会来按你的门铃了。可是当你出来时，总有该死的中国人打你。夜里几乎不能入睡，因为你总想第二天到来时，脑袋还能不能长在自己的肩膀上。经常有在地堡里和观察哨位上睡觉的人，晚上还是囫囵的，到早晨就丢了脑袋。敌人夜间巡逻队非常活跃。你可以坐在地堡里一整天，死死盯着前方，发誓你把眼前一切都牢记在心了。可是一旦夜幕降临，所有那些树木似乎都长出了腿，跳着东方的舞蹈朝你走来。我多次挨炸，也多次还击。在天寒地冻和无人地带的巡逻中，我们努力地活了下来。也许就战争而言，这不算太糟，但对我而言已受够了。”

第十五军打出兴致来了，前沿连队打，二线部队也不甘寂寞，纷纷选派神枪手、神炮手，挤到前沿来介入冷枪冷炮战。连军预备队第二十九师也瞧着动心，组织精兵强将加入这场歼敌竞赛。

这个师原属西南军区第十军序列。第十五军奉命入朝参战时，因其第四十三师留驻云南建设昭通军分区，脱离了第十五军建制，便将第二十九师编入第十五军，第四十三师师长张显扬则调任第二十九师师长。

第十五军老人们谈起他们的三个师长，无不神采飞扬，满脸都是得意之色。都说向守志是名儒将，张显扬是员武将，崔建功则文武兼半，每个人的战争经历都很精彩。

张显扬曾经是张思德的班长。抗日战争中，已经当上团长的张显扬去延安中央党校学习，张思德听说了，从中央警备团赶来看他，还捎了一篮自己种的山药蛋和红枣。张显扬将一支从日军手里缴获来的钢笔送给他，说：“当领导了，这个你用得着。现在你到什么级别了？”

分别多年，张显扬估摸着这个1933年就参加红军的老战友，不是营级起码也是个连级干部了。

可是张思德摆摆手，说：“什么级也不是，还是个兵。是官是兵都一样革命嘛！”

此后不久，张思德便牺牲在安塞山中一座坍塌的炭窑里。接着，便有了毛泽东同志在中央警备团张思德追悼会上的那篇著名讲演：《为人民服务》。

张显扬为有这样的战友骄傲，走到哪儿都要讲讲张思德的事迹和精神。

这位将军虎气生生，擅长征战，也善于搏击政治风云。他抓军事训练一向以狠、辣而出名。后来当副军长时，他又大力倡导“一枪打准，一炮命中”。有一次他下部队检查工作，走到一个团的靶场时，这个团的八二迫击炮兵正进行实弹射击。他叫住一个手指头被烟熏黄的炮手，说：“你要是一炮能把对面山上的那个破土地庙敲掉，我奖给你一条烟。”

那个炮手问：“张副军长，您不是说着玩儿的吧？”

张显扬正色道：“军中无戏言。”

那个年轻炮手一撸袖子，伸直右臂，立起拇指，目测了一下目标距离，然后左手卡住那管光溜溜的炮筒，曲臂取好射角。只见他右手填弹，简易射击，“咣”的一炮，土地庙被打塌了。

张显扬大喜，当着在场官兵的面，奖给炮手一条“大前门”。

这事后来作为“物质刺激，以军事冲击政治”的反面典型受到批判。张显扬会上做检讨，散了会就把它否了，嘟囔说：“只有掌握过硬杀敌本领，才能消灭敌人保存自己嘛，这是主席说的。一炮打中有什么错？”训练该怎么抓，他还是怎么抓。

他就这样达观地面对政治风云，虽然一生几多磨难，最后还是走上福州军区副司令员的领导岗位。

张显扬是一听枪响手就痒的人，见前沿冷枪打得热闹，岂肯放过这个锻炼第二十九师的机会！他亲自组织培训出九百多名枪、炮狙击手，一拨儿接一拨儿地派出去，抵近敌人阵地去打。狙击手们背着水壶，揣着干粮，披上伪装，早出晚归，像一群群老辣的狩猎者。

打仗得有勇气，也得有灵气。

冷枪战不是第十五军的原创，但该军凭着天赋的战争悟性，将这种特殊作战手段丰富完善，发展成冷枪冷炮战，步兵打，炮兵也打。从冷枪冷炮分别打，又发展到冷枪冷炮结合打。先用步枪射击诱引敌人，再用机枪、迫击炮和无后坐力炮打。

第十五军冷炮手中，最冷的八二迫击炮手叫唐章洪，1952年4月才入伍的四川新兵。他天赋加勤奋，很快成为全军第一冷炮手。第十五军著名冷炮手彭良义、赵丕城等，都是他带出来的徒弟。他曾在十五天里用九十三发炮弹毙敌一百零一名。入伍不到半年，唐章洪就两次荣立二等功，上甘岭战役后又荣立特等功。

枪炮连环，冷打热战。枪，越打越准；炮，越打越精。

5月份时，一个老兵平均要用9.4发子弹消灭一个敌人，而一个新兵平均要用12.9发子弹才能消灭一个敌人。可是到了8月份，一个老兵平均只需1.2发子弹就能撂倒一个，一个新兵平均只需6发子弹便可打翻一个。用王二连长的话说，这叫枪枪有体会，炮炮有提高。提高的明显标志就是冷枪冷炮战最活跃的537.7高地北山上，一连很快打出了一个“假阵地前移”“明暗火力点结合”“射击和观察相结合”的经验系列，将每蓬草丛、每条岩裂、每洼土坑、每道沟坎，都变成敌人死伤的媒介物。

四个多月打下来，布防在金化至铁原一线的美第七师、第四十师，近千官兵倒在冷枪冷炮下，而第十五军仅伤亡三十五人。

倒霉的美第四十师不光挨志愿军的冷枪冷炮打，还时常被自己人误伤。

五十三年后，原美第四十师第二二四团坦克连技师阿诺德·穆尼兹中士回忆道：“一次我和同伴沃克驾着辆道奇车往山上开，去执行维修坦克与运送弹药的双重任务。忽然一发从后方打过来的炮弹，‘嗖’地越过我们头顶。我和沃克都明白，这是我们自己的155毫米口径榴弹炮‘高个子汤姆’打出的炮弹。沃克马上刹住车，我们跳下来。沃克跑到路左边的排水沟，我跑到路右边的排水沟里。第一发炮弹震得道奇车直晃荡，第二发炮弹又呼啸而至。我恨不能用舌头当铁锹，尽可能深地把自己埋进沟里。第三发炮弹落下来，地动山摇，我被掀到半空中，剧烈震荡弄得我屎尿齐流。第四发炮弹落下来时，我唯一的念头就是今天我死定了。可是炮击停下来了，他们一定是修正好了方位距离，接下来的炮弹越过我们头顶，打向敌人阵地。沃克从沟里直起身子，摇摇晃晃走到我跟前，皱了皱鼻子问：'你拉屎了？'我说：'不错，还撒了尿呢！'他'呸'了一口。我脱下内裤，尽可能把自己擦干净，然后坐进驾驶室。沃克歪过身子，尽量离我远一点。但我要感谢他的是，他从没有把这事告诉其他任何人，真是个好伙计。他要是说了出去，我就再也没法让人们忘记这个耻辱了。现在我七十多岁了，我发誓，让我屎滚尿流的是炮弹爆炸的震动，而不是我的恐惧。倒不是说我没有害怕过，相反，在朝鲜的每一天我都害怕着。我是个技师，我所遇到的危险，与山上前沿的那些步兵没法比，但某种程度上，过的也是有今天不一定有明天的日子……"

接防不到两个月，美第四十师就被打得实在受不了了。7月1日，美国第八集团军把韩第二师拉上来接防。移交537.7高地南山阵地时，美第四十师士兵指着北山，向韩军官兵介绍说，那是一座狙击兵岭，可怕得很。

果然，韩第二师官兵很快就发现，他们接过的不只是一座山头，还有无数次死亡的机会。于是，他们按自己的语言习惯，称其为"狙击棱线"。

棱线，即山岭。

后来，狙击兵岭和狙击棱线，都成了537.7高地北山的正式地名，分别沿用到美国和韩国的战争史籍里。

然而冷枪冷炮战还不是第十五军最值得夸耀的事，这个军在上甘岭战役前的朝鲜战场上，突出贡献是步兵打飞机。

但凡跨过鸭绿江的中国军人，提起美军飞机没有不骂娘的。它们太霸道了，欺我志愿军制空无术，骄横十足，查户口似的一飞就是超低空。尖锐如啸的轰鸣声里，强劲的翼风将志愿军头上的伪装帽呼地就掀掉了。即使是毫无防护与攻击能力的美军广播宣传机，也胆敢狂妄地做低空低速飞行，悠然漫步般地贴着树梢进行攻心宣传。

刚入朝的志愿军部队大多不熟悉这种现代化飞行怪物，心有恐惧，只知道防，不知道打。

第十五军的兵们狠、愣，管你是天上飞的地下跑的，跟我过不去，我就敢揍你。第十五军老人们都说：咱们这个部队的兵，道上横着颗原子弹也敢踹它一脚！

第十五军的兵们实在是给惹急了。大西南剿匪还没完全结束，他们突然接到入朝作战命令，连庆功会都没顾上开，穿着棉袄棉裤就往鸭绿江赶。按志愿军后勤部被服供需计划，第十五军过了江就换夏装。可部队过江后，平壤东边的三登物资转运站遭敌机轰炸，堆放在站里的近四十一万套军装和十九万双胶鞋，被烧成一片灰烬。那个春深天暖的4月，负重四十多公斤徒步挺进的第十五军官兵，只得仍旧捂着厚棉衣继续行军。热得受不了了，从军长到战士一起撕开棉衣缝，边走边往外掏棉絮。等赶到战役集结地，棉衣也都掏成件夹衣了。

4月中下旬还穿着棉衣赶路，就已经够第十五军官兵们窝火憋气的了，敌机还老来骚扰。整个第三兵团十几万人马，都挤在几条南北向的简易公路上，敌机一来就得隐蔽，山窝、树林、沟坎，到处躲藏。部队散开隐蔽容易，防空哨兵一声枪响，千军万马就没影儿了，可是敌机飞走后，部队好半天才能收拢起来，有时一天走不了四十里地。

秦基伟与军里几个首长一合计：防敌机空袭也不能消极地防，你越是躲着藏着，它越是嚣张。我们要积极防空，大胆前进，边打边走，以打代防。况且，飞机对于第十五军来说也不是什么稀罕玩意儿，解放洛阳时我们不就用步枪揍掉老蒋一架战斗机吗？就算美国飞机比老蒋的高明一些，可我们现在也有了高射机枪。

于是，军司令部一个号召发出去：“争取打飞机光荣立功。”恨得牙根痒痒的官兵们全都动起来，敌机一来就搂火。在第五次战役推进途中，高荣成首先揭开了第十五军步兵朝鲜防空作战史的第一页——

4月23日上午，两架敌机飞临三巨里上空盘旋，正好撞到第二十九师第八十五团高射机枪连的枪口上。射手高荣成一匣子弹没打完，便将其中一架侦察机击落，活捉了飞行员杰克；另一名飞行员跳伞，飘到友邻部队阵地被擒。

同一天上午，第四十五师第一三三团的机枪、冲锋枪，编织起一张对空火力网，将一架超低空飞行撒传单的敌宣传机打成了马蜂窝，当即坠毁爆炸。仅隔一个多小时，三架敌机赶来进行报复，这个团的步兵们再次将一架轰炸机打得冒烟起火。慌忙弃机跳伞的飞行员，悉数被俘。

美军近乎恼羞成怒，随即又派出十架F-51型野马式战斗机，为一架直升机护航。十一架敌机编成攻击队形，直扑第一三三团驻地，企图营救被俘飞行员。不料营救未遂，又被击落一架F-51。

美国第五航空联队像是跟第一三三团摽上劲儿了，仅隔一天，便又派来多架战斗机实施空袭。高射机枪连沉着应战，射手屈秀喜五发子弹就敲掉它一架F-51。紧接着，另一名射手张常聚也凌空打爆一架。

23日、25日两天里，第十五军仅第一三三团就连续击落五架敌机，创造了志愿军步兵团打敌机最高纪录。

27日，“志司”向志愿军各军发出《关于第十五军对空射击经验的通报》，表彰该军：“二十二日至二十六日，四天之内击落敌机十一架，成绩很大，值得表扬。”

由此，志愿军各部队纷纷掀起步兵打飞机的热潮。然而，在入朝轮战的二十七个野战军中，第十五军战绩始终居高不下。

《中国人民志愿军抗美援朝战史》记载，五次战役期间，志愿军共击毁击伤敌机四百六十七架。而第十五军仅在第五次战役中，就击落击伤敌机八十三架。为此，志愿军总部给第十五军记全军集体功一次。

第十五军边打边施工，到上甘岭之战打响的半年间，冷枪冷炮毙伤敌千余人，阵地坑道工程也基本竣工了。在一、二线阵地上，该军共构筑了三百多条战防兼能、屯粮储弹的坑道，总长近九千米；掘开式堑壕、交通沟五万多米；设置了四道反坦克壕和五千多米长的雷区、鹿砦、铁丝网。

有个赴朝慰问团，看到阵地上那一堆堆磨损得小锅铲似的铁锹、鸭嘴似的镐头、几千根寸把长的钢钎，各个感动得热泪盈眶。

每谈起规模浩大，且无疑具有伟大战略意义和实战价值的战场工程，崔建功心头滋味却并不好受。对于一支既无制空权，亦无制海权的军队来说，狭窄山地作战，坑道是最佳战术手段选择和唯一可能的补偿形式。然而，这委实是种无奈的创造、苦涩的智慧、酸楚的抉择。为了战胜现代化武器装备起来的美国军队，志愿军不得不将自己手执老旧过时兵器的将士们，投入这艰苦繁重、周期漫长的施工中，要求这些民族优秀儿女，肩负起巨大的劳苦和牺牲，以超常的坚韧，改造自己必须依赖的陆上地理环境，以抗衡敌人第一流军械的攻击。

一个国家、一个民族，对落后的痛苦体味最深的，莫过于自己的军队。

4.“疯子团长”摩西

一直惦记着“铁三角”地区的范弗里特，终于等来了机会。

1952年4月，艾森豪威尔辞去北大西洋公约组织武装部队最高司令官职务，准备参加美国总统竞选，美国国防部调李奇微补其遗缺。5月，美国陆军野战部队司令官马克·克拉克奉调执掌美国远东军和“联合国军”。

这是痛失吉米以来，范弗里特最感欣慰的一件事。

李奇微离开日本的那天晚上，范弗里特给妻子海伦写信，说那个人终于走了。他告诉海伦，新上任的克拉克在军事才能、智慧以及为人方面胜过李奇微十倍。

克拉克上将出身于美国军人世家，父亲老克拉克将军曾是麦克阿瑟就读美国陆军大学时的少校教官。由于这个背景，克拉克比他的西点同窗李奇微仕途更顺。1942年攻打北非时，克拉克便已官居盟军副司令一职。1944年他指挥美国第五军在意大利实施有名的萨莱诺和安齐奥登陆时，李奇微还只是隶属第五军的第八十二空降师师长。战后，克拉克又被委以重任，作为奥地利驻军司令官兼高级专员，代表美国国务卿马歇尔，与苏联的科涅夫元帅就奥地利中立问题进行了长达两年之久的艰苦谈判。应该说，他比李奇微更擅长征战，也更懂得政治。因而许多美国将军都感到意外，本来更有资格出任北约武装部队最高司令官的克拉克，反倒成了李奇微的继任者。克拉克心里自然很不痛快，但让他感到宽慰的是不待见李奇微的韩国人，对他却充满热情。

李奇微在韩国缺人缘。在朝期间，他始终反对将十个师二十五万人的韩国军队扩充一倍，并轻蔑地说："韩国在经济上没有能力支撑二十个师，目前要优先发展日本的自卫队。"

这话一下就把李承晚和韩国军方全得罪了。

战后编写《朝鲜战争》时，韩国人将此事记载在该书附录的1952年10月30日战争日志中："美国防部公开秘密情报：范弗里特司令官于4月份曾提出建议，要将国军扩编到二十个师，而当时的联军总司令官李奇微上将予以否决。"并在书中记恨地指责他说，"其实李奇微上将的偏见本身就包含着很大的矛盾"，"假如这样的上将哪怕再多一个，就连今天的停战都取得不了"。还褒此贬彼地说："克拉克不像李奇微，他军事知识渊博，一上任就加强韩军建设，6月19日向美国防部提交加强韩陆军的计划（即组建六个独立团，共一万九千四百五十八人），6月23日又建议增编两个师"。

范弗里特自然更是看好克拉克，这个被攻击欲折腾得有点神神道道的老头儿，认定一向私交不错的新上司能理解他，支持他。克拉克到任不久，他就急火忙慌地提出建议：立即在美第九军正面发起攻势，将战线推至平康以北地区，以全部控制金化、铁原、平康三角地区，把那些中国人撵到他们该待的地方去。

但克拉克比他更清楚，每一场战争背后都有个政治幽灵在徘徊。早在1951年底，美国政府和国会就决定通过谈判争取一个体面的停战。艾森豪威尔不也是把“尽快结束朝鲜战争”作为竞选总统口号的吗？政治与外交的利爪已经毁掉一位优秀司令官，我克拉克来朝鲜可不是为了当麦克阿瑟第二的。

气宇轩昂的克拉克劝告他：“范，坦率地说，我不认为您这是个好主意。如果您没有看出我们政府对这场战争的微妙态度，国会议员们结束战争的呼声您总该听到过吧？我们盟国的抱怨也越来越多，再也不肯增兵了，要求我们尽快达成停战协议。政治家们不想让我们再打了。”

克拉克耐心地分析范弗里特建议的弊端：第一，它有可能给正在进行的停战谈判带来不利影响；第二，如此规模的攻势，预计损失将超过战果利益，得不偿失；第三，假如敌人转入全面反攻，第八集团军没有足够的预备兵力能与之相抗衡；第四，就算攻到平康不再扩大战果，那也仅仅是多占点死地盘而已，无助于改变现状。

为此，克拉克强调：“我认为歼敌的方法只有一个，即敌人从阵地出来采取进攻时，予以坚决性打击。范，记住，必须待敌人进攻，我们绝不先敌进攻。”

范弗里特苦涩地说：“如果中国人也这么想，我就得准备把家搬到这该死的地方，永久地等待下去了。”

等到高温多雨、溽热难耐的夏季过去，9月下旬的半岛之国，已是天高气爽，风物宜人。

这天上午，范弗里特在美第九军军、师、团三级指挥官陪同下，登上鸡雄山顶。这是自8月份以来，范弗里特第五次视察美第七师，察看五圣山地形。这一次他是专为摩西的“摊牌作战”计划来的。

这位做梦都想亲手打破战场僵局的司令官，在米黄色卡其布单军衣上，随便地套了件草绿色尼龙防弹背心，一边用望远镜瞭望1.2公里外的597.9高地和537.7高地北山，一边听第三十一团团长劳埃德·摩西汇报。

如果说上甘岭之战是部战争大片，劳埃德·摩西就是片中的一个大龙套。

此人原是驻日美军第九军后勤部的中校参谋，1947年底他接受了一项特殊使命：与太太扮作日本来的旅游者，飞赴中国南京、上海和北平等地，在大饭店、百货公司，甚至设施简陋的机场，与国民党各级军官进行秘密接触。其目的是了解他们对国共双方交战前景的真实看法，以便就美国对华政策和军事援助进行评估。当时国民党还拥有大半个中国，可是他所接触的国民党军官几乎全都认为，共产党人将上台执政，许多国民党将领都会倒戈，而且这些看法事后不久就被证明是准确的。摩西返回日本复命后不久，美国停止了对国民党政府的军事援助，他本人也被调到美第九军作战计划部工作。

1952年4月，摩西调任美第七师第三十一团团长。

侵朝美军一个团通常为四千五百人，而摩西在他的自传《不惜代价》里回忆说，第三十一团是个重装团，有五千多官兵，并配属了一个九百六十八人的哥伦比亚营。摩西上任后组织的第一场进攻，就是这年的6月21日，指挥这些哥伦比亚人攻打志愿军399.8高地。这一仗打得不好，摩西对哥伦比亚营营长艾伯托·瑞兹·诺沃上校很不满意，并在后来的自传里评价说这个营长出身贵族，不如他的前任有军事素养。

这个营长后来成了哥伦比亚共和国的国防部部长。

这一仗之后不久，当时的美第九军军长怀曼和美第七师师长兰尼兹尔，就跟摩西透露过拿下598高地的想法，说在东起北汉江通先谷，西至铁原大马里近七十公里的中部战线上，五圣山是个战略要点，而五圣山前沿的598高地揳入密苏里防线太深，直接威胁金化河谷安全。

怀曼还曾特别提醒摩西说：1950年6月北朝鲜军队攻入南韩和1951年中共军队两次攻势，都发生在“铁三角”地区；这里可能很快又有激烈战斗。

接着，摩西又从美军指挥链获得信息，集团军迟早会命令某个团夺取598高地。

7月23日，摩西在日记里写下：“我开始认真制订夺取598高地计划，以防我团接到进攻命令。”

这是个酷好征战、渴望功名的狂热军人。五十多年后接受采访的第三十一团老兵们，都还叫他绰号“疯子团长”。为了完善作战计划，他身为上校团长，竟然几次亲率“狩猎小组”潜入第四十五师防线捕俘、侦察；几十次乘坐直升机察看、拍摄五圣山前沿地形。有一次，他乘坐的直升机误降到志愿军第十五军的预备阵地，并被发现，但他侥幸逃脱了。

他在日记里写到：“虽然我们有清晰的照片和两个俘虏的审讯记录，但整个第七师没有人登上过这个高地。从俘虏身上发现的文件没有什么军事价值。但我们了解到，中共士兵训练有素，纪律严明，主动性强。尽管营养极低，生活艰苦，他们能凭着一双脚板跑得又快又远。”

摩西决心成为美第七师最先登上597.9高地的指挥官。

8月14日晚上，他亲自率领皮托勒中尉的侦察排，潜上597.9高地，并将详细经过记在那天的日记里：“21时41分，在前沿地区与皮托勒中尉会齐，为获取598、罗素山和派克峰情报行动做最后的准备。行动是秘密的，尽可能不与敌人交火。21时51分，我们准时出发。我们穿着网球鞋，携带刀子、监听设备、随身武器以及红外夜视镜。我们组织了三个小组，我负责往598顶峰攀登的那个小组，另外两个小组保持近距离支援。23时50分我们看到第一批敌人，正坐在靠近山顶的坡上。我让小组向西挪动，从那里能看到敌人迷宫般的地穴和曲曲折折的战壕。我们非常小心，所以只看到这个庞大而又防守严密高地的一小部分。从598山顶，可以看到罗素山、派克峰和狙击兵岭。阵地没有死角、盲区，也没有可靠近的通道，很难对它实施突袭。我停下来倾听了一会儿，然后沿598高地边缘向东，朝罗素山运动。天破晓时，我们全部撤回。”

作战计划大约从8月初开始制订，并在摩西主持下反复讨论，调研论证。

摩西在他的自传《不惜代价》里写到：“我们的计划制订得很详细，有两个原因使我们必须这么做。其一，‘摊牌作战’意味着一年来的第一次大规模进攻行动，而且几乎所有参加的人员，此前都没有投入过如此艰巨的作战任务，面对藏身于牢固堡垒中的如此顽强的敌人。其二，在杜鲁门的限制下，除了远东军总司令，任何低于这个级别的指挥官，都无权批准这样或规模更大的进攻作战计划。

“由团情报军官乔治·威尔少校命名的‘摊牌作战’，早就在计划着。它那么多次地被讨论，我担心敌人已得知此计划，说不定连细节都知道了。我们采取严密措施，不让敌人得到有关我们意图的任何信息。”

《在598高地建立前哨的调研报告》就出自威尔少校之手。这个报告在充分调查研究的基础上，最后总结到：“夺取598高地对于第七师成功完成守卫密苏里防线的首要任务而言是很重要的，原因如下：a.更适合防守金化地区附近的重要地形；b.将迫使敌方从我主防御阵地后撤一千五百米至两千米；c.使敌人无法将598高地作为一个观察哨严密监视第七师和韩国第二师的防区；d.促使敌方实施反攻，从而暴露在开阔地，便于我方部队重创之。建议：应命令第三十一步兵团进攻、占领并守卫598高地。”

597.9高地沟深坡陡，地形复杂。摩西考虑很久，最后决定将这个由598主峰、罗素山、桑德山和派克峰组成的高地群斜劈为两半，主峰、西北山梁及派克峰为A目标，由三营负责攻击；桑德山、罗素山和东北山梁为B目标，由一营的一个连负责攻击；总共投入一个加强营兵力。

9月，“摊牌作战”计划上报美第七师师部，师长史密斯少将做了些修改，随即便又报给第九军军长詹金斯中将。詹金斯看后，认为可以派韩第二师，顺便把598高地旁边的狙击兵岭一起拿下来。美第九军作战计划部按詹金斯的意图，对作战计划再次进行修改后报到集团军总部。范弗里特接到计划，第二天就从汉城赶到美第七师视察。他不仅认可这个计划，而且非常赞同詹金斯和史密斯的估计：美第七师和韩第二师各出一个营，在十六个炮兵营二百八十门火炮和两百架次战斗轰炸机的支援下，用五天时间，伤亡两百人左右，就可以拿下598高地和狙击兵岭。

据摩西所知，最迟10月5日前“摊牌作战”计划便已报给了克拉克，并附有范弗里特一封亲笔信。信中，范弗里特建议批准“摊牌作战”计划，并强调说：在这个地区的一些山头上，第九军和敌方的阵地彼此相距不到二百码，假如中共军队冲下他们的山头阵地，第九军就得后撤一千二百五十码，穿过山谷寻找新的防御阵地。

矗立在东京的这幢大厦原为日本第一生命保险公司，1945年9月被驻日盟军最高司令部征用，后又成了“联合国军”总司令部大厦。媒体称其为1号大厦。大厦顶楼的总司令办公室，是间镶有胡桃木壁板的敞亮的大房间，迎门一张蒙着墨绿色呢台布的大办公桌；桌角立有一尊美国海军陆战队队员将星条旗插上硫黄岛的铜质雕塑；雕塑边是只古色古香的木质烟盒。除此，桌上别无他物，显示了主人一贯的简洁风格。办公桌一侧有扇大窗户，向外望去，能看到日本皇宫的墙院和流水潺潺的护城河。

克拉克仔细审阅了“摊牌作战”计划，觉得作战规定的攻击规模有限，从加强“联合国军”防御这个角度看是可行的。目前板门店的谈判举步维艰，美军也有必要在战场上做出反应，以保持对中共军队的军事压力。为此，他把此次行动作为加强美军防御的一个措施而予以批准。

美军作战计划从来都是自上而下的，唯独这次“摊牌作战”

是个例外，计划由下而上地产生。

虽然克拉克还没考虑好合适的攻击时机，只是口头上批准这一计划，但这天晚上，不抽烟也不喝酒的范弗里特还是抑不住兴奋，破例开了瓶白兰地招待几个贴身随从。他知道这是他戎马生涯中最后一战了，因为明年1月他的年龄就到了美军最高服役年限。两天前陆军部还专门派人来朝鲜，就退役的事征求他意见。说是征求意见，范弗里特心里清楚，实际上就是跟他打个招呼提个醒。妻子海伦写信告诉他说，9月30日的《纽约时报》已经披露：国防部决定将对美第八集团军司令官范弗里特予以调任。

第三章 “摊牌作战”D日

1. D日H时[①]是几时?

仿佛大地震前的气象、水文、动物圈出现了异常反应，我第十五军设在五圣山、647高地、菊亭岘等地的观察所、窃听所发现：自8月中旬以来，克拉克亲赴金化地区美第七师防区视察一次，范弗里特则多次率美、韩军高级指挥官到金化视察；几十批中、低级军官分乘坦克、吉普车，或徒步而行，抵近597.9高地和537.7高地北山察看地形；美、韩军小股部队频频出击，向五圣山正面一线阵地做试探性攻击；盘旋于五圣山上空的敌侦察机，架次也明显增多；五圣山当面之敌的火炮数量增加了一倍；工兵部队与大批韩国劳工，加紧金化一线道路的拓宽平整作业；

① H时：计划行动开始时。

美第七师防区公路上，终日烟幕如墙，遮掩庞大车队运送物资、人员，可观察到的车辆即达两万五千余辆次；美第九军炮群开始有计划地逐步摧毁五圣山一线防御设施；美第七师侦察队连续捕去第四十五师前沿阵地的三名哨兵……

五十年后，美国国家档案馆解密的一份美第七师捕俘报告披露：参加捕俘的一个美军少尉原是个橄榄球运动员，身高一米九几的大块头。他摸哨时被第四十五师一名哨兵发觉，两人扭打成团，从山顶一直滚到山坡下。那少尉身大力不亏，夹起哨兵就往鸡雄山方向拖，到了营地才发现，那个小个子志愿军哨兵已被他夹死了。

美第七师第三十一团《598高地指挥报告》中承认："抓捕了一些俘虏，对这些狂热的士兵威逼拷打后，只得到一些零碎情况。"

多种迹象表明，美军将由五圣山正面发起攻击。然而，直到战斗打响，第十五军也不认为美军攻击重点在五圣山方向。

第十五军在其基本作战计划中分析：平康谷地为我军与第三十八军的接合部，地势平坦开阔。第四十四师防御的发利峰、王在峰与第三十八军第一一四师防御的下回山、蓬莱山，为我军与第三十八军的主要前沿支撑点。因此，估计敌向我行较大攻击时，必先攻发利峰、下回山，以分割我两军的防御体系，而后展开大量坦克和机械化部队，配合正面部队攻取我与第三十八军主阵地西方山、晓星山。

9月2日，在第十五军作战会议上，秦基伟作了当前敌情的报告，分析敌人为配合板门店谈判，对我施加军事压力，将会在九十月间发动一次规模较大的秋季攻势。

他依据各种战场迹象，认为："敌人这次正面进攻的重点可能是第六十三军防御的延安地区。我们第十五军不是重点也是次点，但需做重点准备，准备敌三个师进攻我。敌进攻我有三种可能：一、敌人用主力从西方山、斗流峰正面进攻，两个团迂回为侧翼。二、重点放在我们和第三十八军接合部，打开一个缺口，以三百辆战车掩护步兵侧翼攻击。三、进攻五圣山。这样困难很多，但对敌人有利，可威胁我平康和第十二军的阵地……这次会比过去进攻持续时间长，战斗更加残酷；我们准备二十天，最恶劣十天。”

当天，第十五军颁发了“粉碎敌人秋季攻势作战方案”的战字第1号命令，按敌人重点从西方山攻击的可能，重新调整兵力部署，加强第四十四师的防御火力。

秦基伟善弈，走一步看三步。料敌亦如博弈，他断定美军有此三着棋可走，但第一种可能还是由西方山发起进攻。

志愿军代司令员邓华根据情报判断，敌人将在近期发起局部性进攻，然而他一时也难以断定其攻击方向。为打乱敌人的计划，争取战场主动权，他决定先发制人，抢先动手。

9月14日，中朝联司命令一线志愿军六个军、人民军两个军，自9月18日开始，在一百八十多公里宽的战线上，各自选定当面之敌三至五个有利目标，先敌发起连续战术性反击。

遵照此令，第十五军第四十四师以敌上佳山西北无名高地和391高地为反击目标；第四十五师则准备拿下敌金城至金化公路西侧主要战术支撑点——注字洞南山。

注字洞南山孤立险要，有韩第二师的一个加强营守备，对五圣山侧翼威胁极大。第四十五师决心用近两个团的兵力，集中二十八门重型火炮，一举拔除这根毒刺。

或许第十五军反击准备过于专注，10月5日韩第二师第三十二团一个叫李吉求的上尉参谋，趁夜越过战线向第四十五师投诚，透露了该师将协同美军进攻五圣山的企图。遗憾的是，这一重要情报未能引起第十五军应有的重视。10月7日晚，在第四十五师召开的作战会议上，与会者还一致认为敌人的攻击方向将以西方山为主、五圣山为辅的可能性较大。因此，该师仍保持597.9高地一个加强连和537.7高地北山一个连的守备部署不变，继续集中精力进行反击注字洞南山的作战准备。

他们不知道一场恶战的导火索已被点着，正刺啦啦地向前燃去，终而在10月14日这个阴沉沉的日子引爆。

10月7日中午，美第九军发布预先作战号令，避开基督教世界最忌讳的“13”，将“摊牌作战”D日定为10月14日，并将任务交给美第七师第三十一团和韩第二师第三十二团。

美第三十一团历史可能是美军团队中最富传奇性的。自1916年8月1日组建于菲律宾以来，这个团从未在美国本土驻扎过，始终漂泊在外，因而人称“美国陆军海外军团”。1918年该团曾调防西伯利亚，为此又有绰号“北极熊团”。淞沪抗战期间该团驻扎上海，为保护公共租界内美国侨民和上海市民安全，与日军激战数日。因此上海市民用所捐一千五百块银圆，打制了一只刻有金龙黄梅的大银碗馈赠该团。从此，这个做工精致的大银碗成为该团最珍贵纪念品，并由此形成一个传统仪式，每逢建团周年庆祝活动，总要把酒盛在大银碗里，官兵们用银杯舀出酒来，由全团最年轻军官提议：为美国总统干杯！

该团调回菲律宾后，于1942年初再次与日军交手，血战数月，几乎全团覆没。5月6日，该团所余残部在巴丹半岛投降，后来许多人又在战俘营里遭日军虐待而死。

1946年1月该团重建，隶属美第七师，从吕宋岛一直打到日本本土。

1950年9月，美第三十一团于仁川登陆，投入朝鲜战场。

11月25日，志愿军二次战役打响后，该团被调到新兴里，掩护长津湖畔的海军陆战队第一师右翼。没承想驻扎到第三天，它就在漫天大雪中被志愿军第二十七军第八十师四面包围。然而这是个还配属有美第七师第三十二团一个营的加强团，很有战斗力，志愿军第八十师从27日下午打到28日清晨，愣是吃不掉它。

志愿军第二十七军调整部署，于11月30日晚11时，集中第八十、第八十一师的五个团总攻新兴里。激战到12月2日4时，终于全歼美第三十一团四个营三千一百九十一人，两任团指挥官均被击毙，美第三十一团遂成为美军中唯一被整建制歼灭的加强团。

美第七师师长巴尔也因此被撤职。

其后，美第八集团军二次重建美第三十一团，仍归美第七师指挥。

美第七师首战上甘岭597.9高地，师长史密斯即用两年前被志愿军全歼的团队，确实意味深长。

美第三十一团《598高地指挥报告》称：7日下午接到预先号令，“一营、三营即在与目标地区相似的地形下进行演习与训练，并动用大炮、迫击炮以增强实战感”。

当晚，就在志愿军第四十五师召开作战会议的同时，美第三十一团之“营、连指挥官以及支援部队指挥官被召集起来，传达团指挥官的行动决定、作战意图，以及对形势的估计；然后分配作战任务，分发地形草图”。

8日，已休会十天的停战谈判又在板门店大帐篷里复会，中朝方面仍坚持原有的战俘遣返主张。其貌不扬却出身于名门望族的美方首席谈判代表哈里森傲慢地宣布：“我再也没什么可说的了，因为你们没有提出任何建设性意见，我们主张休会。”

四个小时后，克拉克从东京发出实施“摊牌作战”命令。

又过了两小时，范弗里特赶到美第九军军部召开作战会议。

9日20时，美第九军向所属各师下达了军第32号作战计划，要点是：“⑴军团拟在×日×时发起进攻，夺取598（上甘岭附近）高地和‘狙击’棱线，同时将主抵抗线推进到此地，并给敌以最大杀伤。⑵韩第二师（配属第三十七轻步兵团，第五十九坦克连，美第一四〇坦克营一连）：①以不超过一个步兵营兵力及一部分支援兵力，于×日×时发起进攻，攻占‘狙击’棱线；②攻占目标后立即建立主抵抗线；③给敌以最大杀伤；④同美第七师保持密切协调。⑶美第七师（配属第九十一、第五十炮兵营）：①以不超过一个步兵营兵力攻占598高地……”

但摩西同时也得到命令，任何时候都要保留一个营待命，三十分钟内就能调动出来。

这实际等于暗示他有使用两个营的权力。

于是，摩西以“由于地形和接敌路线所限，一个营的指挥员不可能掌控整个目标区域的兵力”为由，决定用两个营同时发起攻击。团作战计划部门的参谋们连夜“制订新的进攻计划：三营在左，一营在右，由目前主防线并排进攻；三营目标——598高地，一营目标——罗素山”。

上甘岭之战还没打响，美军兵力使用就已经失控了。

10日至11日，美军炮兵对五圣山地区重要军事目标进行试射。《中国人民志愿军抗美援朝战史》记载：“10月12日起，敌预先以航空兵、炮兵对我五圣山、上甘岭及597.9高地和537.7高地北山两阵地，实施了连续两天的火力突击。”

范弗里特原计划对上甘岭地区实施五天预先火力突击，但由于韩第九师在与志愿军第三十八军的白马山战斗中耗费了大量炮弹和航弹，而不得不将五天减为两天。

然而，对这两天里美军航空火力突击烈度，中国军史资料中没有任何数据统计。

在1952年10月20日，即上甘岭之战打响后的第七天，美第三十一团上报的《598高地指挥报告》中，有一份关于美国远东空军第五航空队、第四十九战斗轰炸机联队、第五十八战斗轰炸机联队和海军陆战队第一航空联队四天“空中支援情况”的完整记录。其中12日这天，美国远东空军从7时10分到17时55分，先后出动FU型、AU型、AD型、F-4型、F-4U型、F-51型、F-80型、F-84型战斗轰炸机十六批六十七架次，投掷了一百零八枚共五万六千二百磅炸弹、二十八枚燃烧弹、十九枚破碎弹、二十枚火箭弹。

10月13日8时40分到15时整，美军先后出动AU、AD、F-4U、F-84型战斗轰炸机九批四十架次，投掷一百八十一枚共九万六千二百磅炸弹、五十一枚燃烧弹、二十八枚破碎弹、十六枚火箭弹，覆盖面大多在80%以上。

13日中午12时，美第九军确定“摊牌作战”D日H时为14

日清晨5时。

同是13日这天，志愿军第十五军也确定了第四十五师进攻注字洞南山韩军的D日H时为18日17时。

一方是上午5时，一方是下午5时，可是美军抢先四天动手了。

激战前夜的鸡雄山下，美第七师集结营地通宵骚动。

在剪状交叉照射的探照灯光柱映照下，头戴白色钢盔的美国宪兵调整哨挥着红绿旗，调度穿梭往来的车辆。到处在装车、卸车，遍地堆积着物资、弹药。几排军用帐篷和活动板房里，进出的参谋人员们都是一溜小跑，里面几乎不间断地传出敲击的电键声。

子夜时分，美第三十一团与韩第三十二团步兵在集结地下车，静肃地徒步进入攻击出发阵地；傍山公路上，几十辆坦克、战车已经发动；炮阵地上，炮手们飞快地摇动手柄，二百八十门重炮朝五圣山方向仰起炮筒；距鸡雄山百多公里的汉城机场上，几十架战斗轰炸机列阵待命，机务人员正紧张地加油充电……

此时，情商很高的摩西正在一顶大帐篷里写他的阵中日记。他在这天的日记里写到：“一切就绪时，距1952年10月14日进攻时间只有六个小时了。到5时，第33号作战命令正式开始生效。现在是万无一失，滴水不漏，不需要再开作战会议了，每个人都知道自己该干什么。我想到了我对中国的了解，那些我1947年在中国认识的人们，不知道他们中是否有人就在598高地即将与我交战，也不知道他们是否和我陷于同样的紧张之中。”

此时，志愿军中部战线却一片宁静。

平康北边一个叫西霞洞的小山村里，志愿军第三兵团团部的舞会刚刚结束，夜空中还缭绕着舞曲的余韵。他们丝毫没有觉察出一场大血战，距离他们只有几个小时了。

几个小时后的10月14日，可能是历史上重大战事最多的一天，似乎从来就是人类征战杀伐的黄道吉日——

1066年这一天，征战者威廉率诺曼人军队在黑斯廷斯大败英国人，从而结束了王位之争，加冕英格兰国王。

1806年这一天，拿破仑在耶拿击败普鲁士军队；同一天，又在奥尔施泰特击溃萨克森。

1813年这一天，巴伐利亚对法国宣战，加入俄、瑞、奥国联盟，投入“解放战争”，在莱比锡“民族大会战”中打败拿破仑军队。

1884年这一天，曼丁哥民族英雄萨摩里·杜尔率部与法国殖民军激战。

1930年这一天，芬兰法西斯分子发动武装政变。

1939年这一天，英国战列舰“皇家橡树”号在斯卡帕湾，被德国潜艇击沉，舰上八百多名水兵葬身海底。

1944年这一天，英国和希腊军队从德军手中解放雅典古城……

然而，1952年这一天，上甘岭的血光之灾使历史上同一天发生的所有战事都黯然失色。它堪称世界战争史上最为疯狂、最为残暴的日子之一，是数千年人类文明猝然遭遇的一次野蛮挑战。

美军的“牌”于1952年10月14日拂晓摊开。

现代战事通常以炮火准备作为开始。然而关于上甘岭之战的开始时间，中外军事史籍所载纷乱不一：

1983年10月编撰的《中国人民解放军空降兵第十五军抗美援朝战争战史》称：敌“于14日3时30分，开始直接火力准备。4时30分，以美军第七师三十一团、李伪军第二师三十二团及十七团一个营兵力，在二十七辆坦克、四十余架飞机、三百余门火炮的掩护下，分六路向我537.7北山、597.9高地发起了疯狂进攻”。

1985年10月编撰的《中国人民解放军步兵第四十五师战史》则称：“1952年10月14日4时30分，侵略者所谓的‘金化攻势’开始了。各种口径的大小火炮，向我上甘岭地区发射出密集的炮弹……”，“5时，敌在烟幕掩护下，以美三十一团一营与李伪军第十七团一营各一个排的兵力，由下甘岭以西山谷与下甘岭以北无名高地向我597.9阵地7、9、11号阵地接近”，“4时30分，李伪军一个营沿阳地村山沟分三路向我（笔者注：537.7高地北山）6、5、4号阵地进攻”。

1990年12月编纂的《第十五军军史》记载：“敌军经两天的预先火力准备后，于10月14日3时，向我上甘岭阵地进行直接火力准备”，“4时30分，美军第七师第三十一团、伪军第二师第三十二团及第十七团一个营，共七个营的兵力，在空、炮火力和坦克的支援下，分六路向我597.9高地和537.7高地北山发起猛烈进攻”。

1990年12月第2版《中国人民志愿军抗美援朝战史》称：“14日3时起，敌又进行了持续达两个小时的猛烈的炮火准备。接着，于凌晨5时，以美第七师、南第二师各一部共七个营的兵力，在105毫米以上口径火炮三百余门、坦克三十余辆、飞机四十余架的支援下，分六路向我597.9高地和537.7高地北山两阵地发起猛烈进攻。”

韩国《朝鲜战争》一书的记载是：10月14日“4时30分，军团所属十六个炮兵营同时开炮，实施进攻火力准备”，“5时一到，信号弹升空，炮火延伸，第三营主力越过进攻发起线（下至538高地一线）前进”。

以上所述，14日美军直接炮火准备时间，分别是3时、3时30分、4时30分；美、韩军步兵发起攻击的时间，分别是4时30分、5时。

而美军从步兵连到第八集团军机关的各级作战报告上，一律记载着10月14日5时44分预先炮火准备开始，二十分钟后，即6时4分炮火延伸，步兵同时发起进攻。

这让笔者困惑了很久：同一场战役的开始时间，为什么敌我双方差出两三个小时？直到2009年冬，看到美军第三十一团团长摩西的阵中日记，才忽有所悟。

摩西在上甘岭打响那天的日记里写到："14日1时，由唐纳德·奥皮茨少尉率领的反坦克地雷班，开始在桑德山和罗素山前的河谷里排除敌人布下的地雷。当我们发现雷区相当大纵深范围里，既有反坦克地雷，也有杀伤地雷时，我们一小时后又派出了一个班。我们动用了四十支爆破筒，开辟出一条十八英尺宽的坦克通道，这项任务按时完成，但爆破声惊动了敌人。敌人在猛烈炮火掩护下出动了两个班。幸运的是反坦克地雷班安然返回。这是'摊牌作战'中三角岭战斗首次与敌交火，无人伤亡。"

美第三十一团使用的是M1A1式爆破筒，长一米五，能填充四公斤阿马托混合炸药或TNT炸药。四十支爆破筒炸响，声如奔雷。再加上被引爆的地雷，更是惊天动地，不亚于一场小型炮击。而美第三十一团引爆地雷的时间，就是凌晨3时左右。

据此笔者认为，是志愿军第四十五师误把美军排雷的爆炸声当成敌人的炮火准备，并进行了还击，所以才有凌晨3时的记录。而上甘岭战役开始时间，应为14日5时44分。其一，这是美第七师的原始记录，准确而且可信度高。其二，不是迫不得已，美军步兵通常不会进行夜间作战，也就是志愿军总结的美军怕近战、怕夜战。10月中旬的5点44分，朝鲜天已亮了，正是美军惯常攻击时间。

中、美、韩三国军队相比较，只有美军建立了一套正规完善的作战文书制度。团以下各级战斗部队、各级后勤部门指挥官在战斗结束后，不论胜败输赢，都得在半个月内尽可能详细地写出作战报告，叙述战斗经过，记录敌我伤亡和弹药消耗，发现存在问题并提出改进建议。从团到军，则是每月向上级提交一份附有下级报告的指挥报告。这为美军战史的编写，提供了准确的依据。

美第七师的三个步兵团中，作战文书最出色的是其第三十一团。团长摩西当过多年军机关参谋，对文书要求极为严格。因此，关于上甘岭打响的时间，该团从团长到各步兵营、连指挥官、炮兵参谋、军械库主任、卫生队队长等人的十几份作战报告中，均无一误差地记录着——

> 10月14日5时44分，预先炮火开始；
>
> 10月14日5时44分，所有部队火力增援三十一团的进攻；
>
> 10月14日5时44分，各排同时开火支援一营、三营；
>
> 10月14日5时44分，预先炮火准备开始，直至6时45分停止……

第十五军除了军、师有阵中日志，团以下均无完整的战中记录和战后报告。前沿连队很少有钟表，官兵们对昼夜时辰的把握，多是根据日出日落。偏偏10月14日那天清晨多云，前沿连队的十几位幸存者事后再回忆，谁都说不准那天美军到底何时开始炮击。

但守备597.9高地的九连连长高永祥永远忘不了10月13日那天深夜——他照常带四个班到阵前侦察，发现敌阵地上的探照灯格外明亮，人声嘈杂，汽车马达轰响了一夜，密集炮火通宵封锁597.9高地后方的道路。凭着多年的战场经验，他敏锐地嗅出战争的味道。于是，14日黎明前他率部回撤。刚走到11号阵地的半山腰，就听见沟那边的537.7北山高地机枪响了。他急忙就近进入11号阵地坑道，命令二排长把七班给他留下，其余三个班迅速返回主阵地。他刚给营长打了个电话报告情况，美军炮击就开始了。

他描述坑道里的情形说：“油灯从箱子上被震得跳起来，翻了一个跟头摔在地上熄灭了。挂在壁上用弹箱做的碗柜，咣的一声落在地上，小瓷碗叮叮当当到处乱滚。一阵疾风，把我们几个人的帽子掀飞了。坑道里黑咕隆咚乌烟瘴气。”

高永祥带的四个班黎明前回撤，再摸黑儿潜行几里地回到11号阵地，正好天蒙蒙亮了。

因而笔者以为，美第三十一团作战报告中所记录的时间，是准确可信的，上甘岭之战于10月14日5时44分打响。

志愿军依照苏军陆军条令大纲所规定军以下规模作战称之为“战斗”的界定原则，上甘岭之战打响后一直称之为“597.9高地和537.7高地北山战斗”，或“五圣山前沿两高地战斗”。

两高地之间的沟地里，蜿蜒着一条三里多长的山间小路，一头牵着南沟口的下甘岭村，一头挽着北沟口的上甘岭村。上甘岭村边，有条弯曲的小溪。一年多以前，志愿军总部曾在上甘岭村口一座废弃的金矿洞里，召开过第五次党委扩大会议，研究部署第五次战役。此后几经兵燹，两个都只有二十来户人家的小山村，早已成了一片废墟，唯有村名还标在五万分之一的军用地图上。当二十多天后“战斗”发展到军以上规模时，志愿军总部才以上甘岭村名，将两高地之战统称为上甘岭“战役”。

2. 范弗里特炮击量

朝鲜战场的潘多拉盒子再次被打开。

“摊牌作战”D日，成了魔鬼泄欲的日子。

无数条闪烁明灭的弹道，将墨黑的天空切割得支离破碎。凛冽的空气波动着，被炙痛烫伤般痉挛不已。炽热的弹丸洋溢着毁灭的激情，在畅快的飞行中啸音亢奋，尖锐如刺，向大地倾泻下分不清点串的爆光和浑然一体的轰响。有着几百万年地质史的灰褐色岩石，扒皮般被生生揭掉一层，化作碎屑粉末飞扬弥漫，漫无归宿地悬聚在一片火海之上，形成一个巨大的尘团，饱浸着浓烈的焦煳味和硫黄味。

两高地沉浮着，摇晃着，恍若两艘无助的危船，颠簸在波涛万里的洋面上。战士们默然无声地搂着枪，坐在坑道里的空弹药箱上，巨大的震波像一记接一记的棒击，猛砸在他们的头部。那个全军有名的“冷枪猎手”邹习祥，感觉荒诞错乱，老觉着敌人炮弹是从地底下发射上来的，打得他脚底板酥胀麻木，而屁股则像坐在漫涨的海涌上。

不时有人被震得牙齿磕破舌头和嘴唇，“哎哟！”一声捂住嘴。待松开时，满嘴满手都是血。

537.7高地北山1号主坑道里，那个说话还奶声奶气的十七岁四川籍小卫生员停止了呼吸。剧烈而纷乱的炮击中，没人知道他什么时候死的。在这个阴森恐怖的黎明到来前，他正熟睡着，神情愉悦舒泰，似乎美美地梦着什么。然而，他甚至没来得及收敛起满脸稚意的笑容，就那么倚着坑壁，坐在空弹药箱上被震死了。

同样的事在美军也发生过。2000年夏季某天，原美第七师炮兵司令告诉登门采访的凯文：598高地打响那天，地动山摇的美军炮阵地上，有个士兵就是坐在椅子上被活活震死的。

在两高地承受过美军第一波火力打击的志愿军两个连官兵，如今已寥寥无几，却谁都无法描述那个有如世界末日的凌晨，只讷讷地说：“地狱恐怕也就那样儿吧！”

惊心动魄的轰响声中，前沿两高地坑道里的步话机员死命呼叫营团指挥所，可爆炸密集得竟无立天线之隙。步话机员在坑道口一次又一次架设起天线，十三根备用天线被炸光了，也没能和营指挥所联络上。

两高地连接营团指挥所的电话线路也被全部摧毁。

在上甘岭东北五六百米的448高地反斜面上，那个黑黢黢的坑道就是营指挥所。瞧不见里面人，就听第一三五团副团长王凤书声音嘶哑地在叫：“蜡烛蜡烛……”爆炸的气浪像飓风般卷进坑道，通信员一连划了几支火柴都没把根蜡烛点着。王凤书借着坑道口一闪一闪的炮火摸到了电话，扯起嗓门儿就喊：“喂，九连，九连……喂喂……王二、王二……”

营部电话班副班长牛保才摸黑儿走过来，请求说：“副团长，让我去查查线。”

王凤书转过头去，瞅瞅坑道外面雨点似的炮弹，忧心地说：“炮打得这么猛，你怎么出去啊？”

牛保才说：“让我试试吧。”说罢，他拎起两个线拐子，腰一猫就冲进纷飞的弹雨里。

遍地炮火中，他机敏得像只猿，时而匍匐跃动，时而翻滚躲闪，顺着线路搜寻检修。可是，整整两卷被复线用光了，还差一截断头接不上。伏卧在地的牛保才将剥去保险胶皮的金属线头，紧紧缠在右手食指上，然后伸长右臂，左手把另一个线头拽过来咬在嘴里，让电流通过自己三处弹伤的躯体，用生命接通了三分钟电话。

王凤书抓住这一条性命换来的三分钟，一口气向前沿两连队下达了紧急作战命令。这时他才注意到坑道外灰蒙蒙的天空，竟然亮得有些刺眼，不禁纳闷儿地想：得多少炮弹才能把天都打亮？

《第十五军军史》记载：“敌人在所谓的‘金化攻势’中，将其原有四个炮兵营、七十余门火炮，增至十八个营、三百二十四门火炮，平均每公里进攻正面有火炮一百零八门；加上七十二辆坦克（多作为游动炮兵，对我抵近射击用），飞机一百余架，如此大量地使用炮兵，已超过美军战术原则规定的四倍。”美军“于10月14日3时，向我上甘岭阵地进行直接火力准备。我阵地内，平均每秒钟落炮弹六发，终日落弹达三十余万发，飞机投炸弹五百余枚……”

这段文字与数字，在中国军史著作中引用率极高，却没有一个编者、作者对此起疑。笔者此前也没过过脑子，“终日落弹达三十余万发”，平均每秒钟落弹怎么会有六发？

尤其让这段表述可信度打折扣的是，连第十五军档案室里也找不到任何可以印证的原始记录。

从美国官方出版物《朝鲜战争中的美国陆军》，到克拉克回忆录和范弗里特传记里，对此均有记载：美军支援598高地和狙击兵岭步兵作战的十六个炮兵营，拥有从105毫米到8英寸口径的各种火炮二百八十门。

韩国《朝鲜战争》记载：支援上甘岭作战的“共计十六个炮兵营；另外还有第一四〇高炮营和第二火箭炮营以及第五十三坦

克连和第二重迫击炮连，并得到空军支援和照明支援”。

笔者反复查阅核对美国第八集团军和美第七师及该师所属各部的指挥、作战报告，最终确认10月14日参加炮击上甘岭的美军炮兵营有：美第十、第三十、第四十八、第五十、第五十七野战炮营和韩第十八、第五十一、第五十二野战炮营（以上火炮口径105毫米），美第三十一、第七十五、第九十一野战炮营（以上火炮口径155毫米），美第四二四、第七八〇、第九五五野战炮营（以上火炮口径8英寸)，第二化学迫击炮营、第二重迫击炮营（以上火炮口径107毫米)。

按1952年九十月间美国第八集团军炮兵营编制，105毫米、155毫米口径榴弹炮营和重迫击炮营、火箭炮营，均装备十八门火炮；8英寸榴弹炮营装备十六门火炮。这样算下来，十六个炮兵营应有二百八十二门火炮。

但是，1952年10月间的美、韩军兵员和火炮装备均不满编，只达到编制数的95%。由于缺编，美、韩军一些炮兵营便实行混编。如美第八集团军三个军直属的155毫米口径野战炮营，总共只有三十六门榴弹炮，编为每营两个连十二门榴弹炮，再各编入一个火箭炮连，每连六门105毫米口径火箭炮。所以，美、韩军这十六个炮兵营，实际共有二百六十二门榴弹炮和十八门火箭炮。

然而美军投入上甘岭的，并不只是十六个整营建制炮兵。美第三十一团炮兵上尉沃尔特·马克兰德在作战报告中记录：10月14日参加炮击598高地的支援部队，还有第三十一团重迫击炮连和第十七团重迫击炮连(106.7毫米口径)，以及师属第二火箭炮连(105毫米口径）。

团属重迫击炮连编制为十二门炮，火箭炮连编制为六门炮。这就使美军105毫米以上大口径火炮达到三百一十门。

10月16日，美第三十二团接替美第三十一团攻击597.9高地时，美第三十一团重迫击炮连仍留在原炮位继续作战，而美第三十二团重迫击炮连又随该团一营投入进攻。

这还不是美军火炮的全部。美第三十一团还配有一辆M-19

履带式防空车，车上的40毫米双管博福式高射炮发射循环率高，摧毁力大，射程远。摩西在他的日记里写到："我充分利用它来削弱敌人的工事。据我所知，这是朝鲜战场上仅有的一门博福式高射炮。"

但笔者未查到这辆防空车的弹药发射量。

所以,《第十五军军史》称，美军在上甘岭共投入三百二十四门火炮，情报基本准确。

除此之外，抵近支援美、韩军步兵进攻的，还有美第七十三坦克营（编制A、B、C、D等4个连）、美第一四〇坦克营A连、美第三十一团坦克连、美第十七团坦克连，韩第五十三、第五十九坦克连等九个连二十七辆坦克。

美第三十一团炮兵上尉沃尔特·马克兰德在10月份作战报告中，对上述炮兵中直接支援该团步兵进攻的七个炮兵营，专门做了炮击量统计。10月13日18时至15日24时——

第五十七野战炮营发射105毫米口径炮弹26095发①；
第十野战炮营发射105毫米口径炮弹16161发；
第四十八野战炮营发射105毫米口径炮弹15091发；
第七十五野战炮营发射155毫米口径炮弹4068发；
第三十一野战炮营发射155毫米口径炮弹10429发；
第四二四野战炮营发射8英寸口径炮弹185发；
第二化学迫击炮营发射106.7毫米口径炮弹7384发。
54个小时内，7个炮兵营共发射79413发炮弹。

但是14日5时44分之前的炮击为零星较炮试射，正式炮击时间是从14日5时44分预先炮火准备开始的。也就是说，至少有98%的炮弹为四十二小时内所耗。

---

① 本书为文学作品，数字尽量采用汉字。但明显的"统计"部分，数字较多、较大，以及小数、百分比等，适当改用阿拉伯数字，并保持局部相对统一。

另据美第三十一团作战报告统计：该团重迫击炮连自10月14日5时44分到16日6时的三天里，共消耗高爆炮弹1.35万发、白磷弹4250发。15日、16日平均每天发射5384发。

而14日这天，该连指挥官普纳中尉报告：炮击从10月14日5时44分，直打到“16时前后，炮火支援协调中心发出停火命令。随后又制定了一个全连于20时至天亮期间，同时进行密集的骚扰性或封锁性炮击方案，该炮击停止于15日5时”。

整整一昼夜，这个重迫击炮连连续炮击了19个多小时，总共打出6982发炮弹。

美第七师报告显示，该师第二火箭炮连10月14日的发射量约为1410发。

从美第三十一团重迫击炮连三天的炮击量看，由于“摊牌作战”D日各炮营、连预先炮火准备长达1小时零1分钟，D日炮击量比日均量高出23%。

以此为基准，对10月14日这天美、韩军不同口径火炮发射量分别进行推算：

8个105毫米榴弹炮营约发射105335发炮弹；
3个155毫米榴弹炮营约发射14978发炮弹；
3个8英寸榴弹炮营约发射383发炮弹；
1个化学迫击炮营约发射5086发炮弹；
1个重迫击炮营有两个连约发射34910发炮弹；
4个火箭炮连约发射5640发火箭弹；
共发射大口径炮弹约166332发。

据美第三十一团军械库主任小西奥多·格斯中尉报告：10月14日、15日两天，该团坦克连与配属之第七十三坦克营A连，为支援598高地战斗共消耗76毫米口径炮弹5714发。

以此测算，美军9个坦克连10月14日约发射51426发炮弹。

另据美第三十一团《598高地指挥报告》中，对伴随步兵进攻的轻型火炮弹药消耗量统计：10月14日至16日，共消耗81毫米和60毫米口径迫击炮弹40483发。

以此测算，14日美第三十一团约消耗16598发轻型迫击炮弹；再加上韩第二师所耗，共约2.4万发。

又据美第三十一团战后弹药消耗统计，14日还消耗88.9毫米口径单兵火箭弹651枚，50毫米口径重机枪弹15.6万发。

同时，14日这天也是美军远东空军连续四天空中打击中最为凶暴的日子。

据美第三十一团《598高地指挥报告》“关于空中支援”的数据统计：从14日7时50分到17时35分，美国远东空军先后出动战斗轰炸机17批77架次，投掷了139枚共8.76万磅炸弹；24枚燃烧弹；30枚破碎弹；40枚火箭弹。

其中有两个批次的投弹量空白无记录。

上述原始数据，记录基本准确。

经反复核对测算，笔者以为中国军史对10月14日美军上甘岭火力打击烈度估算偏高。这一天，美军投入320余门重炮、百余门轻型火炮、27辆坦克和77架次战斗轰炸机，共向上甘岭发射、投掷20余万发炮弹、15.6万余发重机枪子弹、233枚各型航弹。

这已经足够狂暴血腥了。在两个面积仅3.7平方公里的小高地上，实施如此高烈度、高密度火力打击，无疑是屠杀式毁灭性的，整个朝鲜战争中都属罕见。

据美第三十一团报告，这一天志愿军第四十五师还击炮弹为3000发。

韩国《朝鲜战争》则记载：“敌人的炮弹发射量，最少的10月14日是824发，最多的10月19日为39706发。”

范弗里特是美军中最不吝惜炮弹的将军，逢战必先用炮，用则用到极致，不惜打光全部库存。

他到朝鲜就职不久，就曾为炮弹配给的事顶撞犯上。

美国陆军部规定：每门105毫米口径火炮每天配发50发炮

弹，每门155毫米口径火炮每天配发30发炮弹。

范弗里特指责美国陆军部还是沿用二战欧洲战场的配发标准，而那时每个师拥有的火炮数量，比在朝美军各师要多得多。如果还按老标准配发，朝鲜的仗就打不下去了。他通过李奇微要求陆军部增加炮弹配给量：105毫米口径火炮每门每天55发，155毫米口径火炮每门每天40发。

第八集团军官兵称之为“范弗里特炮击量”。

中国媒体有译为“范弗里特弹药量”。但是“弹药量”外延太大，这个因炮弹问题产生的词汇，跟子弹、手榴弹、爆破筒等弹药没有任何关系。

1951年秋季战役后，连李奇微也觉得第八集团军炮弹消耗过大，一度连补给站的储备炮弹都被打光了，他提醒范弗里特要亲自关注减少炮弹消耗的问题。范弗里特随即做出愤怒反应，连远东军司令部带陆军部一块儿批。他强烈要求，必须充分满足朝鲜战场炮弹的基本消耗与储备。

大约1952年底，美国媒体也搅和到炮弹风波里来。有报纸揭露由于缺乏炮火支援，造成许多在朝美军士兵无谓伤亡。随即有议员进行调查，发现陆军部没有把国会预算中授权专门用以购买炮弹的钱全部用掉，从而使得整个国会都愤怒起来。1953年3月5日到10日，即将退役的范弗里特先后三次被请到国会听证会，就炮弹短缺问题接受参议院武装部队委员会质询。范弗里特告诉议员们，第八集团军补给站的储备弹药，的确经常出现短缺，尤其是炮弹非常短缺。尽管他也承认这些短缺是暂时的，并解释说这似乎从来不是战斗失利或任何美国军人伤亡的主要原因，但这已足够让美国参谋长联席会议主席布莱德雷和美国陆军参谋长柯林斯难堪，恼火。因为他们在参议院听证会上向议员们保证，第八集团军从没出现过炮弹短缺。于是，参议院认定这样一个事实：五角大楼的计划制订者们没有花完所有用于购买弹药的国会拨款，他们之所以削减经费，是因为他们期望能实现朝鲜停战，以省下不再需要购买炮弹的钱。

四个月后，朝鲜战争结束，此事似乎也没了下文。

李奇微出身于炮兵军官之家，也是位喜欢用炮的将军，如果连他都觉得第八集团军炮弹消耗量过大，可见范弗里特用炮确实到了漫无节制的地步。然而，李奇微也阻止不了他的疯狂。他不但不准备减少炮弹消耗，而且如《朝鲜战争中的美国空军》一书中所说："范弗里特将军还打算比以往在朝鲜的任何时候都要更多地使用炮兵。他说：'我们必须消耗的是钢铁和火力，而不是人。我们需要造成很多很多的炮弹坑，以至人们可以从这个弹坑一步跨到另一个弹坑。'"

"范弗里特炮击量"和"弹坑论"，使得第八集团军各部队打起炮来近乎挥霍。

据美国第八集团军司令部作战报告披露，该集团军1952年10月共发射大炮炮弹1757557发、迫击炮弹1323704发；11月共发射大炮炮弹811203发、迫击炮弹857996发；12月共发射大炮炮弹990758发、迫击炮弹388241发。

曾任美第三十一团重迫击炮连连长的亚瑟·威尔森，在1996年编撰出版了一部两百多名侵朝美军老兵的战争口述《红色龙》，其中原美第七十五野战炮营A连的一位老兵回忆在朝鲜金城前线时说："我们每夜都打炮骚扰，假如敌人夜间进攻，我们会通宵打炮，第二天抽空睡一会儿。我们连续作战九天九夜不休息，像僵尸一样在打炮，经常站在那儿就睡着了。旁边有人说，这可能是我们活在世上的最后一天了。因为每门榴弹炮都打得烫手，不仅膛线磨损了，营里还有两门炮打炸了膛，炮组成员有死有伤。我也不知道打了多少炮弹，反正火炮周围空炮弹箱堆得炮弹都运不进来。7月27日一宣布朝鲜停战，我们炮组所有的人立刻就倒在地上，几秒钟内就都睡熟了。"

美国参议院武装部队委员会真该查查范弗里特，到底无谓地消耗了多少炮弹，浪费了美国纳税人多少钱。

已是古稀之年的崔建功记忆力衰退了许多，但那个钢与火的清晨却成为他生命中一帧像素最高的影像——

正在真菜洞师指挥所坑道里酣睡的他，突然被天崩地裂的爆炸声惊醒。一骨碌翻身下床的同时，他还下意识地抓了件军大衣裹上，飞快地冲出坑道爬上山顶，透过夜色向南眺望。只见十几里外的前沿阵地上，炸点闪烁成一线，声波与震波，一前一后如海潮般平推过来。那一线炸点中，有两处炽亮得格外刺目，仿佛两个岩浆滚动的火山口。

紧随其后跑上山顶的师作战科科长宋新安，立即为他判明战斗事发地点：“这是五圣山前沿的597.9高地和537.7高地北山。”

但是，他们无法断定这是敌人主攻还是佯攻。敌人的作战企图、兵力规模、战术手段也一概不清楚。通往两高地前沿的电话线路完全中断，步话机也喊不通叫不应。通往448高地营指挥所的电话时断时续，零头碎脑地只收到五圣山侧翼观察所的一些报告——

“597.9高地11号阵地上出现敌人。”

“敌人坦克爬上537.7高地北山1号阵地前沿。”

“597.9高地2号阵地没有了枪声。”

崔建功心中焦虑，来回踱步，一边自言自语道：“难道前沿防御一下子就垮啦？我的部队呢？……”

韩国《朝鲜战争》称：炮击过后，我军发起攻击。中国军队像从地底下钻出来似的，拼命抵抗。

3. 两个连抗击十个连进攻

597.9高地主要是由主峰和分别朝东北、西北方向延伸的两条山梁构成，地形复杂险要。从空中俯瞰，它很像是一支射进美军金化防线大弯曲部的三角形箭头，所以美军称之为三角高地。但在美军作战文书中，一律按高地主峰597.9公尺海拔高，简约地称之为598高地。它是对整个高地的统称，有时又专指高地主峰。

守备这个高地的是志愿军第四十五师第一三五团九连，加强有八连一排和机炮连三排，配备了一门八二迫击炮、两挺苏式943型郭留诺夫重机枪，构筑了十二个编号阵地。箭头状高地朝南的突出部是9号阵地，距美军金化防线制高点鸡雄山一千二百米。关于这个阵地，下文将会反复提起。

9号阵地背后，就是编为3号阵地的高地主峰；主峰的西南边是10号阵地，东南边三百多米处则孤悬着一个前哨7号阵地。这个前哨其实就是个微微拱起的小山包，但美军管它叫桑德山。

由主峰向西北山梁一路延伸过去，依次筑有0号、4号、5号和6号阵地。美军把6号阵地所在的葫芦状独立山头，称为派克峰。

由主峰向东北延伸的山梁上，由近而远地依次筑有1号、8号和2号阵地。8号阵地距主峰八百多米，美军管这个小山头叫耶尼鲁赛尔高地。由8号阵地再向东北方向延伸近二百米，便是离上甘岭村最近的2号阵地。这个阵地上有两个并耸的浑圆小岭，从鸡雄山那边看过来，像对饱满的乳房。据说是美第七师一个中校参谋以1950年美国禁映影片《不法之徒》中那个丰乳肥臀的女明星名字，将它命名为简·罗素山。2号阵地坡下三百来米的山嘴上，还叼着个11号阵地。这是整个597.9高地上最逼仄的班阵地，一段仅三四十米宽的坡地。坡地上有个"L"形小坑道，坑道口正对着597.9高地和537.7高地北山间的沟地。

罗素山和派克峰、耶尼鲁赛尔高地一样，被美军列为598高地群中的二级目标。

美国第八集团军指挥官和参谋们都喜欢搞这些名堂，总是别出心裁地将他们在朝作战地域，分别取个带有美国味儿的名字，诸如"堪萨斯—怀俄明地带""犹他战线""猪排山""拳击场"之类的。或许因为战场氛围太惨淡，太让人沮丧了，按美国人习惯取名，可以调节一下美军士兵心理。

威廉·曼彻斯特在他的那本很出色的畅销书中，曾用调侃的口气写到："好像是战争的恐惧既然消除不了，于是那些军事新闻发布官便可以用委婉的说法，使之全盘美国化，就能把恐惧包藏起来。像无所不在的连环漫画和感恩节时在散兵坑中供应的火鸡晚餐一样，战场上的命名可以使士兵们想起家乡。”

14日6时整，美军炮火开始向五圣山延伸，进行全纵深压制，掩护第三十一团步兵两路进攻。

在597.9高地正南的鸡雄山美第三十一团前沿指挥所里，摩西在写阵中日记：“进攻开始后，我就没什么可做的了，除了等待战况报告的到来。我也不知道自己会成功还是失败，最担心的是进攻部队从出发线到进攻阵地之间那段长长的距离。出于安全考虑，我们把防御主阵地作为出发线，因为这是我们掌控下的最前沿位置。我担心部队迷失方向，或彼此混在一起。”

果然，最先交火的9号阵地前，美军的攻击因“那段长长的距离”而受阻。

美第三十一团的几份作战报告，清楚地记录着：一营、三营抵达各自进攻位置后，计划于6时4分同时发起攻击，左路三营先攻主峰，然后沿西北山梁直取派克峰；右路一营则兵分两拨，同时攻打桑德山和罗素山。可是，左路伯纳德·布鲁克斯中尉率领的先头连“L连运动得稍稍靠前了一点，被一阵密集的来自于山顶前缘据点的手榴弹、锥形炸药包、爆破筒，还有岩石块阻止住了”。

所谓“山顶前缘据点”，就是9号阵地；双方交上火的时间是6时2分。也就是说守备597.9高地的九连官兵，在美军炮火延伸后仅两分钟，便已由坑道进入阵地。

持续四十三昼夜的上甘岭步兵攻防战，就这样提前两分钟打响。

摩西自传里写到：“正当L连开始进攻时，我们发现一大批敌人出现在他们正前方的598高地顶部。敌人其实在我炮火停止之前就已出现在地面上了，因此伤亡很大。此时，向上的枪声大多来自我方部队，他们在70度斜坡上，沿着仅有的一条路线向上运动，以班为单位猛冲。”

“一大批敌人”说得太夸张了，坚守9号阵地的仅为第一三五团九连三排。但负责指挥三排的九连副指导员秦庚武是个很会打仗的政工干部，既会利用地形，也懂兵术战法。在这样的狭窄山地作战，为避免敌炮火伤亡，他用兵如同筷子蘸油，把全排都屯集在10号阵地坑道里，只在9号阵地表面布三个兵，伤亡一个从坑道里补充出去一个。随打随补，前仆后继。最危急时，他把连部勤务人员也组织起来，逐次补入9号阵地，将一场阵地防御战打得从容而机巧。

这就使得L连的厄运无可避免。

摩西在前沿指挥所接到的第一个报告，就是三营营长纽伯瑞的。其报告内容几天后被写进三营作战报告：“战斗打响三十分钟之内，L连所有军官非死即伤，攻击被阻滞。失去指挥官的L连被钉在敌人阵地下面一个小洼地里。接着K连运动上去。”

K连连长查尔斯·马丁中尉看到L连士兵像群失去头羊的羊群，惶然无措地麇集在洼地里，便把他们集合起来，率领两个连士兵重新发起进攻。

《朝鲜战争中的美国陆军》里写到：“598高地露天战壕里的敌人显然没有打算撤出主峰，他们更猛烈地向K连、L连投掷下无数的手榴弹、炸药包和爆破筒。”

K连和L连攻了一个多小时，进一米退三尺，在9号阵地山脚上几乎原地没动。

9号阵地是597.9高地主峰的门户。门户打不开，纽伯瑞少校便决定从后面翻窗户。9时10分左右，他命L连、K连做正面火力牵制，指挥I连穿过刚被一营攻占的桑德山，迂回到598高地主峰的东北面，从侧后攻击主峰。

I连一排是前卫排，排长叫乔治·奎因，身高一米八几，面容英俊。这个纽约皇后区长大的警察的儿子，1950年在福特汉姆大学毕业，获得哲学和经济学学士学位，正准备和女友结婚，突然接到一纸通知：祝贺你加入美国军队。接着他就被送到佐治亚州本宁堡的步兵军官候补学校，训练了几个月之后便被任命为少尉，上了运兵船，拉到朝鲜来了。

当全排推进到1号阵地山脚下时，乔治和一个上士带头往上冲。突然一个志愿军士兵从半山坡的弹坑里跳将起来，端起支苏式冲锋枪猛烈扫射。乔治赶紧趴下，同时不忘扭头招呼排里的弟兄们：“快卧倒，快卧倒！”不料身后竟一个人也没有。他和上士退回坡下一看，排里的兵们都哆哆嗦嗦地缩在一个小山洼里，枪支扔了一地。乔治气得大骂一通儿，命令他们：“快把武器捡起来，跟我上！”

正好这时I连三排也增援上来，两个排便合起来发动进攻。攻击途中，三排排长被一发子弹击中毙命。

右路美第三十一团一营运气也并不比三营好多少。

加强的先头连A连“5时10分运动到进攻位置，但因为支援的工程人员未能按计划在雷区炸出一条通道，因此，A连推迟三十分钟，于5时50分越过LD①，在目标区域前进行了二十分钟准备，先头排向桑德山发起进攻，其余的进攻罗素山”。

美国作家沃尔特·赫姆斯在《停战帐篷与战斗前线》一书中曾这样描述：“罗素山上的敌人迅速将肖沃尔特中尉的A连打得动弹不得。肖沃尔特自己早早负了伤，被送了下来。麦克卢尔中校不得不派出C连加强进攻。”

这段文字是准确的，只是它将2号阵地与其前哨班11号阵地混为一体，统称为罗素山。

那天有雾，薄薄的，与硝烟混为一色，若翻若滚地在坡地上漾动。

美军炮火一延伸，二班观察员陈家富就倚在11号阵地坑道口，透过阴沉迷蒙的天光观察阵地，忽然看见半坡上的烟雾中隐约着一片钢盔。他不由得一愣，紧忙又趴下身子，贴着地面向坡下仔细瞭望，只见几十个美军正成三角队形，弓腰撅腚地往山梁子上爬。

---

① LD：美军对作战目标区域的划分。

他急忙向连长高永祥报告："发现敌人一个排向我进攻，另一路向7号阵地运动。"

七班班长一听，马上向高永祥请战："我们先打！"

二班班长不愿意，说："不行，这本来就是我们班的阵地，应该由我们先打。"

高永祥点了点头，二班班长便带领全班冲出坑道，悉数投入阻击。

美三十一团A连连长肖沃尔特就是在二班的阻击中负伤的。

此事堪称战场奇事：一颗子弹从肖沃尔特钢盔正面打进去，竟然没有敲碎他的脑壳，而是怪异地沿着他钢盔内壁飞速地转了一圈，然后又从钢盔后壁穿了出去。肖沃尔特满脸是血地被抬了下去，医护人员一检查，仅仅磕破了一点头皮。于是，这个有惊无险的连长擦擦血又上了阵地。再上去他就没那么好运气了，连着两处负伤住进了野战医院。但他那顶留在连队的奇异钢盔，吸引了许多人来参观。

然而，在美军密集的掩护火力面前，二班投入的人越多，伤亡也越大。

高永祥连长回忆："7点左右，七班已经陆续补充到阵地上去，连轻伤员也都包扎一下伤口又去作战了。现在，一排排长报告：打退敌人二十一次进攻，我们牺牲了十五个同志"，"这场战斗，用完了最后的几根爆破筒和手雷，我带在身上的两颗手榴弹就成了宝贝。刚刚被压下去的敌人又向两翼迂回上来，阵地被包围了"。

高永祥带着几个残余人员退入"L"形小坑道。他清楚地记得："7点半钟的时候，从坑道顶上射下来三个人影和轻机枪枪筒的影子，坑道口被敌人监视住了。"

这是14日这天第一三五团九连丢失的第一个阵地。

几个小时后，孤零零的7号前哨阵地也失守了。

7号阵地即美军命名的桑德山。

约翰尼·斯塔基上尉执笔起草的一营作战报告称：攻击桑

德山的先头排遭遇猛烈火力，“被压制得动弹不得，几分钟之内就有二十五人伤亡……7时18分，先头排请求B连增援，以免失去攻击的势头。这一请求立即得到批准。B连先头排在D点超越A连，继续攻击桑德山……9时5分攻下山头，但由于小股敌人的顽强抵抗，我们不得不各个击破，直到12时才牢固占领桑德山”。

11号阵地背后二百五十米处，是被美军称为罗素山的2号阵地，由配属给九连的八连一排守备。这个排长作战勇敢，但性子有点急。当他发现11号阵地上冒出一群戴钢盔的人影，心里一咯噔：糟糕，11号阵地丢了。他怒吼一声：“二班反击11号阵地，把美国鬼子们全打下去！”

可是二班运动到半道上就被美军炮群的火网罩往，浓烟烈焰中，十多个人的二班只剩五个伤员活着爬回来。

因此，这个排投入阻击时的全部兵力仅为两个班和五名伤员。但由于得到2号阵地西侧一挺重机枪的火力支援，这个排的阻击仍异常凶猛。

美第三十一团在《598高地指挥报告》中这样描述战况：由于“来自罗素山高处阵地的轻武器火力很猛”，A连屡攻无效，8时，B连投入战斗，“B连攻至距罗素山顶七十五至一百码的地方”，再也攻不动了，于是，“C连于10时整投入战斗，继续攻击罗素山”。

与此同时，进攻537.7高地北山的韩第三十二团也奉命拨出一个排，由2号阵地东侧配合C连行动，“他们的进攻虽然受到小型武器顽强抵抗，但C连逐渐攻上了峰顶。14时10分，罗素山被我方占领”。

顽强抗击七个多小时之后，八连一排终于没能挡住三个连美军和一个排韩军的轮番攻击。下午两点左右，排长带着仅剩的几个伤员边打边撤，退守坑道。

战后，这个排荣立集体二等功。

一排迅速退守，而2号阵地西侧的重机枪阵地上，配属九连的机炮连三排排长秦永祥因双肩和胯部中弹负伤，来不及撤进坑道，被美军C连先头排抓获。

整个上甘岭战役中，第十五军俘虏美、韩军八十二人，被俘四十四人。被俘人员中，有八人是开小差时被俘，其中半数为原国民党兵。

秦永祥第一个被俘，也是第十五军被俘人员中职务最高的。

美第七师505军情部门迅速对秦永祥进行审讯，英文打字机打出的战俘审讯记录，连夜上报到美第九军500军情处。

2003年7月以后，美国国家档案馆、图书馆关于朝鲜战俘的审讯记录全部解密了。从秦永祥仅有两页半的审讯记录上看，审讯虽然涉及第十五军兵力部署、武器装备、部队编制、思想状况、医疗伙食等多个方面，然而除了本连队的情况，秦永祥所供无几。因此，美第七师情报官怀疑他没有如实交代，便在审讯记录评估栏签署意见：该战俘比较合作，审讯中说话不拘束，但有可能隐瞒，建议进一步审讯。

进一步审讯是在五天之后，结果却与上一次相同。因此，情报官认为还是“有可能隐瞒，建议再进一步审讯”。或许后来战俘多了，没顾上再审讯秦永祥。

597.9高地11号阵地的二班与美军交火半小时之后，只隔一条小山沟的537.7高地北山也打响了，担任攻击的是韩军第三十团三营。

比较597.9高地，北山地形构造简单，坡度和缓，是个易攻难守之地。第一三五团一连依据山形地势构筑了九个编号阵地，严密组成一个斜置的“L”形防御体系：由西北向东南，一字摆开1号、2号、3号、7号和8号阵地；由西南至东北则斜向排列着4号、5号和6号阵地；7号阵地西南侧前置出一个9号前哨阵地。各阵地之间相距，近的百十米，最远也不过二百来米。其中北山8号阵地与韩军居高临下的南山前沿阵地之间，有道山梁子相连，双方的壕堑相隔不到一百米。

韩军称北山为狙击棱线，将设有志愿军2号、3号阵地的北山主峰列为A目标，1号阵地小山头列为Y目标，4号、5号、6号阵地的山梁子叫岩石棱线，7、8号阵地所在山丘叫鹰峰。

韩第三十二团三营于6时50分运动到攻击地域。韩国《朝鲜战争》记载：“第九连向东侧岩石棱线（位于A目标东北），第十连向西侧A高地主峰发起进攻，第十一连为预备队跟进，往西北方向前进。”

看到韩军如同一群群乘雾海潮汐爬上岸来的怪物，一连战士纷纷冲出坑道，进入各自已被炮火砸烂的阵地顽强阻击。

韩国《朝鲜战争》承认：“第九连在坦克炮的支援下，用所有火器集中突击，双方展开激烈的火力战。激战一个多小时，我军没有多大进展，反而伤亡不断增加。”

攻击北山主峰的韩军第十连也一再受阻，该连连长请求空中火力支援。

此时，高地上雾已散尽，太阳在云层中忽隐忽现。可爆尘浓烟满山飞扬，混混沌沌地看不出百十米去，以至于那些活着走下上甘岭的一连老兵，都以为14日那天整个是阴天。

那会儿他们全部的精力都集中在敌人出没的山坡下，谁都没注意到一个巨大的声团，像无数只发情公蜂同时鼓动翼翅发出的嗡响，沉沉地滚动过来，汇入高地恍若无边的轰鸣。

据美军资料记载，美国第五航空队的四架F-51型战斗轰炸机，于8时20分，编队飞临537.7高地北山上空。投下八枚共四千磅通用炸弹之后，机群尖啸着拉起，复又轮番俯冲下来对高地实施机枪扫射。

5号阵地上的几个一连战士来不及撤回坑道，全被吞没在烈焰中。

机群最后一轮扫射刚刚结束，韩第三十二团一连投入战斗。该连两个很老辣的射手，爬到8号阵地半山腰架起挺重机枪，熟练而准确地将子弹贴着地皮射过去，热风燎人地向上泼出个金属的扇面，压得守在阵地上的九班抬不起头，韩十一连趁机猛攻上来。

紧挨在8号阵地西北边的7号阵地上，八班机枪手陈治国一看这情形，唰地调转枪口，想从侧后敲掉那挺重机枪支援九班。可是，阵地上所有机枪射台都已被炮火摧毁，他的机枪架的位置太低，与目标构不成射线。情急之下，陈治国蹲下身子，抄起滚烫的机枪支架搁到肩上，扭脸喊初盈江："副连长，来吧！"

初盈江一看他整个正面全都暴露给了敌人，忙说："这不行，咱再另想个办法。"

他话音刚落，陈治国已被敌人一枪打坐地上。但他双手仍死死把定肩上的机枪支架不放，吼了声："你快点儿，敌人上九班阵地了！"

王二老人亲眼目睹了接下来的那幕壮烈场面：

"当时我就在2号阵地主坑道口上方，战壕都被炸平了，只好趴在一块平地上指挥。我的位置离7号阵地不远，那仗怎么打的，我一目了然。初副连长操着架在陈治国肩上的机枪，向敌人的那挺重机枪猛扫。可是陈治国再次中弹，疼得坐不稳了，便又趴在地上，用背驮着机枪让初副连长打。再往下就看不清了，爆炸气浪掀起的尘土，将阵地遮得严严实实。他的遗体一直没能找到。但我到现在还记得陈治国的模样：黑红的四方脸盘，敦敦实实的个儿，很有劲儿。那可是个好兵啊！"

攻到下午1时，韩第三十二团三营各连无一进展。于是，团长柳昌根也突破美第九军作战命令之规定，命令一营一连紧急增援。

这是美、韩军在上甘岭两高地投入的第十个步兵连。

六十多年来，中国所有抗美援朝战史资料，但凡言及上甘岭之战，均称：10月14日美第七师、韩第二师各一部共七个营兵力，在大炮、坦克、飞机的支援下，分六路向我597.9高地和537.7高地北山发起猛攻。

如今有多份美军、韩军资料为证，因而可以确认：14日那天，美、韩军投入兵力为三个营又一个连，共计十个步兵连。

当韩第三十二团一连投入战斗，坚守北山的第一三五团一连已损失六成以上兵力。

《第十五军军史》里记载：“坚守6号阵地之五班打到最后剩五个伤员，坚守8号阵地之九班仅剩两人，仍坚持战斗。”

五个伤员里最后唯一活下来的叫南树德。他记得那天下午，眼看阵地守不住了，五个人便边打边向阵地西侧的坑道里撤。但冲上阵地的韩军士兵机枪凶猛，将他们压制在离坑道口十几米远的地方动弹不得。巧的是韩军那挺机枪，正好架在一个四处负伤而昏迷的五班战士身边。当爆豆般的枪声将这位战士震醒转来，睁眼看到阵地上的情形，竟顿生一股神来之力，突然浑身血糊糊地蹿起来，“嗷——！”的一声怪吼，扑向那挺机枪。

两个韩军机枪手被这血人突如其来的一跃，惊得魂飞魄散，扔下机枪爬起来就跑。这个战士吃力地拖过机枪，正要调转枪口，发现十几个韩军士兵已从他的另一侧扑过来了。他头晕目眩地不知怎么就从地上摸住了三颗手榴弹，悄悄地将弦全扯开来。等那伙韩国兵走近围拢过来，他一个翻身，亮出搂在胸前哧哧冒烟的手榴弹。没等那群韩国兵做出任何反应，三颗手榴弹便爆响成了一个声儿。

南树德趴在坑道口前，隔着大约三十米距离，看见那个战友在烈火巨响中辉煌地一闪就不见了，十几个韩国兵则像十几只鸟儿一样飞向半空中，接着便打折了翅膀似的纷纷跌落下来。

这个战士名叫孙子明，来自江苏高邮县，上甘岭战役中以身殉国，与敌同归于尽的第一人。

《第十五军军史》上说到8号阵地上的两个人，经笔者反复查证，为一连九班班长黄亚平和战士李海戎。两人一直阻击到上午11时，弹药全部打光，才就近退守到只能屯个战斗小组的藏兵洞里。第二天，失散的机枪班班长沈绪德也摸进这个洞来。然而，坑道窄浅，弹尽粮绝，黄亚平又被敌人手榴弹炸伤，三人粒米未沾地坚持到19日下午，被韩军从藏兵洞里搜了出来。

上甘岭两高地被俘人员统由美第七师情报部门审讯。但从审讯记录看，三人所答俱未超出连队范围。问到营长叫什么，黄亚平说：郭会来。

其实第一三五团一营营长叫郝来会。

然而黄亚平懂点英语，能与情报官进行简单对话。这让情报官大为惊讶，给了黄亚平这样一段评语："该战俘举止良好，令人喜欢；智力中上，记忆力强，观察力较差；审讯中配合，态度温和；他通过自学掌握的英语词汇，远远超过上过三年学的人。"

担负攻击537.7高地北山任务的韩第二师，曾于朝鲜战争爆发的第三天，在议政府一带被朝鲜人民军打得丢盔弃甲。1951年11月韩军汉城整编后，该师辖第十七、第三十一、第三十二团，仍为韩军主力师之一。

韩军师长多为上校衔，个别授准将，唯独韩第二师师长丁一权是中将军阶。1950年7月韩军整编时，此人就曾担任韩国陆军部的总参谋长，其后不久去美国深造了一段时间。归国后他原准备就任韩国陆海空军总司令的，但是美国军方却进行阻挠，不同意他破格提拔使用，坚持要他按美军的惯例，一个阶梯一个阶梯地上，让他从师长当起。气得丁一权托病不出，撂了个把月挑子。

他实在咽不下这口气——你们美国人自己就不按惯例行事，倒叫我们大韩国的将军按你们的惯例办。克拉克就是在二次大战初期，从美第三师参谋部作战处处长一步跨到美国地面野战部队司令部作战处处长的位置上，由中校跃升准将。布莱德雷也是由陆军参谋部中校助理秘书，直接升任本宁堡步兵学校准将校长的。麦克阿瑟更是从陆军参谋部的一个少校小参谋，跳过中校军阶，直接当上了美国有名的彩虹师上校参谋长。

最典型的是艾森豪威尔，1941年12月他还只是美国陆军部作战计划处远东科科长，两个月后便当上作战计划处处长；处长任期仅四个月，他就成了欧洲战区美军总司令；又过了两个月，他已是北非盟军总指挥了。而到了1943年12月，他索性坐到世界历史上最大合成军的帅椅上，指挥进攻欧洲的“霸王行动”。这个连团长都没当过的幸运儿，只用了三年半的时间，就从上校升至五星上将的位置上。

熟知美军历史的丁一权，还能举出美军中许多不按惯例升迁的例证来。可那又怎么样？不过背地里骂骂街，出口恶气而已。在克拉克面前，连李承晚总统都跟个小听差似的，他丁一权的胳膊还拗得过美国人的大腿？

李承晚派韩军总参谋长白善烨出面劝说丁一权，暂时先委屈一下到师里任职，许诺三个月之后就安排他担任韩国第九军团副军团长，明年上半年之前，保证把韩国第二军团交给他指挥。丁一权这才就坡下驴，挑选了韩第二师作为过渡。

1952年7月29日，韩军参谋部将韩第二师师长咸炳善准将调离另用，把位子腾给丁一权来坐。因其熟悉美军战法，丁一权上任两个月后，便接到范弗里特的“摊牌作战”命令。

丁一权积怨未化，决心此番出战要打出个样儿来，让美国佬们看看他的军事才干。10月14日，他坐镇该师第三十二团指挥所，亲自督战。可他没想到对手如此强硬，一交手仗就打成血战肉搏。

战斗，一幕比一幕惨烈地在两高地展开。

由于第四十五师的两个榴弹炮营一个多月前就已进入反击注字洞南山的发射阵地，因而14日这天能支援上甘岭步兵防御作战的，只有十五门75毫米口径日式山、野炮。炮小弹少，对敌炮火根本无法构成压制。在敌炮火毁灭性的轰击下，上甘岭两高地苦心构筑了四个多月的野战工事，以及铁丝网、鹿砦、陷阱、反坦克壕等副防御物，仿佛被只无形的巨手一把抹去，荡然无存。

两高地守备部队在与后方失去联系，得不到任何弹药、物资补给的极度困难的条件下，孤军苦战，殊勇不殆。战至下午3点多钟，守备一连的二百多壮士已苦战了八个小时，投掷了三千多枚手榴弹和手雷，打出了七千多发子弹。全连三十八支冲锋枪打坏了三十一支；六挺苏式轻机枪打坏了五挺；四十五支苏式步枪打坏了三十七支；一挺重机枪、八支美式半自动步枪全部打坏。

时至15时半，韩军终于攻上537.7高地北山主峰。此后，北山局势进一步恶化。至16时，除9号阵地外，难以防御的北山阵地相继被韩军攻陷。韩第二师当即又调其第十七团五连加强第三十二团，用五个连兵力进行防御。

王二见全连弹药近罄，已无力再战，只好率所剩二十余人，退守2号阵地反斜面上的主坑道。

他说不清进坑道准确时间，但记得就在正要钻进坑道那当口，忽然听见597.9高地方向传来一阵巨大爆炸声。他扭过头一看，与他北山主坑道只隔一道小沟地的597.9高地11号阵地山坡下，美军的一辆M-46中型坦克燃起了大火。

美第三十一团军械库10月作战报告记载："14日15时，一辆M-46坦克抵近CT669414无法上山。17时，坦克被击毁燃烧，人员撤出，共四人受伤。"

击中这辆坦克的炮手，是第一三五团机炮连副班长张炳恒。《第十五军抗美援朝战争战史》称："在上甘岭战役坚守597.9高地的头一天战斗中，他为了压制敌坦克对我前沿阵地的威胁，用自己的肩膀代替炮架，施行近距离射击，连续击毁敌坦克三辆……"

但据美第三十一团报告，14日战斗中被击毁的只有一辆M-46坦克，于17日8时被拖回集结地维修。另有一辆M-39装甲运兵车是16日16时被击毁的，当天就被坦克拖回集结地修理。

此后，597.9高地的枪炮声也渐渐稀疏下来。

九连副指导员秦庚武利用这战斗间隙，抓紧检查一下连队武器装备。检查完他不禁一惊：还没打满一个昼间，战前储备的弹药已几乎耗尽；三十六支苏式冲锋枪打坏二十九支，四十五支苏式步枪打坏三十八支，六挺苏式轻机枪打坏五挺。其中有挺机枪因连续发射时间过久，枪管都弯了。还有两挺943型郭留诺夫重机枪、两支汤姆生冲锋枪、一支美式步枪、七支美式半自动步枪和一门八二迫击炮全部打坏。

4. 肉搏中，M-1步枪当棒子使

上甘岭北边三十来公里的地方，蜿蜒着一道梁双岭，第十五军军部就设在山岭中部的道德洞。“洞”在朝鲜语里就是小村庄的意思。

军部作战室是工兵连在村边山坡上构筑的一个约四十平方米隐蔽部，顶部覆盖着钢筋水泥和五米厚的土层；四周用上百根圆木作壁；壁上钉有一块散发着松香味的大木板，板上挂着幅《平、金、淮地区第十五军防御部署及敌军态势图》，上面插满了标示敌我的红蓝色小三角旗。作战室中央的大条桌上，有三部皮包电话机，每部电话机前都有一名参谋昼夜值班。

14日这天，几位军首长几乎寸步未离作战室。

秦基伟端坐桌前，一份接一份地研究敌情通报。张蕴钰参谋长走过来：“军长，前面仍然情况不明。”

秦基伟沉重地抬起头：“情况不明就是最严重的情况。命令五圣山侧翼观察所，每隔半小时报告一次敌情。”

张蕴钰建议道：“也请左右邻的第十二军和第三十八军通报一下他们的正面情况。”

秦基伟点点头，又继续翻阅敌情通报。看完通报，他又起身查对了一下地图，对周发田副军长和张蕴钰说：“我又查了一下最近一个月来的敌情通报，我军当面之敌的纵深兵力配置，没有变化。范弗里特没有为美第七师和韩第二师增调任何预备队，就凭两个师的兵力，他显然不可能同时夺取我五圣山和西方山。这就是说，他两个拳头打人，必定有一个是假的。”

周发田副军长说：“我同意军长的判断。”

张蕴钰赞同：“熊掌与鱼，不可兼得。敌人只能图一头。”

秦基伟说：“问题是他想图我的哪一头？”

真菜洞。第四十五师指挥所的坚固大坑道里，七八个总机员、步话机员，嗓音嘶哑、满脸是汗地呼叫：“张庄，张庄……”可是前沿指挥所渺无回应，通讯系统早已陷入瘫痪。

几十年之后，洪学智将军还记得14日那天：“我防御阵地全天电话不通，情况不明。”

是时，第四十五师政委聂济峰正在第三兵团政治部学习，副师长唐万成几天前就去了第一三五团检查工作，参谋长崔星应邀回国参加国庆观礼未归，师指挥员中只有崔建功师长在位，用他的俏皮话说：“我这一个萝卜顶着好几个坑。”

崔建功抱着膀子靠在长条桌上，面对墙上的大幅工事构筑图一支接一支抽烟，桌子上那个炮弹壳锯出的烟缸里盛满了烟头，却只插着一根火柴棍儿。参谋从电话机那边过来向他报告说：“军作战科又来电话催问前面情况。”

到这个份儿上，生性幽默的崔建功也没忘了他的俏皮话。他苦笑一声说：“这才是瘸子屁股——斜（邪）门儿呢！仗越打倒越让人捉摸不透了。打了好几个小时，我们连敌人主攻方向在哪，攻击意图是什么，投入兵力多大，战术特点如何，一概不清楚，这可不是个事啊！”他扭脸向作战科科长交代，“让侦察连立刻派两个人去前面了解一下情况。”

可是，派出的两个侦察兵半道上就让美军炮火给炸没了。

一去几个小时不见人回，侦察连只好再派两个人，这回还特意去了个有经验的班长。

班长带着个小战士拉开距离，灵敏地规避着炮火，终于爬上597.9高地6号阵地。是时，这个排阵地上伤亡得只剩下一个战士在阻击，而两拨儿美国兵正从他的两侧围攻上来。

班长一看形势如此危急，忙操起他的苏式冲锋枪，命令那个战士说：“你去对付那边儿的敌人，这边儿由我来收拾。上！”

那个战士一把拖住班长，说：“连长专门交代我们，把情况搞清就赶快回去向师长报告。”

班长俩大眼一瞪：“还有什么情况比丢了阵地更重要？眼下顶顶要紧的，就是马上把美国鬼子打下去。跟我上！”

于是，两支冲锋枪“嗒嗒嗒”地迎着敌人响过去。

整整一个昼间，崔建功和他的作战科科长等前沿战况等得着急上火，不时自言自语地问着同一个问题：这仗敌人到底想打多大？

两人谁也说不清，但有一点他们很清楚：兄弟部队都在向南挤阵地、占阵地，咱这里要是丢阵地可就说不过去了。

也正是由于第四十五师普遍存在这种心理，上甘岭之战一度初战急躁，用兵过大，伤亡亦重。

将近黄昏时分，崔建功根据五圣山观察哨的报告，确信守备两高地的第一三五团丢阵地了，但还不知道九连十二个阵地丢了四个，一连九个阵地丢了八个。他要通第一三五团团长的电话，说：“张信元，我很清楚你们的处境，师炮群都集中在注字洞方向，你们光凭步兵防御是很艰难的。但你要沉住气，好好计划一下，趁敌人立足未稳，马上组织反击部队，连夜把阵地给我夺回来，一个不能少！”

这是14日那天，崔建功发出的第一个明确作战指示。

放下话筒，他又交代作战科科长：通知第一三四团团长刘占华立刻赶到师指挥所，先熟悉一下情况，可能很快就会用上他们团。

张信元紧急部署，令该团三营七连反击597.9高地，第一三四团五连的两个排为预备队；令该团二连、三连分头反击537.7高地北山主峰和东北山梁。

三营营长马上把七连连长张计法叫来受领任务。

张计法，河北赞皇人，个头中等，却宽肩阔背，孔武有力。

他是第四十五师最能打的几个连长之一。多能打？光是解放战争期间，他就荣立过四次特等功、一次一等功。功绩背后多少抵命死战，血染征衣，你尽可展开想象。

2015年春，在信阳军分区干休所的老干部活动室里，张计法老人回忆："原先这个597.9高地一直是咱们七连守的，上甘岭打响的前两天，把我们撤下去换上九连。当时我们全连都不高兴，团长就给我做工作，说好钢用在刀刃上，有你们仗打。团长没有食言，14号当晚就叫我们连上了。营长跟我交代说：估计前面失守了一部分，什么地方失守俺也不知道，你们上去跟九连的同志取得联系，看看什么地方失守，你把什么地方夺回来，就是这个任务。"

那会儿张计法不知道这仗有多大，还觉得"这个任务很轻松"，等他黄昏时把队伍带上597.9高地，才知道情况有多严重：一个白天打下来，九连伤亡大半，连里四个干部就剩个副指导员秦庚武了。

当时秦庚武也不知道，连长高永祥被美军困在11号阵地的小坑道里，只是心情沉重地告诉张计法：2号、7号、8号、11号阵地丢了。

张计法借着暮色观察，发现丢失的四个阵地上，至少有三个连的美军在活动，顿时心里一紧。

欲暮未暮的山洼里，张计法满脸杀气地给连队做战前动员，说："同志们，咱们今天这个反击任务很重，要把四个阵地夺回来，必须有超迅速的迅速，超勇敢的勇敢。我跟你们讲，今天晚上不准任何人抓俘虏，抓到一个还得两个人送他，咱们没这么多人手。他缴枪都不要，打死。这个不犯纪律，到时候如果追查责任，找我。出发！"

天已黑透了，攻击受阻的美第三十一团I连还趴窝在597.9高地主峰西北侧山坡上。连长斯托夫很为难，进，攻不动；退，又没有命令。忽然有人发现一群志愿军从0号阵地斜刺里反击过来，斯托夫慌忙呼叫炮火拦截。然而他惊恐地看到，志愿军竟“毫无畏惧地穿越弹幕，弓着腰身向I连冲来”。

19时45分摩西接到I连报告，担心部队夜战中损失，索性命令左路的三营全都撤下高地。

此时，2号阵地上的美第三十一团一营还来不及修筑工事，只是用麻包匆匆垒了一些临时野战火力点。10月中旬的朝鲜中部，晚间已颇有凉意，有一半官兵都裹着鸭绒睡袋，聚集在一个露天大方坑里睡觉。

本来，美军前沿士兵是每人配发一个睡袋御寒的，但军官们发现放哨的士兵一裹上睡袋，经常不知不觉就睡着了。于是，后勤军官想出了一个广遭前沿士兵唾骂的解决办法：给前沿部队只发一半睡袋。这样，放哨士兵只有等他们的伙伴爬出睡袋来接哨时，才能找到空出的睡袋。而为了体现公平，连、排军官们也必须接受只发一半睡袋的规定。

晚上7点左右，B连一个困得迷迷瞪瞪的大兵从方坑里爬出来撒尿，无意中发现山坡下一群志愿军闷声不响地攻上来，吓得“嗷”的一声怪叫。歇息在方坑里的美军全被惊醒，惶然跳起应战。

这场反夜袭战，充分显示了美军现代装备的优越和作战技能的娴熟。几分钟之内，美军就用探照灯、照明弹、信号弹，将2号阵地照耀得亮如白昼，像升起了一颗幽蓝色的太阳。各型机枪、冲锋枪随即开了火，迅速构起一张交叉火力网。

六十三年之后，张计法老人摇头说：“对《上甘岭》那个电影，我不满意，没有把夜景拍上，那照明弹亮得很……”

他的意思是，电影《上甘岭》没有再现亮如白昼的夜战场景。

亲率二排攻击的张计法一看偷袭不成，遂令强攻。双方一接上火就打得山摇地动，血溅尸横。

打到一个麻包围起的敞开式火力点前，二排被挡住了。

张计法回忆说：“这个火力点就卡在山梁小道上。我看见五班副班长李忠先抱起两根二十多斤重的爆破筒，从一侧爬上去，拉开导火索，纵身跳进敌人火力点，与敌人同归于尽。二排这才冲了上去。”

面对二排猛烈攻势，B连紧急呼叫炮火拦阻。纷飞的弹雨中，二排排长孙占元两条腿都被炸断。战士易才学跑过来，掏出急救包要给他包扎。孙占元挣扎着坐起来，说：“不要管我，快上去消灭敌人的火力点，能前进一丈，不能退后一寸！”

易才学悲愤地冲上前去，从被李忠先炸塌的美军工事里拽出挺重机枪。孙占元看见了，铁人似的拖着断腿爬上来，抓过重机枪，命令易才学、万长安和饶松亭：“快上去，我来掩护你们！”

在孙占元火力掩护和战友配合下，易才学机敏地时而匍匐，时而跃进，接连炸掉美军三个火力点。

两年后，易才学回忆起14日那个被血溅红的夜晚，这样写到：“盘踞在2号阵地上的敌人，算是被我们完全肃清了。这时，我才注意到排长的机枪不知在什么时候不响了。忽然又记起刚才似乎听到那边有手雷的爆炸声。猛然，我心里一颤，不好，这一定是出了问题。我立刻向排长所在的地方跑去，眼前的一切景象使我呆住了：排长的那挺机枪枪口朝后倒着，周围是一片杂乱的空弹夹的弹壳，在下边几步远的地方，我找到了我们排长的遗体。他的周围乱七八糟地躺着敌人的尸体，还有一个压在他的腿上。再下边，两边山坡上也躺着不少敌尸。看着这些，一切都明白了：在我们向前发展的时候，后边又有一股敌人反扑上来，排长倒转机枪扫向冲来的敌人，不让他们切断我们的后路。在子弹射尽，成群的敌人冲到他身边的时候，他拉响了最后一颗手雷……”

七连的猛烈反击，把美军C连连长罗伊·普雷斯顿打蒙了。他懵里懵懂地向营长麦克卢尔报告说：“又有一股人数更多的敌人沿598高地通往罗素山的山梁攻打过来，估计有一营人左右。这股敌人成功地突破前沿阵地，罗素山随时有被占领和包围的危险。”

不能说普雷斯顿就是谎报军情，他只是过于紧张了。那是七连指导员林文贵带领的三排，沿山梁赶来增援二排。而七连一排则由副连长带领，正在反击7号阵地。

麦克卢尔营长接到报告也慌了神儿，一把抓起步话机受话器紧急呼叫，请求立刻撤退。摩西当即准其所请，并命令炮火掩护。

一营作战报告记载：该营于20时53分且战且退，23时25分全部撤至主防御阵地。

摩西在他的阵中日记里写到：“我对撤出行动完全负责，并通报了史密斯将军，他表示同意。以5：1的悬殊兵力，假如我们留在那里，部队会被钉死，然后被一点一点吃掉，很可能全军覆没。一个指挥官必须知道他的部队能承受多大的损失。”

第一批投入597.9高地反击的志愿军第一三五团七连二排，被普雷斯顿上尉看成“估计有一营人左右”，到美第三十一团《598高地指挥报告》中就成了“一个加强营”，并渲染说：“这时的弹药供给跟不上，所有弹药都用光后，部队与约一个加强营的敌人进行了十分钟的徒手搏斗。”

上甘岭从没打过连以上规模的徒手搏斗。

当夜12时，美第三十一团两个营撤下597.9高地，退回进攻出发阵地反斜面上的保暖帐篷里。

A连新兵戴维·惠斯纳特却不能休息，他还得跟班长去放哨。他9月份刚结束新兵训练来到朝鲜，一来就赶上进攻三角形高地，险些把命丢了。直到这会儿，他还没从昼间战斗的惊恐中松弛下来，拿枪的手哆哆嗦嗦的。班长乔治是个老兵，拍拍他的卡宾枪说：“看见什么动就朝什么打。”说罢，便钻进戴维脚边的鸭绒睡袋呼呼大睡。可怜戴维一夜没敢眨眼，有一丝风吹草动他就搂扳机。

然而一营撤得过于慌乱，居然还有九个兵没有接到命令，被落在2号阵地上。其中一个是A连列兵理查德·福代斯，几个月前刚过完十八岁生日。

在那本《红色龙》里，福代斯这样回忆14日那个恐怖的夜晚——

罗素山是三角岭的一部分，因它突起的两个小山头，很像女演员简·罗素的一对丰乳而得名。我们下午3时左右拿下这一对高地，然后重新挖掘被炮火炸平的战壕。我们冒着中国军队的冷枪，为肯定会到来的反扑而不停地修筑主阵地。天黑后一小时，我方照明弹照亮了那正向我阵地移动的黑压压一大片人。中国军队开始猛烈炮击，炮弹落在我们战壕里，仿佛我们四周每一平方英尺都有炮弹落下。我们一次次把他们打下去，他们又一次次打回来。我们的机枪打得滚烫。我已经没有时间概念，但有那么一刻我们弹药耗尽，便从尸体上搜寻弹药和手榴弹。凌晨2时刚过，我们数了数人头，还有九个人活着。约翰·狄龙早就打光了子弹，手里握着根爆破筒。这时，敌人已从好几处突上阵地。我们子弹彻底打光了，就用刺刀拼，把M-1半自动步枪当棒子使。敌人也耗尽了弹药，战斗变成了石器时代的棍棒打斗。突然身后一阵炮火飞来，我们竟然被自己的炮火炸了。我满脸是血，不知怎么回事，鼻子里也不停地流出血来。我们躲藏在打塌的战壕里，身后又一阵密集炮火落下来，夺走了五位战友的性命。战壕已消失不见了，狄龙被我们自己人炸成两截，尸体震飞了出去。等我能抬起头时，却见到几个中国士兵，看上去他们也完全被我们的炮击惊呆了，一副不知所措的样子。

我们朝战壕一端跑去，除了几个负伤的中国和美国士兵，没有别人了。炮击仍在继续，我慢慢地冒着危险移动，想找个报话机呼叫炮火停住，找到了却是个被打烂的。另外三人我都不认识，其中一个说我们下山吧！我不能同意。脑子里虽一片混乱，唯一明确的是我们被命令攻占并守住这个高地。但我们最终还是离开了高地，把能找到的伤员也带走了。下山和上山几乎同样艰难。我始终相信，如果能及时补充弹药，我们完全能守住高地。团里和师里并不知道高地还在我们这几个人手里，敌人的进攻并没有成功。我要说的是，挨自己的炮弹炸也是战争的一部分，没能通知我们撤退的人也没什么大错。炮击时，防线也确实被撕破，又因一群中国士兵混乱地跑来跑去，看起来阵地上没有一个活着的美国人了。按照军队规定，身份识别牌和遗体是阵亡的证明。可是狄龙阵亡，这两样都提供不了。

1952年12月14日，狄龙父母给福代斯写信，请求告知儿子阵亡的翔实经过。

福代斯对聚会的老兵们说：“我实在无法向他们说出实情，只好求助于随军牧师。直到1953年我返乡探望狄龙父母时，我才告诉他们，狄龙几乎是刹那间死去的，他自己都不知道是被什么、被谁击中的。现在他的名字保存在华盛顿朝鲜战争电子文档里，被列入‘战斗失踪，因伤而亡’子目录。”

一夜反击，烈焰雷霆。七连终以伤亡八十多人的代价，歼敌逾百，四个阵地全部收复。这让张计法足足自豪了几十年。他如数家珍地告诉笔者：“这一晚上，我们连就出了三个战斗英雄，孙占元、李忠先、易才学，一个一级，两个二级，都是特等功臣。这天晚上我们的缴获也最大，光轻机关枪我们就缴获了三十二挺，重机关枪四挺，无后坐力炮两门。我们从来没缴获过美国人这么多武器！”

而且，经过这一夜交手，他心里也有底了，觉得美国兵“并不怎么样，他火力猛，可不勇敢，不敢夜战”。

在我第一三五团七连反击597.9高地的同时，二连、三连也向夜幕笼罩中的537.7高地北山发起多路突击。

北山反击最激烈的，是争夺主峰。

韩国《朝鲜战争》记载了这场争夺战，称："黄昏后，19时50分，Y高地的第一连警戒哨报知敌人反击。20时，在679高地（上所里西北1.8公里）南上所里溪谷，敌一个加强营从三面包围Y高地，发起攻击。在照明支援下，双方展开阵前搏斗。敌人不顾重大伤亡，以他们惯用的正面进攻和迂回相结合的战术，在Y高地正面实施波状攻击，另一部穿插到A高地展开白刃格斗。"

白刃战中，三连一排排长栗振林——与孙占元来自同一块土地上的豫西后生，也是在身负重伤情况下被一群韩军包围，并以同样的方式滚入敌群，拉响手榴弹舍身赴死。隔着一条百十米宽的沟地，两个年轻的生命就这么呼应着、辉映着，彼此壮丽，一同永生。

为了纪念太行山人民的优秀儿子——特等功臣、二级英雄栗振林，河南林县政府将城关南街命名为"振林街"。

韩国《朝鲜战争》记载："到20时45分，我第一连阵地终于丢失，在A高地展开血战，战况逐渐恶化。这时，敌人似乎不断增加兵力，21时20分插入A高地后侧，企图切断我军退路。"

鉴于志愿军攻击甚猛，韩第三十一团团长认为再坚守下去，徒增伤亡，遂于22时下达了撤退令。

战至子夜，537.7高地北山昼间失去的阵地，被二连、三连如数夺回。

由此夜始，上甘岭连续四十三昼夜，几乎夜夜火树银花，参差明灭，璀璨达旦。探照灯剪状交叉的雪亮光柱；照明弹伞悬吊的幽蓝焰团；炮弹引信触地爆裂出的橘黄炸点；火焰喷射器吐出的砂红火流；信号弹、电光弹猩红莹绿的弧形弹道；树桩燃烧的橙黄色火光……军队里所拥有的一切发光和可燃物体，全在这里吐焰放光，将战地之夜装饰得宛如华灯缤纷的街市，炫耀出一片蛮力创造的煌煌气象。

上甘岭战役D日，就这样在血与火中猩红地流过。猛烈的炮火航弹，将长满混交杂树林、植被丰茂的两高地，炸成寸草未剩的光山秃岭，岩石层被砸成一尺多厚的屑片粉末。

《第十五军军史》记载：“14日整天，我伤亡五百余人，歼敌一千九百余人。”

这个歼敌数字显然高估了。

美第三十一团于1952年11月8日上报美第七师的《598高地指挥报告》中，附有该团各营、连，直属坦克连、重迫击炮连、后勤保障连、军医队，以及军械库人员伤亡报告。

据该报告统计：14日美第三十一团共伤亡444人，其中伤411人，亡33人。加上支援部队的伤亡，总数在500人左右。

美国第八集团军普遍兵员不足，所属各部队都混编了一部分韩军官兵。美第三十一团5000多官兵中就编有823名韩国官兵。

该团A连中尉约翰·科夫科记得：“1950年仁川登陆时，我所在的排里是新组建的，一半美国人，一半韩国人。”

所以，在美第三十一团伤亡数字里，还包括11名韩国官兵。

韩第三十二团伴随进攻炮火虽不及美军，但537.7高地北山为易攻之地，因而伤亡与美第三十一团大致相当。

在美军绝对优势火力打击下，志愿军第一三五团官兵顽强阻击，浴血反击，取得了伤亡五百、歼敌上千的战绩，无疑仍是场大捷。

然而14日的恶仗，定下了上甘岭之战惨烈的基调。

当晚10时，崔建功主持召开第四十五师紧急作战会议，调整作战部署，决定——

> 一、立即报军批准，停止对注字洞南山的反击；为反击注字洞南山所准备的弹药、给养、器材，于15日21时前全部转用于上甘岭方向。
>
> 二、为避免部队横向运动造成建制混乱，确定由第

一三三团团长孙家贵负责指挥537.7高地北山的战斗；由第一三五团团长张信元负责指挥597.9高地战斗。

三、师炮兵群由唐万成副师长和军炮兵室副主任靳钟统一指挥。

四、第一三四团为师二梯队，随时准备投入战斗。

五、各级指挥所前移。师指挥所由真菜洞前移至德山岘；第一三三团指挥所前移至上所里北山；第一三四团与第一三五团组成五圣山联合指挥所……

美、韩军也连夜调整兵力：史密斯把美第三十二团一营调过来，交给摩西指挥；韩军则把537.7高地北山的主攻任务，交由配属韩第三十二团的第十七团二营。

摩西在这一天的阵中日记里感叹："第一天的战斗打得太艰难了……"

第四章　两高地全面失守

1. 战局扑朔迷离

上甘岭战后，我军编纂出版的战史几乎口径一致地宣称："我军经过14日的整天激烈战斗，敌人夺取我五圣山之企图已经明显。敌人在上甘岭阵前展开了两个师，并集中了大量炮兵。"或曰："经过一天的激烈战斗，敌之进攻企图更加明显。"

这不是史实。

美第七师和韩第二师于1952年6月以前，就部署在五圣山至西方山一线；美军调集的炮兵数量，也是第十五军侦察部门在上甘岭打响后逐步查明的，这都不足以证实敌进攻企图。而10月14日，美军攻击上甘岭两高地同时，范弗里特这个斫轮老手还对第十五军第四十四师防御正面的391高地北峰、芝村南山、上佳山西北无名高地、419高地和250高地，实施钳制性的多点攻击。这副全线进攻的架势，成功地达成了蒙骗效果，造成第十五军对敌企图莫测难辨。

所以，14日上甘岭无战报。笔者在第十五军档案室看到的10月14日第178号战报，是后来补报的："今我正面之敌全线向我发动攻击……战至12时，我八连一个排退守坑道；一连战至14时退守坑道。我从战斗开始至17时开始反击，共击退敌人二十余次冲锋。正激战中……"

第四十五师固然于14日当晚便已就上甘岭战事调整部署了部队，但这一谋略并不包含对敌人攻击企图的判断。在第十五军十几本上甘岭战役命令、报告、决议、计划、总结等文件汇编中，无一纸证明14日当天该军便已判明敌作战企图。

隐蔽作战企图，一向是美军拿手好戏。他们干得最出色的一次是在二战中，艾森豪威尔运用各种手段造势，做足由加莱登陆欧洲的假象。当盟军突然横渡英吉利海峡，已在诺曼底抢滩登陆了，德军大本营的元帅们还不相信这是真的。

时隔八年之后，美军再次隐兵遁甲，突袭上甘岭。

时任第十五军作战科科长兼军司令部办公室主任的温锡说："14号那天打得我们晕头转向，两天了我们还不敢确定敌人的主攻方向在哪里。"

当时的军作战科参谋桑临春也记得："敌人14号进攻我们倒没觉得意外，当天就知道敌人攻了，但不能确定敌人的重点方向，看两三天后才知道厉害。"

采访原南京军区司令员向守志时，他也认为："上甘岭战役的敌军作战意图、攻击规模以及时间，都是逐步明确的。"

14日那天，在第十五军作战室一片紧张气氛中，秦基伟面对敌我态势图上那条红色战斗分界线抱臂沉思，一坐就是个把小时。他反复琢磨的一个问题是范弗里特突然搞了个中线全面出击，究竟是想把中部战线整个北推前移，还是以此掩盖攻夺防御要点的战术企图？

前沿部队联络不上，侧翼观察所报来的情况，却一份比一份危急。

四十多年后的一个秋日，在北京闹市口一所小院里，已是人大常委会副委员长的秦基伟回忆说：“14号那天，是我一生中又一个焦急如焚的日子。”

在秦基伟二十七年战争生涯中，像这样不明就里而“焦急如焚”的仗为数无几。但即便如此，那天晚上秦基伟也没忘记打开他的阵中日记本。他旋下钢笔帽，就着作战室小马灯的光亮写着：

> 10月14日——激烈的战斗在五圣山的前沿阵地全线展开了。敌军在同一时间里向我军八十华里的正面进犯……从黎明前后，美七师、伪二师抽调三个团的步兵，在大炮三百余门、飞机五十架、战车四十七辆的掩护下，向我上佳山（新占阵地）、艺林南山（新占阵地）、419、597.9、537.7等阵地进攻，其中以五圣山前沿597.9及537.7高地为最激烈。敌人仅在上述两个阵地上，便使用了美军两个营、伪军四个营的兵力，激战至上午10时，除五圣山前沿仍在继续反复争夺之外，其他次要方向，敌军全被击退，再也没有动作了。

秦基伟出身贫寒，只读过不到两年的私塾，入伍后多次尝到没文化的苦头。1937年秋，他被八路军第一二九师政委张浩派到太行山拉队伍、打游击时，开始从写阵中日记入手，边记事边学文化。此后，不论战事倥偬还是环境险恶，他都坚持写阵中日记。上甘岭作战期间，他的日记更是一天没落下过。

有一次他到志愿军总部开会，散会已是凌晨1点了，还问警卫员王鲁要日记本。王鲁说：忘带了，明天再记吧。秦基伟就训他：明日复明日，那还要今天干什么？然后他便趴在床边，把这天会议内容先记在一张白纸上，待回到军部再誊抄到日记本里。

面对秦基伟将军那满满一旧皮箱笔迹工整的阵中日记本，我不由得吃惊，不由得感叹，何等顽强毅力才能如此坚持不懈！它为后人研究抗日战争、解放战争，乃至抗美援朝战争第五次战役和上甘岭战役，留下了弥足珍贵的第一手资料。

从秦基伟10月14日的阵中日记中可以看出，尽管第十五军军、师两级指挥所与前沿守备部队通讯联络全部中断，许多重要战况报不上来，所获情报零碎不全，且多有不确，他还是透过美军“全线展开”的障眼法，判断出此战的次要方向。

那么主要方向呢？秦基伟翻来覆去地琢磨：美军弄出了这么大动静，难道仅仅为了挤占我五圣山前沿两个小高地？如果是大举进攻，他们为什么不把突破口放在西方山，由便于机械化部队运动的平康谷地展开攻击呢？他们会不会明修五圣山前沿之栈道，暗度西方山纵深之陈仓？

没看懂的仗就像没琢磨透的棋，秦基伟绝不会轻易落子。所以，从14日到15日两天里，第十五军在作战部署上没做任何大的调整。“志司”和第三兵团也没有任何明确指示，三级指挥员都还要再看看中线战事的发展变化。

15日中午，“志司”对第十五军于13日上报的关于反击注字洞南山作战计划，有个电报批复：“根据三十八军反击经验，目前打敌一个加强营所付代价太大（伤亡，消耗），敌必拼死顽抗，亦难控制。目前敌经我连续反击已倍加准备，因此，应集中力量，准备粉碎敌任何进犯，并不断组织小反击作战，大量歼敌，取得经验。反击注字洞南山暂不进行为宜。”

电文中只字未提上甘岭战事，也未取消反击注字洞南山的作战计划。由此可见，第四十五师与美、韩军两个师苦战两天，上甘岭还不是“志司”那盘棋上的热点战区。而这封电报由志愿军总部桧仓发出时，濛濛秋雨中的上甘岭局势正急剧恶化。11时43分，美军第三十一团一营重又攻占597.9高地7号、2号和11号阵地；十几分钟后主峰3号阵地陷落。

几乎在597.9高地主峰陷落的同时，韩第十七团二营三面突击，再度攻占537.7高地北山主峰。

韩第十七团是韩军为数不多的几个善战团队之一。1950年6月25日，朝鲜战争第一枪，就是这个团在海州湾瓮津半岛打响的。战前该团隶属韩军首都师，1950年11月编入韩第二师，一直是韩军唯一的机动打击部队，曾多次配属美军作战。美国第八集团军前司令官沃克很信赖这个团队。

由于通讯联络中断，崔建功很晚才接到两高地主峰相继失守的报告。而一直待在鸡雄山前沿指挥所掌控战斗进程的摩西，第一时间就得知威廉·纳普中尉的E连占领597.9高地主峰，这让他大感振奋。

美第三十一团团直属连报务员克拉伦斯·比佛中士记得："大概就是那个时候，摩西决定和他的士兵一起战斗。他命令我穿上防弹背心，背上PRC-10报话机和他一起上山。我们从604高地（即鸡雄山）前沿指挥所出发，穿过乡村，径直朝三角岭而去。我们很快被敌人发现，招来猛烈迫击炮火。我们到达三角岭脚下，这里距我们出发的前沿观察哨约四分之三英里。摩西选择了最短的上山路线，这是一个70度的山坡，我们的部队大约一个小时前才从这里走过。山顶上炮弹打得很密集，摩西后来估计每分钟有十发炮弹，也就是每六秒一发。可对我来说似乎比这还要多得多。在我们费力地沿着陡坡向上爬时，几个铺设电话线的士兵看到我们，向我们挥手呼喊。摩西问：那些家伙在喊什么呢？我说：上校，他们看到你也在山上和他们一起，他们很高兴。"

可是摩西不高兴，因为爬上陡坡他就看见攻占罗素山的美第三十二团A连，在阵地上只待了半个多小时，就被志愿军一个反击撵下山来，退回桑德山重新组织进攻。

他把亲眼所见的这场志愿军反击写进了当天的阵中日记："我从来没见过这么狂热的敌人，冒着我们的炮火发起顽强反击，丝毫不惧伤亡。"

摩西当即命令比佛呼叫团前沿指挥所，增强对罗素山的炮击。可偏偏这当口上，报话机出了问题。

比佛回忆说:“一发炮弹落下来，虽差一点没打中我，却把报话机送话器震掉不能用了，摩西命令我马上再找一台报话机。可是战斗正激烈，去哪儿找啊？我顺着一截交通沟向前爬，避开一具中国士兵的尸体和一个重伤美国兵，爬到一个小山顶。这时我看到一个少尉，正面向敌方坐在空地上。他是个炮兵前沿观测员，竟然有台报话机。一番口舌后，他允许我使用这台机子。我跟前沿指挥所联系上后，转达了摩西的命令。”

当天下午，摩西增调部队加强地面攻击力度。同时，为阻止第四十五师反击，支援美第三十一团巩固主峰阵地，美国海军陆战队第一航空联队于15时20分开始，从停泊在朝鲜南海岸外的“西西里”号和“培登海峡”号小型航空母舰上，连续出动四批十五架次清一色的AU型海盗式舰载战斗轰炸机，向上甘岭周边高地、要道、炮阵地和物资转运站，投掷了三十七枚凝固汽油弹。其中尤以540高地为烈，整个山岭腾起熊熊火焰，青褐色岩壁都烧红了。

当第一批四架AU型海盗式舰载战斗轰炸机正在航母上挂弹，美国远东军总部策划的朝鲜东海岸库底佯动登陆作战也开始了。

库底是三八线以北八十多公里处通川附近的一个小渔村。

还是在9月下旬时，得知“摊牌作战”计划获准，范弗里特又在电话里向克拉克提出，他希望能在库底实施一次侧翼登陆，以策应两高地作战。或许他自己也觉得有点得寸进尺，没等克拉克表态，又用近乎央求的口气说：真的不行，搞个假登陆也行啊！

可他没想到，克拉克居然很痛快地就答应了。

连范弗里特都不知道，早在他酝酿“摊牌作战”计划之前半个月，克拉克为在停战谈判中保持对志愿军的军事压力，就已着手准备一场两栖佯动作战，并采纳了布里斯科将军的建议，利用佯动吸引志愿军增援部队，然后用大炮和飞机实施攻击。

《朝鲜战争中的美国空军》对此有较详细的叙述——

9月13日，克拉克将军欣然地发布了他的作战计划，其内容为：在元山和轰炸安全线之间海岸上的库底村进行联合两栖突击，与之相配合的还有第八集团军的地面攻击和第一八七空降团的空降作战。进攻日期定于1952年10月15日。克拉克将军在10月3日发出的一份指示文件中解释说，这次作战应该是一套完整的战术行动，只是两栖登陆和空降作战不予实施而已。只有最高级指挥官们才知道这次作战是个骗局。

库底登陆前的一切准备工作，是按真实的两栖登陆的要求进行的。联合两栖作战第七舰队负责扫雷，并在江陵的海滩进行了几次预演。在10月9日以后的四天里，大邱机场上的第三一五空军运输机师的C-46和C-119在洛东江的河谷地区进行了营规模的伞兵和重型装备的空投演习。

库底佯动登陆作战行动，调集了包括“爱荷华”号战列舰在内的一百多艘舰艇，比两年前麦克阿瑟实施仁川登陆的规模还庞大。该书这样描述——

10月15日上午，联合两栖作战第七特混舰队（1945年以来集结海军部队最多的一支特混舰队）逼近了库底。由于天气不好拖延了一段时间，后来第八骑兵团在14时整登上了登陆舰向海岸前进。这些登陆舰在距海滩大约四千码的地方调转了方向，回到了运输舰上。库底登陆就此完成。

负责支援库底登陆的第七舰队的飞机在10月12日出动了六百六十七架次，从那天开始的连续四天的积极活动，使海军航空兵在10月份的出动量达到一万一千零四架次，创造了朝鲜战争中单月出动架次的最高纪录。

当参加通川库底登陆作战的美军中下级军官得知这是场佯动时，无不气得大骂愚蠢。“好人理查德”号航空母舰舰长也不满地抱怨说，库底假登陆后他的飞行员士气大为低落，他们在一场误以为真的登陆战中冒了很大的危险，并且遭到了不必要的损失。

佯动虽然过于庞大昂贵，但并不愚蠢，它使朝鲜中线战局变得越发扑朔迷离，很大程度上干扰了志愿军判断料敌。那几天里，“志司”不少精力都被吸引到库底方向。所以，直到17日夜间，秦基伟阵中日记里还写到：“在我军阵地前由西向东都是紧张的。”

西边紧张比东边紧张更让秦基伟揪心。秦基伟向来谋略精微，深知那条大走廊似的平康谷地，即使由两个精锐师扼守，仍然是志愿军防线上的软肋，始终是“志司”的一个心病。所以，即使第四十五师在上甘岭打到精疲力尽的份儿上，他也不肯动用第四十四师在西方山的一兵一卒。

桑临春老人说：“秦军长最担心的就是平康谷地，万一动了第四十四师的部队，敌人趁机由此突击，几百辆坦克、军车呼呼啦啦往谷地里涌，谁敢保证堵得住它？”

四十多年后，秦基伟在回忆录中坦露自己的心思——

> 几十年来我一直心存疑窦，我总认为范弗里特还备有另一种不为人知的阴谋，即在上甘岭战斗登峰造极之时，他的一只眼睛盯着五圣山，另一只眼睛一定瞪得老大窥探我的西方山。只是由于我们在西方山死死按兵不动，范弗里特才悻悻作罢。如果我们因为上甘岭战事吃紧而动用西方山部队，范弗里特极有可能回马一枪，打我们一个声东击西。他毕竟是机械化部队，撤出战斗快，重新投入战斗也快。那样一来，上甘岭战役就成了西方山战役，战役的最后结局是什么样子，那就很难想象。

秦基伟绝非无端生疑，在第十五军接手五圣山防务的前二十天，范弗里特制订的“筷子6号”作战计划，就是企图正面突击西方山地区，将战线推进到金城、平康一线。只是李奇微认为这仗规模太大，断然予以否决。

由此联想到第十五军从一个一人一杆枪都摊不上的小纵队，一仗一个胜利地打成虎贲之师，委实得益于秦基伟稳打慎战的指挥艺术。

鉴于以上所述，可以认定：我志愿军判明美军攻击企图，起码是在战斗打响两天之后。

2. 擅长打防御的第四十五师

仅仅打了两天，轮番攻击597.9高地的美军四个营，伤亡便达七百多人。美第三十一团先后补充了六百七十六人，其中三百一十六人是韩国官兵。

摩西认为进攻兵力不足的问题，从“摊牌作战”第一天就凸现出来。他在自传《不惜代价》里抱怨说：“我们的两个营与敌第四十五师一三五团打了一整天，他们炮火掩护与我们相当，所占地形又易于防守。按照陆军作战教义，要想进攻战胜敌人，兵力与炮火应与敌呈三比一的比例，而我们兵力连与敌人相当都做不到”，“根据我所看到的，敌人数量远远超过我们，敌我至少是四比一”。

摩西怨言，纯属不实。由此可知，有时即便当事人叙述的历史，也可能是伪史。

摩西有牢骚，是因为按“摊牌作战”指挥权限，他没有使用两个营以上兵力的权力，师长史密斯也没有。

然而，正所谓上有政策，下有对策，史密斯决定轮番使用他的三个团九个营，以始终保持进攻部队齐装满员、体力充沛。尽管这存在着需要不断把战线拆散再组合，以及轮战部队不熟悉地形等弊病，但这是弥补兵力不足的唯一可行办法。

15日深夜，史密斯命摩西将战斗指挥权移交给美第三十二团。这也是个历史上有战功的团队，曾在太平洋战争的日本冲绳岛血战中获得“矛头”称号。1950年9月，这个团仁川登陆后一路猛攻，最先突破朝鲜人民军防线攻入汉城，并在三天巷战中重创对手。

16日，美第三十二团第一营投入战斗，第三十一团二营和I连协同作战。

I连是美第三十一团唯一连续作战三天的连队。

本来这个连15日中午就已撤回鸡雄山集结地，可是下午1点30分左右突然又接到命令，要他们重返598高地，增援第三十二团一营。I连官兵一听都骂起来，说全营都在休整，凭什么单单要我们连上？尤其是听说晚上有个劳军联合组织要来前线放电影，师部炸面圈大篷车和军邮局邮件车下午也将赶来战地服务，I连的兵们更是怨声不绝。他们早就盼着一边嚼炸面圈一边看电影的那份享受，还有些人则急着要往家汇款寄包裹。

美国兵阔佬打阔仗，战场也挣钱。据美第三十一团军邮局统计，该部10月份营业额已超过18.28万美元，其中绝大部分是官兵汇款；经邮件交换车寄出的邮包也达六百二十一个。

当兵的操爹骂娘，过过嘴瘾而已，谁也不敢当真抗命。下午两点多钟，I连重又向597.9高地运动上去。在距罗素山顶不远的地方，连长斯托夫负伤撤下阵地，一排长乔治随即被越级提升为连长。但他没有多少提升的喜悦，因为他四五十人的一排，只剩下十一个人了。天黑时，I连撤至7号阵地转入防御。

是夜，我第四十五师对597.9高地的反击分两路进行，一路直扑主峰，另一路从6号阵地沿山梁进攻。首先遭遇反击的，是在6号阵地山脚下掘壕固守的美第三十一团E连。

这场夜战中，E连出了位英雄——

战至22时30分，E连连长纳普中尉被炮火击中阵亡，一位叫小米尔顿·彼特斯的中士，主动站出来指挥一个排。

据摩西自传所述：“彼特斯带领十七个人，英勇地打退敌人七次猛攻，击毙敌人三百零五名。激烈战斗中，这个排无法得到所需的弹药，彼特斯和他的战友捡起中国人的手榴弹，又向他们投回去。他们守住了阵地，彼特斯当即被提升为连长。”

只是，即便彼特斯很英勇，但他们也无法“击毙敌人三百零五名”。因为他们与之激战的志愿军第一三三团九连，全连仅一百四十六人，战至10月20日还有十六人。

7号阵地虽然不是当晚第四十五师的反击目标，但仍让美第三十一团I连这一夜过得心惊肉跳，躺在鸭绒睡袋里不敢合眼。于是，为消除他们的夜晚恐惧，美第三十一团便不停地为他们发射155毫米照明弹。

军械库主任格斯中尉向团部报告：由于缺乏155毫米照明弹，始终以这种方式给战场照明是不可能的。现全团三个营的155毫米照明弹库存量均已迅速减少，到黎明来临时，还有约三十五发可供下一个夜晚使用。

16日天一亮，已被越级提升为连长的乔治便接到命令，率I连沿高地主峰山脚向西北攻击。打到下午两点左右，I连竟然接连攻下1号和0号阵地。为此，摩西亲自授勋，在指挥优异的乔治胸前别上一枚银星勋章，I连则获得了总统表彰奖。

上甘岭战役中，美第七师只有第三十一团I连和15日最先攻上罗素山的第三十二团A连，获得这个美军最高集体荣誉奖。

那个叫比佛的报务员特不忿儿地说：“我认为任何一个踏上那块不值钱土地的美国士兵都应该得到一枚勋章，这场战斗造就了第三十一团许许多多英雄。那个地方又是一块价值昂贵的土地，因为美国人为它支付了宝贵的鲜血。”

连续三天战斗，使I连付出的绝不只是鲜血，还有更惨重的生命代价。在1号和0号阵地上，I连几位西点军校毕业的排长，均先后阵亡。

上甘岭战役中，敌我双方的班、排长都是伤亡概率最大的职务。

I连最后一个排长头部中弹后不久，连长乔治也负伤了。这个乔治，就是从大洋彼岸，为我拎来沉甸甸一大捆上甘岭资料的凯文的父亲。

若干年后，乔治对儿子凯文这样描述负伤经过：阵地刚刚攻克，五圣山方向飞来一发大口径炮弹，爆炸的气浪将我高高抛起，扔出好几米远，身上七磅半重的防弹背心被气浪撕扯掉，一块弹片击中我的腰部。

从此，这位器宇轩昂的帅小伙子，一辈子再没直起过腰来，深嵌体内的弹片让他痛苦了近五十年。每过机场安检门，检测仪就冲他吱吱乱叫。1957年夏天在华盛顿的某个街区，一个醉酒开车的家伙又撞了乔治一下，使他的腰佝偻得更厉害了。

因为这块弹片，乔治的朝鲜战争结束了。他很快被送回美国，远离了这个可怕的高地。然而三天激战，却噩梦般纠缠了他一生，直到1999年初去世才算彻底摆脱。

去世之前，乔治曾在妻子陪同下，与一群美第七师朝战老兵结伴赴韩旅游。他们站在三八线南侧的观景台上，隔着四公里宽的非军事区，百感交集地凝望着四十多年前激战过的598高地。

师长史密斯寄希望于第三十二团这根矛，能一举刺穿志愿军第四十五师的防御之盾。可是，16日上午，除了I连，第三十二团一营和第三十一团的二营左右两路攻击均无进展。下午，史密斯又把第十七团二营E连、G连拉上597.9高地。这样一来，攻击597.9高地美军便多达九个步兵连。

当天，韩军亦将其第三十二团二营和第十七团一营，全部投入537.7高地北山防御。

这是“摊牌作战”以来，上甘岭两高地美、韩军兵力最密集的一天，投入了整整十五个步兵连。

至此，美、韩军兵力使用已完全失控，“战斗”的种子开始长出“战役”的第一片叶子。

美第七师共二十七个步兵连，每个连平均约二百七十五人。

597.9高地作战区域狭窄，一下涌上去九个步兵连近二千五百人，部队根本无法展开。因而，高地上的敌我双方都不约而同地采用“添油战术”，逐连、逐排，甚至一两个班地投入攻击或防御，在一个有限战场空间内拼弹药消耗，拼兵员储备。

美第三十二团作战报告记载：“16日13时15分，夺取目标的进攻在继续，由西向东并列的是第三十一团二营、第三十二团一营和第十七团二营。第三十一团二营继续在598北坡进攻，第三十二团一营从598高地东面向东北方的罗素山运动；第十七团二营沿河谷向桑德山东面前进，从东南方向攻打罗素山。”

14时25分，在美军两个营夹击之下，2号阵地第二次失守。16时，I连攻克1号阵地。

但据美第三十一团《598高地指挥报告》记载，16日这一夜，志愿军第四十五师几乎不停地进行反击，直打到17日6时30分才罢手。该团在5号阵地进行防御的“F连损失全部军官，其他连也只剩下两三名军官”。

F连一个叫帕特·韦斯特富勒的上士回忆说：“F连被称之为‘战斗的狐狸们’，我觉得这是团里最好的步兵连。”

至16日下午，第四十五师也有十五个连队先后投入反击固守。然而，战斗却毫无结束的迹象，于血肉飞溅的残酷性中，透露出此役的长期性来。

秦基伟终于按住了范弗里特的脉动，不由得惊叹道：“范弗里特毒辣哟！”他屈起指关节，“笃笃笃”地敲着图板，对副军长周发田和参谋长张蕴钰说，“上阵地以来，我总觉得平康平，便敌攻，认为敌人攻西方山的可能性大，但攻者是出其不意啊！这有道理。地形险要也常常是军事家的弱兵之处。五圣山前的597.9高地和537.7高地北山特别突出，攻者总是选择接合部、突出部。敌攻突出部可避免两侧火力杀伤。如敌攻平康，遭我十五军、三十八军打击，攻牙沈里又遭我军和十二军打击。而攻597.9高地和537.7高地北山，则只受我军打击，同时也只受我军纵深威胁。”

秦基伟又用手指点着地图上的鸡雄山说："敌人以此山作为攻击出发阵地，距我前沿很近，可用火力直接掩护。金化交通又方便，可屯兵，并且利于调动。敌若进而夺取五圣山，不但西方山不保，更有条件从昌道里攻通川。不攻五圣山，直接攻通川，其侧翼便暴露在我面前。敌攻五圣山，利弊均占。范弗里特确实是从战略上战术上，都分析了利弊。"

他将范弗里特的心思琢磨透了，随即做出决定——

一、第四十四师由军主攻师变助攻师，牵制当面之敌；军指挥、用兵重心移向第四十五师防御地带。

二、军、师组成炮兵联合指挥所，统一指挥快速机动到上甘岭方向的炮兵群，全力支援步兵战斗。

三、统一建立后方供应指挥机构，加强后勤保障。除原先额定储备的弹药以外，一线连队每连配备手榴弹八千枚，全军给养储备三个月，迅速向坑道补充食物和水……

随后他又转身交代军政治部主任车敏樵："师、团政委们都在兵团部学理论，你马上请示一下兵团，我的意见让第四十五师政委先回部队来，等打完这一仗，再去兵团补课。"

当秦基伟迅速完成这一系列战场运筹，将命令一个接一个从军指挥所发出时，已是午夜时分。

中国的改革开放首先是场思想的解放，更新了经济建设理念的同时，也拓宽了军史研究的思路。近十几年来，一些专家学者们重新审视，客观评述上甘岭之战，认为尽管战役前志愿军总部就已预见到敌人可能会从我防御中部实施突击，然而在对敌攻击点的判断上出现失误，一度造成战役初期的被动，致使上甘岭之战打响八个多小时，前沿部队未能得到有效的炮火支援，一天里伤亡达五百多人。其原因在于我军料敌进攻的意图和规模时，多囿于地形和装备方面，而缺乏对国际上停战呼声四起的政治气候、美国民众的厌战情绪，以及美军后备兵员枯竭等因素的综合分析。同时也过于倚重五圣山的险峻地形，过分担忧美军机械化部队由西方山谷地对我平康地区做纵深突破。因而在兵力部署上出现重心朝西倾，防线一头沉。

这绝不是“事后诸葛亮”的伪高明，作为上甘岭战役最高指挥员的秦基伟，亦为此憾意深沉。

1952年12月1日，第十五军刚开完上甘岭战役胜利祝捷大会，在大雪纷飞中度过了一个狂欢之夜，秦基伟便以一个胜利者的清醒，胸襟如海地在军战役汇报会上检讨说：“我们准备工作上有漏洞。对敌人用这样多的兵力攻击五圣山方向，我们未估计到。我们准备应付敌人三至四个师的进攻是在西方山方向，结果出乎意料。因此，开始有些被动，二梯队投入仓促，第一天炮火未能支援战斗，如果我们预料到敌人的进攻方向，那么敌人第一天就爬不上来，对敌进攻的持续力也估计不足，因此，指挥上发生错觉。”

这段讲话的主要精神，作为战役教训写进了《第十五军军史》。

第十五军政治部在1952年12月的《上甘岭政治工作总结》中也曾写到：“战役发起后，仍估计敌为报复性进攻。因此，就使敌人的进攻保持了一定的突然性，并使我在战役初期不能不处于一定的被动地位。”

秦基伟的错觉，其实是和范弗里特作战企图发生战役与战斗错位。他准备着美军在西方山那边战役性地大打；范弗里特却在五圣山这边战术性地小打。在五圣山前沿激战四十三天不是秦基伟本意，把上甘岭战斗打成一场战役也绝非范弗里特初衷。

美军“摊牌作战”虽然形成了一定的隐蔽性和突然性，但是面对猝然降临的强大冲击波，第十五军处变不惊，当晚便组织有力反击，迅速夺回战场主动权。这种临危不乱的战风，恰恰显示出该军良好的军政素质。

美第三十一团情报参谋约翰·皮茨帕特里克对此感受甚深。他在作战报告里这样评估：“总之，敌方对我方的进攻反应快、狠，并伴随着战斗的进程更为激烈。”

有趣的是，外军军事理论界也有人对范弗里特提出批评。他们通过沙盘和计算机，对多年以前的那场战事进行推演和模拟，指责范弗里特对上甘岭这个攻击点的选择，是“聪明人的糊涂”。他们认为：如果将攻击矛头指向西方山西侧的平康谷地，凭着中共军队有限的重火器，即便有两个主力师扼守，也难以阻挡美军强大的机械化部队突击；美军一旦将西方山一线撕开个突破口，迂回而攻其侧后，五圣山便徒有其险，自然失去防御意义，从而迫使中共军队作战战略退却。如此，朝鲜战争或许就是另外一个结局了。

可是历史拒绝“如果”。

这些人忘记了最重要的一点，范弗里特毕竟只是美国第八集团军司令官，他的作战权限受制于克拉克，而克拉克执行的则是美国政府尽快结束朝鲜战争，实现体面停战的政策。范弗里特何尝不想从平康谷地下手，战役性地突击志愿军防线？可这位至死都认为美国能打赢朝鲜战争的司令官，在1952年10月所能做的只有以改善美军防御态势为由，打场前沿阵地战。

他在自传里就曾愤懑地说：“虽然我们可以乘胜前进，但华盛顿不想这么干；国务院已经让共产党人知道我们愿意在三八线解决问题。我们不但没有接到进攻行动的命令，反而随着时间的流逝，我们的行动越来越受到限制。即便在加强我们的防线问题上，我们也受到了在日本的远东司令部的限制，或许它执行的是华盛顿的指示。”

既然只有使用两个营兵力的作战权限，范弗里特选择攻击上甘岭两高地，当属明智之举。避开第十五军西方山防御重心，向五圣山前沿突出部攻击，在军事理论上也完全符合避强击弱的作战原则。然而问题出在范弗里特料敌不周，他低估了第十五军寸土必争的防御意志，又很不幸地遭遇了一个擅长打防御的第四十五师。

该师虽非第十五军主力师，但他们曾在国内战场多次担任阻击任务，打过许多场出色的阵地防御战——

1947年12月，该师第一三三团在河南西平阻击国民党王牌部队整编第三师，激战二十多小时，未让其北进一步，为陈谢、陈唐两兵团围歼国民党第五兵团赢得了宝贵时间。

1948年3月，洛阳战役中，该师阻击国民党一等精锐第十八军，在炮火与毒气中死守两昼夜，一个阵地没丢。仅隔了五天，该师第一三五团又集结在马圪当寨，阻击国民党孙元良兵团。此战，九连死守不退，子弹打光了，连长王海龙率全连光着膀子与敌拼刺刀，刀捅弯了就白手夺刃。王海龙一人夺了四支枪，捅弯了两对刺刀。全连打疯了，孙元良的一个团愣没攻下寨子。拼到最后只剩下十六个人的九连，还在一连支援下打了个反击，将敌人撵出三四里地去。

当年10月，郑州北郊的薛岗阻击战中，该师第七十九团在地方部队配合下，堵住了国民党第四十军拼命北逃的万余人，坚持到主力部队围追上来将其聚歼。

入朝后，该师又轰轰烈烈地打出了一个朴达峰阻击战。

漂亮的阻击战与漂亮的进攻战一样，该受上赏。

正是在频繁的阻击战中，第四十五师于不经意间被磨砺成打防御的好手，形成了自己的特长与战风。同富于进攻性的第四十四师相比，第四十五师则"内敛"着寸步不让的阵地意识和既守必固的防御韧性。多年来，它已习惯于默默无闻地当配角、拉边套，为主力纵队担任保障。如今，公正的命运之神将在这片异国群山中补偿它一个蜚声中外的机会，而范弗里特则将为自己的知己"不知彼"，付出血腥的代价。

3. L连攻占派克峰

炮火像架巨大的犁铧，毫无倦意地反复耕耘着上甘岭的每寸土地。饱受劫难的两高地终日暴尘飞扬，硝烟弥天，晦暗如暮。厮杀的人影晃动在帷幛般的烟尘里，远处猛一看如同一场皮影戏，昼夜无休地连台上演着空前的残酷。双方都为每个阵地的得失而不惜血本，而反复争夺。各民族勇猛无畏的一面，都在这里得到淋漓尽致的发挥。远处用炮轰，用枪打，用手榴弹炸；近了用刀捅，用枪托劈，用石头砸，掐脖子踢裆咬耳朵抠眼珠子……彼此搏杀成团，气喘咻咻。都打红了眼，人的属性便消失了，相互都称之为敌人；而战场上的敌人是不能算人的，只不过是一个徒具人形的家伙，一个会动的物体。彼此都怀着唯一清醒的念头：把它们（而不是他们）打趴下！战争打开了军人无意识层的樊笼，将那只蛰伏其间上百万年的小兽，放归了大自然。

战斗越演越烈，阵地得而复失，昼失夜复，一天几易其手。战至17日，597.9高地上，唯有距主峰九百多米被美军称为派克峰的6号阵地，仍控制在第四十五师手中。537.7高地北山，则第三次沦入韩军之手。

战后，韩第二师一个排长回忆说："由于天翻地覆的炮击和白刃格斗，每当高地易手时，不到一平方公里的狙击棱线，便被鲜血染红了。"

可是，令韩第二师师长丁一权大惑不解的是，不到一平方公里的狙击兵岭，被密集炮火耙地搂草似的搂了一遍又一遍，连只山耗子也别想溜过去，怎么还会有那么多中共军队？炮火一停，他们就像从土垄里拱出来的一样，操起枪又打开了。

他问师部情报参谋文重燮中校，可文重燮也答不上来。

上甘岭打响的第五天——

18日，美第十七团团长莱斯顿上校统一指挥该团两个营和第三十二团一营，依托已占领的597.9高地阵地进行战斗扩展。

美第十七团也是二战中浴血南太平洋的功勋团队，作战牛一样顽强，因而绰号"水牛团"。这个团每份作战报告封面上，都印着一头顶翻中国龙的水牛。

10时32分，该团L连报告：占领派克峰。

至此，第四十五师上甘岭阵地第一次全部失守。

战况报到第十五军指挥所时，秦基伟正趁中饭前的十来分钟空闲时间，在坑道口前的空地上跟军部卫生所苏医生下象棋。两人弓腰坐在小马扎上拱卒跳马，铺在地上的棋盘纸怕被风掀翻了，四周用土疙瘩压着。

秦基伟性格就像这些土疙瘩，见棱见角，但凡认准的理，百折不回。

1952年初，国内“三反”运动也跨过鸭绿江，开展到朝鲜战场上来。所有二线休整的志愿军部队，都在驻地进行“反贪污、反浪费、反官僚主义”。

朝鲜冬季奇寒，志愿军许多高级指挥员都备有皮鞋、皮带、皮大衣、皮帽子、皮手套，合称“五皮”。一搞“三反”运动，“五皮”也算是官僚主义里的一项。但秦基伟只有“一皮”，是件从美军手上缴获的深绿色皮夹克。它不光穿着贴身，让秦基伟最喜欢的是它口袋多，装个香烟火柴笔记本什么的很方便。

这“一皮”也成了运动的“靶子”。军直属队开大会时，一位女文工团员写了个条子递到台上：“一切缴获要归公，请军长把皮夹克脱下来给我们演戏用。”

文工团员们以为这样一来，军长肯定不敢再穿它了。可他们没料到秦基伟根本不理睬这个意见，第二天会上照旧穿着那件皮夹克。他认为当军长的穿件缴获的皮夹克，既不属贪污，也不算浪费，更谈不上官僚主义。于是，有人又递了个条子上去：“军长，请尊重群众意见，把衣服脱下来。”秦基伟把条子搁一边儿，还是不脱，后来此事也就不了了之。

秦基伟脾气倔犟，性情却活跃，从小就爱唱爱跳，喜欢娱乐，七八岁时就常常将村里一帮娃娃组织起来，学着戏班子唱大戏。在解放军高级指挥员中，他那嗓子京剧很有些名气。转战中原期间，也很喜欢京剧的陈毅，见到他就喊：“秦基伟，来一段！”

秦基伟豪爽，笑道：“来一段就来一段。”清一清嗓子，声如裂帛地来段《空城计》，“我在城楼观山景，忽听得城外乱纷纷……”他唱，陈毅打着节拍，跟着哼。

第十五军干部里，秦基伟是第一个学会跳舞的，麻将也打得精。长期紧张的战争生涯中，他乐天达观地得闲就放松放松自己。即便是上甘岭打得最较劲的时候，他瞅个空子也甩上几把扑克下上盘棋，颇有临阵博弈的潇洒将风。

象棋老对手苏医生，是从江西上饶解放过来的国民党交警总队少校军医。他赴德留过学，医术精湛，棋也下得很不错，只是一提起飞机，那话就不像留过洋人说的了。他常哆哆嗦嗦地提醒军部参谋、干事和警卫员们：“晚上啊，你们可千万不要张嘴哟，一张嘴牙齿反光，就会让美国鬼子的飞机发现来炸我们……”

两人佝偻着腰正下着棋，远处传来飞机引擎的“嗡嗡”声，苏医生顿时矫捷如猿，“哧儿”地就溜了。

秦基伟支起个“象”挡他“当头炮”，催促说：“该你走了。”可是没动静，等他抬起头来一看，苏医生早已去钻防空洞了，半个屁股还撅在洞口呢。秦基伟上前抓住他脚就往外拽：“我军长都不怕死，你怕什么？飞机还没影儿呢，过来接着下！”

这时，作战参谋将第四十五师战况报告呈送过来。

秦基伟有个习惯动作，接过报告还没看先满身摸钢笔，摸到后拧开笔帽，做好准备了这才开始边看边改。遇有参谋干事字迹潦草，多处涂抹，他便恼火，气得报告一摔就走。走不了几步又折回头捡起报告，在文头批上“文风不正”，喝一声：“退回去！”所以，第十五军各级机关部门，对上报下发的往来文牍都不敢马虎。

他看完战报，不动声色地进了屋，伸手抄起电话：“要四十五师……四十五师吗？”

这边接电话的是师作战科科长宋新安，他简要地报告了全师伤亡情况，说到惨重处，竟对着电话哭起来。

崔建功接过他手里的话筒：“一号，我是崔建功。”

秦基伟说：“告诉机关的同志，我们十五军的人流血不流泪，谁也不许哭！养兵千日，用兵一时，伤亡再大，也要打下去。为了全局，十五军打光了也在所不惜。国内像十五军这样的部队多的是，可上甘岭只有一个。老崔啊，真要是丢了上甘岭，你可不好回来见我喽!”

最后一句，语气绝对平和，可崔建功却听出其中暗含的千钧雷霆般分量。他刚想说声“那当然”，那边电话已扣上了。他拿着话筒愣怔了半晌，自言自语说：“打了十几年的仗，多少高山峻岭都闯过来了，难道这回我就过不去上甘岭这两个小土包包?”

崔建功是个很有些传奇故事的将军。

他出生于河北魏县一个家道中落的清末进士家庭。十九岁那年为家事愤而出走，从家乡跑到汉口，在街边的一个征兵站报名投了东北军，分到第一〇九师当了个二等兵。

第一〇九师师长，就是《长征组歌》里唱的“活捉了那个敌酋牛师长”的草包牛元峰。

不久，第一〇九师奉命开进大别山“剿共”。要打仗了，崔建功心里挺紧张。连里的老兵油子李德胜对他进行“传帮带”，说：“嘿，不要怕，到时候你只管缴枪就行了。枪一缴，红军就待你跟亲哥们儿一样。我上次被俘不愿留下，人家还送我三块大洋当路费呢!”

崔建功这就纳闷儿了：“那你怎么又回来打人家?”

李德胜说：“不是老家东北叫日本人占着，我回不去嘛。再说了，人家红军大气，不计较这个。上次我就亲眼看见七班的那个斜眼上士对红军说：我这已经是第三次给你们送枪来了。红军不但不恼，还说很好很好。你想想，这多划算啊，等于花三块大洋买了杆枪嘛……”

大别山“剿共”扑了个空，第一〇九师又奉命从金寨向陕北开拔。走到陕西长武县，那个臃肿愚钝的牛元峰要给部队训话，做战前动员。他拎着根文明棍走上城东广场的检阅台，粗野得一张嘴就满口大粪味儿：“大别山作战，俺们老他娘吃亏，皆因各团协同不力，共军调戏老子是运输大队。本师这次的行动，是趁共匪初到陕北立脚不稳，协同友军最后围剿，务求一举成功。”说到这里，他突然大吼一声，带领全体官兵举枪宣誓，“我们国民革命军，坚决执行命令，完成任务，谁要再当运输队，日他祖宗！”

台下士兵们悄声乱骂：“你就是运输队长，先日你祖宗！”

崔建功心里直犯嘀咕：这样的部队还能打仗？

果然，第一〇九师刚进入那个三面环山的直罗镇，就被徐海东指挥的红十五军团两面一夹，打了个稀里哗啦。红军还没攻上来，离得大老远李德胜就直着脖子喊：“红军兄弟，到咱们这儿来缴枪吧！”一边还纠正崔建功动作，“枪举高点，嘿，不对不对，要这样儿……”

整个第一〇九师五六千人没来得及展开，就成了红军将大本营放在陕北的奠基礼上的祭品。

1984年崔建功从昆明军区顾问位子上退下来，回到1934年他投军从戎的武汉颐养天年。这白云黄鹤的地方，竟成了他五十年军人生涯的起点与终点，挽系起一位将军战火烽烟的人生圆环。但他坚持认为，自己真正的生命是从那个瘦小勇悍的南方籍红军战士抓走他高举的“三八大盖”时开始的。他记得那个高原的太阳，晒得陕北黄土地暖烘烘的，俘虏们席地坐出一大片，支棱着耳朵，听红十五军团宣传部部长黄镇和破坏部部长唐天际讲话。

穿着土布灰军装足蹬草鞋的黄镇，走上来先问：“各位丢什么东西没有？有就报告，找来如数发还。”接着便开讲红军与白军的区别，战争的正义性与非正义性，红军的土改主张，东北沦陷的前因后果……那学问，一套一套的。

崔建功当下第一个报名参加红军。他怎么也没想到，后来他在九纵当旅长时，那个学问挺大的宣传部长竟成了他顶头上司——九纵政委。黄镇有时还跟他开个玩笑，说：“你呀，还是我在直罗镇抓的俘虏呢！”

已经是旅长的崔建功便嬉笑着说：“可你抓来个共产党的旅长啊！”说罢两人一起开怀大笑。

然而，崔建功跟随最久的还是秦基伟军长。从他当太行军区七分区司令员到现在，在秦基伟直接指挥下已整整七年了，从国内一直打到朝鲜战场。他深知军长的脾气，不是攸关大局危及成败的当口，军长不会抹下脸来把话说得这么重。

上甘岭打了五天五夜，崔建功调整兵力组织反击，没离开指挥所坑道一步。他嗓子嘶哑着一天要发布几十道命令，累得成天就靠香烟浓茶提神撑住劲儿。实在困极了，他就在坑道里临时支起的行军床上打个盹儿。原本指望今天能睡上两三个小时，可仗打成这样儿，还睡得成吗？

崔建功又续上支烟。

第四十五师指挥所，是在上甘岭打响的第二天，由真菜洞前推至距前线十来公里的德山岘的。这是条几百米长的山沟沟，山坡陡峭，岩石壁立，敌人纵深封锁的炮火，不时在沟底爆起一团团浓烟。沿着沟北的一条石路爬到半山腰，茂密的灌木丛半掩住指挥所坑道口。坑道里一面壁板上，一字排开七八幅兵力部署图，还有火力计划图、阵地编号图、工事构筑图、防御作战方案图、观察窃听网络图、通讯网络图、阵地交通图、后勤配置图、对空防御图……墙边用空弹药箱垒起的工作台上，摆着三部通往军作战室、五圣山前沿指挥所和炮兵群的专线电话。坑道当间，有张铺着军毯的简易地图桌。

坑道里采光极差，十几根蜡烛昼夜不熄。地图桌一角的罐头盒上，也点着根白烛。桌子周围的师指挥员和科长、参谋们，几乎都在抽烟。浓得滚不动的烟团里，蜡泪如注，烛光摇曳，吃力地映照着桌上的“上甘岭敌我态势图”，还有桌旁那一张张因过度劳累紧张、严重缺觉而显得枯干憔悴的脸。他们神色郁郁地俯看着态势图，直面险恶如虎的战局。

经五昼夜血战，第四十五师逐次投入的十几个连队，已经全部打残。最多的一个连还有三十来个人，最少的连队已凑不成一个班了。可是，仗却越打越大，并日渐趋向长期化。

刚从第三兵团政治部理论学习班提前赶回来的师政委聂济峰严肃地说：“我离开兵团的时候，杜义德副政委专门把我叫到一边，交代说：‘就算拼光了四十五师，只要能把美七师和韩二师打垮，战役的胜利就有绝对把握了。’”

崔建功使劲儿嘬了口烟屁股，摁灭在烟碟里，横下心说：“打吧，老子手里还有点本钱，够鬼子们啃上一气的。四十五师打剩一个营我当营长，打剩一个连，我就当连长。”

宋新安科长一旁接过话茬儿：“师长，我给你当班长。反正过了鸭绿江我就没打算再回头。”

可崔建功却突然苦笑了一声，说：“我这辈子，还没当过连长呢！”

他被俘参加红军后，经过短期集训，被唐天际看中，留在了红十五军团政治部破坏部工作。他去破坏部旧窑洞报到那天，接待他的那位干事，就是后来成为中央军委副主席的刘华清。

几年后，崔建功从破坏部直接下到团里当敌工股股长、教导员。

1945年10月，他在太行七分区一团当政委时，随分区司令员张廷发南渡漳河，占据有利地形，阻击安阳援敌，以保障主力纵队围歼国民党马法五集团。

可在前沿检查阵地时，张廷发不幸中弹负了重伤，指定由崔建功代他指挥这场阻击战。崔建功临阵受命，率部死守，致使敌援兵猛攻两天未近漳河岸一步，遂自行退却。

这一战崔建功尽展军事才干。当天夜里，晋冀鲁豫军区司令员刘伯承，便任命他代理太行七分区司令员一职。他从此由政工干部改行，走上军事指挥员的岗位。

一个多小时后，第四十五师的作战会议结束了。

这次会议做出一个重要决定：当天稳住不动，19日晚，倾力打场大反击，将一直攥在手心没舍得用的最后六个连，悉数投入战斗，全面收复上甘岭失地。

为避免白天炮火下运动的伤亡，除留一个连作战斗机动，其他五个连当晚便向上甘岭地区秘密集结，其中第一三四团八连和四连，摸黑潜入重点反击的597.9高地主坑道和2号坑道；第一三五团六连加强五连二排，趁夜集结于454.4高地东南；第一三四团六连和师侦察连，天亮前蛰伏于537.7高地北山东北二百米处的一个凹地里。

宋科长立即在地图上笔力遒劲地画出一支支尖耳锋利的箭形队标，恍若嗖嗖有声，直射向上甘岭两高地。他直起腰时，听见崔建功正亲自给第一三四团刘占华打电话："刘团长吗？我决定把八连拉上去。但是要分清攻守，八连上去只反击不守备，反下阵地你就把他们撤下来休息。"

宋科长明白师长的心思，他是怕八连在阵地上耗光了。

一看八连呼呼啦啦往前沿运动了，全师上上下下都掂量出局势的严重程度。干部战士们都知道，这个连可是宝贝着呢，仗不打到熬不过去的份儿上，师长是断不肯放出这群虎的。

第五章 大反击之夜

1. 小孩儿连长

讲朝鲜战争不能不讲上甘岭；

讲上甘岭必然要讲第四十五师；

讲第四十五师肯定绕不开第一三四团八连。

这个连前身是八路军第一二九师警卫营三连，素以作战勇猛著称。八连老英雄崔含弼回老部队作传统报告时，总会嗓门儿嗡嗡地说："咱八连是枪一响就玩儿命往死里打，不打赢，毛主席下命令也不肯撤。不论啥时候，只要仗一打卡壳了，指挥员马上想到的是派咱八连上……"

1947年8月九纵下太行，过黄河，挺兵豫西，第二十七旅头一仗是打西赵堡。别看这个四五百户人家的土匪寨子不大，可它居高筑垒，俯制四野；寨墙坚固，宽可走马；寨外又环以壕沟堑河；寨内清一色的反动会道门之徒。其所执武器亦不可小觑，七八挺歪把子机枪，几十杆土枪。土枪威力大，一枪能轰出半亩地面积的霰弹。一营攻了一天没能把它啃下来，土匪们便越发嚣张，站在寨墙上用洋铁皮卷成的喇叭筒子喊叫：“小日本没打开过咱西赵堡，皮（定均）司令也没能打开，你们太行下来的土八路就更不行啦！”

负责指挥这场攻坚的黄以仁副旅长气得脸皮茄紫，恨声骂道：“奶奶个熊的，我就不信你这么个猪圈大的寨子打不开！”他扭头朝后恶喊了一声，“把我的八连带过来！”

时任三营营长的刘占华亲自带着八连跑步赶到，气喘吁吁地问：“副旅长，什么任务？”

黄副旅长一指匪寨：“给你们两架梯子，把它给我端了！”

八连长乜斜了一眼寨子，鼻孔里哼出一股轻蔑：“就这点事儿？”他冲连队一摆手，就打寨子东南角往上攻。

守在寨墙上的土匪们眼珠子血红，拼命抵挡，用长矛捅、滚水浇，还放火烧。十几个膀大肚圆的壮匪，抡圆了铡马料的大铡刀，爬上来一个砍一个，直砍得十米宽的堑河里血水环流。

刘占华怒气攻心，一块小酒盅大的弹片扎他背上也没觉着疼，弯过胳膊肘把它抠了，虎啸一声：“三排的，再架上挺机枪，给我扫！”

殊死搏斗了三个多小时，土匪们到底没能挡住八连的勇猛突击。

听说太行山下来的八路打进寨了，“哐哐哐”一阵锣声紧响，家家门户大开。大姑娘小媳妇们眨眼间就武装起来，举着菜刀，舞着大锅铲，嗷嗷叫着跟群母狼似的冲出来，朝着八连胡劈乱砍。有的妇女正在奶孩子，一听见锣响便放下孩子，顾不上掩怀，耷拉着半拉奶子，顺手抓起根火钳便扑出门去拼命，罕见的泼悍凶蛮。

硬是拼到全寨子人没一个能站起来，西赵堡这才安静下来。

寨子太小了，五万分之一的军用地图都标不出来。然而，据说三个小时之后，毛泽东从陕北靖边来电，询问西赵堡的具体方位。

消息传开，八连沸如滚汤：“打个小小西赵堡毛主席都知道，那咱们可得像样儿地打几个大胜仗，让他老人家高兴高兴……”

笔者多方查阅，没能找到这份电报原文。

连队能打，当连长的说话也胆壮气粗，给新兵们训话，张嘴就是：“咱八连是专拼硬仗的，谁胆小怕死站出来，咱给你另找个连队待待。”

胜仗打多了，装备就好。在太行山时，八连就特别招眼，全连一百好几十号人，一律“三八大盖”；一个排三挺机枪，烤蓝晃得人眼花；各个腰里扎着日本皮弹袋，人人腿上缠着东洋呢绑腿，精神得根据地的大妞小媳妇们心思重重，眼神儿柔水般地直往八连队伍里淌。

装备越齐整，打起仗来就越横。

1952年7月，曾生、张西三率领的由军、师、团三级指挥员组成的中南军区赴朝鲜战地实习团到第十五军进行战场实习，曾专门对八连党支部进行了一番细致的调查研究。他们为八连所做的经验总结，成了这年解放军总政治部召开的全军组织工作会议的典型材料，在与会者中引起极大反响。

材料中有这样几段话——

八连有史以来都是百分之百地完成任务，从来没打过败仗，也从未失过阵地，是一个打不烂拉不垮的连队。

淮海战役小白庄战斗中，该连担任全团尖刀连，仅十分钟便将黄维兵团一个劲师的阵地突破。强渡过四十多公尺宽的浍河后，占领了小白庄，又接连攻克两个村庄。直战斗到全连九个人时，还攻克了第四个村庄。战斗结束后，全连补充到一百四十多人，除了十多个刚参军的子弟兵外，其他全是刚解放的。

四天之后，该连又接受了作为全军尖刀连，突破双堆集的大门杨围子（守敌一个师）的任务。当时敌人公开讲："如果攻开杨围子，马上不战自降。"纵队政委李成芳亲自动员："只要拿下十二个地堡，撕开八十公尺宽的突破口，就算完成任务，全连集体记功。"在炮火的掩护下，八连仅用十分钟左右，迅速突破，并超额完成任务，拿下五十多个地堡，撕开一条四百多公尺宽的突破口，对迅速歼灭黄维兵团起了重大作用，战后全连荣记集体二等功。

两广战役中，该连四班以寡敌众，创造了一个班歼敌一个完整连的战绩。而四班无一伤亡。

出国作战，该连攻如猛虎守如泰山。沙五郎寺战斗中，几十分钟之内连攻下美帝七个山头，以一排长牛福根为首的七勇士（团奖给的），接连打退敌人四次反扑，使阵地屹立不动。

第五次战役后，军授予该连"出国作战第一功"锦旗一面。

朴达峰阻击战中，该连七班长柴云振组织了十三个人，分三路向敌反击，仅七分钟，击退敌人一个营以上兵力，夺回了九连失守的三个山头，并又攻占了敌人的一个山头。当攻上第三个山头时，仅剩下柴云振一个人，枪也出了故障，子弹也打光了。敌人一群群地冲来，他机动灵活，坚决勇敢，只身敌众，以敌人被击退时留下的一支大卡宾枪、四箱子弹、二十多颗手榴弹，打垮了敌人数次猛扑，毙伤敌二百多名。随即他又独自一人攻占第四个山头。一个跑不及的黑人士兵向他扑来，两人在阵地上滚打成团，殊死肉搏。他挖伤了黑人的眼睛，黑人咬断他一根食指。他摸起石头猛击黑人头部。黑人见势不好，放下他拔腿逃命。他对全线阵地转危为安起了重大作用。战后，他荣获特等功臣、一级战斗英雄的光荣称号。

笔者一位战友看了这段材料的复印件，不禁感慨道："这恐怕是解放军里最牛的连队!”

材料中突出彰显的孤胆英雄柴云振，在朴达峰阻击战结束后便失踪了。第十五军曾四处发函，八方查找英雄的下落，但始终杳无音讯。整整三十年过去，柴云振的两枚勋章一直被锁在军档案室的保险柜里，静静地等候着它们光荣的佩戴者。

1983年仲秋的一天，第十五军政治部组织处从转业到山西运城的八连老兵孙洪法那里得知，柴云振说话带口头禅“格老子”，肯定是四川人，但不知道是哪个县。第十五军政治部当即派人赶到成都，在《四川日报》上连续刊登《特别寻人启事》，频频呼唤英雄归来。

柴云振终于听到了。十来天后他带着那份《四川日报》，在当拖拉机手的儿子陪同下找到老部队。

那天下午，军组织处副处长李奕明正在政治部值班室值班，突然接到营门岗哨的电话，说是从四川来了一个老头儿，自称是柴云振，说是部队在报上发启事找他，他想见见部队领导。李奕明激动得手都抖了，放下话筒就朝营院大门口跑。事后他在自己的博客里写到:“我看到一个五十多岁的老汉，腰背微驼，头上缠着黑头巾，穿着身对襟粗布黑衣裤，脸苍老得像开裂的树皮……”

李奕明把柴云振老人接到军史组接待室，试探地和他谈起朴达峰阻击战。老人记忆尚好，只有负伤时的情节与中南军区赴朝鲜战地实习团的经验总结材料略有不同。

柴云振老人告诉他——

当时刺刀已经拼弯，根本不能用了。我就丢掉手中的武器猛扑上去，死死抱住那个比我块头大得多的美国大兵。我们在阵地上扭在一起，滚作一团。他折断了我的手指头，我咬下了他的耳朵。我到底不如他人高马大，他把我翻压到底下，双手死死卡我的脖子，然后又捡起地上一枚没有爆炸的手榴弹，死劲地砸我的脑袋。我就昏了过去。也是我命不该死，我们的增援部队上来了，他慌了手脚就想跑。是我们的冲锋号声把我唤醒了。我见那个家伙已经跑出好远了，就强忍着疼痛，捡起我扔在一边的枪，朝着他的背后开了一枪，他就栽倒了。接着我又昏过去，就什么也不知道了……

增援部队打扫战场时发现柴云振还有口气，便将他送到野战医院。野战医院对他的伤口进行紧急处理后，迅速将他转送回国，安排到内蒙古包头的一所部队医院治疗休养。伤愈后，他领到一张残废证和可购买一千斤大米的安家费，退伍回到家乡四川岳池县大佛乡。此时，朝鲜战争已经结束，柴云振不知道老部队回国后驻扎何地，便埋头在家务农。土改时，他被选为副乡长；后来成立人民公社，他又被任命为大队党支部书记。

光阴流转，一晃几十年，第十五军官兵已不知换了多少茬，待柴云振此时归来，老部队已经没一个人认识他了。而且老人说他本来叫“柴云正”，从师部警卫连调到第一三四团八连时，文书把他的名字错写成“柴云振”。当时他也不知道这两个字有什么区别，只要叫出来一样就行了。

为慎重起见，第十五军政治部特意把八连老兵孙洪法从山西请回来相认。

李奕明记得：“在事先不告知的情况下，我们专门设计了让他俩会面的场景。当孙洪法同志一出现在会客厅的门口时，那个叫柴云正的老人，就紧紧地盯着他，缓缓站了起来。孙洪法也盯着老人细细看了好一会儿，突然他喊道：‘你是柴云振?’老人也激动地喊道：‘是的！你是孙洪法?’‘是的！’两个老人疾步走上前，紧紧地抱在一起，都放声大哭：‘你原来没死啊！你这个老东西！’‘上帝不收我啊！我做梦也没有想到，我还能见到你……’”

不久，军地双方都给柴云振落实了政策。军队批准他享受副师级待遇，四川省安排他担任县政协副主席。

几年后，柴云振随中国人民志愿军代表团出访朝鲜时，一张凭想象勾勒的柴云振“遗像”，还高挂在平壤的一座英雄纪念馆里。朝鲜同志将它当场取下，赠送给柴云振做永久纪念。

在北京停留时，秦基伟将军专门设家宴款待柴云振，为他的英雄老兵满满地斟上一盅酒……

八连战斗员骁勇，连烧菜做饭的也各个能打。

这个连的炊事班会做饭，能打仗。无论条件多么艰难，从没让连队饿过肚子。平时灶上的活儿一忙完，班长就带着炊事员去练射击投弹，学战场救护。国内战争中，这个班曾五次荣立集体功，入朝作战后又先后四次荣立集体功，被称为“战斗炊事班”。战斗中一旦有班长或干部空缺了，连里总是先从炊事班挑人代理。

有人曾做过统计，1953年以往七年间，就是这个小小炊事班，出过一个团级干部、两个营级干部、三个连级干部、五个排级干部和五个班长。因而，这十个人的炊事班，又有“小教导队”之称。

八连第六任连长叫李保成，是第十五军有名的三个“小孩儿连长”之一。他手下的兵，最小的是十四岁的通信员，最老的是炊事班班长王国富，年近五十了。

第十五军一位老人想起当年的事，止不住地乐，说：王国富那老头儿……虽然不到五十岁，我们都叫他老头儿。他是班长，也是连队党支部委员。有时候他也有点仗着自个儿年长，支委会上批评起连长李保成来，跟训儿子似的。

李保成长得如同一篇好文章，短小精悍。

他和王二同乡，也是河南林县人，只是比王二家更穷。要论成分，他属赤贫，彻底的无产者——晚上全家九口睡在破山神庙里，白天老少三辈分头上路讨饭。

李保成1946年一入伍就在八连，打淮海战役时当尖刀排排长立下大功。第十五军入朝时，他被作为战斗骨干培养，留在昌图的军随营学校学习。第五次战役结束后他回军里报到，军里要留他在军警卫连当连长。李保成不乐意，嘴噘噘地闹着说："前面在打仗呢，我要回师里去！"

到了师部，崔建功见了他说："你回来得好啊，就在师警卫连当连长吧！"

李保成梗着脖子不松口，坚持要回第一三四团，说："第五次战役我就落下了，人家都在打仗，你不能老让我待一边儿看热闹啊！"

可是回到第一三四团后，段成秀团长还是要他到团警卫连当连长。李保成一听就别扭，心想：这才叫邪门儿呢，怎么谁都觉着我李保成就是个警卫连长的料？他嘟嘟囔囔地说："那我还不如就留在军警卫连呢！让我回我的八连吧……"

段成秀把脸一拉，呵斥道："你说了算我说了算？"

李保成这才老实了，可心里还是不痛快啊。

八连的人全这样，恋栈。连队的荣誉和名气，就是个强力磁场，一进了八连就不肯挪窝儿。第五次战役后，团里调八连副连长牛福根到七连当连长，他赖了好几天不去上任，说："不想去，叫我在八连当个伙夫都没得意见。"

有一仗第五任连长侯有昌犹豫了几分钟，结果失掉战机，团里当时就要处分他。给什么处分他都认，就是担心调离八连。他多次恳求团领导："只要还叫我在八连，当个机枪手都行。哪里跌倒哪里爬起，我给八连的荣誉抹了黑，我侯有昌来擦。"于是，团里给了他个降职处分，留在八连当副连长。

侯有昌处分决定下来那天，李保成正闲极无聊地一人扛了挺机关枪，满山转悠着找美军飞机打。

段成秀听见远处传来枪声，很恼火地问："谁在那儿乱放枪？警卫连去个班，把那个家伙给我抓回来！"

警卫连的兵们去了，一看是他们连长，挺为难地说："团长请你去呢！"

段成秀见警卫员们拥着李保成进来，明白了：“噢，是你啊，干什么呢？”

李保成说：“闲得慌，没事儿干。”

“没事儿干？那好，给我带几个人，上前面侦察去。”

李保成带着一个班刚赶到前沿阵地，段成秀又派人把他追了回来，说：“你嫌在警卫连没事儿干不是吗？八连侯连长前几天那仗没打好，我降了他的职，你去当连长吧。——你傻笑什么？快去啊！”

李保成到八连任职没几天，“志司”获悉美军中线有部队调防，电询第十五军：“报告你军正面敌军番号。”

可是军司令部没一个人知道敌人调防。

秦基伟火了，把作战、侦察部门的两个科长叫来问：“志司的电报，你们看了没有？”

“看了。”

“听说敌人调防个把月了，可我们连他们番号都不晓得，这还打什么仗？限你们一周之内捉两个俘虏来，我要亲自审问。”

秦基伟喜欢审俘虏，在淮海战役和西南剿匪时都审过。这不仅仅可以掌握第一手情况，审讯还给人以胜利者的快感。

军侦察科参谋下到第一三四团，要求给予捕俘协助。段成秀团长便直接将任务下达给八连，指令刚刚到职的李保成：“死的不算，要活的。起码一个，最好两个。”

李保成和指导员王文用带上两个排，奔斗浦洞设伏。可敌人像有预感似的，就是不出来活动。正急得抓耳挠腮，第六天凌晨，美第七师第十七团出动了一个加强排，企图偷袭295.1高地。指导员王文用带两个班诱敌，李保成率一个加强排悄没声儿地绕到敌后，将美军严严实实地堵在山沟里，一顿痛揍，恰好就剩两个活的带了回来。一盘问，原来一个月前韩第二师换下美第四十师。再审，把韩第二师编制、装备也全摸清了。

“志司”致电表扬：“这次战斗打得很好，以小的代价换取较大战果……”

第十五军《抗美援朝战争战史》亦有文字记载此战：“毙敌五十余名，俘敌两名，我仅伤亡三人。”

李保成对笔者更正说：“不对，只伤了一人，另外两个是回到阵地后自己不小心，走火伤亡的。”

2. 八连上去了

八连是第四十五师的王牌连，拳头连。

八连是崔建功师长的杀手锏，断魂剑。

八连善战，博得众口一词：但凡用上八连，那都是较劲儿的仗，非赢不可的仗！

一场上甘岭之战，第四十五师打出一群英雄连长，都是些骨傲气盛的人物，打起仗来一个比一个疯，谁都不含糊。但是一谈起八连来，却尽都心悦诚服，说八连和他们连的区别在于：我们连有了个好连长才能打，八连没个好连长也能打，有个好连长就更能打！说着说着，还不无纳闷儿地笑骂道：“不知咋搞的，这个连打仗狠，还他妈鬼！”

往下便就说起几十年前那个10月18日夜晚，八连向597.9高地1号坑道运动的过程。

运动途中，八连必须经过597.9高地北边一条一千二百多米长的山坳，这是美军密集炮火固定封锁区，一条人造的死亡地带。在八连通过之前，有好几个连队没能冲过去；八连之后，也有好几个连队被炮火挡住。不知多少英勇无畏的官兵，眼瞅着面前那座丰碑般隆起的高地近在咫尺，却恨肋下无翼，壮志难酬，葬身在呼啸而至的炮火中，永不瞑目。

八连精明，他们先将这片区域内的地形、道路和敌炮火、照明弹发射规律，观察得烂熟，琢磨得彻透，再派一个尖刀班将连队运动必经之地上的七个敌地堡炸掉，全连一百四十四人这才上路登程。

八连每人臂上扎条白毛巾，然后拉开距离，敏捷地忽而疾进，忽而卧倒，忽而匍匐前行，静肃无声地爬向597.9高地。他们不走山坳，山坳里有敌人炮火封锁；也不走山梁，山梁上有敌人的掩体地堡。八连像群灵敏的狸猫，屏息蹑足地顺着半山腰，一脚高一脚低地往高地主峰摸去。

接近主峰，距1号坑道口还有二百多米时，八连只得爬行。因为十来米远的地方就是敌人的地堡工事，近得能听见里面的美国兵打呼噜。后来八连的一个兵想起这事，问指导员王土根："好怪哟，龟儿子洋人嘟个也是用嗓子眼儿打呼噜吗？"

王土根笑道："怎么，你以为他们是用肚脐眼儿打呼噜啊？"

就这二百多米，带路的迷路了，在高地上来来回回摸鱼似的摸了好几趟，也找不到坑道口。

带路的是第一三四团七连的一个小通信员，他已经在这个高地坚守了好几天，人很机灵，对地形也十分熟悉，所以昨天七连连长专门派他下高地去带八连。也不过就离开了一天时间，可早已被打变了形的阵地，又叫敌人炮火砸得他认不出模样了。他急得满地乱爬，边找边哭腔哭调地嘟囔着："怎么搞的嘛，我走的时候洞口还好好的呢，这会儿怎么就没有了呢？"

李保成轻轻爬到小通信员身边，耳语般安慰他说："小声点儿，别着急，慢慢找。"

这时，美军炮火又猛了起来。借着照明弹的余光，李保成发现离他不远的地方有个坑，便横着连滚了几滚。他本想进坑去躲躲炮，不料一滚进坑，身子就哧溜溜地往下滑。接着他便觉得有条腿被拽住了，不禁失声一叫："咋搞的，咋搞的？"

他这一叫腿被松开了，原来拽他腿的是七连的兵。李保成这才发现自己无意中掉进了1号坑道，这个原是与地面平行的坑道口，一天就被炮火打得淤塞成了个朝天井。李保成赶紧让坑道里的人员将储存的面粉搬出一袋来，一路向坑道外撒去做路标。紧随他后面进洞的八班长崔含弼，来来回回地爬了十几趟，将三个排依次带进坑道。

可是后卫四排却迟迟不见上来。

崔含弼便又主动爬出坑道去找。爬了二百多米，发现四排队形保持得很好，但全都趴在坡地上不动弹。崔含弼纳闷儿地小声问道："你们怎么都不动？"

四排长说："前面的人还没动，我们怎么动？"

崔含弼奇怪地自语道："怎么前面还有人呢？"便无声地向前爬去。这时，一架被美军官兵亲切地称作"朝鲜山中的老灯手"的C-47飞机飞越高地上空，投掷下一枚悬吊在小降落伞上的MK-8型照明弹，发出了四五分钟惨白的亮光。崔含弼立刻沉下身子不动，只转着眼珠子看，发现四排前面躺着一大片敌我双方的阵亡者。

激战至此，上甘岭这片战场从来没打扫过。战争机器旋转运行得太快，双方都来不及抢运下死者，甚至包括部分一息尚存的伤员。风冷霜重的阵地上，到处散落着尸体和残肢。有些志愿军烈士死后也不得安宁。摸进坑道之前，八连尖刀班战士罗国恒和邓明汉，就是在照明弹的幽蓝光亮里目睹了被敌占领的7号阵地上，几个美国大兵正灭绝人性地用刺刀戳、用枪托砸，恣意地蹂躏志愿军烈士的遗体。

战争，就这样激活了人性中最残忍邪恶的因子。

崔含弼知道，挡在四排前面的这些阵亡者中有许多是他熟识的战友，有的可能还是和他一起入伍的老乡，天一亮他们就会在猛烈的炮火里化为乌有。但是他不是救护人员，为了明天的胜利，他没有权利在此过久地逗留。他噙着泪折回头，打了个简捷的手势，无声地将四排带进坑道。然后，他又往返几趟，去接那些掉队、负伤的零散人员。

这一夜，入伍仅一年半，不到二十岁的崔含弼以常人难以想象的坚韧，在美军的呼噜声中，独自进出坑道二十多趟。在满地的弹片碎石上，他足足爬行八个多小时，一身军衣被磨得没了前襟、肘袖和裤管，腿臂与胸腹尽都血肉模糊。战后，他获得了

“钢铁战士”称号。

他无愧于这个光荣称号。没有如钢似铁的意志，肉体何以承受如此巨大的磨砺？

王土根心很细，记下了八连于当日17时50分开始通过敌炮火固定封锁区。22时35分，他作为断后指挥员，与文书小胡最后进入了1号坑道。

也就是说，为通过这不到两千米的距离，八连在跃进、匍匐中共耗时四小时四十五分钟。

崔建功师长很快接到八连报告：除五人伤亡失踪外，全部进入1号坑道。

《第十五军军史》这样评价：“这是19日大反击的胜利基础。”

只是至今第十五军没人知道，列入伤亡失踪上报的五个人中，连部司号员胡海是被俘的。八连走到6号阵地时，美第十七团L连地堡机枪盲目射击，胡海腿部被击中。为了不暴露连队行踪，眼瞅着战友们走远，倒在地上的胡海强忍剧痛一声不响，天明后被L连俘虏。但他不愧是八连的兵，在美军的“威逼拷打”下，除了承认自己是八连司号员，他的审讯记录几乎全是空白。

八连运动得太隐蔽，太静肃，一百四十多号人从敌地堡前爬过，那些美国兵竟毫无觉察。八连从6号阵地坑道口经过时，坑道里的战友也没有发现。

退守这个坑道的第一三四团一营二十多人中，包括他们的营长。一营是15日夜间投入反击的，因战前准备不足，通过美军炮火封锁区时，全营三成折损一成，伤亡达一百五十多人。最惨重的是二梯队二连，行进中被敌炮火炸得残肢纷飞，只十余人生还。一连、三连反击下597.9高地后，因无二连支援，勉强坚守到第二天傍晚，残余人员就不得不退入6号阵地坑道。

到18日，他们已经坚持了三天坑道战斗，完全有可能再顶上六七个小时，然后配合八连等反击部队内外夹击，重新恢复所失阵地。然而，就在19日上午11点多钟，一个班的美军包围了洞口，下饺子似的往坑道里扔炸弹，并用火焰喷射器喷射。在这关键时刻，一营长未经请示，错误地做出突围决定。

美军火力正网一样地张在洞口，突围的二十多人仅一营营长和两三个战士趁乱冲出，大多都被美军火焰喷射器烧死。

这天夜间反击上来的部队，许多人都在美军探照灯和信号弹的光亮里看见了坑道口坡地上那尸体焦煳如炭的惨状。更为严重的是，失掉的这个坑道随后就被美军利用了。他们在坑道口垒起几层钢板麻包，很便当地将它改建成6号阵地上的坚固火力点。

这个阵地就是当晚黄继光所在连第一三五团六连的第一个反击目标。坑道改建成的敌火力点，让六连付出了极大伤亡。以至于六连再向5号阵地发起进攻时，兵力仅余三分之一，险些延误了最后夺取0号阵地。

6号阵地坑道失守情况，当天下午就报到五圣山1000高地上的第一三四团指挥所。

第一三四团原本是和第一三五团合用一个五圣山坑道指挥所，可团长刘占华由师预备队驻地转进五圣山坑道后才知道，他四天前逐连、逐营配属给第一三五团指挥的两个营，已经伤亡殆尽。刘占华爱兵如子，全师有名。以往战斗，有一人阵亡他都要刨根问底，非要搞清楚这个兵怎么死的，究竟是连、排干部指挥不当，还是战士自身技战术不过硬所致。在他眼里，第一三四团各个都是好兵，谁都不能白死，死一个都得有个说法。可如今四天之内，全团伤亡两个营，只剩三个连，他疼得心要滴出血来。可因为有兄弟部队这层关系，窝了一肚子烧心灼肺的火还不好直说，他只能在心里不出声儿地骂：你他妈的一三五团，用兵也太狠了！

心火难熄，和第一三五团团长张信元挤在一个指挥所里就觉得特别扭。别扭了一天后，刘占华便带着李力行、郑宣凯两个参谋，把第一三四团指挥所搬到了五圣山主峰西侧的1000高地，在一个只能容下四五个人的猫耳洞里架起电话，摊开地图。黑黢黢的猫耳洞里，刘占华点起根蜡烛刚想看地图，参谋赶来报告597.9高地6号阵地坑道丢失情况。刘占华怒不可遏地叫来团政治处干部股张股长，说："你去把一营长带来，我非亲手枪毙了他！"

刘占华的老伴儿张祥珍，贵州六盘水人，当时还是个不到十九岁的小卫生员。两年前她初中刚毕业，穿着身旗袍就跟上第一三五团的队伍走了，从大西南一直走到鸭绿江边，才换了身军装。

她是六盘水市有史以来的第一个女兵。

五十多年后，张祥珍还能回忆起那天黄昏发生的事——

我当时正在师医院护理伤员，一营长来了，身后还跟着个小通信员。他从头到脖子缠满了纱布绷带，只露出一双黑亮的眼睛。我以为是个重伤员，便赶紧放下手头的活儿，按规定先去护理他。可是我解开绷带一看，发现他额头上只擦破了点皮，抹点红药水紫药水什么的就行了。当时我心里就挺纳闷儿的：这人是怎么回事嘛，擦破一点皮就包扎得这么吓人？

就在这时，第一三四团张股长匆匆赶来，脸色很不好看地要把他带走。我不明白怎么回事儿，拦住张股长问：为什么要带走他？

张股长不耐烦地说："你小鬼不要管这么多的事。"

我也挺倔的，说：不行，进了医院他就是我的伤员，你不告诉我为什么，我就不能让你带走！

张股长这才对我说："我们刘团长要把他送上军事法庭审判。"

后来这个营长挨了处分，军法处派人把他押送回国了。现在这人就在武汉一个局下属的公司里工作。

张祥珍清楚地记得，那天是1952年10月19日，第十五军战史上最荣耀的日子。

3. 最高功勋的士兵

夕阳悲壮地跌落西朝鲜海的一刹那，如同撞响了19日大反击的洪钟。第十五军集中了四十四门重炮和一个喀秋莎火箭炮团，辗转轰击597.9高地和537.7高地北山。骤然爆发的炮击声，恍若雷神疯狂地驱赶着天车，往返飞驰在两高地上，其声顺着山势轰鸣。

537.7高地北山地形构造简单，易攻难守。参加反击的第一三四团六连、第四十五师侦察连和工兵连一个排，攻势凶猛，战不旋踵，一口气收复韩第三十二团一营、二营据守的北山主峰和东南山梁，随即攻防转换，就地投入固守。

十二年后，原韩第三十二团一营营长李根实少校回忆说："我带全营在A高地激战五天，四个连长全部负伤，损失大部分兵力，后来不得不带领从不认识的新排长和新兵打仗。从A高地撤退的那一天，我亲自上第一线收容兵力，只收容到一个连的兵力。我团两个营长同时负伤。"

两个连零一个排，打垮韩军两个营的防御，战事足够经典。但它还只能算场折子戏，19日大反击的重场戏，在597.9高地浴血展开。

随着弹幕向597.9高地以南延伸，第四十五师的五个连同时跃起出击。八连二十二人组成的六个突击组，最先冲出1号坑道。为了掩护突击组，火力组副班长张恒芝手里的一门六〇迫击炮，半小时之内打出三百零五发炮弹，打红的炮筒烫得他满手血泡。

突击组一路虎啸先克1号阵地，接着便向9号阵地推进。9

号阵地东侧有个美军地堡，视野开阔，火力猛烈，八连两次组织爆破均未得手，担任掩护的赖发均的机枪也打得散了架。

他拖着打坏的机枪回到主坑道时，蹲在坑道口指挥战斗的李保成见他身上三处挂彩，便说：“你先休息一会儿，我另派人去。”

“不行。”赖发均倔得头发根都立起来，“我非得去干掉它！”

正在这时，营指挥所来电话询问战斗进展，等李保成接完电话回到坑道口，只看到赖发均握着手雷冲向9号阵地的背影。

在向地堡翻滚、匍匐的运动过程中，赖发均腿臂已多处中弹。接近地堡时，他体力似乎已耗尽，不得不趴在坡上歇了片刻。等攒足体内犹存的最后一息，赖发均天神般猛然爆发地向前跃出两米多远，连人带手雷扑上地堡。

地堡坍塌的爆烈声光里，二十一岁的赖发均消失了，却也永生了！

几乎在李保成听见这声巨响的同时，距离他仅一箭之地的东南山梁8号阵地上，也传来一声手雷的爆炸声。那是四连一个右腿被炸断陷入包围中的副排长，在敌群中拉开了雷弦。

他叫欧阳代炎，湖南耒阳县大公乡的一个农家子弟。

此时，上甘岭又是不夜天，整个战场被美军夜间照明器材照耀得像个灯光广场。

美第七师《598高地指挥报告》记载：“我方最大限度使用夜间照明，61毫米、81毫米照明弹，炮射照明弹，飞机投放下来的照明弹，以及地面探照灯，通通在这次战斗中发挥作用。我们注意到，在照明弹升起时，敌人便缩着不动，而当照明弹一熄灭，他们便飞奔向前。”

八连就是在此落彼起的照明弹下时而飞奔，时而蛰伏，从9号阵地扑向了主峰3号阵地。但是，八连突击组被挡在一座岩石地堡前。

地堡上的岩层六米多厚，原是第一三五团守备部队掏出的一个观察哨位，美第十七团攻占主峰后，将它扩建成一座大地堡。

地堡内数挺轻、重机枪漫无节制地轮番扫射。由于射角所掣，岩层太厚，第四十五师集中了一个炮兵营也没能摧毁它。

2015年春，在河南信阳，张计法老人为远去的历史补充了一个细节。他说："上甘岭战役还没结束，主峰上这座六米多厚的岩石，就已经被双方炮火打没了。"

这座岩石地堡曾逼真地再现于电影《上甘岭》，与一个叫龙世昌的英雄一起，留在人们的记忆中。

龙世昌，贵州松坎平茶乡苗族人，十五岁时被国民党军抓了壮丁，1950年6月才被"解放"，成为八连一班的战士。

十几年后，王土根在兰州给部队作报告时还说：龙世昌是个壮实的大个子，入伍后他苦练军事技术，投弹六十八米，负重爬山全连第一……

年轻的龙世昌没留下一张照片，如今人们只能从"壮实的大个子"这六个字中，揣摩英雄的形象。

19日大反击中，龙世昌加入突击组，连续打掉美军三个火力点后，又拎起根爆破筒，猫着腰向主峰的岩石地堡曲折跃进。眼看快要接近地堡了，敌炮群实施拦阻射击，其中一发炮弹将他猛然掀翻，左腿被弹片齐膝削断。可龙世昌拖着条血糊糊的断腿，仍不停地往上爬，奋力将爆破筒插进地堡射孔。

在上甘岭的战火烈焰中，这个苗家儿子瞬间完成了一个优质生命的冶炼。

地堡里的那些离不开牛奶、咖啡和鸭绒睡袋的美国大兵们，是无法理解接下来发生的一切了。他们来不及思索一个中国士兵的生命何以会如此灿烂，便已不复存在。

一个秋阳斜照的下午，在湖北孝感市空军干休所的一幢两层楼的小院里。已经六十多岁的李保成，慈眉善目地坐在张小竹椅上，蹙额沉思时，眉宇间便隐隐地透出股狠劲杀气。他凝视着指间缭绕而起的烟缕，不疾不徐地讲述着，在思绪的屏幕上拼接历史镜头——

那个地堡就在我们主坑道口上面，隔出四五十公尺吧。高地上火光熊熊，探照灯光柱雪亮，从坑道口往上看，透空，非常清楚。看着龙世昌用那条好腿蹬着地，拼命爬到地堡前，把爆破筒从射击孔里杵进去，我心里不由得一阵欣喜：好，这下成功了。可龙世昌刚要离开地堡，爆破筒又被里面的敌人推了出来，哧哧地冒着烟。只见龙世昌捡起又往里捅，捅进去半截就捅不动了，肯定是里面的人往外推嘛。龙世昌伤成那样还推得过敌人？他就用胸脯抵住爆破筒，使劲往里压，压进去大半截就炸了。他整个人被崩成碎片乱飞，后来我们一点残骸也没找到。

唉，那么好的一个兵啊，什么痕迹都没留下，就那么火光一闪，没了。当时我一滴眼泪都没掉，死人太多了呀，心肠也变硬了，根本哭不过来的。但是我很感动，当时光念叨说：真勇敢，龙世昌真勇敢！

手下有这样的兵，我当连长的很自豪。那时候，仗打得激烈成那样，战士们也都不要命了，不管是冲锋还是炸地堡，哪还用我这个连长喊哪！打个手势，挤挤眼睛，或者歪一歪脑袋，战士们就知道你要他干什么，呼地就冲上去了，拼死了算，打趴下拉倒。人不就那样嘛，血一热，心一横，脑袋掉了也就是碗大个疤……

那是诗人为之吟唱的“炮火与血大面积种植英雄的岁月”。

徜徉在这方烟熏火燎的原野，你会听见自己脉管里血的呼啸；仰望着那片冷峻墨黑的夜空，你能看见星辰花一样竞相绽放。在通宵轰鸣和彻夜火光中，第四十五师官兵用各自的行为方式，将死亡这一凝重主题诠释得如此简洁，这般透彻，使得每一个战死者都折射出信仰与价值的理性之光，一次又一次提升人类生命认识的终极标高。

是夜寅时，一个来自川中红土地上的二十一岁年轻士兵，一举打开了人类死亡的最高境界。

597.9高地的每一路反击，都遇到美军顽强抵抗。

隐蔽在无名高地后侧的第一三五团六连，是由西北山梁子末端的6号阵地开始反击的。攻克并据守于此的美第十七团L连，遭六连勇猛突击损失惨重，连长坎特雷尔亦已阵亡。

《停战帐篷和战斗前线》一书记载了当时的情形："来自十七团的M连和H连的几个排，迅速赶上来支援L连。但该连此时已损失大部分军官，正往598高地撤退。更糟糕的是，支援三营的炮火此时却偏偏在距撤退部队太近的地方倾泻而下……"

采访中，六连老连长万福来只记得那天是18时向6号阵地发起攻击的，收复的时间就说不清了。

美第十七团《598高地指挥报告》中有记载："19时45分，L连被迫撤离派克峰，退至易于防守的598阵地。"

美军所称的598阵地，即597.9高地主峰，志愿军称之为3号阵地。就是说，仅在6号阵地这个葫芦状的独立小山头上，六连就苦战了一小时四十五分钟。

万福来说：打的时间不算长，主要是伤亡大，我的六连大部分损失在6号阵地。

待5号阵地收复后，六连已无力再推进战斗。闻讯，二营代参谋长张广生亲自带领五连二排赶来增援，遂又攻克4号阵地。攻至0号阵地时，连同增援上来的五连二排，六连仅剩十六个人。除去连长、指导员和通信员，只有九个战斗员。

张广生直接要通师指挥所电话，将情况报告给师长崔建功。

崔建功厉声命令："八连已攻上主峰阵地，你们要不惜一切代价打掉0号阵地。否则，天一亮敌人就会以此为依托向我反扑，你们将腹背受敌。要坚决打掉它，执行吧！"

"是，师长！"

张广生与六连连长万福来碰了个头，决定将九个战斗员编成三个爆破组，对0号阵地上的三个子母连环堡，实施强行爆破。

然而，三个爆破组没能接近地堡，便全部伤亡。这时离天亮不到一小时，整个597.9高地就剩0号阵地还在争夺中。万福来手上已没有一个战斗员了，而坚固如铸的美军地堡却像用之不竭的弹药库，每个堡内都有五六挺机枪，分两组轮换着打。

望着子弹像滚烫的雨点瓢泼而来，万福来躁得趴地上直掼帽子。

这时，跟随张广生的营部通信员黄继光，从后面爬上来，要求说:“参谋长，让我上吧，只要还有口气，我一定炸掉它们!”

六连通信员吴三羊和肖登良也随之挤过来，要求说:“我们和黄继光一起上!”

张广生一看也只有如此了，便命令道:“黄继光，现在我任命你为六连‘功臣第六班’班长，由你去完成最后的爆破任务!”

万福来也当场宣布:“吴三羊、肖登良，从现在起你们就是六班的战士了，由班长黄继光带你们两人去执行爆破。倘若没完成任务，我就亲自去炸掉它!”

黄继光并没喊那句后来催落几代人热泪的豪言壮语:“让祖国人民等着听我们胜利的消息吧!”他只是朝吴三羊、肖登良摆了下手，腰一猫便冲了上去。三个年轻战士很机灵，交替掩护跃进。黄继光和肖登良分别炸掉东西两侧的子堡。然而，吴三羊在掩护时牺牲了，肖登良亦负重伤。

六连指导员冯玉庆爬上前去，从牺牲的机枪手身边拖过挺机枪，掩护黄继光利用弹坑向主地堡跃进。

忽然，黄继光的身影像个逗号似的停顿了一下，接着又继续往上爬。可以看出这时那身躯已沉重得像驮了座山，却一点一点缓慢而不懈地终于接近了主地堡，只见他奋力扔出最后一颗手雷，便一头栽倒了。

主地堡庞大而又坚固，黄继光那颗手雷只炸塌了它一个角。美军换了一个射孔又继续扫射，炽热的子弹均匀地打出一个钢铁的弧面。

前来第十五军进行慰问活动的中国人民第二届赴朝慰问团二分团的部分团员们，此时正站在海拔一千多米的五圣山顶，用望远镜瞭望这场喋血反击。其中有著名工业劳动模范牛汝森、青年作家陆柱国等人，他们代表祖国人民在等待胜利捷报。

可是，师指挥所坑道里那部直通前沿高地的电话机，像只困乏极了的黑色小兽，蜷卧着一声不响。

崔建功撩起涩重的眼皮，望了望坑道外欲晓的云天，无奈地长嘘一声说:“今晚看来没什么指望了。”

0号阵地上，黄继光仿佛听见了他的师长这声喟叹，于生命弥留之际意识到自己未竟的使命，身体重又顽强地向坡上蠕动起来。这个全身已七处负伤的士兵，每一次蠕动都是对当代医学、生物学、遗传学、心理学的有力挑战，展示着人体内所蕴藏的巨大能量。

只见黄继光爬到主地堡的射击死角处，用力支起上身，侧转来向阵地下招了招手。他嘴里喊了句什么，但坡下的人听不清，充斥听觉世界的都是爆炸的轰响。只有冯玉庆一下子恍悟了那个手势所传递的信息含意，扭头向身旁的张广生、万福来急喊一声:“快，黄继光要堵枪眼!”

他话音刚落，黄继光已将自己微微尚存的一息，骤然化作气吞山河的壮举。阵地上，张广生、万福来和冯玉庆三人，同时目睹了这旷世罕见的壮烈——

一线曙光和几枚照明弹的映衬下，黄继光大张双臂，如展翅的鹏鸟，雷霆万钧地一跃，扑向0号阵地最后一抹战火，用他并不宽阔的胸膛，严严实实地堵住了那孔喷火吐焰的枪眼。

这瞬间发生的壮举，让人来不及思索它那充盈四溢的意义，敌我双方一起陷入彻骨的震惊中，愣怔地见证了一个伟大生命的壮丽定格。

枪炮声鼎沸了一整夜的597.9高地，累极似的倏然沉寂下来，森森然似能听见血浆渗进干涸地表的咝咝声，还有那浮土下白骨焦裂的噼啪声。淡淡的晨雾蓦然推涌过来，与高地的烟尘混卷成一体，像扯起无边的挽幛。清冷干燥的秋风，从北方的盖马高原吹来，其声呜咽如泣。

突然，冯玉庆呼地跳了起来，静肃中高扬起他那痛切肺腑、悲裂天地的吼啸："冲——啊——！"他平端着机枪飞奔上阵地，将满匣子弹全泼进地堡，而后一撒手扔掉机枪，转身抱住黄继光。

黄继光趴在地堡上，两手还紧紧抠住堡顶的麻包。美军的轻机枪洞穿了我们英雄的胸腹，打出一片蜂窝状的焦煳；背肌被高速穿越而过的弹丸打飞了，现出个海碗口大的窟窿，裸露出那根不折的脊骨，坚定地挺立其间。

万福来一辈子都不会忘记，当时他就留意到黄继光身上的另外七处伤口，竟无一处流血，地堡前也没有留下一丝血痕。他明白，这位年轻士兵的最后一滴血，已沥尽在匍匐前行的路上了。

老哥德曾劝说世人："人应该信仰不朽，人拥有这种信仰的权利，这是符合人的天性的。"

面对这位因其献身而使人类生命意义获得极大增益的士兵，人们难道不该高举起信仰的旗帜，并在上面遒劲地写下"不朽"两个大字吗？

可惜英雄走得太匆忙了，匆忙得甚至没来得及照一张相片，而给人世间留下了一个永难消弭的巨大遗憾。人们后来见到的黄继光的画像，是画家们按英雄母亲邓芳芝老妈妈的指点，脸盘像哪个弟弟眉眼像哪个弟弟，组合画成。

中国的青壮妇孺老幼，谁不熟悉这张神情刚毅的圆圆脸庞？

在依此画塑成的黄继光铜像前，黄继光连第十一任连长龚光波，耿耿于怀地发了通儿颇有见地的"牢骚"："这些年人们把黄继光给忘得差不多喽！我们的宣传媒介只说雷锋，可雷锋精神是什么？是为人民服务，是无私奉献。而黄继光却是更伟大、更彻底的奉献。他把自己全部奉献给了祖国和世界和平，具有跨国度、超时代的典型意义。他不仅仅是我们第十五军乃至全中国人民解放军的骄傲，即使在国际上，也是一面英雄主义的光辉旗帜！"

英雄千古，精神万岁。直到今天，"黄继光英雄连"仍几十年如一日地保留着老班长黄继光的床铺，保持着传统的晚点名仪式：连长打开花名册，首先要点全连第一兵的光荣姓名——黄继光！百十名官兵立正齐答：到！——声若雷奔。

前些年，某文摘报载：黄继光原名黄际广，英雄堵枪眼的事迹报到师里时，接电话的干事是个南方人，将黄际广听成了黄继光，后来索性将错就错了，云云。

六连老连长万福来听说此事，不屑地说："扯淡。黄继光1951年4月入伍到六连，给我当了一年半的通信员，名字就是黄继光三个字，他有个弟弟叫黄继书，这怎么会错呢？他是1952年10月4号从我们连调到营部去当通信员的，离开我正好半个月，又跟营参谋长张广生一起回到六连来，参加了10月19号晚上的大反击……"

况且这一英雄事迹是书面上报，而非电话上报到师指挥所的。

当时正在第四十五师指挥所体验生活的全国文联赴朝创作组女作家菡子，亲眼看到了这份简要事迹材料："我们这里出了英雄了。他的名字叫黄继光。他用自己的身体挡住了敌人的火力点，打开了同志们冲锋的道路。昨晚歼敌共两千余名。"

或许戎马倥偬，上报材料写得过于简略，上甘岭战役结束后，志愿军总部追授黄继光二级英雄的称号。

在后来的决定性反击中负伤的万福来连长，当时正在黑龙江阿城县医院住院养伤。听同病室的伤员们读到报上这则消息，他好几天睡不了个囫囵觉，心情十分郁闷："哪有这么简单哪，怎么才授了个二级的称号呢？"他知道，亲眼看见黄继光壮烈献身场面的张广生代参谋长和冯玉庆指导员，都在决定性反击中牺牲了，自己是唯一幸存的见证人。如果不把当时的详细情况如实反映上去，他将何以面对英雄的魂灵？

识字不多的万福来请人代笔，自己强忍伤痛口述，记录下10月19日夜晚中国马特洛索夫式英雄诞生的全过程，然后将这份材料直接寄给了第十五军政治部。

1953年1月7日，第十五军政治部决定：在五圣山正面一方巨大石壁上，镌刻文字“中国人民志愿军马特洛索夫式的战斗英雄黄继光以身许国永垂不朽”，以彰千秋。3月30日，第十五军党委追认黄继光为中国共产党党员，并授予模范团员称号。

同年4月8日，中国各大报纸头版头条，纷纷登载新华社通联消息：中国人民志愿军领导机关最近发布决定，撤销以前追授的在上甘岭战役中建立卓越功勋的黄继光烈士二级战斗英雄称号，追记特等功一次，并授予特级战斗英雄称号。

迄今为止，我军只有志愿军第二十军的杨根思和第十五军的黄继光，一个连长和一个士兵，获得过这种最高级别功勋。

在中国人民志愿军的英雄谱系里，杨根思、黄继光，无疑是两个最响亮的名字，具有跨越国度、超越时空的典型意义。

同年6月25日，朝鲜民主主义人民共和国最高人民会议常务委员会，授予黄继光、孙占元、邱少云朝鲜民主主义人民共和国英雄称号，并授予金星奖章和一级国旗勋章。

其后不久，四川省人民政府发布政令，将黄继光的故乡中江县石马乡改为“继光乡”。

1963年11月，毛泽东主席亲切接见了黄继光的母亲邓芳芝。

4. 绷带洗红了一溪碧水

秦基伟于20日凌晨接到全面收复上甘岭的报告，快活地喊道:“把军文工团的姑娘们请来嘛，今晚搞个舞会！”

然而，“君临”上甘岭的胜利女神，在这片血沃之地仅作短暂停留便飘然而去。第一三四团八连因伤亡兵力不足，三次攻上597.9高地主峰均未巩固住阵地；旋得旋失，一次次被赶来增援的美第三十二团A连、C连反下主峰。

《第十五军军史》中提到“三次反击未成”，指的就是八连主峰争夺战。

雨云肥厚、湿润欲滴的20日早晨，接替美第十七团防务的美第三十二团，依托唯一保住的主峰阵地，多路、多波地投入全面反扑。每路均呈三角队形，攻击波则由班到排，逐波添兵，越攻兵力越密集。退守至9号阵地的八连，看到穿着高靿皮靴的美国大兵们，在阵地前山坡上一坨坨地挤成了人蛋蛋。

志愿军代司令员邓华打电话给秦基伟，说："目前敌人成营成团地向我们阵地冲锋，这是敌人用兵上的错误，是歼灭敌人于野外的良好时机。应该抓紧这一时机，大量杀伤敌人。"

秦基伟旋即将邓代司令员的指示传达给崔建功，并强调说："要鼓励部队树立起'一人舍命，十人难挡'的革命英雄主义精神。你们放开打，全军都在关注你们，支援你们!"

又是一个血肉横飞的日子。

20日的上甘岭烟尘蔽日，如罩似盖，暗淡如晦。阳光流失了。百十米开外便看不见信号枪弹的莹莹光亮，敌我双方都不得不改用迫击炮来发射信号炮弹进行联络。钢管殷红的机枪"嗒嗒嗒"地打出死神狂舞的节奏和疯劲。士兵们喋血鏖战，衔命厮杀，置生死于度外，逐壕逐坑地反复争夺每一寸阵地。

敌我双方都在边打边补充，不断往阵地上增添兵力。

秦基伟一声号令："婆娘娃娃一起上!"营无闲人，厩无闲马，大批军、师机关干部和勤杂人员，走进连队冲锋的行列。

韩国济州岛军事训练所的新兵和釜山军官学校的士官们，也被整团整营地拉过来，补进韩第二师和绝无可能再从美国本土招募、补充一兵一卒的美第七师。

早在一年多以前，美国远东军总司令麦克阿瑟还没被免职时，美国国务卿艾奇逊就暗示过他："美国人对朝鲜战争的热情，已经到了不能降低的最低点。"而美国蒙大拿州征兵委员会的官员则索性公开表示：在麦克阿瑟获得核武器和它的使用权之前，他们将拒绝继续招募新兵。

麦克阿瑟没弄到原子弹，李奇微、克拉克也弄不到。所以，当一个来月前，蒋介石向视察远东的美国众议院军事委员会一个代表团表示，已准备好派两个师国民党部队赴韩作战时，克拉克认为可以将台湾部队和韩国军队一起，纳入他的“亚洲人打亚洲人”计划。然而美国政府担心国民党部队加入朝鲜战争会加倍激怒中国，没有理睬蒋介石的表态。

既无兵员补充，范弗里特只好把韩国新兵大批混编到美军中来。

美第七师是美国第八集团军六个步兵师中缺编最严重的一个师，应有一万八千三百二十四人，实有一万六千九百七十七人，因此这个师补充的韩国士兵最多。

向守志的第四十四师在381高地上，抓获十二个从上甘岭调防西方山的美第七师第三十一团俘虏，其中有六个是韩国士兵。

最损的是，美国人把韩国新兵中的青年知识分子和精壮汉子，都挑拣到美第七师去，而老弱者则塞给了韩第二师。

韩第二师被俘的二等兵朴重根说，和他一起补充到该师的新兵，有将近一半都是四十好几的中年人。

美第三十一团坦克连的一个韩国中士回忆：“入伍就当了KATUSA，即与美国正规部队一起服役的南韩士兵。美军人员空缺三分之一以上，每三个美军士兵就配一个南韩士兵，使这个部队达到作战能力。韩军从正规部队挑选一批士兵派到美军，作为我们这些新兵的骨干。我所在小组还有一位骨干带北朝鲜口音。”

惊心动魄的20日昼间，双方殊死攻防了十几个回合之后，第四十五师守备部队损耗太大，渐已无力进行有效抗击。天黑前，两高地上的残余人员只得放弃表面阵地，相继退入坑道。除了597.9高地西北山梁上的6号阵地仍完好在握，且从此未丢之外，上甘岭大部分阵地均又得而复失，再度沦于敌手。

然而，退守坑道绝不亚于1940年英国敦刻尔克大撤退的光荣，唯有独具战略眼光的高级指挥员们，才能准确洞悉隐匿于这一表象背后的实质性意义。那就是第四十五师独自挫败了美、韩军两个师的进攻后，又转入坑道作战，成功地将战斗限制在上甘岭，未让战火向五圣山蔓延一步。

综览连续七昼夜激战，秦基伟断然预言：“从前七天的战斗看，敌人的失败就已经确定了。”

至此，敌人先后共投入了十七个营兵力，伤亡已逾数千之众。美国随军记者威尔逊如实报道了他目睹的凄惨场面：一个连长点名，下面答到的只有一名上士和一名列兵。

韩第三十一团机枪手金在成中士，在战俘营里回忆接替美第三十二团597.9高地防务时的情景说：“我们火力连去接防时，听说换的是美军一个连。可是我看见从阵地上下来的还不到三十人，只背了五支枪。有一半的人没帽子，蓬头散发，满身是泥，简直不像个人样子。其中有四个人抬着一具尸体，一发炮弹落下来，在老远的地方炸了，可他们吓得扔下担架就没命地跑。”

美联社记者伦多夫19日夜晚从金化发回一篇战地报道：“那些出发时兵力足额的部属，今晨回来时，只剩下几个少得可怜的残余。那些最精干最勇敢的军官们看到这样惊人的损失，都哭了起来。”

仅19日深夜开始的两个半小时的大反击中，第四十五师各团上报的歼敌成果总数就有两千五百多人。

20日上午9时左右，第十五军第二十九师的一个侧翼观察所看到，敌人一次就从两高地间的南沟口，拉走好几卡车伤员和尸体。

第四十五师指挥所通过对参战各团上报的歼敌总数、各观察所的观察报告、侦察窃听所获的情报，以及敌参战部队的编制实力进行综合分析，发现上报的歼敌总数略有重复上报之误，便将歼敌数使劲往下压，只向军部报了一千五百余人的歼敌战果。

可是，此时崔建功也拿不出一个完整的建制营了。

高大瘦削、白发苍然的刘占华老人坐在一张旧藤椅上，手指轻轻敲着他那曾患过血栓的头颅，苦苦地想了许久也没能忆起，到底是大反击的第二天白天，还是第二天晚上，军参谋长张蕴钰赶到第四十五师师部，听取各团团长汇报上甘岭战况。孙家贵、刘占华和张信元三位团长，都说手上已没有什么部队了。

张蕴钰一听，大惊，问：“你们怎么没报告？”

刘占华硬梗起脖子，说：“我们还能打。我的勤杂兵们还可以再顶一阵子。”

张蕴钰痛惜得直摇头。

10月21日，张蕴钰就上甘岭之战，向“志司”和第三兵团起草了一份综合情况报告。该报告对第四十五师各连队的伤亡情况，做了个粗略的调查统计：

> 这些投入战斗时最少的有140人，最多的达210人（笔者注：最多的应为第一三五团一连238人）的连队，到20日为止——
>
> 第一三三团除了一、三、九连是16人外，另外4个连伤亡较小，补充后还能持续战斗。该团所有连队，只有四连和六连另两个排未投入战斗。
>
> 第一三四团一、二、三连至17日，共剩30余人：一、三连各补了110人。
>
> 二营四连剩30人（笔者注：据第四十五师阵中日志记载，该连还剩19人）。
>
> 五连除连长、指导员外，无兵（笔者注：此综合报告起草时，五连连长杨金钩带着连部的通信员、卫生员退守于597.9高地2号坑道；该连一排副排长杨建金带三班4个兵和火力排1个兵退守于597.9高地小坑道。该连四班11人坚守在597.9高地8号阵地小坑道）。
>
> 六连不详（笔者注：该连于19日夜反击537.7北山后，坚守至20日下午时，全连仅余8人，且大多带伤，遂退守2号坑道）。
>
> 七连无兵。
>
> 八连11人（笔者注：应为16人），后补足至145人（笔者注：应为21日以后补足至145人），到20日尚有16人。

九连无兵。

第一三五团到19日，一营剩70余人，补入75人。

四连10人（笔者注：此综合报告起草时，该连正在597.9高地激战，伤亡已逾半数）。

五连20人，又补入60人。

六连30人，未补。

七连11人，未补。

八连20人，已补入60人。

九连30人，未补。

各营机炮连配属分到各连，很难统计。

惊人的伤亡，使秦基伟一下就意识到战局的严峻，遂于20日召开军紧急作战会议。会议决定从军机关和直属队抽调一千二百人，先为第四十五师补充起十三个战斗连队，以保证该师持续作战能力；同时令第四十五师将除上甘岭两高地以外的所有防务，移交给第二十九师，以集中全力于上甘岭作战。

这次会议做出的另一个重要决定是开始动用军二梯队——调第二十九师第八十六团一个营、第八十七团两个营参加上甘岭作战。

而20日当天，志愿军总部和第三兵团则做出了更重大的决定，动用兵团二梯队。当晚，第十二军军长曾绍山就接到第三兵团命令："第九十一团即调平康以北地区，作为第四十四师之二梯队，并归第十五军指挥（该团棉衣建议志后[①]速送前方），以防万一。"

也就是在第十五军20日的作战会议上，张蕴钰根据他对第四十五师阵地作战情况的调查提出，敌人每天向我发射十几万，甚至几十万发炮弹，为减少伤亡，保存力量，我阵地部队应暂时转入坑道斗争，可采用白天钻洞坚守，夜晚小股袭击的办法，把

① 志后：中国人民志愿军后勤部。

敌人拖在阵地上，等候时机成熟，配合后方部队进行大规模反击。会议采纳了这个意见，并决定由张蕴钰负责统一指挥坑道作战。

巨大的伤亡，使战地救护工作陡然上升到与前沿战斗和物资运输鼎足而立的重要地位。

前沿连队救护人员拼死相救，从敌人的炮火下将那些还有一口气的伤员，驮着爬，夹着拖，抱着滚，撤进坑道里去。可是，救护付出的代价实在是太大了。在597.9高地9号阵地上，为抢救一个伤员，竟付出了七条性命。而在3号阵地上，为抢运下六十余名烈士，第一三五团伤亡了近五十人。

在537.7高地北山上，第一三三团四连为从敌炮火下抢救出十名伤员，牺牲了二十一人，却只救回三名伤员。事隔两天，还是在北山上，该团运输部队为抢救四名伤员，伤亡二十多人。

为此，在敌炮火最猛烈时，第四十五师师、团指挥员不得不铁硬起心肠，下令停止战中抢救行动；同时严令火线运输员，弹药食品送到高地后不准空手返回，必须带回后送一个伤员。带回后送五人者，记功。

上甘岭战役结束后不到一个月，志愿军总后勤部卫生部专家办公室的外科教授赵连壁，曾提交了一份题为《上甘岭战役战救治疗工作评价》的报告，指出伤员的及时后送，几乎是不可能的——

> 从阵地到营救护所，是五华里的上坡山路，且被敌人日夜封锁，不能使用担架，运送伤员只能徒手背负。而营救护所附近在炮火激烈时，记录是每小时伤亡两名，因此，伤员后送时只能抓紧空隙，很快送进营的坑道，再等机会后送。而抢救人员也必须身材高大，强壮有力，才能完成任务，营以后才能使用担架。

营救护所利用短暂的炮火间隙，用担架将伤员送到八公里外的团卫生队，再视伤情逐级后送。从团卫生队往北的几十公里山路上，上千副中朝民工的担架、几百头骡马、近百辆救护车和运弹药回返卡车，翻山越岭，通过多处固定敌机封锁点和敌炮火封锁线，源源不断地将伤员运往师、军野战医院。

第四十五师后勤处副处长兼卫生科科长黎天恩至今都记得，美军封锁最厉害的，是从设有第一三五团前沿营指挥所的448高地到该团卫生队的那条山沟，排炮弹、空爆弹和敌机扫射，密集得几无插针之隙。沟顶一线天，终日烟尘弥漫。沟里所有的树木都被炮火拦腰打断，再连根掀翻。有些运输连就是在这里，被整排整连地炸光。

由于一路上敌机轰炸骚扰的延误，有些伤员运送半道上就停止了呼吸，只好就地掩埋。来不及掩埋的放在路边，一会儿就被炸没了。

战争，无论其性质正义与否，无不具有残酷的特性。然而，相当长的一个时期内，中国人对此讳莫如深，每遇到这个问题，就变得不那么“唯物”，甚至抡起“宣扬战争残酷论”的棍子，有力地抽打着一批批军事文学作家和作品。于是，禁忌使战争在我们的电影、电视、戏剧、小说里，往往成了一大群成年人玩的有趣的大型游戏。血浆、尸骸在银幕、荧屏、舞台和文字中，被精心地稀释、淡化了，充斥其间的多是驳壳枪一挥，红旗便插上敌人阵地的喜剧气氛。

只有经历过残酷战争的人知道，这有多么滑稽搞笑。

采访中，常有参加过上甘岭战役的老人禁忌颇多地叮嘱说：“我只跟你说到这里，你就不要再往外说了。这么多年我都没跟人说过，上甘岭的烈士根本运不下来，也没有人手去运。许多烈士，也包括一些伤员，被炮弹炸得什么都找不到了……”

然而，讳言战争的残酷性，就某种意义而言是畏惧战争。久而久之，它将造成一个民族的人种退化和形象萎琐。

正视战争吧，唯有如此，我们才能赢得战争。

上甘岭激战七天，一千九百多名伤员涌向第十五军和第四十五师两级野战医院，送来的有脑颅伤、胸腹伤、贯穿伤、骨折伤、烧伤、气性坏疽、战伤并发症……其中77%是炸伤。

骤然而来的巨大救护压力，把两级野战医院变成了另一个战场。第四十五师卫生科干部全部下到医院担负救护，人手依然严重不足。黎天恩只要往手术台上一站，常常一天下不来，不停地收拾那些被子弹和弹片打烂的骨骼和五脏。实在累极了，就揸着血迹斑斑的两手，倚在手术台的铁架子旁打个盹儿。那些日子里，他总是腰肌疼痛酸胀，两腿肿胀得一摁一个坑。

在内松馆第四十五师野战医院那条树木葱茏的山沟里，护理员们漂洗血污的绷带，将沟底一湾澄碧见底的小溪都染红了，终日血色荡漾。

山坡和沟谷里，战前就挖好的大片土坑墓穴，很快就被白布缠裹的烈士们填满了。一个挨着一个的坟丘前，林立着一片松脂味清新的木牌。牌上墨迹犹香，一笔不苟地记载着烈士的姓名、籍贯和部别。

一想起那些日子，张祥珍的脑海里旋转的尽是针管、棉签、吊瓶、敷料、手术器械……还有空袭警报和坑道外不时响起的那声吆喝："来伤员喽——！"只要伤员一到，所有的人都赶紧放下手头的活儿，小跑着奔出去，帮着从车上抬下一批又一批血迹斑斑的伤员。

她回忆说："连续好几个月，便那么眼一睁就忙，忙乏极了，随便在哪儿歪着打个盹儿，起来再接着忙。"

她至今也不知道，一两百人的第十五军军、师两级野战医院，到底护理和后送了多少伤员。

第十五军《上甘岭战役医疗分类后送工作总结》中有记载：四十三天里，共完成四千七百五十七名伤病员的后送治疗。

上甘岭战役胜利结束后，战场救护的仗仍远未打完。那些医护人员疲惫得一个个面色土灰、赤眼黑晕，脸色比伤员的还难看。昼夜置身于这大片伤残的包围与刺激中，救死扶伤的良知与善心，使得他们负担着比伤员更沉重的心理痛苦。

说着说着，张祥珍就叹气："唉，那些日子，真不知怎么熬过来的。幸亏那时年轻……"

那时正值桃李年华的张祥珍，跟说话这会儿正在她身边忙碌的女儿一样，有着惊人的美丽，却又更多几分坚毅。

入伍后她本已被安排留在安东第十五军随营学校工作，可以不上前线的，但她不肯放过这个机会。她向领导要求说："中国的历史上还没有过女兵出国作战的，我得去。"她咬破纤细的手指写血书，申请入朝参战。可到朝鲜不久她就染上了回归热，病得满头秀发都掉光了还是不肯回国治疗，坚持参加救护。

上甘岭的胜利是男子汉的胜利，可谁又能说不也是像张祥珍这样刚烈的女人的胜利呢？

很像是两个恶斗过久的强壮汉子，彼此恨火烧心，却又都疲软乏力，累得抬不起胳膊动不了腿。

敌我双方都打不动了。

韩国《朝鲜战争》记载，参战者共同反映："从战斗打响后第二周开始，新兵比老兵多，打起仗来看老兵眼色，战斗一激烈就往老兵位置拥挤，指挥员也不认识自己的兵，增加了很大困难。"

王二老人则说："上甘岭战役，是自然而然地进入了一个必须冷却的过程的。"

第一个战斗高潮过去了，但这绝不意味着有了一个可以放松放松身心的礼拜天、节假日。敌我双方都需要时间来补充整顿，以准备下一轮的恶战。而20日凌晨接替美第十七团防务的美第三十二团官兵很快将发现，他们由此陷入第四十五师坑道战的麻烦里，而且始终没能找到应对的好办法。

第六章　坑道，水与红苹果

1. 美第七师溜了

天色渐暮时分，八连残存的十六名官兵已全部退入1号坑道。其中只有四个战斗员。

李保成趴在洞口，神情郁郁地巡望着弹雨覆盖下的高地，将20日傍晚的战场印象完好地叠放在心底，几十年不朽——

这个七天里倒下近万名骁勇军人的地方，简直不像战场。凹凸起伏的高地上干干净净的，竟没留下什么厮杀痕迹，一片虚松的灰土地上，只有几根烧焦的树桩还余烟缭绕。炮火充当了战地清道夫的角色，毫无倦意地用爆炸的气浪，利索地将所有残骸断肢、破枪烂衣，一股脑儿都掀到高地的沟洼里，层层叠叠地覆盖在灰土和碎石之下。

22日夜里，一支奉命补充到八连的队伍，经过5号与6号阵地之间的那条小山洼，向597.9高地主坑道运动。走着走着，一个排长觉得脚底下不对劲儿，怎么软软乎乎的？趁着敌人探照灯扫过来的光亮，他扒了扒地上的浮土，头皮一下就麻了，浮土下全是尸体和打断的胳膊腿。他连忙又将扒开的浮土扒拉回去，在尸骸上匍匐爬行了一个多小时没敢吱声，——连里还有不少新兵呢，他怕吓着他们。

整整二十年之后的那个夏天，就在那位排长爬过的地方，一场瓢泼大雨还冲刷出一具美军少校的尸体，呢质军服依旧完好，仿佛那场浴血之战昨天才刚刚结束。

那些为各自理解的和平含义，从不同国度远道赶来，血脉偾张地拼杀了七昼夜的军人们，就这样叠摞在一条条寒冷的沟谷山坳里，衔仇含恨，表情复杂地枕藉于这片陌生的土地上。

对于他们来说，仗，是从此打完了。正如柏拉图所说："唯有死者可看到战争结束。"他们或许会在天国化解仇恨，和睦为邻，彼此抚慰着未愈的创伤，对这场战争做番探讨和反思，觥筹交错地为他们已不再居住的地球，不再从属的人寰，祈祷永远的和平。

不知道那位来自芝加哥的金发卷曲的陆军中士史蒂芬·奇美，是否也躺在这里。他是哼着那首根据美国福音赞美诗《好话不会过时》改成的大兵流行歌曲走进美第七师第三十一团兵营的："老兵不会死，不会死，老兵不会死，他们只是悄然隐退……"

两年前军舰刚把他拉到韩国釜山港，他就对采访他的美联社记者发牢骚说："为我的祖国，我是愿意打仗的。为这个鬼地方打仗，他妈的我可不知道为的是什么！"

美第十三工兵营B连列兵格罗夫却很幸运，他在"摊牌作战"打响前就乘船回国了。他在回忆文章里写到："人人都记得朝鲜寒冬的阴冷，春天的雨水和泥泞，夏季的酷热和干燥，没完没了的枪炮声。很多人说他们离开朝鲜时没有回头望一眼。我回头望了，我想确定一下这船肯定没有调头往回开……"

朝鲜战争，对中美双方军人都是一段不堪回首的往事。重新勾起这类血腥呛鼻的回忆，对于走出战争日久，心境已趋平复的老人，委实是种心灵的折磨。然而，为了昨日那份光荣的永存，又不得不一次又一次地“传唤”这些英勇的证人。

禁不住一次次叩门拜访，李保成老人只好眯缝起已渐昏花的眸子，让目光聚焦着穿透时间的层峦叠嶂，再度遥望那597.9高地1号坑道。

“坑道里的情况真是糟透了。”李保成回忆说，“我们连刚退进坑道时，里面挤着八十多人。光是来不及转运下高地的伤员就有五十五个。好半天我才把人员建制给理清楚，共有来自十六个连队的零散人员，都是仓促间就近撤进这个坑道的。”

当时，基层官兵几乎谁也没有认识到退守坑道的重要意义，包括李保成。再加上与上级联络不通，官兵们都不知道下一步该怎么办。因而各坑道人员思想波动、情绪沉闷，无人管理指挥。死者、伤员、作战人员挤得东一疙瘩西一坨，秩序混乱不堪。有的烈士就躺在洞口，半边身子浸在泥泞里，也没人顾得上管他。武器、弹药、军用装备，扔得满坑道都是。头一天里就连续发生七起步枪走火，两起手榴弹意外爆炸，平白无故伤了好几个。

李保成皱着眉头说：“你想想当时那个乱劲儿吧。”

无线电通讯就更是乱套了。上甘岭两高地大大小小几十个坑道，分布有二十一部步话机。乍一退入坑道，各连官兵心情都很焦急，争着抢着要向营、团指挥所报告战斗情况，寻求下一步指示。可是，步话机上就那么三四个频道，几十部机子都挤上去，哇啦哇啦一起呼叫，结果谁也听不清谁的，谁也报告不成。

这时，537.7高地北山主坑道里那个叫陈文钧的步话机员，主动站出来制止混乱。他在步话机里建议说：“同志们，我们都是为了战斗胜利这个共同目标，应该避免自我混乱。各坑道要分清主次，顾全大局。我建议先主坑道，后排班坑道，一个一个地报告。现在先由597.9高地1号坑道报告情况。”

第一三四团得到八连的报告后，21日夜里就派二营教导员李安德，带着团里的指示和从师警卫连、第一三四团七连等单位抽调的百十号人，摸进597.9高地1号坑道。

李安德向全体坑道人员传达了上级坚守坑道的作战意图，并按上级指示，以八连为主组建坑道党支部，形成战斗核心，所有进入1号坑道的部队，通通编入八连，归李保成指挥。

事实证明，这一指示是日后避免编制混乱，取得坑道作战胜利的关键。

上甘岭上对敌人威胁最大的，是597.9高地的坑道。

该高地上共有一条连坑道，又称1号坑道，或主坑道；两条排坑道，八条班的小坑道，以及三十多个五米左右深度的防炮洞。主坑道和多半数的班、排坑道，都控制在第四十五师手里。其中八连坚守的1号坑道，位于1号阵地山坡反斜面上，是整个高地最大的屯兵洞。洞子呈扁八字形，全长七十多米，高一米五，宽一米二。坑道内有左右两个岔洞，坑道顶部是厚达三十五米的石灰岩坚石层，平进平出的两个洞口，均面北，朝着五圣山方向。

美第三十二团虽然占领着表面阵地，但固守在坑道内的第四十五师部队，使得他们像站在随时可能复活的火山口上，不定什么时候就被突然喷发的岩浆淹没。因此，破坏坑道成了20日后美第三十二团的主要任务，而1号坑道就是他们的第一破坏目标。

22日清晨，一场晚秋冷雨刚停，主坑道口外就响起美军大兵靴的咯吱咯吱声。他们抵近洞口，用无后坐力炮轰，堆放炸药包炸，下饺子似的往洞口里掼手榴弹。他们还呼叫F-51型战斗轰击机俯冲扫射，然后一个班接一个班地向坑道里冲击，直打得坑道口浓烟滚滚，山石飞迸。

八连全力进行反击，但因洞口狭窄，射界受掣，一位战士便纵身跳出去，横端冲锋枪与美军面抵面地射击。他刚倒下，又一个战士冲出坑道。第三个战士正要往外冲，李保成一把拦住，朝步话机员吼了一嗓子："要炮火，朝洞口打！"

小步话机员机敏地将拴在手榴弹木柄上的天线扔出洞口，大声呼叫："张庄，张庄！我是李庄，我是李庄！门口净是苍蝇蚊子，快洒药水！……"

少顷，一阵阵炮火从五圣山一侧呼啸而至，炸得美军尸横枕藉。

李保成老人说："美国人的脚就踩在我们头顶上，可我们不能老受鬼子们的作践。他们白天片刻不停地折腾咱们，晚上咱们也不能让他们睡片刻安稳觉。我们想各种点子治他们，三五一群、两三成组地一拨儿一拨儿地摸出洞口，炸地堡、搞哨兵，满山遍野都是我们联络的击掌声和小喇叭声。弄得他们很恼火，天一黑就神经紧张，怕跟我们打夜战。"

夜战始终是侵朝美军的软肋。

原美第一观测营上士弗雷德·普罗福特在参加朝鲜战争五十周年纪念活动时回忆说："夜晚，我在前沿阵地时，跟我一起的那帮步兵经常神经过敏，假如有个铁盒子丁零当啷地滚落下来，不管是动物碰的，还是哪个士兵扔的，顿时就会枪声大作，听起来像一场大仗似的。直到某个军官跳出来大喊：'停火停火，别打了！'枪声这才渐渐稀疏下来。第二天早晨就会看到那些家伙们下山去领子弹。过不了几天，这相同的一幕又会再次上演。老兵们可不会这么干，他们总是先打几枪，然后渐渐增强火力。"

曾是美第三十一团A连中尉的约翰·科夫科在他的回忆文章里写到："我所在的排是个新组建单位，每天晚上新兵们都会朝梦幻之敌开火，一天夜里打了我们自己的坦克。还有一次，我们的一个班长被B连的人当成敌人击中。我常常从一处跑到另一处，去看他们到底在冲什么开枪。"

美军夜战恐惧症至今未能痊愈。

采访完李保成回到空降兵军部招待所的那天晚上，中央电视台正在播放《新闻联播》：驻扎沙特阿拉伯沙漠上的美军士兵，人人都配备了最先进的野战夜视眼镜和枪炮上的夜视瞄准镜。

这种夜视镜器具可在微弱星光条件下，看清千米之外的物体。可是美军士兵们还是觉得夜晚阴森可怖，害怕伊拉克军队摸黑儿袭击他们。他们像怀念自己的女人、孩子一样，怀念着家乡夜晚的灯火。

偏偏志愿军都是夜老虎，趁暗夜频频出击。

美第七师一份作战报告里描述说："敌人的四人小组摸到地堡顶上、战壕沿上，先扔手榴弹，然后冲入防御工事，用自动火器开火。有一次战斗结束后，发现敌人的尸体落入阵地前的陷阱里，尸体下还压着一根没来得及引爆的爆破筒。敌人突击队在执行夜战任务时，有良好的方位感，熟悉三角岭地形，也熟悉我们每个地堡的位置。"

坚守597.9高地坑道的十四天里，1号坑道的八连先后十次摸出洞口发动夜袭。2号坑道里，临时党支部书记、第一三四团四连指导员赵毛臣，组织部队夜间出击十一次，成功地将战斗推向夜色中的敌占表面阵地。

这就是典型的积极防御，正如克劳塞维茨指出的："防御这种作战形式，绝不是单纯的盾牌，而是由巧妙的打击组成的盾牌。"

美第三十二团重新攻占597.9高地后，随即调来数百韩国民工，拉来二十二车蛇腹形铁丝网、尖铁板条、地堡预制构件、高架掩体罩等建筑材料，紧急加固阵地工事。同时专门派出配属I连的I&R排，负责搜捕高地坑道里的志愿军。

22日这天，I&R排在7号阵地发现一个屯兵洞。洞内共藏有七名志愿军伤员，其中第一三四团五连一排副排长杨建金和战士牛起丛，从头到脚多处弹片伤。他们是14日晚作为第一三五团七连的二梯队，参加597.9高地反击战的。第二天阻敌反扑后，他们就近退守到这个洞里。

这个屯兵洞被发现后不到一小时，即被美军I&R排攻破，杨建金等尽皆被俘。

这天是第四十五师上甘岭战役中被俘人数最多的一天，两高地上共有十一人遭敌捕获，涉及三个团的人员。而第一三四团五连，则是第四十五师被俘人员最多的一个连队，先后共有九人被俘。

为援助597.9高地坑道部队，减轻他们生存和作战压力，第四十五师从10月21日开始筹划连续反击，八天打了五仗。规模最大的一次是23日晚，由第一三五团五连协同第一三四团八连，反击597.9高地东北山梁。

是日，天一擦黑儿，喀秋莎火箭炮营就对着597.9高地的东北山梁打了两个齐射。近千米长的梁子，顿成一条灿烂的火龙。然而山梁脊薄，宽不过五六十米。三百多发威力甚巨的火箭弹，只有几十发落在山脊敌阵地上，对敌防御火力远未能产生应有的摧毁效应。

可是八连和五连的协同进攻，已仍按原计划准时发起了。

八连在副连长侯有昌的率领下冲出主坑道，先攻1号阵地，然后沿着东北山梁向下，一路往8号阵地打过去。五连的任务则是首先夺取东北山梁顶端的2号阵地，再向8号阵地发展，与八连形成对攻。

五连是第一三五团战斗力较弱的一个连队。在一年半以前的朴达峰阻击战中，该团二营参谋长杜贵带领这个连坚守广德山，由于麻痹大意，夜间连个警戒哨也未派出，结果被美第二十五师一个连迂回突袭，打了他们一个窝里乱，一下子就损失了大半个连。

当时杜贵也慌了神儿，指挥剩余部队胡乱扔了十几个手榴弹就撤退，三门迫击炮、两挺重机枪，连同偌大一个山头阵地一起丢了。美第二十五师则乘虚而进，由此一气楔入第一三五团与第二十九师的防御接合部，从而撕裂了第十五军防线。

广德山坡陡壁峭，乃险要之地，一丢就很难再夺回来。其后，第十五军一次投入军直、第四十五师和第二十九师的三个侦察连进行反击，仍未能将阵地收复。为此，战后军里批第四十五师，崔建功批第一三五团，团领导批杜贵，批五连。这么层层批下来，五连就再也没抬起过头。杜贵和五连连长一起被撤职，同时押送回国。

那天是1951年8月16日，回国的路上又是风又是雨。年仅二十八岁的杜贵自感无颜再见江东父老，趁押送人员不备，蒙羞跳进波涛翻滚的清川江。一车押解和被押解人员，都被这个河北汉子的刚烈惊呆了。

五连一仗失利，低眉垂眼，灰不溜丢。可这还不算完。当年冬天，团里组织部队夜间背粮，爬上最后一座大山时，看到部队累得上气不接下气，带队的副团长便让大家就地休息。当时山上山下温差20多摄氏度，山顶气温达零下35摄氏度。结果休息一小时，冻伤数百人。偏偏又数五连最严重，全部冻伤，几近不战自灭，狼狈不堪。又过了将近一年，这个喝凉水都塞牙的五连，才等到了上甘岭这么个重振再起的机会。10月19日晚接到大反击的命令，全连上下同仇敌忾，那股气憋得一个个肚脐眼都疼，发誓要在上甘岭彻底打个翻身仗，一雪广德山之耻。可是，那天晚上五连被拆散了，一个排一个排地调出去，配属给兄弟连队。等打完反击再将各排收拢回来，已损失得只剩二十来人。那些仗都打得好苦，全连官兵都很顽强，但那是帮兄弟连队打的，有进账也都记到人家账本上了，五连光支出，没见回报。

几天之后，团里给五连补入了六十个兵，同时也再给他们一次机会：配合坑道八连，反击597.9高地2号、8号阵地。

然而，战场机会像颗极不安分的流星，稍纵即逝。

五连接受任务过于仓促，来不及熟悉597.9高地东北山梁的地形，便匆匆忙忙地投入了战斗。在向高地运动途中，连队遭遇敌炮袭，战斗没打响先伤亡近三十人。抵近第一个攻击目标2号阵地时，据守于此的美第三十二团三营像是睡死过去一样，整个山头竟无半点声响。五连连长求功心切，未料其中有诈，一声令下，全连都扑了上去。

及至2号阵地十几米远时，美军几个大地堡的射击孔，像一起睁开了猩红的睡眼，十几挺轻、重机枪突然同时开火。顿时，阵地上如同狂风大作，疾雨骤至，五连被压制得一动也不能动，一动，非死即伤。五连半个多小时没能摆脱险境。一个阵地没拿下来，全连却损失了半数以上，余下的三十多人只好被迫退出战斗。

五连的挫败使八连失去助攻策应，一下子陷入孤军作战的境地，陡添攻击难度。与敌反复争夺九次，八连才攻下1号阵地，继而集中兵力进攻8号阵地。美第三十二团一个连则趁八连移兵北进，又乘虚反扑上1号阵地。而拿下8号阵地后，八连仅余五人，根本无力坚守。

凌晨3点多钟，李保成无可奈何地放弃反击，带着十几个伤员重又退回坑道。

五天之内，八连第二次全连打光。

可是，五连比被打光了的八连还难受。机会，又一次水似的从他们指缝间漏了出去。

第四十五师许多老人都叹息说，五连总走背字，打仗缺运气。

在上甘岭这样的著名战役中，这个连几乎没留下自己的任何痕迹。第十五军那部十六开本，厚达四百多个页码，记述一等功以上英模的名册上，除了19日晚配属到黄继光所在六连大反击时荣立特等功的班长李炳舟，再没有五连集体或个人的名字。

通宵守候在军作战室没合过眼的秦基伟，接到597.9高地反击战况后，心情沉重地在阵中日记中写到:“今天晚间的战斗失利，对今后的作战方针发生新的问题。在过去的多次反击中，一般是比较顺利地恢复全部或大部阵地。而今晚不仅战斗进展慢，而且占领敌人驻守的阵地后，很快被敌人攻了下来，部队的伤亡也更大。我想这正是由于敌人争取了几天时间做准备工作，构筑了工事和熟悉了地形。敌人占据了我们某些较强的工事乃至坑道防炮洞等，这样就增加了反击的困难。”

但他预言，并在当天夜间就被证明：我们困难，可能敌人更困难。

美国第八集团军后备兵员匮乏，美第七师更是原本就缺编，实在禁不起第四十五师连续反击和坑道部队频繁夜袭这样的消耗。24日，范弗里特赶到道德洞以南三十多公里的美第九军军部，指示军长詹姆斯取消美第七师598高地防御任务，由韩第二师接替守备。25日，他将亲自主持两军换防。

韩国《朝鲜战争》一书百味杂陈地写到：“此次战线调整的实质是，在军团‘摊牌作战’统一计划下，美第七师同第二师并肩作战，进攻并占领三角高地。然而因敌人顽强反击，截至25日的十二天内，先后投入九个步兵营作战，伤亡两千多人，战斗演变成持久战，因而将美第七师的防线交给了韩第二师。结果，第二师单独担负了中部前线的要地。当时军团的这一措施立刻激起舆论，给人一种只顾减少美军伤亡的印象，担心第二师任务过重。”

可人家美军理由似乎更充分：我们把高地给你们打下来，还不该韩国人来守吗？别忘了，这是为你们自己的国家打仗！

1952年的韩国，美军就是太上皇，即使李承晚不听话，美国人也随时可以武力解除他的总统职务。

威廉·J. 怀特是美第七师的中尉通讯官，一个来自费城的黑人，原本在后方工作，用他的话说是“训练笨拙的韩国人，使之在三周内形成战斗力”。可是上甘岭激战多日，美第七师军官伤亡太大，师长史密斯命令所有在外执行任务的军官，都回师部报到。

威廉赶回来后，立即被派去美第三十二团F连。他冒着志愿军的炮击，惊恐而艰难地爬上了597.9高地主峰的山顶。他在《三角岭，一场被遗忘的战争》一书中描写到——

山顶上乱成一团，到处都是装备和弹药箱，临时掩体挖得粗糙得几乎难以辨认。我在坑道里找到连部，连长是我认识的山姆。山姆问："你怎么来了？"我说："指挥官不够，上面让我来接管一个排。"山姆说："他妈的，我以为你是来接替我的！"说罢，便让科沃德中尉陪我到二排去。我问排里一个叫罗彻克的中士："排里原来的指挥官哪儿去了？"罗彻克说："前五天里死了三个指挥官。"后来我得知，其实只死了两个，还有一个是装死。我平静地说："中士，我会带着全排一起走，或者死在这里。"对方那张丑脸上的傻笑渐渐冻住，回答说："遵命中尉。"

威廉和他的二排经历了三天的惊悚后，得到好消息：韩国人要来接替他们。

威廉还在书中这样回忆：

他们该在第二天凌晨2时到6时之间，从阵地右侧进驻，而我们从山谷左侧撤出。到了4时，韩国人还没来。我让劳埃德去连部看看怎么回事，连部的人也一无所知。我等得都快睡着了，忽然劳埃德摇醒我大喊："他们来了！"我还没看到韩国人，但我们二排和L连剩余的人，已经一窝蜂地往山下跑了。志愿军发现了这边的骚动，对山头进行猛烈攻击，我们的部队就顶着乱飞的子弹逃命。保罗刚巧看到我，停下喊："快点，还他妈不下山吗？"正说着，他就被一炮轰住了。我跑过去想救他，可他已经死了，人还挂在铁丝网上。几分钟后，山姆连长像子弹一样飞快地冲过来对我喊："快带你的人下山！"不等我说我们还没给韩国人移交阵地，他人就跑没了。我转身朝劳埃德喊：跟我们的人说，下山！其实，这时绝大多数人已经跑掉了。我目送最后五个人向地狱外逃去，便赶快向来接防的韩国中尉指示我们排的防御区域。整个交流大约有十五秒钟，我便半滚半爬地从山上下来了，到了团里那个补给点才一屁股坐在地上。到这里了，还不时有志愿军的炮火打过来。我们乘卡车到了团里的集结点，山姆命令以排为单位集合。我数了我们二排的人，数了五次，只有八个人。他们衣衫沾满泥巴，又饿又累，但因为庆幸还活着，他们立正的样子好像在参加阅兵一样。我看着他们满是泥土和胡须的面孔，连年纪最小的兵都是男人的样子了，而且是又脏又老的男人，从地狱里活着爬出来的男人。

威廉肯定地说，10月25日这天凌晨，他是美军第七师最后一个撤离三角岭的美国人。

但美军交出的不是完整的高地，西北角6号阵地那个山头，还在第四十五师手里。

韩第三十一团老老实实接下美军阵地，该团防务空缺由韩第三十七团填补。

韩第三十七团和韩第九师第三十团，是上甘岭战前、战中先后配属给韩第二师的。韩第三十七团虽然一直担负该师的纵深防御，没独自打过进攻战，但不停地逐连逐营配属出去，协助韩第二师进攻。所以，韩国《朝鲜战争》承认："事实上，我第二师是用五个团兵力，进攻狙击棱线和三角高地。"

韩第三十一团25日凌晨接防597.9高地，当晚就被1号坑道里的八连发觉了。八连派出的两个战斗小组，接连炸掉9号阵地两个地堡后，只见里面横七竖八躺着的都是韩国兵。得知这一情况，李保成马上用步话机向团里报告。刘占华团长当即派出侦察兵进行核实，果然，美国人溜了。

2. 尿当光荣茶

听说韩第二师上来了，坑道部队压根儿没把他们放眼里："喊，李承晚的兵，根本就不禁打！"可是没料到这伙韩国兵还挺棘手，一接过防务便对597.9高地坑道进行了一系列行之有效的破坏活动，其手段较之美军更为毒辣阴险。

后来第四十五师的老人们提起韩第二师就骂娘："狗日的李承晚兵，那算是坏透了，多么阴损缺德的点子他们都想得出来！"

韩第二师不像美国兵那样性躁蛮干，他们以东方人的思维方式行事，并充分扬厉了亚洲人狡黠而灵巧的心智，以及比美军更能吃苦、更有耐性的禀赋，把破坏坑道工作做得极富创造性。他们用曲射炮轰炸坑道口，用毒气罐、硫黄弹往洞里熏，从坑道顶部凿眼装药爆破，滚来巨石堵住洞口，将铁丝网缠绕成团堵塞坑道……

美国大兵们乱哄哄地忙活了五天，对坑道仍无可奈何，而韩第二师接防的当天，就成功地将六十米深的2号坑道炸短了半截，压死两人，压伤六人。1号坑道的两个出口也被他们全部炸塌，碎石淤堵得只剩下碗口大的一个孔，还能透点气。

王土根回忆那一天，说："坑道口被堵死，人喘不过气来，有六名伤员就是坑道缺氧停止呼吸的。豆油灯着着着着就突然灭了……"

八连官兵拼命地用手扒、使镐刨，付出了三十七人伤亡的代价，才艰难地将洞口重又掏开。

得知这一情况当天，第四十五师炮兵指挥所便将四门山炮、野炮推上菊亭和菊亭砚阵地，分别直接瞄准597.9高地的几个主坑道口，专门轰击破坏坑道的韩军。师炮群也一呼即应，随叫随打，重点保护坑道口。

教导员李安德回忆说："有天刚擦黑儿，敌人偷偷向洞口摸来，黑压压的一片。我立即命令步话机员联络炮火。只听步话机员叫道：'喂，哨兵，哨兵！门口有老鼠，放狸猫，放狸猫！'顿时，威力强大的榴弹炮弹，一排排地呼啸着飞来，洞口外变成一片火海。李保成连长趁我们炮火一停，派了几名战士冲出去，钻进烟雾里面收拾那些侥幸活命的敌人。连炮轰带枪打，企图偷袭的敌人全被我们消灭了。"

然而，上甘岭坑道部队的境况，还是在一天天恶化。

对他们来说，最大的威胁不是美第七师，也不是韩第二师，而是水。敌人在破坏坑道的同时，加紧了对坑道部队后方供给运输线的封锁，用绵密的炮火进行全纵深压制，切断了五圣山至上甘岭前沿的所有通道，致使上甘岭各坑道粮弹告罄，滴水无存。

后方拼出牺牲几条性命的代价，送进坑道一布袋饼干，可它无法通过干燥的食管，几乎停止分泌唾液的口腔，拒绝任何食物的吞咽。人丹粒含在嘴里都化不开，舌头肿胀得话也说不清，发出的声儿“呜嘞呜嘞”的，含混一团。坑道里并不荒诞地出现了拿着饼干、馒头挨饿的情景。

饥与渴，如同两把钝刀子，慢条斯理地宰割着一副副萎缩的胃和欲燃的喉咙。渴极的战士往干裂的嘴唇上抹牙膏，还有的趴在坑壁上舔那一块块湿润的岩石。最后终于有人打破羞涩，小心翼翼地提出可以用尿解解渴。这一提议立即被响应，卫生员规定为保持体内的水分，每次只能由一个人尿，大伙儿轮着喝。李保成带头端起盛着尿液的茶缸说：“喝，就当它是光荣茶嘛！”

二营教导员李安德记得当时还有人开玩笑，说：“卫生员，喝尿解渴你不批评吧？”

“为什么批评呢？”

“嘿，平时喝点儿凉水你都制止：‘不能喝，要闹肚子哩！’”

那个战士学着卫生员的腔调，引得大家哄堂大笑。

这是以损害肾脏为代价的极端求生之举。严重缺水的人所排泄出的尿液，经体内高度浓缩，味道也格外难闻。

李保成说：“那有什么办法呢？权当它是可以治病的药吧，喝一口能治渴。”

喝第一口时，那股怪异的味道熏得大伙儿直皱眉头，可几口下肚之后就不大在乎了，而且渐渐喝出了点小窍门：用毛巾裹上一包湿泥土，将尿淋上去过滤一下，然后再挤点牙膏掺和进去，这样异臭味便小多了。有好几天里，尿液成了生存的第一需要。倘若该着谁尿的动作慢了，还会有人等不及地催促：“叫你尿了我喝，你咋不尿呢?”

那个兵便急得直跳脚:“我尿不出来你咋喝?真是的，怎么就尿不出来呢?”

可再往后，即便是尿也排泄不出了，谁能尿出一点来，那还得先保证给伤病员们喝。坑道里最痛苦的，就是那些转运不下高地而滞留在坑道里的伤病员们。

王土根回忆说:熬到第六天时，“有的重伤员因缺水而停止了呼吸。怎么办?后面送不上来水，我们不能在坑道里等死啊，必须组织人员到坑道外去抢水。经支委会研究决定，由四班长何根常带着两名同志去抢水”。

三个人每人背了三个水壶，用腰带扎紧，以免发出声响。后半夜时，他们悄悄钻出坑道，绕过敌地堡，爬出三百多米，才在山沟里发现一个积了汪水的炮弹坑。尽管积水浑汤似的，还散发着火药味儿，何根常他们还是兴奋不已，将水壶全部灌满。然而，返回的路上他们被敌人发觉了，机枪子弹骤雨般打过来。两个战士一个受伤，一个牺牲。

时隔四十四年之后，已经从刘家峡水电厂党委副书记职位上退下来的王土根在给厂里团员、青年作报告时，还清楚地记得那个为抢水而牺牲的战士，名叫刘华，牺牲前，他将三个水壶压在身子下，一滴水没洒。

王土根接过何根常交给他的九壶水，激动不已。他让通信员拿来两个军用搪瓷碗，倒上抢来的水，说:“同志们，这两碗水来之不易，为抢水，我们牺牲一名同志，一名受伤，我们战士流的血比抢来的水还多。为了给牺牲的同志报仇，喝一口水就要消灭一个敌人!”

他回忆说:“整个坑道里六十八名同志，这两碗水都没喝完。你说他不渴?不是，一个人喝两碗也不够解渴。为什么又不喝呢?同志们都是你推我让地叫别人喝，总觉得别的同志喝了比自己更重要。”

八连抢水的当夜，2号坑道里的七连二排长也抢回了一小桶水。有个战士喝了点水，感恩不尽地问：是谁抢回来的水？

二排战士很得意地说：“是我们排长！”

其他排的战士不乐意了，说：“得了吧，那是我们大家的排长！”

据张计法回忆，第二天美军炮击，这个积水的弹坑就给炸平了。

坑道里，与干渴相互为虐的是伤病。

赵连壁教授在《上甘岭战役战救治疗工作评价》中写到——

> 由于不能及时后送，伤员停留于坑道中三至五日、七至八日、十四至十五日，个别伤员有停留二十日的，因此产生了坑道救护问题和比它更严重的生活问题。一个坑道有时积聚了三十至五十名伤员，最多的挤到九十名，坐卧在岩石上，衣被不全，拥挤呻吟，空气污浊，甚至蜡烛因缺氧而不能燃烧。再加之潮湿泥泞，血污汗臭，大小便狼藉，伤口流脓生蛆，伤重牺牲后尸体腐臭，垃圾败絮，混为一团，敌常向坑道口袭击，生活的紧张困难已达极点。

盘踞在表面阵地上的敌人和纵深封锁的炮火，残忍地截断了坑道伤员们通往康复的路径。在连最后一滴酒精、一团药棉都用光了的坑道里，无药可医的伤员们，只好任伤口糜烂、疼痛。他们只能靠刚强意志和身体素质来坚持、苦熬，等待那不知何时才到来的反击。

有的伤员疼得实在受不了便哼哼，可是刚出声旁边马上有人制止他：“忍住点儿，同志，我们躺这儿什么也不能干，可他们还要打仗呢，别影响他们的情绪。”

于是，大家便都死死地用床单堵住嘴。伤员们盖的床单没一条是好的，全是咬烂的。有的伤员活活疼死，至死，嘴里咬住的床单还拽不下来。

七连所在的2号坑道，是个排坑道，里面挤着五六个连队的指战员，情形同样惨痛。

张计法含着泪说——

> 伤员们可怜啊，我觉得用语言都难以形容。那些个断了腿的，折了胳膊的，肚子上开了个大口子的，也没东西包扎，就那么坐着，咬着牙没一个喊疼。有的把舌头都咬掉了，也不哼一声，生怕乱叫影响同志们战斗情绪。没有负伤的同志看到伤员又疼又渴，就把小便接了给伤员，说：这是我们祖国买不到的茶，你们湿湿口吧。伤员们不肯喝，还接自己的尿给准备参加战斗的同志，说：同志，我负伤太早，没有完成上级交给我的任务，对不起祖国，也对不起你们。我现在只有这点力量，支援你们去打仗，喝了吧。战士们就这样互相鼓舞着。看到伤员们这样，作为指挥员我心里难受啊，可又没有一点儿办法。所以《上甘岭》这电影我不能看，真实情况比电影苦多了……

各坑道的卫生员们在药品和医疗器械一无所有的情况下，仍然表现出高度责任心和最大创造力。他们夜里冒险爬出坑道，去捡敌人照明弹上的小降落伞，扯敌人尸体棉衣里的棉花，找断枪管和断锹柄，回来做成夹板和急救包，给伤员固定断肢，替换敷料。

537.7高地北山一个坑道的卫生员杨朝新，与另外两个卫生员一起，护理着一百五十多个伤员。为了保证每个伤员每天都能喝上一小口水，他几乎整天就那么跪在地上，用棉团一点点地蘸着坑道角上的泥水，然后将泥水挤到茶缸里用纱布过滤一下，放在煤油灯上烧开。

战后，第四十五师报功最多的就是坑道卫生员。

第十五军英雄谱上，记有一长串卫生员的名字。其中最著名的是战后荣立特等功，获得二级模范称号的第一三三团二连卫生员陈振安。在弹雨如泼的阵地上，在坑道护理的十昼夜，他带着另外两名卫生员，先后抢救护理了一百多位伤员，竭尽全力将他们的死亡率、残废率降到最低。

但是，卫生员们不可能挽救所有的生命。

在23日晚反击597.9高地8号阵地时，八连副连长侯有昌右胸让敌人机枪打得稀烂。被背回坑道后，整整四天他水米未进，也一声没哼过。第五天头上，这位铁打的汉子悄悄地死了。

提起这位个头瘦长、灵敏矫健的侯有昌，第四十五师的一些老人们都唏嘘不已，惋惜至深，都说他是全师公认的最能打的连长之一，都说他那个处分背得很冤枉。

1952年6月下旬的一天，美第七师进攻第一三四团的一个高地，团里命令他带领八连出击。那会儿，敌人炮火正砸得铺天盖地，上去多少死多少，他便按住连队等了一会儿。就这么个事儿，上面说他犹豫不决，没抓住战机。当时仗打得紧，也没经过认真调查研究，他的降职处分就下来了。

但是，军队不会忘记自己的优秀连长。战后，第十五军追认侯有昌为一等功臣。

咽气的伤员都被抬到坑道底部的右岔洞安放。可是，频频进行的小部队夜袭和反坑道破坏斗争，使得平均每天都有近一个班的人伤亡，很快右岔洞里就摆不下了。卫生员请示党支部分工负责照顾伤员的一连副指导员王戍金，问这么多遗体怎么办。

王戍金反问："你说怎么办？总不能送到洞外让敌人炮火糟蹋啊！摞起来放吧。"

于是，僵硬的遗体像垒墙似的被一层层摞起堆放。王戍金一边摞一边哗哗地流泪，哽咽着跟那摞遗体说话："真对不起啊，委屈同志们了……也实在是……是没法子想啊……"

令人惊奇不已的是，坑道里温度高达三十多摄氏度，遗体堆摞了十四天之久，竟无一具腐烂。活着的人便越发伤感，都说英灵有知，他们怕那味儿熏着我们。

一说到伤员，赵毛臣老人的嘴唇就哆嗦，泪光一晃一晃地从眼里闪烁出来。他反复念叨说："我们的伤员真好啊，真好！那伤多疼啊，可坑道里安静得我们常常忘了那边儿还躺着一片伤员呢……"

北方的利芒寒流，飕飕地向低纬度朝鲜中部卷来。下雪了，如绒的雪片轻轻地飘落在焦煳的上甘岭。可是拥挤不堪的坑道里，战士们穿着衬衣还汗流浃背。蒸腾的热气从坑道口飘出来，远远一望，像地灶里冒出的缕缕炊烟。

终日充塞着汗酸、烟草、硫黄、屎尿、血污秽物，以及伤口腐烂恶浊气味的坑道里，严重缺氧，煤油灯、蜡烛都点不着。为使坑道里空气能流动起来，官兵们不得不佝偻着腰身尽量坐低一些。那份闷热和缺氧的窒息感，带来头疼、烦躁、恶心、失眠、乏软……狭窄污浊的空间，将蜷缩其中的官兵生存耐力逼到了极限，每一条生命之链都绷得铁紧。

26日，几根生命的链条终于断裂。

那天下午，敌人又一次包围坑道口，几个战士竟情绪失控，一跃而起，不等下命令就咆哮着冲出坑道，与敌人抵面对射。明知道冲出去就是死，他们也不肯再憋在坑道里遭这份罪了。

537.7高地北山地形简单，反击成功率高。第四十五师每反击上去一次，便趁机抓紧轮换一批坚守坑道的部队，补充一次弹药、食品和药品，清理一下坑道环境。因此，北山坑道状况相对好一些。而597.9高地上坑道部队，无一不苦熬在生与死的临界点上。

但是没有一个官兵不清楚：坑道就是阵地。无论多么艰难，没有上级的命令绝不能放弃坑道。这种强烈的坑道意识，是每个人上高地前就与枪支弹药一起武装上身的。

第一三四团五连四班，是上甘岭之战打响的当天晚上就反击到597.9高地上的。班长丁鸿钧，安徽太和人，一个很干练的"兵头儿"。他指挥四班机智勇敢，灵活作战，两天歼敌近百，全班无一伤亡。15日下午弹药打光，四班十一个人才退守到8号阵地一个十五米深的小坑道里。

此后整整九天里，这个班在与上级失去联系，未能得到后方任何接济的情况下，仅靠从阵地上搜集敌人遗弃的弹药、饼干和洞内储存的两小桶水，坚守在这个小坑道里。

美第十七团士兵用无后坐力炮轰，用集束手榴弹炸，仍然攻不下这个坑道。实在没招儿了，他们便用了个笨办法，在距洞口几米的地方扯起三道铁丝网，筑起两个地堡，用一挺机枪、八支卡宾枪封锁住坑道口，企图困毙四班。

可是四班战士无一气馁，他们相信有班长丁鸿钧在，就一定能打破美军的封锁。早在1950年大西南剿匪时，这个班就被土匪们包围过一次。当时的班长慌乱无措，是丁鸿钧主动站出来代替他指挥，带领全班安然无恙地突出重围。

班里的战士们相互鼓励，说上级绝不会忘记他们，既然没有命令来，那就是说上级需要他们班守住这个坑道。

然而，除了他们自己，全团没有任何人知道这个小坑道里，五连还有一个完整的建制班在苦守不殆。因为20日那天下午，第一三四团就已向师指挥所报告："五连除连长指导员外，无兵。"

坚守到第八天的时候，8号阵地小坑道里的四班，大多数人已饿得站不起来了。丁鸿钧一看这样不行，人饿死了坑道也就丢了，坑道丢了饿死也没有意义和价值了。于是，他召集班里的四名党员，郑重其事地开了个坑道党小组会议。

想象一下那个神圣的场面吧：五个满脸烟尘、棉衣破烂的志愿军士兵，拄着枪支，饥肠辘辘地围坐在一截寸把长蜡烛旁，神情严肃地讨论通过一项党内紧急提议：由党龄最长的丁鸿钧同志突围出去，到距他们三百多米处的2号阵地坑道，向上级汇报这个小坑道的艰难处境，以取得下一步行动指示。

这可能是中共党史上规模最小、离敌人最近的一次党内会议；也可能是解放军战史上人数最少、离死亡最近的一次党员讨论。从提议到表决，从形式到内容，无不彰显着军人的信仰和忠诚，无不凸现着党性的纯度和光辉。志愿军之所以能在上甘岭击败世界头号强敌，这个党小组会给出了全部答案。

那个雪后初霁的深夜，二十一岁的丁鸿钧一路匍匐，穿过铁丝网，绕过敌地堡，在冰冷的冻坡上悄无声息地爬了一个多小时，才找到2号阵地东北坡的坑道口。经2号坑道党支部书记、四连指导员赵毛臣批准，23日凌晨，四班全体人员撤离小坑道，在四连同志的接应下，全部转移到2号坑道，准备迎接师主力的决定性大反击。

这是坚守上甘岭坑道时间最长的一个班，先后在两个坑道里战斗了二十个昼夜。

战后，丁鸿钧被记一等功，四班记集体一等功。

3. 我的警卫连也用上了

秦基伟无时无刻不在注视着上甘岭坑道的艰苦卓绝，但他不能撤下部队，守住坑道是夺取胜利的关键一环，已成为志愿军从总部首长到第十五军士兵的共识。只有将坑道部队钉子般钉牢在上甘岭上，死死拖住敌人，才能为胜利赢得时间。

为此，秦基伟向军后勤部和第四十五师下达一道死命令："不惜一切代价，把物资送进坑道。"并特意叮嘱崔建功说，"多送些大萝卜，又解渴又解饿。"

火线运输员被一拨儿一拨儿地派出去，却都一拨儿一拨儿地倒在封锁线上。整个上甘岭战役期间，第十五军运输部队伤亡占全军伤亡总数的14.88%；第四十五师火线运输部队伤亡达70%至90%。

团前进兵站通往上甘岭的那一路上，不知有多少萝卜、包子、馒头、弹药、药品、慰问袋，都滚落、浸泡在血泊中，送进坑道的物品微乎其微。

10月25日，第一三四团派出四十多人的一个排，为597.9高地2号坑道送粮弹，还顺便带上一部分祖国慰问团的慰问品。可是这个排途中伤亡殆尽，最后只有一包水果糖、一包砂糖、一条香烟、几十个馒头、二十颗手雷和几根爆破筒送进了坑道。四连收到后，指导员赵毛臣立即分给每人一个馒头、一块糖果，伤员每人四块糖果、一勺砂糖。可伤员们舍不得吃，把糖塞给没负伤的同志，说你们吃了好坚守坑道。没负伤的人把糖又给塞回去，说你们养伤需要营养。

李保成依稀记得，八连忍饥挨渴地坚守到第九天才闻到萝卜味儿。

是夜，运输连指导员宋德兴带着两个运输员，终于冲破敌人的封锁，九死一生地将三袋萝卜和一些慰问品送进1号坑道。

那一夜，八连如逢盛宴。官兵们一人手攥一个青皮大萝卜，左一口右一口，咔嚓咔嚓地啃着，快活得眼泪都流出来了。

攥住萝卜，就是把握住了生命啊！

可当官兵们饥不可待地猛啃一气之后才发现，萝卜吃多了不光烧心，还有一小半人拉稀。于是他们就想，如果这是苹果就更好了。

第十五军后勤部得知这一情况，星夜派人赶往平壤一带，紧急采购来六万三千多斤苹果。几位军首长也自己出钱买，并在苹果篓上贴上条儿："秦基伟赠""谷景生赠""周发田赠""张蕴钰赠"……专门派人往上甘岭坑道送。

可敌人炮火封锁太猛，大堆的苹果送不上去。情急之下，第四十五师党委向火线运输人员"悬赏"：凡送上去一篓苹果者，记二等功。

上甘岭战事中，即令是喋血搏杀在前沿阵地的一线部队，包括其壮举震惊世界的黄继光，也都是只先报功，功级一律待战后再行评定。因而，这个"明码标价"的二等功，委实诱人。许多火线运输员扛起苹果篓，一个接一个，英勇地攀向上甘岭，试图摘取那枚荣誉的星斗。

据《第十五军军史》记载，战役中为坑道部队运送的物资中，仅苹果就达四万斤。然而，没有一篓苹果能通过敌重重炮火封锁区。

最后，只有两个苹果上了上甘岭。

其中一个，进了第一三四团八连的1号坑道。

几十年后，王土根还回忆这个苹果说——

是运输员从炮弹坑里捡来的，因为运苹果的战士牺牲了。但同志们相互推让，谁也不肯吃。最后苹果集中到几个重伤员那里，我亲自去劝他们吃，因为他们受伤更需要。我们一个重伤员叫梁玉琼，团员，两腿被打断已经五个昼夜了，他没叫一声疼，还说指导员你已经三个昼夜没有合眼了，饭吃不上，水喝不上，还要组织部队打仗，又要照顾伤员，这苹果你更需要。可我能吃下去吗？于是，我们开支委会研究。

这次支委会只有一个议题，那就是如何处理这个苹果。

议题之离奇，或许是中共党史上绝无仅有的。

支委会最后决定：把苹果切成六十多片，全连每人一片。

另一个苹果，在决定性大反击的第二天，上了第一三五团七连坚守的9号阵地。

七连连长张计法这样回忆道——

31号那天打下来，阵地上连我就剩下八个人，挤在阵地上的一个小猫耳洞里。天快黑时，四连派了五个战士给我们送弹药。有个战士递给我一个苹果，说路上捡的。打了一天一夜反击，都渴得不得了。我把苹果给了三个步话机员，说你们三个把它吃掉，润润口。别人渴了可以不说话，步话机员还要报告啊！可他们把苹果给了司号员，司号员又给了卫生员，卫生员又递给两个负伤的战士。最后完整地又传回到我手上。我说同志们，看看阵地前躺了多少敌人，我们连一个苹果还消灭不掉吗？来，我先吃。我咬了一小口，传给步话机员。步话机员咬了一小口，再往下传。就这一个苹果，在我们八个人里转了三圈才吃完。

最后他还特意强调："上甘岭只有两个红苹果，八连那个是在坑道里吃的，我七连这个红苹果，是在阵地上吃的。"

20世纪50年代初，张计法在南京总高级步校学习时，将七连的红苹果写进作文，被记者拿去发表了。

从那时起，上甘岭苹果的故事便在全国流传开来。作为人民军队团结友爱的象征物，苹果的芳香已溢满人们的精神世界。

上甘岭土地实在是太丰沃了，它为我们酝酿太多精神养分，也为艺术奉献出一眼取之不竭的创作源泉。《上甘岭》《打击侵略者》《英雄儿女》等多部电影中的故事情节和人物原型，几乎都直接取自于上甘岭之战。但为了长出蓬勃秀耸的胜利之树，这片土地的汲取也是无止境的。它需要水，需要粮，需要弹药，更需要不断补充兵力，同敌人进行占领与反占领、冲击与反冲击的搏杀。

王土根曾一笔笔记下：十四个昼夜里，八连坑道作战十二次，小部队出击十二次，炸毁敌地堡二十四个，冷枪歼灭美、韩军一百九十八人。

不断的主动出击，使597.9高地1号坑道里平均每天要消耗一个班的兵力。这个连最多时补到一百四十多人，最少时李保成身边只有五个战斗员。

崔建功不停地筹划向上甘岭增兵，一个排、半个连、一个连地往坑道里补，补得师、团两级机关连勤务人员都没有了。

在崔建功将师警工连整建制地补充到537.7高地北山后，10月24 日晚一片濛濛冷雨中，秦基伟将军部警卫连，连同连长、指导员，一起补充到597.9高地1号坑道，编入八连序列。

军部警卫连九十多个头儿齐崭崭的漂亮小伙儿，都是些能打会战的老兵。指导员叫王鲁，河北人，一米八几的大个儿，长得极帅，第十五军许多老人都认识他。他的资格比军部的好些个参谋、干事都老。还在太行山时，他就给秦基伟当警卫员，一当就是五六年。

第五次战役时，有一回秦基伟正举着望远镜观察阵地，美军一架隐蔽在云层中的F-80型飞机突然俯冲下来。王鲁机警地猛地扑过去，将秦基伟扑倒压在身下。在两人倒下的那瞬间，一串灼热的子弹掠面而过。

第十五军接防五圣山防务时，秦基伟把王鲁放到警卫连任职。

时任第十五军政治部干部部副部长，后来担任南京军区空军副政委的张纯清老人告诉笔者：24日晚，秦军长专门委托我代他去为军警卫连动员，送行。

张纯清勉励军警卫连要坚决守住坑道，为军首长争光。讲完话，他悄悄将王鲁拉到一边，小声说："王鲁啊，军长要我告诉你，一定要当心敌人的炮火。他要你活着回来。"

王鲁感动地说："张副部长，我记住了。请替我转告军长，我一定回来。"

然而，他再也没能回来。像军警卫连的许多官兵一样，他也没能冲过上甘岭下那片一千五百米宽的死亡地带，眨眼间就消失在雷霆般的炮击中。那一夜敌人封锁得似乎格外凶猛，炮打得无边无沿，仿佛满世界都在爆炸。最后只有一个叫张纪平的副排长，领着二十四名战士突进了1号坑道。

消息传来，秦基伟当即派人去寻找王鲁遗体。可是那里除了一个挨着一个的弹坑，其他什么也没剩下。

军警卫连的惨重损失和王鲁的牺牲，让秦基伟难过得脸色阴沉了好几天。直到上甘岭战役胜利后，他还伤感不已，说："自军成立以来，大小打了几百仗，都没用过警卫连上战场。这次从祖国补充兵员来不及，我的警卫连也用上了。"

打完上甘岭战役，在师部召开的总结会上，李保成向崔建功提意见，说：师长你对坑道兵力补充得不及时，人给得太少。

崔建功苦笑道："还少啊，光你们1号坑道我就补了八百多人。"

李保成说："哪有那么多，加起来也就两个连多一点儿。"

崔建功痛惜万分地叹气："唉，都倒在路上了。"

果不其然，散会后李保成回到划给八连的那几条坑道里，几天里呼呼啦啦找来二三百人，都说自己是八连的。

"你们是八连的？"李保成笑了，说，"我就是八连连长，我咋不认识你们？"

那些兵们便吵："噢，连长，你打仗时领着我们叫冲，打完仗就不认识啦？"

大部分补来的战士，压根儿都没进过坑道，往八连补充的途中就负伤住院了。那也不管，他们各个都坚持说：补充给八连了，横竖我都是八连的人！

李保成直乐："行啊，来多少我要多少……"

挪到靠近坑道口的地方才能点着的小油灯，搁在摞起的空弹药箱上，氧气不足地挣扎着燃烧，忽闪忽闪地用它如豆的光焰，照耀着坑道冗长的十四昼夜。

轰炸、毒气、饥渴、伤痛、憋闷……如同一双双勤勉劳作着的手，将坑道里的每个时辰都搓细了、扯长了让人过。仅仅十几天，这些年轻官兵们便胡子拉碴地苍老了十几岁。而死神每天都要动作麻利地从这群被硝烟战火熏烤得面孔黧黑枯干的士兵中挑走几个，将他们军衣褴褛地带到另一个世界去。

焦躁、忧虑、痛苦，常使人的情绪出现反常，突如其来地暴怒发泄一气："妈的，打不死也饿死渴死憋死了，不如冲出去拼一场赚个够本儿！"

"这仗打上来就下不去了，啥时候大部队才往上反？"

有个还不到十八岁的小战士哭起来，说："上阵地前就做好了吃苦的准备，哪知道会苦成这样呢！”

李保成也烦躁，流血死人才接通的电话，拿起话筒刚“喂喂”两声，线又炸断了。步话机天线被炸光，加上坑道原是废铜矿，有磁场干扰，机子里光听见吱吱啦啦的电流声。跟后方联系不上，上甘岭成了个孤岛。

他越想越窝囊，咱们八连啥时遇到过这么憋气的仗，让人家给堵在洞子里打?!

在那些个坑道苦熬、度日如年的日子里，李保成常情不自禁地回忆起打淮海时，总攻令一下，整个中原野战军几十万人都往那小小的双堆集涌。那枪打得根本分不清点儿，听着就像平原上刮大风，满耳都是呼呼的响动。什么一梯队二梯队的，也不管营在哪儿连在哪儿，只顾拼命往前冲，使劲朝前打。三五人一组，碰上谁跟谁组合结群。谁的体壮腿长跑得快，谁就是尖刀班，就是突击队。子弹打完了根本顾不上换弹匣，把枪一扔，顺手从地上再捞起一支。偌大的淮海平原上，到处都是敌人遗弃的枪支弹药。他李保成那一路上，汤姆式、卡宾枪、捷克造……不知换了多少支，打得潇洒至极。最后他打得“得意忘形”了，一头扎到敌人堆里都不知道，忽然听一个军官模样的家伙在喊叫：“别慌别慌，就他一个人，抓住他！”他这才清醒了，忙边打边退，与随后赶到的排里战士会齐了，再合起伙儿来往前攻。那仗打得啥会儿想起来啥会儿痛快，可瞧眼下这劲儿……

但他是1号坑道的最高指挥官，一脑门子心思没解开还不能说出来，还得装作精神振奋，一副对战局发展和领导意图了然于胸的样子，不停地鼓舞士气。

李保成是因为十多天前的教训，又成熟了一大截。

10月20日那天，因为反击后未能巩固住阵地，心里特别窝火，或许还因为激战了一天一夜太疲惫的缘故，退守坑道后他未能及时组织部队准备再战，先自己倒头睡了一觉。第二天在坑道党支部会上，他为此受到支委们好一顿批评，他自己也诚恳地做了检讨。他毕竟还只是个二十岁刚出头的“小孩儿连长”嘛！

但此事还是被不点名地写入了《第十五军军史》:“某团某连在10月19日三次反击未成，退守坑道后连长泄了气，不管部队，躺下睡觉。指导员立即召开支委会，先检查了三次反击不成的教训，接着批评了连长的消极态度。连长虚心接受批评，积极组织部队对敌斗争，在坑道内坚守十四昼夜，一直表现很好。”

可是他没想到战后评功时，此事又被重提。有人批评他意志消沉、悲观失望。更有言辞甚者，指责他贪生怕死。李保成像被火燎了屁股似的跳了起来:“我怕死？好，这功我不要了，反正还有的是仗打，咱们下次战场上看，到底谁怕死！”

然而，第十五军的仗在上甘岭打光了。是役，为这支精锐之师的战争史画上了一个辉煌的句号，此后再也没捞着仗打了。淮海战役会攻双堆集的中野九纵突击排长、特等功荣立者李保成，在上甘岭战役胜利后只立了个二等功。而他带领坚守坑道十四昼夜的八连，却荣立集体特等功，并被志愿军第三兵团授予“钢铁红八连”称号，至今仍是中国人民解放军序列中的著名连队之一——上甘岭特功八连。

崔建功笑着安慰他:“不管你评个几等功，一不影响使用，二不耽误提升。”

李保成一直当到空降兵某军副参谋长才离休。

这位耿直坦诚的老人说:“最烦恼、最沉闷的是，进坑道十来天了，大部队一点儿反击的动静都没有，日子真是难过啊！我那会儿心里确实老犯嘀咕：后面的人都干什么呢?”

4. 一切为了五圣山前线

五圣山一线风云际会。

自23日夜间反击597.9高地失利，我第四十五师伤亡已逾四千人。

24日凌晨4点，秦基伟将情况向第三兵团代司令员王近山和志愿军总部做了报告。如此集中、惨重的伤亡，令兵团部和总部首长震惊不已，在两个仅3.7平方公里的小高地上只打了十天，一个齐装满员的步兵师竟然就拼残了。

王近山是二野一员著名战将，越是大仗、恶仗，他打得越是勇猛智慧。但是，面对上甘岭的惨烈，当晚他便提出了两个方案供秦基伟考虑：一是打，二是收。

为此，10月25日第十五军在道德洞召开军作战会议。会上，秦基伟坚定地表示："目前整个朝鲜的仗都集中在上甘岭打，这是十五军的光荣，我们打得苦一点，兄弟部队休整时间就长一点。我们已经打出了很硬的作风，咬着牙再挺一挺，敌人比不了这个硬劲。上甘岭打胜了，能把美国军队的士气打下去一大截。战场上常常是这样，我们最困难的时候，敌人也可能更困难，这时候就要较量胆魄和意志。所以我提出，上甘岭战斗要坚决打下去，就是要跟美国人比这个狠劲凶劲，这是朝鲜战场全局的需要。"

会议不仅统一了全军不惜战至最后一个人，坚决打到底的作战意识，而且对前一阶段作战的战术问题进行了检讨，制订了下一步作战方案。

这次会议因彻底改变上甘岭作战进程，而在第十五军军史上被反复提及。参加这次会议的有军、师两级主官和兵种主要指挥员。基于打痛美军、震慑韩军的作战方针，会议决定于10月30日首先对597.9高地实施决定性反击，一举恢复全部阵地，待得手并巩固之后，再夺取537.7高地北山。

志愿军总部和第三兵团司令部直接参与指挥上甘岭作战。由此开始，朝鲜战争以上甘岭为轴心，轰隆隆地全面运转。

从下述决定、命令的制定与实施过程中，我们或许可以清楚地看出，即将来临的决定性反击风暴是怎样形成的。

决定、命令之一——

志愿军总部依据战场态势，宏观运筹，决定：将原定于10

月22日结束的秋季战术反击，延长到11月底；命令第十五军左右邻的第三十八、第三十九、第四十、第六十五、第六十八军，在朝鲜中部一百八十多公里宽的防御面上发起猛烈攻击，进行战役配合，以全力策应上甘岭作战。

同时，志愿军总部命令第十五军利用坑道部队将敌人黏在上甘岭所赢得的时间，迅速调整兵力，筹划一场决定性反击，从根本上彻底扭转上甘岭局势。

决定、命令之二——

志愿军总部获悉美第四十师已开进芝浦里，美第三师已调到铁原，有接替美第七师向我作持续进攻的企图。鉴于第十五军连日作战，消耗过大，纵深守备兵力已经空虚，决定取消从金城防线后撤，正在开往谷山途中的第十二军休整计划，调该军至五圣山地区，作为战役预备队，视情况投入战斗。

决定、命令之三——

志愿军后勤部全力保障上甘岭作战，按每门炮三百至五百发的发射量，为第十五军反击准备十一万发炮弹，立即组织马车、人力车昼夜抢运；并将仅余的两个汽车连全部用于上甘岭弹药给养运输，保证随耗随补，第十五军需要什么给什么。

决定、命令之四——

第三兵团决定：从兵团纵深防御部队机动出六十七门大口径火炮，增援上甘岭作战。

决定、命令之五——

第十五军决定：第四十五师将全部防务移交给第二十九师，以倾其全力进行上甘岭反击战。复又重新决定：第二十九师师长张显扬，率领该师第八十六、第八十七团参加上甘岭作战；同时，命令第二十九师抽调三个营兵力抢运弹药，并号召动员军、师两级机关干部和勤务人员英勇投入战勤工作，突击开展火线运输。

决定、命令之六——

第十五军命令：第四十四师与第二十九师第八十五团加紧进行正面反击作战，最大限度地钳制西方山方向之敌，以减轻第四十五师决定性反击的压力，积极配合上甘岭作战。

…………

决定第二十九师参战的当天下午，第四十五师向军部提交了一份《关于反击作战的补充报告》。报告中提出：“尽力使自己反击取得全部胜利，不用二十九师辅助。”报告认为第四十五师还有反击力量，“第一三三团两个连及新组建的两个连，可攻537.7北山两次，如顺利即可巩固。以第一三五团和第一三四团集中力量大反击，如小搞可搞两次……”

第四十五师心情可以理解：我们丢失的阵地，还是让我们自己把它夺回来。

采访中与崔建功老师长说笑：当年不想让二十九师辅助作战，除了您的四十五师确还有实力再小搞两次，是不是也有个打完仗“工分”不好算的问题？

崔建功不说话，呵呵地光笑。

然而，秦基伟军长这次的决心是大干，而不是小搞；干就干他个决定性的，夺回上甘岭就不许再丢。这场决定性大反击正式实施前几个小时，秦基伟又两次向反击部队重申强调此战意志：“不全部恢复阵地，就不停止战斗。”所以，他对即将开始的战斗的残酷性有着充分估计。他预感不仅第二十九师要上，还有可能用上第十二军的一个团。

第三兵团首长同意秦基伟军长的看法，于10月27日发出作战指示：“在十三天的激战中，我伤亡已达四千七百余人（阵亡近三分之二），该师已有十七个连队人数在二十五人以下，有的连队已没有人了，其本身已无力把这次战斗继续下去”，并决定立即将第十二军第三十一师第九十二团拉到上甘岭，接替第九十一团担任第四十四师预备队，“九十一团则准备继四十五师之后，用于五圣山前沿阵地的反复争夺”。

五天之后的浴血之战，充分证明了这些高级指挥员预见的卓越性。

第十二军军长曾绍山，对该军所属部队赴上甘岭参战很重视，亲自打电话给第三十一师政委刘瑄，说：“九十一团是我军到四十五师阵地上参战的第一支部队。为了掌握情况和加强对该团的指挥，由你亲自把九十一团带上去。”

然而，当曾绍山与刘瑄通完电话，一封急电截住正在行军途中的第九十二团时，该团团长已随先头营出发几小时了。任务突变时截住团队却找不到团长，这令曾绍山大为光火，立即通报批评该团，并严令该军所属各部队：“一、各师行动后，每日进入宿营地就立即向军报告部队以及行军状况（团向师报告之同时，应向军报告）；每日出发前，各团电台不经师允许，师电台不经军允许，不得擅自撤收。二、部队在行进中，应适当缩短长度，以便掌握和有情况时部队易于收拢，及时调动。三、各部队必须树立随时返回投入战斗之准备……”

当第九十一团数千人马唰地调转屁股，后卫变前锋，火速南返上甘岭时，第四十五师正加紧进行对十四个损失最惨重连队的重建整补工作。

从上甘岭高地上最后撤回来的是第一三五团七连和一连。

参加14日晚反击的七连，是15日中午奉命退守2号坑道的，已坚守了十一个昼夜，接到团指挥所撤下高地重补再战的命令，连长张计法和指导员林文贵马上带全连仅存的九个战士，连夜往高地下撤。走到半道上，林文贵瞅瞅自己的部队，一个个蓬头垢面、手黑如炭，衣服破烂得像群叫花子。他在一个小水洼边停下，说：“咱们不能搞得跟打了败仗下来的一样，都给我洗洗干净。我们是新七连的种子，要搞得精神点儿，和新来的同志见好面。”

可是一连连长王二不太清楚上级意图，一听说让他撤下北山，顿时火就不打一处来，在电话里就跟团部参谋发起牢骚来：“从14号打到现在，我两百多个兵、两个指导员、八个正副排长，还有十几个临时指定的排长，都牺牲在北山上了。现在仗还没打完就让我撤，我他妈对得起死去的弟兄们吗?”

参谋说这是团长的命令。

王二的倔脾气上来了，吼道：“团长的命令也不撤，要撤等我打死了再说。”

团长在一旁听到了，从参谋手里接过话筒，说：“我是张信元。王二啊，你守北山有功就不听招呼了是不是？马上给我撤下来！”

王二这才赶紧将连自己在内才五个人的一连撤下北山，带到二线进行整补。望望身后这点儿浑身丝丝缕缕、满脸烟尘的残余力量，王二不禁想起十多天前的一连，那浩浩荡荡两百多人的气势，难过得边走边吧嗒吧嗒地掉眼泪。

因为这通儿“牢骚”，战后团里有人提出王二在上甘岭战役中有思想情绪，评功时只给他评了个三等功。但和李保成一样，这个功级也没影响他今后的提拔和使用。王二当到空降兵某师副参谋长，后以副师级待遇离休。

王二带下上甘岭整补的五个人中，唯一的班长邹习祥，还扛着他那杆莫辛·纳甘步骑枪。

上甘岭战役中，志愿军第四十五师损失最大的是班长、副班长，非伤即亡。然而让人难以置信的是，在枪林弹雨里激战十多天，这位班长邹习祥除了额头、肩胛几处轻微擦伤，居然未中一枪一弹。撤下上甘岭四天后，他与重建的一连又投入反击，再次杀上537.7高地北山。恶战六昼夜，邹习祥依然毫发无损，微笑着走进上甘岭战役胜利祝捷大会会场。

王二连长认为，是战役前三四个月的冷枪狙击，将身材瘦小的邹习祥锻炼得机敏如猿，特别善于利用地形、地物保存自己，消灭敌人。

可惜的是在上甘岭乱麻般的枪声里，无法辨别哪些弹丸射自邹习祥那杆最冷的步枪，无法记录多少美国兵倒在邹习祥的瞄准基线上。

1956年4月间，在上甘岭战场提拔的排长邹习祥，复员回到养育他的务川县栗园大草场，藏起功臣证书，不声不响地拾掇着湿润而肥沃的土地，种苞谷、收土豆、晾天麻……乡亲们都知道这位满身泥点的农家汉子参加过抗美援朝，却几乎没人知道他曾在朝鲜战场创造了怎样的辉煌。

2020年秋天，遵义市文联主席、女作家肖勤在采访中，偶然发现隐功埋名近七十年的英雄邹习祥，媒体随即展开宣传报道。可是，老英雄已病逝多年了。

上甘岭背后，百里纵深的运输线上，人喊笛鸣，车水马龙。

第九十二团政治处副主任马魁鸾回忆那场面说："一过德山岘，公路上挤满了无数汽车、马车。牲口驮的、人扛的，都是弹药物资，在转运站卸下，再运走伤员。朝鲜老大爷和年轻媳妇组成的担架队吆喝着，司机使劲揿喇叭，驭手的鞭子甩得连珠炮响；十字路口的交通调整哨吹得嘘嘘叫……路多长，车流人流多长，比赶集还热闹。"

第三兵团根据"志司"指示，调两个高炮团在德山岘、水泰里地区担任对空掩护。

在第十五军后勤部通往德山岘第四十五师弹药所之间，志愿军工兵第二十二团三营突击抢修出一条三十公里的急造公路。路上，由志愿军后勤部汽车第七团、第十五军两个汽车大队调集的一百六十七台汽车，昼夜奔驰，超负荷抢运物资弹药。满脸油污胡楂儿的司机，装一挎包馒头拎上一壶水，钻进驾驶室就几天几夜不出来，吃睡都在车上，跑得车轴直冒青烟。

由德山岘经獐谷至水泰里、龙水洞的四公里小道，就只能走畜力车了。为此，第四十五师后勤部所属的四十五辆马车、四百四十一匹骡马全部上阵。驮手们肩扛一箱弹药，还腾出只手来帮牲口一把，推着骡马后臀呼哧呼哧地翻山越岭。人有意志支撑着，骡马可钉不住这样没日没夜地往返负重，气喘不迭地就地卧倒。运输员用鞭子抽棍子打，白棍子打成血糊糊的红棍子，它们也不肯起。有人急得没法子，跪下给骡马磕头，央求说："爷儿们，起来快走吧，完成任务要紧啊！"

可怜牲畜们累得一个个两耳下垂，蹄腕僵直，口吐白沫，不思草料。许多骡马腿一软一软的，走着走着就倒毙于道。有个骡马连八十多匹牲口，一个月里就走倒了五十多匹。

从水泰里再向南，翻越五圣山东边的垭口，就进入了火线运输区域。这条通往448高地临时弹药储存点的山道，全长约六公里。这是整个上甘岭战役后勤保障环节中最艰难、最危险的一环，不仅山道盘曲，坡坎陡峭，几千吨物资弹药全靠人背肩扛，而且横亘着美军几道固定炮火封锁线。第十五军火线运输人员，绝大部分伤亡在这个区域内。

为了避免拥挤堵塞，第四十五师后勤部采用短途接力的方式，沿途设下四个人力接转站，每站间隔1.5至2.5公里不等，分段运输。

上甘岭作战弹药日均消耗量，是战前的十六倍。因此，10月25日起，第十五军又从第二十九师抽调三个营兵力参加火线运输，使投入运输的总人数达八千五百余人。这相当于一个团作战，两个团运输保障。八二迫击炮弹一箱十八公斤，往返奔走在战火运输线上的官兵们，一扛至少是三箱，有人甚至四箱、五箱地扛，超过了一头毛驴的负重量。一路上不知多少人被压得腰肌劳损、椎骨变形，大口大口地吐血。

运输部队中，最著名的人物是第一三五团运输连副排长张全合，一个来自河南荥阳的铁汉子。在1951年粉碎敌人秋季攻势中，他日夜穿梭在火线上运输物资，徒步行程五千多公里，有"万里运输员"之誉。上甘岭战役中，他连续二十天向597.9高地运送弹药，每次负荷一百五十斤，并背回重伤员四人，带回能走的伤员九人。

也就是说，连续二十天里，张全合不懈地挑战人体极限，一再创造火线运输和战场救护的奇迹。战后，他荣立特等功，并被授予二级模范称号。

蜿蜒在崎岖山地上的六公里火线运输路，就是这样，硬是八千多名运输人员用脚板踩出来的。

阚文彬老人回忆当时情景说，就连女文工团员们也不闲着，一边宣传鼓动，一边还捎带着背上几发迫击炮弹。路边鼓动时，她们就将炮弹尾翼用绳拴住往脖子上一挂，腾出两手来打竹板："同志们，快快走，前面就是大山口；到了山口卸炮弹，炮兵往敌人头上掼……"

上甘岭附近的金化郡和淮阳郡劳动党组织发出号召，"支援志愿军，就是保卫祖国"，并决定暂停秋收，开展支前。

两郡朝鲜群众放下操劳一年亟待收获的庄稼，从五六十岁的阿妈妮到十几岁的少年，组成了一支八千二百余人的支前大军，携带一千八百多副担架，伴随第十五军作战。他们日夜奔走在炮火运输线上，抬伤员、运弹药、设立茶水站，还为伤员献血、洗衣裳。

女作家菡子在她的散文里记叙了当时的场面："在通到高山的公路和大道上，汽车的喇叭声、马的嘶叫、车轮的辗转、女同志的歌唱、中国人和朝鲜人的说话声音汇成一支雄伟的进行曲，有两句清脆的话语几乎是这进行曲中唯一的说白：'到上甘岭去吗？''从上甘岭下来的吗？'这就是人们关心的目标，大家的心向往着前沿。"

尽管头顶有敌机扫射，身旁有炮弹爆炸，志愿军的弹药物资仍如大河滔滔，直往南涌。北半个朝鲜响彻一个共同的口号：一切为了五圣山前线！

新华社自10月23日始，连续两个月整版整版地集中报道上甘岭战况。全中国都在关注上甘岭，那两个烧焦打烂的高地。

第七章　十一个攻击波

1. 第二战场

那个狂怒的时刻终于临近了。

第四十五师按25日军作战会议精神，决定于10月30日晚集中第一三四、第一三五团和第二十九师第八十六团，反击597.9高地，从而震慑537.7高地北山韩第二师。

自10月28日开始，第四十五师先用无后坐力炮对597.9高地主峰的敌地堡群和防御物进行预先破坏射击，有效摧毁敌工事，再以迫击炮曲射，阻止敌人修复工事。

与此同时，第一三三团在全师炮群已瞄向597.9高地，且自己无任何远程炮火支援的情况下，为策应决定性大反击，不惜倾家荡产全团打光，昼夜不停地对537.7北山实施纯步兵的强攻突击。

全团官兵将师党委的动员令当口号喊："反击固守二十四小时，全连记功！"

第一三三团一个连接一个连地投入攻击，战至30日晚决定性大反击打响时，已失去连进攻的能力，但仍一个排、半个排或一个班地不停组织牵制性进攻，将韩第三十二团死死黏在537.7高地北山上，使其无暇顾及597.9高地。

而在597.9高地正西二十多公里处，向守志指挥第四十四师，将西方山防御正面开辟成上甘岭第二战场，紧锣密鼓地唱和呼应着597.9高地即将开始的喋血之战。

坦率地说，听着枪炮的巨大声波雄浑地由东涌来，当惯主角忽然改当配角坐冷板凳的第四十四师官兵们，心里多少有些不是滋味。说是嫉妒，那有点过了，应该说眼馋。向守志为将儒雅，部下却净是一帮虎彪彪的汉子，曾纵横捭阖国内战场，专拣大猎物扑食。仗，打得惨烈，也赢得痛快。可如今跑国外来闻人家火药味儿，怎么说这心里也有些闹得慌。

自从部署到西方山，美军的宣传机就成天在第四十四师头顶上转悠，绕着圈子喊话："西方山上的中共士兵们，我们知道你们是第十五军的主力部队，番号是第四十四师。但是，联合国军队是不可战胜的，我们可以占领我们想要的任何一个阵地……"

第四十四师的兵们都仰起头来喊："那你兔崽子来啊，老子就等你们上门送死呢！"

就这么天上地下地斗了半年的嘴，美第七师没朝西方山来，却奔了五圣山去。好端端一坨"洋"肉，肥腻腻地送到第四十五师嘴里去了。官兵们便都骂美国鬼子不是玩意儿，白让他们在西方山清风寡冷地等了这么多的日子。还有许多人羡慕说，第四十五师是憨人有憨福。

指导员便正色道："什么憨人？影响团结嘛！四十五师是咱一家人，他们吃掉美七师，那也是肥水没流外人田，肉烂在自家锅里嘛！"

接到秦基伟主动出击的命令，向守志几句话就把军长的战役意图解释透彻。他告诉部属说：敌人在东边打，我们在西边打；敌人打我上甘岭两个山头，我们也打敌人几个山头。这是对上甘岭作战的直接配合，也是对四十五师的最好支援。

于是，第四十四师官兵们便玩儿命地打，虎威振奋，全面钳制，反复争夺391高地、强攻381高地东北无名高地、反击上佳山……打得西方山、发利峰一线雷鸣电闪，遍地烽烟，大有把第二战场打成主战场的架势。

第四十四师钳制之战的重场戏，是在位于铁原东北十公里处的391高地。该高地长约一千二百米，山势狭长孤耸，周遭陡崖峭壁，南北两山，状如驼峰，由韩第九师第五十一团一个连严密据守。其南端距离第一三〇团前沿阵地仅两千米，像根楔子插入平康谷地西方山东侧，俯瞰谷地纵深，直接威胁第十五军与第三十八军接合部的安全。其战术地位之重要，对美、韩军而言，几乎就相当于志愿军的上甘岭。

391高地如芒在背，不拔不快。上甘岭战前三天——10月11日夜间，第二十九师第八十七团三营秘密穿过391高地前的大片开阔地，在敌阵地前草丛里潜伏下来。第二天上午10时左右，敌盲目射击，一发燃烧弹将九连战士邱少云身边的茅草燃着。他以非凡毅力严守潜伏纪律，任烈火烧身一动不动，一声不响，直至光荣牺牲。

夜幕降临时，三营五百余人突然跃起，惊天一吼：为邱少云报仇！——仅用半个小时，便一举攻克391高地。

一个经典战例和一位特等功臣、一级英雄、朝鲜民主主义人民共和国英雄，同一天诞生。

391高地是韩第九师右翼前沿主要支撑点，被美第八集团军视为性命攸关的战术要地，一旦失守，南撤九公里一马平川，无险可倚，从而撼动整个密苏里防线。因而，高地刚刚失守，韩第五十一团随即进行疯狂反扑。几经反复，交替攻守，倚峰夺峰，最后打成了我据北峰、敌占南峰的对峙格局。

上甘岭打响后，向守志认定不全部夺取391高地，就不足以刺激敌人，难以达成钳制效应。他斯斯文文地举起攻击矛头，朝美军密苏里防线要命的地方捅去。配属该师的第八十七团先上，兵力不大，一个排一个排地攻；而后再一个班一个班地守。少用兵，主要用炮火拦阻杀伤敌人。

韩第九师也不是个好捏的软柿子，不久前才在白马山挡住志愿军第三十八军进攻，气焰正炽。何况391又是这么个肝脏般的高地，不能不拼命反扑。14日，韩第五十一团连续反扑，第八十七团一个排，硬是在肉搏中全部战死，其惨烈令人触目惊心。拼杀到23日，第八十七团奉命东调上甘岭，准备参加决定性反击，向守志将第四十四师第一三二团拉上391高地接着打。

几天之后，韩第五十一团撑不住了，美第九军军长詹金斯令美第三师第六十五团接手391高地防务。

27日夜间，南峰上美、韩两军闹哄哄的正在换防交接，第一三二团两个排逮住这乱劲儿，饿虎似的猛扑上去，一场恶战，夺下南峰。短兵相接中，一个美国大兵拉响了挂在皮带上的甜瓜式手榴弹，与迎面搂住他腰背的志愿军战士同归于尽。几小时后，美第三师与韩第九师各上一个连联手反扑。可是他们刚把南峰夺到手，第四十四师原先准备用来防备美军平康谷地机械化突击的大炮群，轰轰隆隆地就将炮弹倾泻过来。这场炮击持续了三天，硬是将美第三师的大兵们给炸蒙了。

一个叫亚当斯的副排长被俘时说："你们的炮弹打起来没个数。我们的许多兄弟被炮震得精神失常。被炮轰得实在受不了了，有个弟兄就问排长，是不是可以离开这座山？迷迷糊糊的排长像忽然被提醒了，大呼一声：'OK，走吧！'就带领全排呼呼啦啦往山下跑……"

第四十四师的钳制战，造成西方山一线全面吃紧。美第九军被迫将撤下上甘岭的美第七师，不经休整就调往铁原方向布防，以备第四十四师由此发动突击；同时，还从上甘岭抽走五个炮兵营，以加强对西方山的正面防御。美第九军这一剜肉补疮之举，大大减轻了第四十五师在上甘岭的压力。

上甘岭战役结束时，第四十四师391高地之战还未打完，反复攻守到11月30日，才完全控制住391高地，歼敌四千余人，将防御阵地向南前推了十一公里。

志愿军总部为此兴奋不已，连续通令表彰第四十四师：不仅有效牵制了敌人，成功地保障了上甘岭战役的胜利，而且极大地改善了平康地区的防御态势。

2. 喀秋莎

10月30日中午12点钟，第十五军炮群集中一百三十三门大口径火炮、三十门迫击炮，恨极怒极般一起狂啸。

迎着凛冽的寒风，榴弹炮手们只穿着件背心，来回小跑地搬运、装填炮弹。炮九团一个91毫米榴弹炮二炮手，一连拽断三根拉火绳，最后索性接了根铁丝拉火。

迫击炮阵地上，几十门炮连续急速射，炮管烫得炮弹飞出没多远就爆了。一个小炮手吓得连声大叫："班长班长，再打炮膛就炸了！"

班长吼道："没有命令不能停止射击！找点儿水来，冷却一下炮管。"

小炮手说："我上哪儿弄水去？"忽然他急中生智，脱下背心尿湿了，然后将它裹在炮管上，炮管哧哧地冒起一片水汽。

成吨的钢铁弹丸漫天覆盖过去，597.9高地受惊般地弹跳一下，旋即被烈焰爆尘吞没了。海啸般的爆炸声波，在浅沟深谷中滚动着，碰撞着，发出隆隆的回声。地堡的碎片、扭曲的钢管、洞穿的铁板、凹瘪的钢盔、断枪和残肢……被气浪高高地抛起，在半空中旋转着，舞蹈着。

597.9高地仿佛变成了复活的意大利维苏威火山，抽风似的颤抖着，震动着。

李保成和几个战士趴在1号坑道口胸墙后面，望着眼前这复仇的场面，那一张张烟熏火燎过的脸上，快活得眼泪哗哗流淌。有个战士激动得想喊些什么，结果发出的却是一连串“嗷嗷”的怪声。

2号阵地坑道口，指导员赵毛臣身边围了一圈战士，望着洞外翻天覆地的炮击，一个个兴奋地攥着拳头乱嚷嚷：“使劲儿打……”

“朝这儿来，打4号目标，打4号目标……唉，这就对啦！”

“炮兵同志，把7号阵地的地堡给它敲了……哎呀，偏了，向左修正……好，打中啦……”

坐在坑道里的战士被爆炸波震得东倒西歪地坐不稳，却都兴奋地喊道：“不要紧，震吧震吧，这是我们自己的炮火！”

炮火以持久不衰的烈度，复仇般地从午时轰击到日暮时分，突然间，怒吼狂啸了一下午的炮击，像有人扳下了制动闸，一个急刹车，猛地停住。597.9高地骤然阴森地沉寂下来，只听见苦寒干冷的北风，声如悲泣地回旋在满目狼藉的高地上。

第四十五师炮群机智地突然沉默，刻意制造出一个有半小时之久的恐怖骇人的寂静。它刚够韩军士兵从绝望中苏醒过来，哆哆嗦嗦地爬出残破的地堡和防炮洞，抢修野战工事，准备阻击对方进攻。

可就在这时，第四十五师炮群忽又狡黠地再次怒吼，暴躁狂野地急袭五分钟，炸得来不及隐蔽的韩军人仰马翻。接着，炮火又假作延伸，一路向敌防御纵深轰隆过去。待命在冲击出发阵地那条干沟里的反击部队，一惊一乍地摇旗呐喊“冲啊！——”“上啊！——”又打信号又鸣枪，佯作发起进攻。

韩第二师的兵们傻乎乎地又被骗出隐蔽部进入阵地，可他们刚把枪架起来，延伸过去的炮火就利索地来了个反跳，折回头来原地轰炸。真真假假地这么折腾上几个来回，韩第二师的守备部队就给砸得差不多了。然而这时，喀秋莎火箭炮团又不失时机地加入了这场炮战的混声大合唱，使得更大的灾难又降临到韩第二师头上。

这种火箭炮是我志愿军入朝时才从苏联紧急购进的重型火炮，始终由志愿军总部直接掌握。它是四五十年代世界炮族中的贵族、王者，在志愿军里备受宠待。朝鲜北部从来都拥挤不堪的山道上，喀秋莎火箭炮团总是一路绿旗，畅行无阻，所有车辆行人一律为之让道。

此炮造型很奇妙：多轨联装，炮车合一，具有良好的机动性能。它是由苏联沃罗涅日工厂研制生产的，1941年7月始投入对德作战。当时因高度保密，此炮出厂时没有命名，但它的炮架上有个生产厂的标志字母“k”。于是，苏联炮兵便浪漫而诗意地给它取了个苏联姑娘的常用名，也是苏联一首流行歌曲名字——喀秋莎。

但火箭炮团的士兵们按自己的喜好，给它起了许多中国名字，这个连队喊它“天地红”，那个连队叫它“敌人怕”，还有人称它“大洋鼓”。而为保密起见，步兵团的各级指挥员在电话里，几乎一律管它叫“大家伙”。只要听说今晚反击有“大家伙”，连伙房的炊事员都开心，锅铲子敲得当当响。

喀秋莎火力猛，射速快，发射时声音十分奇特，“啾啾啾”的，在各型火炮中一耳朵就能分辨出它来。因而它还有另一个美妙的名字，叫“斯大林管风琴”。

但它唯一的弱点是发射时炮尾喷出巨大的火焰，映红半边天，极易暴露阵地，以前就曾有过喀秋莎火箭炮营被敌机发现炸毁的教训。所以，当喀秋莎配属到五圣山时，第十五军宝贝似的呵护着它。平时把它们藏在山洞里，即使是本部队的人也不得随意接近。一旦确定了火箭炮团参战，第十五军炮兵指挥所总是先悄悄选择好阵地，计算出射击诸元，沿途派出警戒部队。待一切都准备就绪，火箭炮车才开出洞库，直奔发射阵地，车一停就打，弹打完就撤。

在第十五军史料中，对火箭炮团的使用有详细记载——

上甘岭打响的第四天，即10月17日，火箭炮团一营先行投入战斗，24时整进入阵地，24时04分全营开始齐射，24时10分准时撤离，在阵地上只停留了十分钟。

19日大反击中，火箭炮全团参战，17时07分进入阵地，二十四门炮干脆利索地打了两个齐射后，17时50分炮群车队便已悄然隐于无边的夜色里。

23日晚，火箭炮团一个营支援第一三五团反击，于17时05分进入阵地，17时30分开始两次齐射，18时整便撤出战斗……

火箭炮团第一次投入上甘岭作战，美军就发觉了。美第三十一团报告："除大炮、迫击炮以外，敌方还使用132毫米火箭。这是最近第二次在第九军范围内出现。"但美军的"蚊子"飞机，始终没能侦察到第十五军火箭炮阵地。

由于准备充分，动作隐蔽，整个上甘岭战役期间，火箭炮团前后七次进出阵地，人炮毫发无损。

决定性反击之夜，是火箭炮团第四次进入阵地。22时15分全团齐射，其声如百鸟争鸣。拖着尾火的弹丸，一群追逐着一群，流星雨般飞过，在墨黑的夜空中横起一道道赤红的火流光河，发射阵地上一片炫目的雪亮。参战的二十二门喀秋莎，于八秒钟之内便将三百五十二发132毫米火箭弹，瓢泼般倾泻向敌纵深十几里的炮阵地和二梯队集结地，从而形成大面积杀伤。

这种大轰炸太致命了，火箭炮团撤出发射阵地两小时之后，敌炮阵地上仍鸦雀无声，一片死样的沉寂。

已经七天七夜没离开过指挥所坑道的崔建功，身体极其虚弱，两条腿软得站不起来，上厕所都要人搀扶。这天晚上，两个参谋把他架出坑道透透气，他站在山头上大口呼吸着已有几分寒意的空气，正好看到喀秋莎壮观的炮战场面。他吃惊得好半晌才感叹出声儿来：“哦呀，如果打仗不死人，世上再没有比这更好玩儿的游戏啦！”

炮击至此，597.9高地上65%以上的工事、地堡被摧毁，守敌陷于一片火海。

这是我志愿军野战军史上最大规模炮战。上甘岭之战华彩乐章式的决定性大反击，就这样开始了它灿烂的前奏，并始终以隆隆的炮声作为它气势磅礴的主旋律。

中国共产党人的天下是靠步枪、刺刀、手榴弹和炸药包打下来的，其军队实际上就是一支攻防全能的庞大步兵队伍，凡有军龄的党和国家领导人，几乎无一不是步兵出身。作为陆军的主体，他们创造了能与世界上任何一支步兵相媲美的荣誉。

然而，纯粹步兵建立的殊勋，却也掩盖了一个潜在危险，那就是单一步兵作战观的滋生。许多人甚至很久都没能走出陆军就是步兵，步兵就是陆军的概念混沌，思维兴奋点仍滞留在枪战上。

从枪战到炮战，是一支军队实现初级现代化的标志。

欧洲军队在第一次世界大战中，便已完成这一历史性的过渡。1916年凡尔登战役中，德军出动了千余门大炮，向法军发起大规模炮击。第二次世界大战更是突飞猛进到以大炮、飞机、坦克、导弹、火箭发射、投掷为主要作战手段的高层次炮战时代。欧洲和太平洋战场上，曾蔚为壮观地出现了动用三千六百多架飞机的大不列颠大空战，投入二百五十多艘巨型舰船的中途岛大海战，汇集了七千多辆坦克和自行火炮的库尔斯克大会战……

而此后四年的中国战场上，国共双方军队还没有具备打一场普通炮战的条件。共产党人的状况更窘，淮海战役打响时，整个中原野战军的全部重火器家当，只有两门野炮，四十二门山炮和四门步兵炮，拢共两千余发炮弹。虽然还另有二百零七门迫击炮，但每炮不足两发炮弹。中原野战军的指战员们甚至不熟悉步炮协同，打的还是以射击、投弹、刺杀、爆破为主的低层次单一步兵仗。

但是中野将士们深感炮的魅力，想炮想得脑瓜仁儿疼。各纵队纷纷颁下赏格：缴获一门大炮者，记大功一次。

九纵士兵们更是视炮如命，见炮忘命，曾闹出一串夺炮的笑话。

该纵第七十九团一群士兵追击到双堆集外围的大白庄时，正逢敌人鞭赶着拉炮的骡子往庄外逃。一个叫赵五才的班长急眼了，来不及换下枪上的空弹匣就扑上去，抡起枪托就照着骡脑袋上砸。骡子惊得狂奔乱窜。赵五才也不管敌人都坐在炮架上，先死命抱住骡脖子，被拖了百多米不撒手，愣是制服了骡子，夺下大炮。

会攻黄维兵团那天，该纵第七十七团一个兵勇猛突击，帽子被子弹掀掉了也不知道，就那么光着头孤身一人冲进敌炮阵地。敌炮兵早已逃之夭夭，没顾上拖走的近百门大炮，还整整齐齐地列阵于炮位上。光头兵欢喜得这门炮拍拍，那门炮摸摸，正暗自估摸着这么多炮该给他记多大一个功时，由南面攻击的六纵几个突击队员赶到了。

光头兵两胳膊一横挡住他们：“别碰这炮，阵地已经被我占领啦！”

六纵的兵们根本不买他账：“这么多炮你想一个人独吞？财迷，都给拖走！”几个人上来拣大个儿的挑，先拖那门明光锃亮的榴弹炮。

光头兵忽地跳上去骑住炮筒，大喝道：“你们谁也不准拖！”

六纵的一个兵也骑上炮筒，用屁股一蹭一蹭地往下挤他。

正在这时，九纵第二十六旅侦察连上来了。侦察连长一看这情景便恼起来：“抢咱们九纵的战利品，想挨揍不是？”

六纵的兵见九纵人多势众，就央求说：“给我们一门嘛，让我们也立个功！”

连长想想反正炮多，便大度地说：“好，送你们一门，拖那个小的。”

火炮缴到手，九纵的兵们却如藏家珍，赶紧送后方保存起来。秦基伟闻报，电话里就吼起来："为什么不就地投入战斗？想积攒家私吗？农民意识，纯粹是农民意识！"

火药与火炮，曾是中国对世界文明最古老的贡献之一。

公元904年唐哀宗天祐初，郑番攻南昌便运用火炮"飞机发火"，陷其龙沙门。南宋时，宋军已能月产铁火炮一两千门，《金史》称其威力："炮起火发，其声如雷，闻百里外。所热围半亩之上，火点着铁甲皆透。"

时至明初，火器制造业更是极度发达。而那时中国的火药火炮制造技术刚刚传入阿拉伯地区，又过了半个世纪，才辗转传入欧洲。但随着明王朝的急剧衰落，中国的火器制造业也陡然衰落。以至到了19世纪中叶，以"骑射乃满洲之根本"的清朝咸丰年间，武备废弛，竟只能从欧洲进口或仿制洋炮了。

大洋彼岸的金发碧眼们，却无忌地发扬光大着我们这个黄皮肤种族祖宗的智慧。19世纪40年代，八国联军的炮舰开进南中国海，用从中国人手里学去的火炮，轰开清王朝的大门。

但是中国人仍未警醒。

眼下的朝鲜战争使中国军人有了一次国际亮相的机会，但也正是在这个半岛之国，美军的炮火使我们看到自己被落下得太远了。事实证明，即使是打仗，也不能总关起门来自己打，不到世界战争舞台上去体验一番，就永远也成不了像样的大角色。

美军猛烈而富于技巧性的炮击，使我们这支步兵技艺最娴熟的野战劲旅大开眼界，也出了一身冷汗。仍旧沿袭国内战场那套猛打猛冲的步兵战法的中国军人们，这才深刻领会了"炮兵是战争之神"的名言意味着什么。他们惊奇地发现，原来仗可以这样打，人还没照上面，炮火便隔着好几里地产生了毁坏、伤亡和恐怖的效应。

突然改变了形态的战争，使这些年，甚至几个月前还在荷锄扶犁的志愿军官兵，很无奈也很无措。他们觉得自己简直就是在和炮火作战，每场战斗首先是人和物之间的拼杀。

《第十五军军史》记载，第五次战役中第一三三团一营穿插到枫川里，不觉误入敌火制地带，还没见着美国人的鼻子到底有多大，便伤亡了三百多人，全营丧失战斗力，只好改由三营接替攻击。

可三营的运气也并不比一营好多少，距攻击目标281高地尚有一里之遥，部队正在运动中，美军的炮火便筑起一道钢铁篱笆，将三营尖刀排与营主力拦腰切断。营长杨双喜和教导员董学礼率尖刀排孤军死战，反复拼杀于高地前沿，最后一个敌人还没打倒，美军的炮火却呼啸着覆盖过来，将疲惫不堪的尖刀排连同呻吟着的伤残之敌，一起吞没于熊熊烈焰中。

此后不几天，第四十四师第一三一团在昭阳江南岸的三华里接敌运动中，未与敌步兵交上火，便在敌炮击下损失三百四十九人。

血，似乎流得还不够多，中国军人的“炮神”意识仍在蒙昧中踟蹰不前。其时，第十五军火炮虽有限，毕竟还有几十门大口径炮，可在第五次战役的第一阶段，竟然就没想到使用它们，还是由单纯步兵攻击夺取那血色胜利。在此役的第二阶段，他们倒是把炮架起来了，然而农民式吝啬心理作祟，居然又舍不得使用炮弹。要知道，那会儿一发炮弹的价值，相当于一个中国农民一年的收入。

结果，节约了炮弹，挥霍的是鲜血。

到五圣山防御作战的初期，一些指挥员们想到用炮了，却又不知往哪儿打，命令迟迟下不去。配属来的炮兵团长只好提醒步兵指挥员：“我们的炮群可以向敌炮阵地射击，压制敌人炮火；也可以摧毁敌人阵地工事，分担步兵进攻的压力。”

“那好，就打敌人工事吧。”

这绝不可笑。人类认识从来都是体验的，渐进的。

在上甘岭这弹片精耕细作过的沃土上，炮火、血浆的日照和养分，终于催生出第十五军战争理念的绿树，形成了“多用炮，少用兵”的崭新战争观和系统炮战理论。这是情急中的大彻大悟，死地里的后生新生。

步兵们终于品味到炮战甜头了：一个营敌人进攻，用十八门迫击炮砸上十分钟就把他们打垮；一个团敌人集结时，只需火箭炮营的一个齐射，五秒之内就能让他们丧失战斗力……真过瘾哪！太解恨了！它给人带来一种类似于终于打出憋了半晌的喷嚏后那股子畅快。于是，他们对炮便有了难以割舍的依恋，一打仗就盼炮火。但是他们并未完全掌握火炮基本知识和步炮协同的精妙细微，用炮时带有许多连自己也未能意识到的随意性。

这一点尤其让火箭炮团作难。离发起炮击时间只有个把小时了，有的师、团指挥员还没能确定射击目标；炮手们准备开炮了，步兵指挥员却又临时改换目标和任务，使炮兵根本来不及做目标修正。更滑稽的是，有位指挥员为炮团指定的射击目标，其实际距离加上温差修正，竟比火箭炮最大射程还远出八百多米。

有一次，第四十五师下午两点钟通知火箭炮团，当晚全团打一个齐射，可到了黄昏又通知全团打两个齐射。岂不知全团两个齐射的用弹量，得用七十多辆卡车到几十公里外的军后勤部去装运，那会儿就是派飞机去拉都不赶趟儿了。

火箭炮团向第四十五师提意见，该师接受不了，还指责炮团叫苦叫累。无奈之下，火箭炮团团长毫不客气地将问题直接反映到“志司”。“志司”当即对第四十五师在火箭炮使用上不够缜密的问题进行全志愿军通报批评，并对发射量做出了严格规定，强调今后火箭炮全团两次齐射，“应报志司批准，方得使用”。

于是，第二天第四十五师便按规定逐级上报，要求反击597.9高地时火箭炮团实施两次齐射。报告到了军部，被秦基伟军长挡住了。他在报告上批示：“火箭炮规定一个齐放，为何又放两个齐放？如一个营可放两个。其余按规定执行。”

第十五军终于走出了传统的误区，揭开现代炮战的奥秘，迅速显示出战争的高智商来，将火炮运用得圆熟精湛——

机动集中使用的重火炮，按远近程射距，编成五个炮群，成

一、二线配置，由军炮兵指挥所统一指挥；完整地制定前沿阵地编号和目标代号；炮兵指挥所联络成网，直接沟通到上甘岭坑道；主坑道部队紧急时，可直接呼唤炮火支援，并为炮群指示目标；重炮群重点压制敌炮兵，摧毁敌阵地工事，袭击敌二梯队集结地；火箭炮团则主要用于大面积杀伤敌后备有生力量；师属迫击炮群处于游动状态，集中打拦阻，打敌反扑，打阵地死角，打完便转移新阵地。

至此，敌我火炮的比例也有了很大改观，由上甘岭战斗初始的10∶1，缩小到决定性反击时的4∶1。四十三天的上甘岭激战中，第十五军共发射了十二万多发炮弹。就一个野战军炮战规模而言，这在抗美援朝中是很罕见的。

中国军队划时代地踏上现代炮战的台阶，第十五军这支六年前才由一群“土八路”仓促编成的野战部队，率先在国外战场上创立、实践了火炮作战思想和战术原则，并在1952年10月30日决定性大反击后的阵地固守中获得了成功的论证，以近乎完美的步炮协同，取得了巨大歼敌战果。

美第三十一团情报部门反映：“敌人炮火支援很不错，集中使用炮火的技术比较有效。”

曾几何时，第十五军在朝伤亡70%为敌炮所致。如今风水轮回，现世现报，10月30日之后，这个伤亡比例被颠了个个儿，原样落到美国第八集团军官兵的头上。

3. 一波三浪，死不旋踵

1952年10月30日夜晚，一个史家瞩目的日子。

天上没有一粒星光，寒风从黑暗深处刮来，干冷干冷地吹拂着五圣山冰冻的群峰。

韩军似乎预感到灾难正在逼近，天一黑便打开探照灯，不停地发射照明弹、曳光弹，把上甘岭亮化成一座不夜山、光明岭，恍如白昼。

可是上甘岭以北二十公里纵深的战区内，第十五军的无线电坚定地沉默着。

22时25分，1号坑道里的李保成听见步话机耳机里嗞嗞的电流声，接着就传来指挥所的密语命令："开饭！"

李保成摘下耳机，喊一嗓子："上！"部队便像群脱栅的虎，呼啦啦地涌上地面，直扑3号阵地。第四十五师新组建的八个连和第二十九师第八十六团的两个连，分东西两路，成梯队反击597.9高地。

高地早已成了一枚坚果。十三天前，美第七师占领597.9高地之后，即调来了工兵营和韩军一个营的劳务大队，以夺得的七个防炮洞为基点，夜以继日地展开大规模阵地工程作业，构筑起大大小小七十多个火力点。韩第二师接防后投入整整四个连重兵守备，用六十五挺轻重机枪，十四门轻型步兵伴随火炮，对志愿军可能实施的突击方位，进行绵密的火力控制。同时，还在高地南侧的反斜面上屯聚了两个连兵力，以备反扑之需。

无论从哪国步兵操典上看，这样的山地防御密度都过大了。因而这场对立足已稳之敌的强击硬攻，注定了一打响就是血溅尸横，残骸纷飞。

在武汉小洪山一幢将军楼里，夜深人静时，能听见东湖秋水拍岸的涛声。已近"杖朝之年"的崔建功，又续上一支烟。上甘岭战役中加重的烟瘾是再也戒不掉了，倘若有人劝他，他会朗声一笑，连声答应说："好的，好的，等哪天我跟饭一起戒了。"

烟能兴奋起他的脑细胞，吸着吸着，往事便和他指间的烟缕一起升起来："那天晚上，我们在东路，先用屯集在坑道里的第一三四团八连和第八十六团三连，攻打东北山梁的3号、1号阵地；在西路先用第一三五团四连攻10号阵地，再打9号阵地。打得很苦啊，一个连冲个两三次，就得重换一个连。记不清那是第一三五团的几连了，占领9号阵地后只剩下四个人……"

那是黄继光生前所在的第一三五团六连。

八十多岁的张计法身子骨硬朗，思维清晰，说起六十三年前的10月30日，如同昨日。他回忆那天晚上："天黑时，我们西路第一三五团的四、六、七、三连，在6号阵地坑道里开了个会，商量怎么打，咋协同。然后决定四连先上，六连为第二拨儿，我们七连是第三拨儿，三连最后上。攻击路线是沿着6、5、0号阵地往上打，最终夺取9号阵地。当时规定，我军炮兵要打四个急袭，每个急袭十分钟，中间停顿十分钟。四连应该在打第四个急袭时提前半分钟从坑道里出来。四连只有四十多人，干部就剩个指导员。那个指导员没有经验，生怕炮火一停连队上不去，提前一分钟就出来了，结果被自己人的炮火伤亡了一大半。"

于是，六连顶上去，展开第二个连攻击波。一波三浪，每浪一个排，打不满二十分钟，后面的一个排就得投入战斗。

六连却只能掀起两个浪头，其二排已配属给第一三四团八连，反击主峰的3号阵地去了。出发前，连长万福来叮嘱这个排："腿打断，头打掉，你们也要帮八连拿下主峰阵地！"

结束了团骨干轮训队集训，刚刚补充到六连接任黄继光班班长的吕慕祥，拍拍胸前的冲锋枪保证："连长你放心，轻伤跑上去，重伤爬上去，死活都得打上主峰阵地！"

所以攻下9号阵地后，六连只剩下六个人了。伤亡刚报到营指挥所，六连又损一兵折一将。敌人一发炮弹飞来，一个战士牺牲的同时，一块小孩子拳头大的弹片，狠狠崩到万福来脸颊，像铆焊上去似的。他只来得及记住眼前一股烧灼皮肉的青烟和吱啦啦声，本能地用双手使劲掰下弹片，便双颊瘪陷、舌尖豁裂，满脖颈是血地昏迷过去。

万福来刚被抬下阵地，韩军便趁六连将折兵损、无力坚守之机反扑过来。9号阵地，旋得旋失。

张计法这样回忆当时的情形："六连上去打了半个多小时，营部通信员跑来通知我说：六连没完成任务，副营长让你们赶快上！我上到4号阵地坑道里，见到六连连长万福来，他满头满脸都是血，说不出话，光是‘唔唔’的，那意思是叫我们赶快上。我们连补充后一百一十多人，一个反击就重新攻占了9号阵地。然后我分兵三排夺回7号阵地，二排去夺10号阵地。”

三个阵地收复后，张计法按事先规定，让通信员打三发红色信号弹，向团里报捷。可是通信员太激动，“砰砰砰”打了两发红的和一发绿的。张计法气得脸都紫了，大骂：“你这个糊涂蛋，没有这个信号，赶紧再打一发红的！”同时，他又让步话机员立即向团长报告：“刚才我们信号发错了，阵地已经全部夺回来了。”

负责炮群的第四十五师副师长唐万成说：“你张计法命大，你再晚半分钟报告，我这炮火就上去了！”

躺在小坑道里的万福来得知七连收复阵地，仍不放心，冲他的通信员晃动两个指头。晃了许久，通信员才醒悟：“连长，你是问二排情况怎么样？”

万福来点点头，小通信员却摇摇头，说：“不知道。”

六连二排在向主峰运动中便已伤亡过半。冲在最前面的六班距主峰阵地前沿还有五十多米，只剩班长吕慕祥一个人了。这个清秀俊气、平时总是笑眯眯的年轻班长，已经五处挂彩，血把衣服浸得湿漉漉的。为实践自己向连长立下的誓言，他强忍剧痛，一尺尺爬近敌火力点。然而，负伤的手臂已抡不起两斤多重的手雷。只见这个英俊士兵拉开雷弦，拼出最后的气力，一个鹞子翻身紧贴住地堡。在手雷爆裂的巨响中，地堡盖都被炸掀开来。

从此，这个来自福建建阳乡村的小伙子，以他二十三岁的青春形象，永远微笑在第十五军上甘岭英雄群体的第十七名位置上。

冲击，反冲击；占领，反占领；争夺愈演愈烈。

双方的炮火都瞄准这个597.9米的海拔高度，你炸一遍过来，我砸一通儿过去；你拦阻我的增援，我急袭你的反扑。高地上彻夜浓烟翻滚、火光冲天，到处是悲壮激越的呐喊呼号——

8号阵地上，伤得趴在地上站不起来的八连指导员，看见一个战士从烟火中冲过来，大叫，“李志成，冲上去。你给我报仇，我给你报功！”

7号阵地上，战士邓章德边冲边大喊：“攻上597.9，打回老家去！”

9号阵地上，七连指导员林文贵厉声大呼：“谁拿下第一个地堡，立头功！”士兵们则回应道：“血要流，就流在597.9！”

4号阵地上，一连突击队员们血脉偾张地高喊：“炮火下犹豫就等于自杀。快冲呀，把敌人摁在工事里打！”

第八十六团三连一个兵攻到2号阵地的大地堡前，可着声儿喊了一嗓子：“土航土航！（朝鲜语：投降投降！）”

地堡里的韩军忙答应：“孙得勤梭，孙得勤梭！（朝鲜语：举手了，举手了！）”

可是三连那个兵听不懂，他摸出颗大号手榴弹往地堡枪眼里一塞：“我看你还乱嚷嚷！”炸得一地堡人，只剩个负伤的一等兵殷万植。

在东山梁一个浑圆的山坡上，战士王合良正往上冲，一发炮弹在他不远处爆炸，强烈的气浪将他掀了个跟头。等他爬起来时，两眼一抹黑，什么也看不见了。他两手摸索着找到冲锋枪，在地上爬着，呼叫着：“喂，附近有我们的人吗？有人吗？……有谁在这里？……”

他的副班长薛志高正好坐在离他几十米的地方，包扎自己被炸断的左腿，听到呼叫忙答应道：“王合良，我是薛志高，在你的左前方。我腿断了，你到我这儿来……再往左一点……好，向前……再向前……”

王合良顺着声音爬过去，被薛志高一把抱住：“让我看看，你伤着哪儿了？”王合良的眼睛在流血。薛志高从自己上衣兜里摸出急救包，用绷带把他眼睛缠上，又扭头望望正在他们上方发动攻击的战友，遗憾地说：“你瞧我们俩整的，一个能走看不见，一个看得见不能走。”

王合良说：“那我们合起来就是一个完整的人。我借你的眼使，你用我的腿，好歹也得打上2号阵地去。我们不能冲锋，但可以帮着守阵地，多上去一个人就多一份力量，是吧?”说着就把薛志高背上肩，“来，你给指路。”

两人冒着炮火，向上艰难地前进。一路上，薛志高不停地提醒王合良：“一直往前走，都是上坡路……有个弹坑，往左一点，再往前……”

让我们向两位英勇的中国士兵脱帽致敬!

死神在火风铁雨中徘徊，战神在腥风血雨中狂舞。

反击部队前赴后继，死不旋踵，绝无彷徨，打光一个连，再增援上去一个连。有的连队没增援到位，就被敌炮火打光了。可是后续部队仍在源源不断地投入战斗，随打随补兵，随缺随提干。战场上先任命，战后再补报上级批准。

第八十六团二连的陈振国，上甘岭打响时只是个班长，战役结束时已是十九岁的副连长了，四十三天里连升三级。新兵马新年和申维明两人，都是在30日夜晚决定性大反击中提为排长的，军龄只有一年零三个月。

你冲锋，我突击；你舍生，我赴死。革命英雄主义如疾风劲吹597.9高地，各个量级的胆魄，都在这血与火的喷涌呼啸中挤压、碰撞。反击的官兵热血鼎沸，忘却恐惧，不知疼痛。班长崔含弼右手负伤，就用左手擎弹，舌尖舔出拉火环，牙齿扯开拉火线奋力投掷。

战士王永青小臂负伤，便使大臂夹住爆破筒，左手拉弦，单臂往山下推，连续击退敌人的三次反扑。

上甘岭厮杀之惨烈，即便在二次世界大战中也不多见。

担负守备的韩第三十一团被打乱套了。

第十五军前沿监听所监听到的韩第二师无线电系统，明暗语夹杂使用，一片惶惶呼叫声——

8.50° 波长：“照相馆（韩第三十一团五连），我是银河水

（韩第三十一团二营），现在敌人炮火太厉害，不要集中。分散，都到洞里去。博物馆（韩第三十一团六连）到了没有？”

“银河水，博物馆还没到。”

8.50° 波长：“童男（我们）被处女们（志愿军）包围了，老太太花（韩第三十一团九连）赶快来吧！”

“处女要来结婚（攻击），灯（照明弹）好好照一下！”

5.50° 波长：“狗崽子（敌人）160（炮火）不断地来，赶快答应（还击）吧！”

5.80° 波长：“鸡龙山鸡龙山（韩第三十一团三营），帽子（韩第三十一团八连）紧急呼叫，帽子紧急呼叫，我们一共只有十九个人了！”

“帽子帽子，马上撤回来，把今晚战斗情况写成书面报告，送到营部来……”

战至凌晨两点钟左右，最后一个投入反击的第一三四团七连，掀起第十一个攻击波，在敌炮火下狂奔三十五分钟，怒潮般杀上主峰阵地。

这个七连也和张计法的第一三五团七连一样，是第四十五师最能打的主力连队之一，也享有“铁七连，钢八连”之誉，名气仅次于李保成的八连。令刘占华团长痛惜不已的是，这个连在10月16日、17日连续反击597.9高地时，舍命拼杀，全连战殁。

第十五军《上甘岭政治工作总结》中曾专门提到：“第一三四团七连在歼敌八百余，弹尽援绝之后，全部壮烈牺牲，而无一畏缩动摇者。”

10月22日，第四十五师从七个单位抽调百十余人，重建七连。原第一三四团二连指导员张贵调来任指导员，原八连排长赵黑林当连长。

赵黑林曾是李保成排里的四班长。王土根说这个四班“有史以来就是公认的最好的一个班，全连的旗帜”。

淮海战役中攻杨围子，四班一口气打掉国民党军第十四军的九个火力点，歼敌一百一十八人，被纵队党委授予“赵黑林硬骨头班”荣誉称号。在广东连江口战斗中，赵黑林又率四班创下一个班歼灭敌一个连的辉煌战绩，俘敌八十二人，全班无一伤亡。

有了赵黑林这样的连长，新七连还是“铁七连”。冲上主峰阵地后，七连正碰上韩军两个连的凶猛反扑。可七连比他们更凶猛，迎头扑上去一阵恶打，并趁其溃败撵着屁股追杀。

夺取主峰阵地后，赵黑林趴在韩军尸体堆成的掩体上写了张条子，派人送给李保成。条子上这样写着：“我巩固住了主峰，敌人上不来了。”

李保成想起这事儿就乐，说：“那字写得歪歪扭扭，可是让人看了高兴。”

如此一夜恶战，还是未能实现秦基伟全面收复597.9高地的作战预想，东北山梁子上的2号、8号和11号阵地仍被韩军所控制。但主峰和几个要点阵地，均已握于第四十五师掌中，韩第三十一团的四个守备连，整建制地覆灭。

第四十五师有史料记载：30日决定性反击，用了整整十个连队，共投入一千六百多人。

然而第十五军有些老人却记得：那天晚上，我们共投入了十一个连队嘛，怎么会是十个呢？

笔者忙又钻进资料堆从头再查。果然，投入此夜反击的还有个第八十六团侦察队，近百十人的编制。

崔建功命令597.9高地上的所有反击部队，统归第一三五团二营代参谋长张广生指挥，立即就地重组，迅速投入固守。他直接与张广生通上电话，问：“告诉我，你们需要什么？”

张广生喊道：“师长，要手榴弹，要手雷，越多越好。最好再给我们弄几千条麻袋来，这山头被炸出几尺深的虚土，根本没法儿挖工事！”

崔建功说：“我们尽快派人送上去。”

志愿军司令部、后勤部得知上甘岭需要投掷弹药，“立即将第十五军爆破筒、加重手榴弹和莫洛托夫手雷的补给，由每日供应三千枚（根）增加到一万枚（根），另增发地雷五千个；并为加强保障第十五军的志愿军后勤部第二分部的弹药储备，从国内紧急调拨弹药一百八十个火车皮”。同时，志愿军后勤部还火速派出车辆，到战事相对平静的朝鲜西部战线去搜罗投掷弹药。第三十九军、第四十军、第六十五军的手榴弹、手雷，跟大萝卜似的一筐筐往车上倒，一车接一车地往上甘岭拉。

第十五军后勤部紧急动员，倒下如山的大豆高粱，腾出两千条麻袋。火线运输部队誓言：“保证前线人不缺粮，枪不缺弹！”他们趁天还没亮，一路奔跑着将这批手榴弹和麻袋突击抢运上597.9高地，准备迎击敌人反扑。

《第十五军军史》载：此后，“我为上甘岭阵地每天准备一千条麻袋，用以装土垒建地堡等工事”。

在这个打得山摇地动的夜晚，五圣山地区的每条运输线都在超负荷运转，马嘶人吼，车载肩扛，大批物资涌向上甘岭，光弹药就拉了一百四十四卡车。

此时，韩第二师师长丁一权在上甘岭南边十来公里处的斋宫洞师指挥部，正准备向新任师长办交接，听说丢了597.9高地，立即召开紧急会议，研究反扑方案。

这是他最后一次部署韩第二师的进攻，第二天下午他便将走马上任第九军团副军团长。四个月之后，李承晚和韩军总参谋长白善烨再次兑现他们的许诺，委任丁一权为第二军团军团长，负责金城一线的防御。

丁一权不善攻战，在上甘岭留下屡攻不克的败绩。可是，守也不是他的强项。上甘岭战役胜利七个月之后，志愿军第二十兵团的五个军在一千一百余门火炮的支援下，突然发起金城战役，歼灭韩军四个师大部，为朝鲜政府收复了一百七十八平方公里的土地。

丁一权攻不成，守亦不就。

但30日晚597.9高地失守之后，韩第二师的反应很快，不到两小时，其第三十一团便完成战斗准备。

31日天亮后，597.9高地上攻守转换。韩第三十一团调整兵力，令其一营与埃塞俄比亚营合力发起攻击。茫茫晨雾中，敌支援炮火猛烈，将埋设在地下的电话线全都炸成半尺多长一截的线头。

我第八十六团前沿指挥所派出几拨儿通讯兵，往597.9高地1号、2号坑道拉电话线。拉了三次，伤亡了七个人，损失了五六公里的被复线，团指挥员还是没能和坑道部队说上一句话。

主峰前的9号阵地已被炸平了，无工事可隐蔽，七连指战员只好都趴在地上，拖几具尸体在面前挡挡弹片。但美军炮群还是不歇气地打，炸得山头石块飞迸。其中一块石头狠狠砸到张计法腰上，裂了三根肋骨。坚守到下午3点多钟，七连还剩十几个人，可韩军仍整连整连地往上涌。张计法忽然想起反击前唐万成副师长跟他说过：遇到紧急情况，你直接找我，我现在是炮兵总指挥。我给你保证，只要你给我目标，我就能给你提供掩护。

张计法回忆说："我马上用步话机呼叫唐副师长代号，说从9号阵地十五公尺往下排，都是敌人。那会儿我是真正体会到了，炮兵是战争之神！一阵炮火落在敌群里，跟风吹落叶一样，把人卷了起来，再掉下来。一阵风把敌人一个营吹垮了，没了。我们这就松快了，都高兴得不得了……"

这次炮火支援，《空降兵第十五军抗美援朝战争战史》有记载："我三十门迫击炮在三十秒内发弹三百发，予敌以重大杀伤，击退了敌之反扑……"

敌猛攻了七个多小时，597.9高地主峰巍然不动。韩第三十一团先撑不住劲儿了，接着埃塞俄比亚营也一路溃退下来。退至鸡雄山下，刚好碰上来前线视察的美第九军军长詹金斯。一看那狼狈样，詹金斯就皱起眉头，命令停止进攻。他对陪同视察的丁一权说："今天就算了吧，我已决定把第九师的三十团调来配属给你们师。明天，无论如何一定要先夺回派克峰。”

至31日下午，第十五军反击部队已历经九个半小时的血雨腥风，创下了上甘岭战中日均最高弹药消耗量：投掷出近三万颗手榴弹和手雷，二百六十根爆破筒；发射了三十多万发子弹和两万一千多发炮弹。

接下来的五天，秦基伟称之为上甘岭之战两个高潮的第二个高潮，一天比一天狂暴。

第八章　朝鲜主战场

1. 关于美军第一八七空降团

熹微中，一架被美军称作“蚊子”的L-5型通讯联络机侧歪着翅膀，在上甘岭上空一圈一圈地盘旋。满脸粉刺疙瘩的炮兵空中观测员塞维蒂斯，惴惴不安地坐在后座上，贴着机窗俯望着地面的战斗，惊恐得忘记了自己为炮群校正目标的职责。

实际上这位空中观测员根本就没法儿校正，敌我双方的炮群都很狂怒，彼此急袭、压制，弹道纷乱，如麻丝纱缕，在机腹下结织成网。他眼皮底下的那两个小山头，爆炸的烟尘弥漫如雾，严严实实地遮掩起那一场场骇人的血战肉搏。隔着这片混沌不化的烟区雾域，鸡雄山和五圣山下，直升机频繁起落，卡车往返奔驰，双方都忙着运送弹药，抢救伤员。

前座上的驾驶员吉尔斯神经兮兮地大喝一声：“别看了，赶快走吧！要让中共高射炮兵盯住，我们今年的圣诞节就过不成了。”

可他们没能走掉，几分钟后这架校正机被第十五军的高射炮击落。吉尔斯中弹身亡，挂在他脖子上的金十字架，也未能保佑他的性命。塞维蒂斯则满脸血污地摔出舱外几丈远，被几个棉帽耳捂住面颊的志愿军俘虏了。但他觉得在这个离前线数百里远的战俘营里，生活还真不错，圣诞节那天他还分到了一只中国烧鸡。那比他家乡的烤火鸡味道还要好，他啃得挺带劲儿。

塞维蒂斯像记着自己生日一样，牢牢地记住了这个被俘的恐怖日子——1952年11月1日。

几天前，第十五军前沿窃听所就发现，韩军的无线电联络中频繁出现一个新的呼号：“狮子”。经破译，“狮子”就是韩第九师第三十团的代号。11月1日这天，韩第三十团带着股逼人的傲气正式登场了。

这是韩军半个月前刚刚打出名的一个荣誉团队。

10月初，志愿军第三十八军准备反击韩第九师防区的重要支撑点394.8高地，不想一个文化教员叛变投敌，将反击计划透露给了韩军。韩第九师师长金钟五立即调整部署，将防御正面的第二十八团撤下来，把师主力第三十团拉上去，昼夜加固工事，突击操练部队。

待我第三十八军按原计划发起攻击时，早有准备的韩第三十团进行了殊死而富有成效的抵抗。

金钟五曾告诉记者：“战斗期间，美国第八集团军范弗里特上将几乎每天都来视察我师，李承晚总统也视察过两次，激励我，全力支持我师。我召集全师讲话，死活在阵地上。许多战士写了遗书，斗志很旺盛。”

第三十八军先后投入五个团，强攻十天未克，遂主动撤出战斗。这支中国劲旅，还从没打过这样半截子就撂下的仗。

韩第九师挡住了志愿军一等主力、威名远播的“万岁军”的进攻，使李承晚狂喜不已，称此战为大韩国的“重大胜利”。

394.8高地属石灰岩地质构造，其山形如白马伏卧状，故又名白马山。韩第九师因此一仗获得了“白马师”的称号，一时荣耀至极。师长金钟五此后步步青云，十几年后当上韩国参议长。而当时的韩第九师参谋长，就是1979年10月在汉城宫井洞被刺身亡的韩国总统朴正熙。

东调上甘岭的韩第三十团正是骄横之师，战斗一打响，该团三营便多路轮番攻击597.9高地。为支援三营进攻，六个炮兵营进行火力掩护。一股股灼人热浪卷进高地坑道，烤得人肤痛面赤。八米多厚的坚石坑道被炸塌，整个高地上土层酥软得找不到一块能架机枪的地方。第一三四团的机枪射手们只好用麻袋装土垒个射击台，有的来不及装土垒台，就顺手拖过一具韩军尸体架上枪。

经过白马山战斗洗礼，韩第三十团的技战术水平均有提高。1日下午3点30分，该团三营强攻迂回相结合，有两个排竟然一下突击上6号阵地。

体形肥胖的团长林益淳闻讯大喜，抄起电话命令三营营长：“赶快派部队增援他们，一定要把阵地巩固住！”随后又让参谋查查这个连长叫什么，准备嘉奖。名字还没查到，林益淳又去电话查问三营营长：“增援部队派上去了没有？”

三营营长沮丧地说：“不用派了。”因为攻上去只一支烟的工夫，那两个排就被赶下了主峰阵地。

林益淳很郁闷。

但更让他郁闷的应该是七个月之后。是时，志愿军发起金城战役，号称韩军精锐的首都师被打得丢盔弃甲，已升任首都师副师长的林益淳，也在月峰山以西的下榛岘一带被生擒活捉。

据俘获林益淳的志愿军第六十八军第二〇四师侦察连副排长姚玉珍回忆，这位韩军上校很孱包，“一到指挥所，就咧着大嘴鼻涕眼泪地哭了起来，好像三岁的小孩找不到娘似的”。

他在中国战俘营里一直待到朝鲜战争结束，才与美第二十四师师长迪安少将一起被遣返回国。

韩第三十团苦攻一天无寸土之得，第十五军却颇有点光守不过瘾的感觉。头天夜里增援上去的第八十六团两个连，趁韩军溃败发起了一个小反击，顺势收复了东北山梁子上的8号和2号阵地。

秦基伟兴奋地说，这是上甘岭打响以来，他最痛快的一天。

然而，第四十五师也伤亡殆尽，已无独自坚守的可能。

当天下午4点，志愿军第三十一师第九十一团八连开始从五圣山北向前沿运动，日暮后爬上597.9高地，接下了十二个编号阵地中的3号、9号和10号阵地，与第四十五师、第二十九师联手防御。

这是第三十一师与第四十五师战场上二度联手。

1948年初冬，为达成对徐州国民党刘峙集团的战略包围，中原野战军决定，九纵第二十七旅配属陈锡联的三纵，先行夺取津浦线咽喉之地宿县。第三十一师前身三纵第七旅由宿县东门主攻，第四十五师前身九纵第二十七旅则由宿县西门助攻。两旅攻坚摧固，东西对进，激战十多小时，会师于宿县城中心的十字路口。是役歼敌万余人。

四年之后，历史将两支劲旅做了调换，第三十一师配属给第十五军，与第四十五师并肩再战。

由此开始，第九十一团逐连投入597.9高地固守。

决定性反击一开始，秦基伟就连个盹都没打过。10月31日整整一夜，597.9高地已大部收复，他仍没离开作战室，眯缝着布满血丝的眼眸凝思。参谋们知道，军长又在跟他的老对手范弗里特较心劲了，不由得都将动作放轻。

思之良久，秦基伟打开他那个布面阵中日记本，写下了自己的料敌判断——

经过今天战斗之后，我判断敌人可能有三种情况出现：

一、收兵。因为敌人死伤过大，敌无二梯队，美七师、伪二师均有守备任务，这就决定敌人无更大力量投入进攻。

二、伪九师调上来同伪二师轮番攻击，这样对我们来说会更艰苦，战斗持续的时间会更长，但我们的阵地是夺不走的。

三、美七师再增加投入力量，这样他们必须使用空降一八七团，但空降兵作战不如步兵部队，且对一八七团的使用更说明了敌人没有二线部队。

上述情况的估计，两天内即可见是否正确。

果如秦基伟所料，两天后——11月2日，范弗里特竟不惜血本，将第一八七空降团一个营，也扔进上甘岭这个永远也填不满的墓穴，作为步兵，攻击597.9高地。

第一八七空降团原为美国著名精锐部队第八十二空降师第五〇五团，属美军最早组建的伞兵团之一。在二次世界大战中，该团屡屡充当突击部队，先后参加过夺取西西里岛、诺曼底登陆、萨勒诺登陆、进攻荷兰等重大战役的空降作战。1944年底，美军组建空降兵第十八军，该团作为骨干团队，编入第十一空降师，番号改为第一八七空降团，随后参加了夺取菲律宾阿拉加山口的空降作战。

该团空降作战经验丰富，不仅武器装备一流，指挥官军阶也高。美军团长都是上校军衔，第一八七空降团团长弗兰克·鲍文却是准将，由此可见这个团在美国陆军中的地位。

团队地位高，指挥官自然就牛。

1950年7月，正在筹划仁川登陆的麦克阿瑟，要求美军参谋长联席会议迅速增调一批部队赴朝，其中包括驻扎在肯塔基州坎贝尔营地的第一八七空降团。为此，美国空军准备动用第三一四航空运输大队的64架C-119飞行车厢式大型运输机，分几个波次把这个团运到朝鲜。

不料这个多波次空运方案，被团长鲍文断然否决。他通过美国陆军部向空军部提出，要一次性完成全团三千五百名伞兵及其重型装备的空运。空军部算了算这样一来，至少需要一百四十架C-119型飞机，才能一次运走这帮伞兵大爷。这要求近乎苛刻，可是空军部还是接过了这道难题。经多方协调调集，空军部将C-119型运输机增至九十六架，遂又指令远东空军在战区内抽调飞机，专门为运载伞兵再组建两个C-46、C-47型运输机中队。

鲍文闻讯后，专门派了个少校联络官，飞到东京考察那两个运输机中队。联络官考察后竟老大不满意，牛气哄哄地嫌机型杂乱、航速不等不便指挥，难以实施大规模空降。他当场表示拒绝使用C-46、C-47这些“杂碎”。弄得远东空军副司令官威兰没办法，只好上报麦克阿瑟。

麦克阿瑟是美军资历最老的五星上将，在这个世界上他谁的那壶也不尿，甚至包括被他讥为“原国民警卫队小上尉”的美国总统杜鲁门。他只崇拜成吉思汗，声称：“那位令人惊异的领袖（成吉思汗）的成功，使历史上大多数指挥官的成就黯然失色。”

然而成吉思汗七百多年前就已离世。说穿了，活在这个世上的，他只崇拜自己。因而他总是得意扬扬，盛气凌人。

有位美国议员曾尖刻地挖苦他说：“这家伙，就是坐在抽水马桶上，也放不下他那盛气凌人的臭架子！”

艾森豪威尔算是个为人宽厚的将军，可一提起这个隔着百十英尺都能感觉到逼人傲气的麦克阿瑟，也按捺不住心中的怨愤，指责说：“他是个糊里糊涂贸然行事，装腔作势傲气十足的人。”

可是，倨傲的麦克阿瑟居然也拗不过第一八七空降团，很迁就地指令远东空军，立即组建一个暂编作战物资空运指挥部，并挑选曾指挥过中国“驼峰空运”和“柏林空运”等大型军事航空运输活动的美国空军军事空运部副部长透纳任司令，专门处理远东战区空运事务和空降运输的矛盾。

不知透纳是如何说服第一八七空降团，并与之达成协议的，9月25日，他动用八十七架C-119和四十架C-47型运输机，把第一八七空降团机降到金浦机场，以保护美第十军北侧。

10月16日，美国第一骑兵师已逼近平壤。为了切断朝鲜政府机关和人民军继续北撤的退路，解救美、韩被俘官兵，麦克阿瑟命令第一八七空降团，在平壤以北约三十英里的肃川和顺川实施空降突击。

第一八七空降团不愧为美军一等精锐，仅用三天便完成了全团战斗出动准备。

10月20日中午1时，在数十架F-51野马式战斗轰炸机的护航下，由七十一架C-119、四十架C-47型运输机编成的庞大机群，满载着第一八七空降团二千八百六十名伞兵和三百多吨物资装备，从金浦机场冒雨起飞，先出黄海，然后突然转向，队形密集地直飞平壤以北。麦克阿瑟乘坐他的专机，近距离地观察了这场壮观的空降突击：第五航空队的七十五架F-51、六十二架F-80和五架B-26型战斗机和轰炸机，在代号“睡魔”的“蚊子”机引导下，对肃川和顺川两处空降场进行猛烈的预先航空火力准备。之后一小时内，运输机群便完成了全部的人员伞降、物资空投。

第二天上午，四十架C-119型运输机又展开第二波空运，将第一八七空降团剩余部队和二百九十多吨补给品投送到空降场。

据《朝鲜战争中的美国空军》记载：“第一八七空降团三天内曾与六千名北朝鲜军队遭遇，估计击毙敌人二千七百六十四名，俘虏约三千名。伞兵们还在肃川和顺川城内缴获了大量的冬服和弹药。但伞兵在另一方面，也就是在解救正由平壤往北移送的美国俘虏方面，是不太成功的，当然这并不是由于他们的过失。10月21日，一支伞兵侦察队发现了隐蔽在明旧参（音译，英文为Myongucham）附近一条隧道里的一列装着战俘的火车，但是北朝鲜卫兵已经杀害了其中的七十五名美国人。十五名伤员被救了出来，他们在第二天就被停在刚占领的平壤机场上的作战物资空运指挥部的飞机运往芦屋。”

这是二战后最大规模的空降作战，虽未完全达成作战意图，但却派生出一个军事技术上的意义，即从此结束了二次世界大战以来靠滑翔机机降重武器装备的时代。此次行动中，美军共空投伞降了五百九十二吨物资装备，其中包括十二门榴弹炮、二十八辆吉普车和四辆卡车。

朝鲜第四次战役后期，为拦截朝鲜人民军第十九师的一万两千人马北撤，李奇微亲自指挥第一八七空降团，实施代号为“战斧作战”的汶山里空降突击。

汶山里是汉城与开城之间公路上的一个小村庄，为人民军北撤的必经之地。

1951年3月23日7时30分，美国远东空军一百二十架C-46、C-119型运输机刚由大邱机场起飞、爬高，第五航空队已动用一百零八架战斗机、轰炸机，战斗出动一百六十八架次，对汶山里南、北两个空降场以及周遭地面目标进行饱和式轰炸扫射。

9时整，运输机群分六个批次，大编队飞临汶山里。一时间，村庄上空运输机遮云蔽日，降落伞铺天盖地。第三一四运输机大队七十二架C-119，一次性投下二千零一十一名伞兵和二百零四吨物资装备；第四三七航空联队的四十八架C-46，两小时内伞降了一千四百三十六名伞兵和15.5吨弹药食品。

朝鲜人民军第十九师一支没来得及撤走的小部队，用手中的轻武器进行了顽强抵抗。

对此，美军有资料统计：“第一八七空降团有八十四人因跳伞负伤，十八人被敌军打伤，一人被打死。有五架C-119因敌人轻武器的射击而受轻伤，一架受重伤的C-119在返回大邱的途中突然燃烧起来，五名空勤人员跳伞，但正副驾驶却因飞机爆炸而毙命”，“但就俘获和击毙共军的人数来说，这次空降的战果是微小的。据估计，第一八七团在空降后的突击中，共毙敌二百人，俘敌八十七人，另外还有二十四名敌俘是以后在环形防御圈内俘获的。与意料相反的是，汶山里周围只有北朝鲜第二流的师（第十九师）的一个团防守。但是令人不安的是，朝鲜战俘坚持说，早在3月21日他们的团就接到指示，知道第一八七团将于3月23日在汶山里空降”。

由于人民军第十九师的迅速撤离，第一八七空降团其实只截住了该师不到一个营的部队。

由于临津江一带已无战事，25日鲍文奉命率部向正东推进，插到汉城至涟川公路旁的制高点，与美第三师合击朝鲜人民军。

由汶山里东进到汉城至涟川公路，须横穿一片二十多公里宽唯有曲折小道的大山。3月末的朝鲜中部偏又连阴多雨，徒步行军的第一八七空降团携带着炮车辎重，在泥泞不堪的山地上艰难地推进了整整两天。等他们26日赶到汉涟公路旁的湘水里、发云里一带，朝鲜人民军早已北撤，但却威胁到志愿军第二十六军侧翼。

据《抗美援朝战史》记载：“第二十六军当即以一部分兵力进行反击，阻止了敌人的进攻。”

《朝鲜战争中的美国空军》记载：“当第一八七空降团在公路上行进时，四架C-46在3月26日空投了十吨补给品；3月27日，十二架C-119又空投了65.8吨补给品。最后这两天的空投是具有重要意义的，因为第一八七空降团这时几乎已经弹尽粮绝，许多人在三十六小时内仅吃了一顿饭。有一个炮兵连只剩下最后五发炮弹。”

汶山里空降行动虽然扑了个空，只截住了朝鲜人民军不到一个营的部队，但却充分显示了第一八七空降团空降突击的技战术水平。

此后，第一八七空降团在日本九州的芦屋、雁巢空军基地训练了一年多没有任何作战任务，直到1952年5月16日才接到镇压韩国巨济岛战俘暴动的紧急命令。远东空军第三一五运输师出动一百六十架运输机，将该团二千三百六十一名官兵和近九百吨物资装备运往釜山东机场，然后改乘登陆舰开上巨济岛。

这个团队在朝鲜最后一次战斗亮相，是在上甘岭。

然而，从大洋彼岸为我拎来一捆上甘岭美军作战资料的凯文对此表示强烈质疑。于是，在武汉中山路一家宾馆里，凯文与笔者有了如下一段对话——

凯文：第一八七空降团是远东军总部直接掌控的一支战略预备队，不可能作为步兵投入上甘岭作战。

笔者：一个团队无论如何精锐，也不会具有战略分量。第一八七空降团顶多是支战役机动部队，而且，战争状态下什么事都可能发生。1944年12月，艾森豪威尔就曾把美国第一〇一空降师投入阿登战役的巴斯托尼防御战。就空降兵兵种特性而言，不存在当不当步兵的问题，空降着陆后它就是步兵，或者叫乘坐飞机的步兵。他们与乘坐运兵车或登陆舰抵达战线的步兵没什么两样，最终都要投入地面作战。

凯文：除了克拉克，美国第八集团军谁也没有权力向这个团下达作战任务。

笔者：1951年3月，第一八七空降团汶山里空降后，就是美国第一军军长米尔本中将命令鲍文率团向东穿插，占领汉涟公路旁的制高点，阻断朝鲜人民军第十九师退路。而且，这是该团计划外任务。

凯文：据我采访中了解到的，整个上甘岭战役期间，第一八七空降团都驻扎在日本的芦屋、雁巢。

笔者：准确地说，第一八七空降团是在上甘岭打响的当天和第二天，也就是1952年10月14日和15日库底假登陆行动中，由美国远东空军第三一五空军运输师和第四〇三运输机联队，分两批运往日本南部的。

凯文：张先生，你我的看法基本一致。

笔者：不，你听我说完就不这么想了。第三一五空军运输师运送的是在洛东江河谷进行演习的一个伞兵营，而第四〇三运输机联队从朝鲜大邱空军基地装载伞兵的飞机，是三十二架C-119，也只勉强可运送一个营伞兵和轻装备。也就是说，那两天里，第一八七空降团有两个营被运往了日本。他们再次返回朝鲜是八个多月之后的1953年6月21日。当时克拉克获悉志愿军在金城方向将有一次大的军事行动，也就是7月13日打响的金城战役，他命令将第一八七空降团从日本运到朝鲜中部，以加强中线防御力量。美第三一五空军运输师出动了五十三架次C-46和二百四十九架次C-119，昼夜紧急空运。于6月23日拂晓，完成了全部输送任务，一共空运了1770.6吨的人员和物资，其中伞兵是二千二百五十七名。第一八七空降团编制是三千五百多人，从日本空运来的伞兵正好是两个营。这就印证了1952年10月间，运往日本的伞兵只有两个营。所以，我对这段史事考证的结果是，从1952年10月到1953年6月下旬，第一八七空降团始终有一个营留驻朝鲜。但我始终未能查到该营番号。

凯文：不知道张先生的证据是什么？

笔者：凯文，你看过《朝鲜战争中的美国空军》那本书吗？

凯文：NO，NO！

笔者：它实际上是美国官方发表的一份历史文件，详细记录了美国空军在朝鲜战争中全部军事活动和经验教训。由美国空军大学研究所军史处劳伯特·F.福特雷尔博士、美国空军大学研究所所长劳逊·S.莫斯利准将、美国空军军史研究员阿尔伯特·F.辛普森博士合作撰写，1961年美国杜埃尔·斯洛安·皮阿斯公司出版。怎么样，应该不缺权威性吧？因为它具有重要参考价值，1963年中国空军曾翻译、印发给师长、师政委以上指挥员，供研究用。如今在中国已公开出版，你不妨找来看看，第一八七空降团的每次空运，书里都记述得很清楚。

凯文：我会设法找到这本书。

笔者：但在你找到它之前，我得提醒你，这本书最明显的差错是，直到1961年出版，美国空军研究人员也没弄清志愿军司令员是谁，还煞有其事地说什么1951年3月初，人民解放军副司令彭德怀就任中朝联军司令官，把因伤或因病而不能担当这个任务的林彪替换下来。

凯文：知道张先生的意思了，哈哈哈，我也想说美国情报有时真的很糟糕。

之所以有些絮叨地与凯文盘究第一八七空降团究竟参没参加上甘岭作战，是因为美军后备兵员是否枯竭与之构成因果关系。倘不是到了实在没部队可调急了眼的份儿上，范弗里特绝不舍得把它当普通步兵使用。也就是秦基伟将军所判断的，对空降团的使用，说明敌人已没有二线部队了。同时，也是为还上甘岭战事以真相。

2. 第十二军的王牌

美第一八七空降团与韩第三十团一个营是11月2日8时左右发起攻击的。不过参战的美第一八七空降团，不是第十五军军史记载的“欠一个营”，而是只有一个营。

此时的597.9高地上，第四十五师第一三四、第一三五团，第二十九师第八十五、第八十六团，第三十一师第九十一团均有部队参战。

美军第一波攻击刚展开，第四十五师守备部队就反映：今天这伙儿敌人跟往常不一样，装备着清一色的自动武器和草绿色尼龙防弹衣。当时他们还不知道这是美军哪支部队，战至午后，第八十六团官兵在美国兵尸体上发现了“空运505团”的臂章符号。很快，第十五军五圣山窃听所也从美军无线电通话中证实，这天主攻597.9高地的，是美军第一八七空降团的部队。

“空运505团”是该团早先番号，番号变了，早先的臂章没换。

这个空降营装备好，战术上也蛮像回事儿。其先头是支突击队，中间是由重机枪、六〇迫击炮和无后坐力炮组成的火力队，与火力队隔出五六十米，跟进着二梯队，形成连续攻击的纵深配置。冲击前，这个营非常熟练地施放烟幕，掩护班、排小股兵力，以疏散队形做试探性攻击。待探明对方守备兵力与火力部署后，再用厚密的炮火弹幕支持连、排规模的冲锋。攻之不成，即退回冲击出发阵地，拼摆“T”形对空指示板，引导第五航空队轰炸机实施轰炸，而后再行攻击。打得有板有眼，颇见章法。

然而第十五军步炮协同更臻圆熟，各阵地上只摆几个兵，边打边补。主峰上一下就摆了三部步话机，负责呼叫炮火，指示修正目标。有时没等敌人接近阵地，炮火就把一次攻势粉碎了。

美军这个空降营比美第七师任何一个团队打得都顽强，一个恶浪接一个恶浪地拍击着597.9高地。但直到中午，他们还未能突破一个阵地。

有意思的是，与美军空降兵交手恶战的第四十五师，若干年后也改建成中国空降兵部队。作为空降兵这一现代兵种，中、美两国至今未有过空降对空降的比拼机会，但当年在朝鲜国土上，双方作为步兵较量过了。那段历史已经证明，用华尔道夫沙拉、碎肉馅饼和黄油滋养得人高马大的美军空降兵，并不比一把炒面一把雪，能吃上碗猪肉炖粉条就高兴得不行的第四十五师官兵更能征战。

是日下午4点钟左右，美军空降营终于蛮悍地攻上了597.9高地尖角部西侧的10号阵地。可是，美国人成功的喜悦像打了个水漂，一闪即逝。十几个志愿军士兵比他们更骁勇地跟随支援炮火的弹着点，玩儿命地冲过来，进行阵地内反击，面抵面地一阵对射，把阵地重又夺回来。

冲过来的是第九十一团八连士兵。

第九十一团是我第十二军的王牌团，“家世”源远，“族系”流长。

它原为中国工农红军第一军第一师第一团。从中央苏区反“围剿”、长征、力挫川军、援救西路军、夜袭阳明堡、蟠龙之战、挺进大别山、围歼黄维兵团、横渡长江、西南剿匪，直到入朝作战，中国革命战争史上的许多重大战役中，都曾响起第九十一团官兵拼杀的怒号。

1946年下半年，该团反击国民党军队进犯解放区，四个月里两位团长战死。第三任团长李长林上任三天，打了两仗，负伤一次。

最能显示这个团非凡军政素质的，是在朝鲜第五次战役第二阶段，数千官兵殊勇突击，成为志愿军十一个野战军中穿插最深的团队。后被美军特遣队割断于下富珍一带，远离志愿军战线九十多公里。李长林团长毅然决断，率部绕道突围。断粮七天的第九十一团，抬着几十名伤员，仅靠沿途搜寻的黄豆、苞谷充饥，辗转崇山峻岭，从敌包围圈中寻隙突出。他们一路上不仅没丢一人一枪，还抓回了一百多个俘虏，此举堪称抗美援朝战争中的一大奇迹。五次战役后不久，李长林升任第三十一师副师长。

接到上甘岭参战命令，第九十一团决定八连先上。

上甘岭先后打出了三个英雄八连，最著名的便是第十五军第四十五师第一三四团八连，还有个炮兵第九团八连，再一个就是第十二军第三十一师第九十一团八连。

第九十一团八连接防的三个阵地中，9号阵地是原第一三五团七连的阵地。

张计法回忆11月1号那天：“打了一天，我们连一百一十多人就剩八个了。团里跟我说，你们圆满完成任务了，你一人留下协助兄弟部队，另外七个人撤下来。当天晚上，第十二军第三十一师第九十一团的部队就上来了，上来一个第九十一团八连。他们连长跟我说，我们上来听你指挥。我说那不行，你们是老大哥部队，再说你的兵我也不认识，我给你们当参谋还可以。当时情况紧急，他们连长、指导员姓啥我都没顾上问……”

这个连的连长和指导员是一对表兄弟，打小就在一起撒尿和泥玩儿。连长姓张，很勇敢也会打仗。但闯过了战争鬼门关，他却未能过得了女人关，自己跌倒了。跌倒一次，组织上帮着拉了一把；可后来跌了又跌，就再也没爬起来。

指导员叫刘怀珍，当到副师长离休，安置在安徽合肥市的一个干休所。

1992年那个如火的7月，合肥市连续高温，阳光蜇得人皮肤疼，路边每棵白杨叶都烤蔫了。正逢酷暑时节，偏又赶上那个干休所停电，敦厚健朗的刘怀珍老人热得挥着大芭蕉扇使劲地扇，啪嗒啪嗒的，那动静儿像他重返战争岁月的脚步声——

本来给我们八连的任务是参加上甘岭反击，可是在我们向高地运动途中，人家第四十五师就已经把阵地反下来了。于是，八连的任务随之也变了，要我们上去协助防御。

接下阵地的那天晚上，我们一夜没眨眼，突击抢修工事，把炸塌淤塞的坑道口、防炮洞扒开，重新加固。唉，那些洞子里全都是尸体。我们连二班的一个小鬼用十字镐掏防炮洞口，就有那么巧，一镐头下去钩住美国兵尸体上的手榴弹拉环，镐一掀，手榴弹炸了，我们那个小鬼也伤了。光是我们连干部待的那个坑道，就掏出三四十具尸体。夜深天黑也分不清是美军、韩军还是自己人的。有个战士心眼儿活泛，在黑暗中摸了摸一具尸体的鼻子，挺大的一坨，他断定是美国兵。但摸到小点儿的鼻子就说不准了，韩军和志愿军的鼻子一个号。

战士们问我：指导员，这么多的死人往哪儿弄啊？我想了想，说：就垒在坑道口，给我们当掩体墙吧。2号那天，我就趴在那堵尸墙上指挥了一整天，子弹打到尸墙上噗噗地响。

那会儿压力真是大啊！在师指挥所，师政委刘瑄亲自向我们交代任务，这是过去从没有过的。他脸板着，话说得很严肃："597.9高地一旦失守，五圣山也危险，敌人便可居高临下，使我们在辽阔的平康地区无法立足，整个朝鲜战局将会发生严重变化。你们到友军阵地上作战，不能把自己当作一个普通连队。你们是十二军代表队，要和四十五师搞好关系，虚心向兄弟部队学习。只准打好，不许打坏！”

我们还在金城打防御时，就知道上甘岭这边打起来了。一听传来的炮声，像昼夜在打雷，就知道是场大打，恶仗。十五军打得很苦，也很顽强，把阵地守住了。如果丢在我们手上就麻烦了，说什么也交代不过去。好在我们首先有一条，士气旺盛。在金城一带打防御时，全连只有二班和九班跟韩六师打过一仗，都立了功，其他人都眼馋得不行。想想自己顶风冒雪守了一年阵地，不知吃了多少辛苦，可最后连个仗都没打上，怎么想怎么不合算。撤下金城往谷山驻地走了两天，打上甘岭的命令来了。全连群情振奋，一个个嗷嗷叫，纷纷咬破手指头写血书请战。我一看，这不行啊，哪有没打仗就先流血的道理，赶紧制止，但已经有七十三人写好了血书。

我们连共有干部战士一百七十五人，炮排专门抽出来搞弹药运输，三个步兵排上阵地。除了正副班长背上支冲锋枪，战士每人十颗手榴弹，两根爆破筒。阵地让炮打成尺把多深的虚土，普通手榴弹已经不顶多大用，扔过去那声儿跟水开锅似的，噗噗的，不起弹片。最后我们全使高级手雷。对，苏联人管它叫莫洛托夫手雷，一颗手雷比两颗手榴弹的威力都大。顶好的是爆破筒，嗬，那家伙厉害，一炸天崩地裂的，迸开的全是碎钢片。但那玩意儿就是太沉，扔不动，我们都是居高临下，顺山坡往下推。

那天打得惨哪！下午4点钟左右，我得到报告说主峰右前方的10号阵地吃紧，我赶紧派三排的两个班过去增援。那两个班隐蔽在3号阵地半山腰的屯兵洞里，他们刚往山顶上运动了五六十公尺，448高地旁的一个观察所看走眼了，以为那是敌人，立即报告炮兵指挥所，说敌人上了3号阵地。

我在坑道口看着五圣山那边飞来一阵炮弹，心里便叫了声：坏了！刚一扭脸，就见那两个班让炮火吞没了。当时电话联络不通，我赶快派了个副排长飞跑到营指挥所，叫他们别打啦，是我们的人在3号阵地运动。

真让人恼火透了，正打得较劲的时候，一下把我的两个班误伤了，我们只好又重新组织增援。也就是那会儿，美军趁机上了我们10号阵地。

傍晚，约莫下午4点刚过一些，敌人发动了那天的最后一次猛攻。我在主峰3号阵地上看得清清楚楚，两个连的美军为表示决一死战，一排一排的，全都用绳子拴着胳膊，跟拴蚂蚱似的穿成串儿。走在最后面的，是戴着白袖章的督战队。

我们主峰阵地北边三百米左右，是十五军二十九师八十六团的1号阵地，就剩一个班长和一个伤员了。那个伤员跑过来求援，说他们阵地上人打光了，请我们派些人去。冯副连长将手头仅有的一个战斗小组派过去。战斗小组三个人，是朱有光、王万成，还有一个叫李世芳。每个人都背了七八颗手榴弹，手里还抓一根爆破筒。他们刚冲出坑道不远，李世芳就中弹倒下了。朱有光和王万成冲上1号阵地，一顿手榴弹将敌人砸退，朱有光负伤倒下了。王万成刚想整理一下阵地，敌人又成群结队地涌上来，多得他一人打不过来。突然朱有光从地上猛挺起来，端着根爆破筒摇摇晃晃地向敌群栽倒过去。那声巨响还没平息，王万成也操起爆破筒，扑向另一群敌人。

阵地巩固后，我派人去寻找他们俩的遗体，可是什么也没找到。两人都是补到我们连刚满一年的四川安岳县新兵。那模样我记得很清楚，王万成只有十九岁，长得黑黝黝的，肩宽腰粗，壮实得很。朱有光也刚刚二十岁，面色白里透红，嘴唇厚厚的，人很好羞，一说话脸就先红了……

仅一天激战，一百七十五人的八连便打出以二级战斗英雄、特等功蔡兴海为代表的三十四名功臣，连队荣立集体一等功。

韩国《朝鲜战争》对这天战事做了如下描述：韩军“开始还算顺利，一举冲到山腰上半部。但从15时开始，敌人炮火进行猛烈压制，打过来三千多发炮弹，敌人的手榴弹更厉害。前锋连包括连长在内三十一人阵亡，八十四人负伤，直到日落打不开局面。23时，师长命令后撤”。

刘怀珍老人印象中不是半夜，说：“没那么晚，那天天刚黑下来，敌人就全部撤退了。”

当晚，第九十一团现任团长李长生按预定作战方案，命令八连撤下来，把阵地交给七连。

李长生是山西人，中学时就是牺盟会会员，不久又加入中国共产党。他从太原中学毕业后，被党组织保送到延安抗大参谋队学习。在第十二军的几个团长中，他是文化程度最高的。

有文化打起仗来就不一样，知识可以使人在战争中保持理性，头脑清醒，应变裕如。

一到上甘岭，李长生就发现一个高地上混杂着几个，甚至十几个连队的官兵，很容易造成指挥系统紊乱。为避免多建制投入防御的混乱，他决定将第九十一团的九个步兵连分成九个梯队，采用“车轮战法”，一个连接一个连地上。不管这个连伤亡是大是小，打一天就撤下来换上第二个连队。前一个连连长留下当顾问，介绍高地上的敌情、地形、打法，然后随第二个连撤下来，而第二个连的连长留下，给第三个连当顾问。各连一律依此类推。

这一战法不仅避免了阵地上部队多建制的混战，而且着眼战争的长期性，为连队保留下一批骨干力量。因而，第九十一团在597.9高地上，始终打得井然有序。

李长生战时潇洒，战后亦得意过。

1957年，他被选送到苏联伏罗希洛夫军事学院外国系深造。是年毛泽东主席访苏，李长生作为留苏学员代表，到机场迎接领袖。

不久，彭德怀访苏。为欢迎中国国防部部长，赫鲁晓夫在克里姆林宫大宴会厅设宴款待，李长生再次作为学员代表受到苏方邀请。那天晚上，赫鲁晓夫亲自迎候到华灯煌然的宴会厅外，与赴宴的中国客人挨个儿握手。

当时中外记者云集，镁光灯不停闪动。或许佩戴上校军衔的李长生魁伟轩宇，其貌堂堂，格外惹眼。第二天的《真理报》上，除了彭德怀的照片，还特意选发了一帧李长生与赫鲁晓夫的握手照片。

可是“文化大革命”中，就是这张照片把李长生给害苦了，一夜之间他就成了“赫鲁晓夫的忠实走狗”。大会批判，下放劳动，开除党籍……除邓小平同志第二次复出担任解放军总参谋长的那两年，李长生稍微轻松一些以外，十几年没过过顺心日子。已经向李长生展露出的无量鹏程，就这样被政治运动断送了。二十多年前，他就闲居在南京新街口地段上一所国民党时期的破旧楼房里。

当年叱咤上甘岭的那员骁将，如今垂垂老矣。与脑溢血引起的半身不遂顽强抗争多年的李长生，穿着套宽松便服，魁梧的身躯像片枯萎的秋叶，蜷缩在一张圈背旧木椅上听收音机。一条白绢的三角巾从脖颈垂挂下来，托住他那麻痹的右臂。访谈一个半小时，老人三次如厕，每次都得先吃力地站起，原地捯腾上几十步，将近乎朽蚀的地板踩得山响，才能平衡住不听使唤的双腿，然后拄根拐杖，步履维艰地蹒跚而行。

暮年苍凉，触目惊心，让人不忍直视。然而，这位老人战争时期赢得过功勋，和平年代拥有过荣耀，这就足够了。

八连撤下来时，给他们当参谋的张计法也离开了上甘岭。从

30日晚决定性反击开始，他已经在阵地上打了三天三夜。

张计法回忆说——

整整三天，一口水也没喝上，也没吃上东西，嗓子嘶哑得话也说不出来。天黑了，团长得到报告，就叫我下来。就那样儿了，我还爱财，下阵地时背了五支美国鬼子的卡宾枪。那枪长梭子，能连发，还轻，可喜欢了。我琢磨着，给营里三支，我们连留两支。从我那阵地到448高地的营指挥所坑道，不到两里地。我又渴又饿腿没劲，就爬一爬，休息一会儿；爬一爬，休息一会儿。休息一次，扔一支枪，背不动啊！天快亮了，爬到448，还剩两支枪。喝了一碗面糊糊，就在指挥所坑道里睡下了。一觉睡到第二天天亮，爬起来喝碗稀饭，就往团里去汇报。我们七连算上补充的，前后一共有一百六十二人，最后还剩十九个人。心疼得很哪，我都不能说上甘岭……我那些战士们真好啊，负了伤都不下来。上去之前，师长传达军长的指示：就是我全军打光，一寸阵地不能丢。就为了那一寸阵地啊，战士们负伤都不下来，说连长你放心，只要我还有一口气，阵地不会让给敌人一寸。

他那浑浊的眼眸漾着泪光。

3. 超级火力

这一天实在不该是打仗的日子。

初冬的天空纯净明朗，蔚蓝得似有高级金丝绒的质感。几朵蓬松洁净的云，弹性十足地飘浮在清冷干燥的季风中。可是，太阳刚冒出东朝鲜湾的海平线不久，11月3日的战斗便在海啸般的炮击中开始了。

这一天美军炮火猛烈程度，仅次于10月14日。

《停战帐篷与战斗前线》一书披露，早在这年9月间，范弗里特便酝酿了一个摧毁、压制五圣山志愿军炮兵群的反炮兵计划，命令正要改装8英寸重炮的155毫米野战炮营，将改装任务交给一个105毫米野战炮营。这样，第八集团军就会大幅提高重炮比例，拥有六个重炮营，共四十八门8英寸榴弹炮和三十六门155毫米榴弹炮。改装完成后，范弗里特将这八十四门重炮，全部调集金化一线，于11月3日开始实施他的超级火力反炮兵计划。

为支持这一计划的实施，克拉克专门批准第八集团军五天内弹药额外消耗。可范弗里特总要在炮击量上逾规犯禁，他拿捏准了，学弟克拉克，总不能为多打几发炮弹拉下脸来处罚他吧？因而，六个重炮营连续七天弹药超额炮击，向上甘岭两高地和五圣山第十五军炮阵地倾泻了近两万发重磅炮弹。一发155毫米榴弹炮九十六磅重，炸开的弹坑有半个篮球场大。8英寸榴弹炮威力更骇人，一炮下来能炸塌一堵两人多高的岩壁。

美国第八集团军宣称，反炮兵计划的实施，共摧毁或破坏敌二百五十多个炮阵地，摧毁三十九门火炮和十九门高射炮。

但据第十五军统计，1952年整整一年里，该军总共损失十一门山、野、榴弹炮，三门高射炮。整个上甘岭战役期间，第四十五师三个迫击炮连四十门迫击炮，仅被炸坏四门。

然而，接替八连坚守597.9高地主峰的第九十一团七连，却在美军天崩地裂般的超级火力打击下伤亡惨重。原计划打一天的七连，战至下午两点多钟，就把预备队都拼光了。

预备队中有个八班的山东兵叫陈洛英，投入战斗不久便头部负伤，血流得他眼睛都睁不开。他捂着创伤去找卫生员，晕晕乎乎地不知怎么就迷失了方向，竟一头撞进美国大兵群里。

被审讯时，陈洛英似乎脑子被打“坏”了，什么都想不起来，说只记得自己是七连八班的，但不知道属哪个军哪个师哪个团哪个营，其他更是一概不知。于是，美第七师情报官很恼火地给了他一个所有战俘中的最差评估：该战俘文盲，低智商。

在美军毁灭式的重炮轰击下，七连连长不停地请求增援。九连被迫提前一天投入战斗，不到三个小时，就陆续为七连补充了七个班上去。

刘怀珍老人回忆说——

3号那天七连打得很苦，伤亡很大，连搞弹药运输的人都补到阵地上了。没有人运弹药还打什么仗？营长就要抽我们连的炮排帮着七连送弹药。我说：营长，你别让他们上了，得给八连留点儿种子啊，我们补充补充还准备再上呢！

营长也是急得没法儿，答应我说："我也实在是抽不出人了。这样吧，就让他们送一趟，送到阵地上就下来。"

结果弹药送上去时，高地上战斗打得正激烈，一看情况那么危急，我们炮排的同志都不肯下来了，主动提出要帮七连打。那七连长还会不同意？正巴不得呢！那天七连只顶了大半天就打光了，其中包括我们连的炮排。到了下午，九连就一两个班、两三个班地这么往上增援了。打到天傍黑时，我们炮排只有一名副班长活着回来了。

我一看简直愁死了，这可咋办，这可咋办啊？连正副班长都配不齐全了，上级要再来任务，我们八连还拉得动上得去吗？

那会儿连长留在高地上给七连当顾问还没下来，我想了想拔腿就走，一个人跑了十几里山路，摸黑儿往团前沿包扎所赶。到了包扎所一看，我们连的伤员在那儿躺了一大片。我往地铺当间一站，说："同志们，团首长表扬我们八连打得很漂亮，下一步还有任务要给我们。但是，连里现在缺少战斗骨干。为了保持八连的荣誉，我代表连党支部要求大家，能动的都跟我走，我们一起回去，再接着干！"

我们的兵真好啊，我话一说完，呼呼啦啦爬起来三四十个，手里拄着棍儿的，头上裹着伤的，绷带还渗着血的，相互搀扶着，拉扯着，一句话不说跟着我往上甘岭走。

我眼泪啪啪地往下掉，心想：这样的军队这样的兵，什么样的敌人打不赢？

3日那天早晨，敌人开始进攻时，李长生团长抬起手腕看看表，又是8点钟。近几天敌人发起第一轮进攻总是在这个时间，已带有规律性了。他琢磨着，8点钟之前，敌人肯定是在某个集结点上做攻击准备，如果能查知敌人的集结点，我们就可能在战斗打响前先发制人，粉碎敌人进攻。

他派了几个侦察兵，借夜色掩护，潜伏到上甘岭前沿去侦察。侦察兵很机智，卓有成效地查明，韩军凌晨4点左右，就在597.9高地正南边的一片杂树林里集结。

李长生立即找到火箭炮团的段团长，建议说："老段，今天趁敌人集结，咱们先下手为强，用你们的火箭炮狠狠干他们一家伙，怎么样？"

段团长说："干，我们的喀秋莎们正憋得慌呢！"

报请前指首长批准后，4日4时30分，火箭炮团按侦察兵指示的目标方位，打了一个全团齐射，几百发大威力火箭炮弹，尾火赤红地飞泻向那片杂树林。

第十五军前沿窃听所随即监听到敌人在无线电里的呼叫，报告遭我炮火急袭，伤亡惨重，要重新调集兵力，组织进攻。

这天，韩第三十、第三十一团的两个营，迟至中午12时才发起攻击，且攻击力度明显疲软。

当战火照亮5日的天空时，第三十一师接下了第四十五师597.9高地全部防御阵地。

第三十一师前身是八路军第三八五旅，晋冀鲁豫军区参谋长李达称其为“太行山拳头”，征战杀伐，所向披靡。晋冀鲁豫野战军组建三纵时，该旅编为三纵第七旅，战绩斐然于解放战争史册：定陶战役中，生擒国民党王牌整三师中将师长赵锡田；宿县战役中，俘虏国民党交警第十六总队中将副司令官张绩武；淮海战役中，活捉国民党第十二兵团中将司令官黄维、国民党第一一四师少将师长孟树寿。1949年初，该旅整编为中国人民解放军第十一军第三十一师。

1950年底，西南军区令第十二军第三十六师留在四川涪陵建设军分区，而将第三十一师编入第十二军序列，入朝参战。该师是第十一军的王牌，编入第十二军还是主力师。

这样一支主力部队往597.9高地上一摆，5日尚未开战，结局就有了。虽然这天的战斗仍然激烈，该团还打出了一个名叫胡修道的特等功臣、一级战斗英雄、朝鲜民主主义人民共和国英雄，但敌攻势已明显衰竭。

战士们向团才李长生反映：今天的敌人特别好打，几十个手榴弹一砸，他们的一个攻击波就垮了。

张显扬的第二十九师也是一支强悍之旅，但他见到第三十一师副师长李长林时，还是禁不住啧啧称赞：“你们那个九十一团能打，伤员给抬上担架了还搂着杆枪不放，说等伤好了还得回来接着打。”

实在碰不起志愿军第九十一团这根钉子，5日半下午，韩军便开始施放烟幕，用绳子拴住尸体的脚脖子往阵地下拖，草草收了兵。

韩国《朝鲜战争》记载了11月5日战况：“黎明，全营（韩第三十一团一营）向目标发起冲击。从6时30分开始，敌炮火转猛，守敌用手榴弹和机枪阻击，战斗异常激烈。9时30分，以第三连特攻队为先导再次发起突击，突入敌人阵地。这时，敌炮火不分敌我猛轰山头。11时，敌反冲击部队加入战斗。我突击连连长负重伤，伤亡不断增多，战况于我不利。因此，营长一面命令预备队第二连投入战斗，一面请求航空支援。14时，空军一个强击机编队临空，用机枪和汽油弹进行三十分钟火力支援之后，第二连突入敌阵展开搏斗，但也被打散。”

就在美军F-51型强击机群实施空中火力支援时，敌我双方都看见，597.9高地主峰上空出现了惊心动魄的一幕：美军一架强击机俯冲攻击时，由于飞得过低，竟然撞上我军地面火炮弹道上的一枚炮弹。随着一声撕裂耳膜的巨响，暴尘遮蔽混沌未开的天幕上，骤然炸开一个炫目刺眼的光团。霎时间，那无可名状的灿烂照耀了整个战场。接着，飞机燃烧的残骸便如火红色疾雨缤纷地坠落，呈现出美丽骇人的战场奇观。

从此以后，美军飞行员再不敢超低空飞行。

至此，我第九十一团也只剩一个三连未曾投入战斗了。当晚，第九十三团的一个营便赶来增援。同时，第十二军后续部队也如流水般不断地逐团向上甘岭调运、集结，准备迎战敌人更大规模反扑。

4. 毛泽东主席拟文电示

第四十五师师长崔建功，坐在指挥所里翻看阵中日志，发现五天来美、韩军在597.9高地的进攻持续力，明显呈现一条下降曲线——

1日，战斗至半夜时分结束。

2日，战到天黑透，敌人于18时罢手。

3日，敌人17时停止攻击。

4日，敌人还是17时停止攻击。

5日，15时左右敌人就不打了……

崔建功琢磨着，敌人攻势已是强弩之末，597.9高地战事再有一两天就该见分晓了。那会儿他还不知道，美第九军军长詹金斯，已经下达了停止进攻三角高地的命令。

三角高地，亦称三角岭，即597.9高地。韩国《朝鲜战争》

记载：5日，“突然师长命令：从15时停止进攻。全营于15时10分撤出战场回到凤尾”。又云：“停止进攻三角高地，是军团长决定的。自从‘摊牌作战’开始以来，美第七师打了十二天，韩第二师打了十一天，只是增加伤亡。加上狙击棱线连日不断血战，继续进攻也无所作为。因此，决定从即日起结束三角高地战斗。”

上甘岭开战以来，难得有这么一场早早收兵的战斗。双方士兵山上山下、一南一北地同时享受到了这个宁静的战地黄昏。第一三四团五连连长牛根子和他的战士们，在满是硝烟味儿却没有枪炮声的阵地上，安稳悠闲地吃了顿热腾腾的肉包子，薄皮大馅，五十多年后他还能闻到那包子油汪汪的馅儿香。

5日傍晚，范弗里特匆匆赶到人满为患的金化前线野战医院慰问伤员。那个胸部缠着绷带的上尉基里，向他的司令官描述了率连去增援只剩下十来个人的美第三十二团F连的情景：“我们被打得落花流水。我身边的无线电员和排里的中士都阵亡了。那里根本没有藏身之处，中国兵发射的迫击炮弹每秒钟一发，可怕极了……”

看着连医院走廊、过道上都躺满的伤员，范弗里特什么话也没说。

韩军装备不及美军，伤亡便越加惨重。韩第三十团受重创，韩第二师更是被打得支离破碎。

二十三天无休止的激烈大争夺中，韩第二、第九师的五个团轮番投入战场，随打随补了第一〇五编练师的两千余人，仍不敷消耗，又将釜山和巨济岛新兵训练所的新兵大批补入部队。

在30日战斗中被俘的韩第十七团下士千致石，头一天才从新兵第三团补入二连。他供称：当时二连伤亡得只有十五个人了，是第三次整补重建的连队。

韩第十七团一营是10月20日被拉上537.7高地北山，投入争夺主峰A高地战斗的。该营排长金宇赞少尉十几年后还记得：

"我先后四次上过A高地顶峰。由于枪炮声，无法以口令指挥，主要以手势、信号指示攻击目标。在发起第四次进攻时，我看了看全排成员，熟人很少，大多数是新兵。我下命令冲击，他们怕得不敢动，只好由我率先冲锋带动他们。有一次在A高地，从天黑打到第二天3时，最后只有五人在坚持战斗，新兵全都不见影了。十个新兵不如一个老兵，这是我的切身体会……"

新兵增多，直接导致战斗力下降，伤亡便越大；越大越补，新兵便越多，从而形成一个可怕的恶性循环。这种刹不住车的增补，简直就是饮鸩止渴。韩第二师先后补入的新兵，仅志愿军情报部门侦知的便有六个新兵团的番号。

美联社战地记者也曾心情沉重地报道："联军所牺牲的人、所消耗的军火，已使联军的司令官们震惊了。而且，若在最后公布全部损失时，还将使公众震惊。这次的战斗是二十八个月的朝鲜战争中第二次损失精锐部队最多的战斗。这次损失仅次于1950年第八集团军在北朝鲜惨败时的损失。"

美军终于收敛起了对597.9高地的贪婪。11月6日，美国第八集团军的新闻发布官以西方式的坦率，在记者招待会上承认说："到此为止，联军在三角岭是打败了。"

放弃攻击597.9高地，不仅使美军避免了更多人员伤亡，也为美国纳税人节省一大笔买炮弹的钱。

据美国第八集团军1952年指挥报告统计，美、韩、"联合国军"10月伤亡16554人，11月伤亡数字就降至8586人，降幅超过48%。美军10月共发射近176万发榴弹炮弹，132.4万发迫击炮弹；11月就减少到81.1万发榴弹炮弹，85.8万发迫击炮弹，降幅分别达54%和35%。

八天之后，美第七师移交出铁原至金化一线的全部防御、作战任务，除第十七团调往仁川看守战俘营外，其师主力亦后退五十多公里，撤至加平地区，作为第八集团军预备队。

获悉这一情报，秦基伟特别兴奋，多次对他的部属们说："打残美七师是致命伤，和四十七军打骑一师一样，是要害！"

然而美第七师溜得太快，只打了十二天便从597.9高地抽身而去，其伤亡没有第十五军估计的那么大。此后，这个师在朝鲜战场还有过两次作战。一次是在1953年1月25日，为试验克拉克空地联合行动的设想，美第三十一团先后投入的三个步兵排，在五十六架“雷鸣”式战斗轰炸机、一百一十门大口径火炮和一个坦克连的支援下，乘坐运兵车向志愿军第二十三军第二〇一团的排阵地——芝山里南205高地发起进攻。亲临现场观战的有美第五航空队司令官格伦中将、美第一军军长保罗·肯德尔少将、美第七师师长史密斯少将和一群随军记者。攻击三个小时，美第三十一团便伤亡七十七人，遂自行退出战斗。而志愿军第二〇一团守备排仅伤十一人。

为此，美国媒体曝光，讽刺此次攻击是“为了高级参观者而上演的一场搞糟了的格斗竞技”。

消息传开，在美国国会引起轩然大波，美国参联会主席柯林斯亲自出面解释，才把舆论慢慢平息下来。

还有一次是1953年7月金城战役中，由美第七师第十七团一部防御的石岘洞北山，遭志愿军第二十三军第六十七师攻击。阵地丢失后，该团与美第三十一团轮番反扑，反复争夺六昼夜，最终未能夺回北山。

也是5日傍晚，597.9高地战事甫定，中朝“联司”首长彭德怀、邓华、朴一禹联名致电嘉奖第十五军——

> 你军与敌血战了二十余日，敌军集中了空前优势的炮兵、飞机、坦克及大量步兵集团冲锋，不仅不能夺取我军阵地，而且丧失了一万五千余人的有生力量及大量炮弹，你们则发扬了坚韧顽强的战斗作风，愈打愈强，战术愈打愈灵活，步炮协同愈打愈密切，战斗伤亡则逐渐减少，特别是2日毙伤敌一千五百余人，我仅伤亡一百九十余人，这样打下去，“必能制敌于死命”。我们特向你们祝贺，望激励

全军再接再厉，坚决战斗下去，直到将敌人的局部进攻完全彻底粉碎。预祝你们胜利。

第十五军政治部迅速将这一嘉奖电印成红色号外，散发到该军每个阵地，以激励士气。

日夜关注着上甘岭之战的毛泽东主席，于11月10日将这一嘉奖电批转给各大军区、各军兵种及军委各部门。

就在中朝“联司”首长联名嘉勉第十五军的同一天里，志愿军第三兵团拟定了一份《对597.9高地及537.7高地北山作战部署》——

……为便于指挥，决定组织五圣山作战指挥所，由十二军副军长李德生同志负责，统一指挥三十一师和三十四师之反击作战。二十九师之配合动作（三十一师、三十四师担任反击，二十九师担任防御）。该指挥所归十五军秦基伟军长直接指挥。为统一炮兵指挥，决定组成炮兵指挥所，由炮七师师长颜伏同志负责统一指挥支持五圣山前沿作战的各配属炮兵。炮兵指挥所应与李德生同志的指挥所靠近，以便协同。炮指下之各炮群及各分群组织层次不宜过多，以便下达命令迅速及时。

以上限于6日12时部署完毕。

当天，“志司”将此部署上报中央。

由此开始，志愿军总部才将597.9高地和537.7高地北山的两高地之战，统称为上甘岭战役。

7日，毛泽东以中央军委名义亲自拟文电示——

6日11时电悉，你们对加强十五军作战地区之决心和部署是正确的。此次五圣山附近的作战已发展成为战役的规模，并已取得巨大的胜利。望你们鼓励该军，坚决作战，为争取全面胜利而奋斗。

此时的上甘岭，已成1952年朝鲜战争的主战场。

第十五军按照第三兵团的部署，于5日傍晚命令第四十五师，除炮兵、通讯、观察、后勤机构留置原地不动，以保证第十二军部队作战外，坚守597.9高地和反击537.7北山的作战任务移交给第三十一师，而后全部撤出五圣山地区，移师军部道德洞以南两公里处的兵马洞、马背岩、长德里一带进行整补。

与此同时，李德生率第三十一师机关部分人员赶赴德山岘，设立五圣山前线指挥所，简称“前指”。

美国第八集团军很快获悉第十二军参加上甘岭作战的情报。韩国军方心情惶然地对此评论说：“中共十二军享有精锐部队之称，具有攻防全面作战能力。”

韩第二、第九师顿感军心震撼。

事实上第十二军作为战役二梯队投入上甘岭，并非刻意挑选。该军从第十五军左翼的金城防线换防后撤时，正是上甘岭战局趋向险恶之际，“志司”便取消该军的原定休整计划，就近将它截住，重又投入战场。偏偏截住的是支精锐之师，这就造成了美军和韩军持续性的灾难。冥冥之中似有一股无可改变的力量，在主宰着这场战役的走向与结局，注定并加速了美国第八集团军的失败。

德山岘第四十五师指挥所的大坑道里，一片喜庆气氛。孙家贵、刘占华、张信元三位团长撤离前沿指挥所，战尘仆仆地聚集到一起。一见到崔建功，四条汉子便拥抱成一团，泪水哗哗地淌。团长们都说：“师长，我们没想到还能活着回来见你啊！”

崔建功热泪盈眶地说：“二十三个日夜，你们辛苦了。今天我们为胜利开戒，好好喝一杯。警卫员，倒酒。噢，对了，宋科长你再了解一下，看坑道里的同志撤下来没有……”

597.9高地上坑道部队正在下撤。

整整十四个昼夜的坑道坚守与阵地反击，极大地摧残了坑道人员的身体，他们普遍患有色盲、夜盲和风湿症。赵毛臣两腿风湿，已挪不开步子，硬是被两个战士架出坑道的。

而八连撤出坑道的人数，连长和指导员两人说法有点出入。

李保成回忆说：先后屯集过数百号人的1号坑道，只走出了八名官兵。出了坑道没多远，便在敌炮火下牺牲了两个战士。因军首长要接见，所余六人被连夜送到军部。可到了军部，因过度饥饿而严重萎缩的胃一下子塞进过多的饼干和罐头牛肉，六人中又撑死一人。

王土根记得：“战后本该回来十三名同志，在撤出阵地回到团指挥所时，受到敌炮袭，牺牲一名同志，伤了三个同志，九个同志光荣归来。”

走出1号坑道的人中，属八连战前原班人马的，只有连长李保成、指导员王土根和一个小通信员。他们强撑着极度虚弱的身体，摇摇晃晃地走到高地下的山沟里，就不得不坐下歇歇。

小通信员随手抓了把沟里的土，觉得硌得厉害。他摊开手掌心用手指扒了扒，竟从土里扒拉出三十二粒弹屑。

李保成倚坐在沟坡上，顺手拽过一截焦黑的树干，忽然吃惊地发现，这截不到一米长的树干上，密密麻麻地嵌着一百多个子弹头和炮弹片。他把树干往通信员怀里一扔：“扛回去，以后让我的儿孙们看看。”

如今，这截树干还珍藏在空降兵部队的军史展览馆里。

坐在李保成旁边的王土根，则在数着八连战旗上的弹洞。十四天前，八连将这面旗子崭新地带上高地，每反击一次，红旗就插上阵地一次。一次次子弹穿，弹片崩，一面不到两平方米的旗帜上，竟布满了三百八十一个焦煳的弹洞。王土根把它卷巴卷巴，揣怀里了。他没想到，日后这面旗帜成了中国革命军事博物馆的馆藏珍品。

1962年，新落成的中国革命军事博物馆特邀李保成赴京，参加隆重的开馆仪式。当陈毅元帅陪同朝鲜驻华大使走到八连旗帜前时，李保成为他们讲述了这面旗帜的经历。李保成不善言辞，但仍感动得大使先生泪水横流。

5日晚，李保成一行人赶到师指挥所时，天已黑透了。崔建功老远迎上来，感慨万端地握住他的手，问："你见过这样的仗没有？"

李保成跟师长熟，说话也随便，反问道："师长见过没有？"

崔建功摇头说："我没见过。"

李保成就乐："我见过了，连我手下的兵也都见过了。"

崔建功笑起来："你这个捣蛋连长！……不说了，快上车吧，军长早在等着，要接见你们呢！"

第九章　北山弥漫的红雾

1. 拯救坑道部队

597.9高地战局稳定的当天晚上，第十五军便腾出手来，筹划用第九十二团收拾537.7高地北山的韩军。D日H时定在11日17时40分。

李德生派第三十一师副师长李长林到第九十二团指挥所坐镇，亲自指挥这场反击战。

六朝古都南京，已是晚春时节。

中山陵风景区旁，一幢绿荫掩映的白色小楼里，原新疆军区副司令员李长林，正忙着修理入夏的钓具。老人鬓发苍苍，步态蹒跚，刚动过白内障摘除手术尚未痊愈的眼眸，还有些混浊不清。那双布满褐斑，攥了一辈子枪柄的手，如今紧紧攥着根钓鱼竿。他颤巍巍地摸索着，在小公务员帮助下整理竿上的钓钩、浮子和金属摇轮。他身上松松垮垮地穿着件无领花肩章的八四式旧军装，慈态可掬，淳朴得与他家乡的川东老农绝无二致。但在他龙钟老态的后面，藏着一个精彩的生命过程。这位当年的红军小掌旗兵，枪林里来弹雨里去，积攒下许多传奇故事。

《中国大百科·军事卷》解放战争时期英雄模范人物“李长林”条目，这样介绍他——

> 中国人民解放军战斗英雄，优秀指挥员。四川省渠县人。1933年10月参加中国工农红军，1936年12月加入中国共产党。作战英勇机智，屡次带领部队出色地完成战斗任务，曾十次受奖，荣获八枚奖章。1945年8月任营长时，在上党战役中率领全营担任阻击任务，指挥部队巧妙地攻占国民党顽固派军队两个制高点，并顽强地打退国民党军多次反扑，与友邻部队一起保证了部队的总攻。1947年进军大别山时任团长，在羊山集与国民党军作战中，带领全团担任一个方向的主攻，以较少的代价攻占了羊山集，并指挥部队打垮了国民党军敢死队的三十余次疯狂反扑，守住了阵地。1949年成都战役中，带领两个营昼夜兼程，全歼国民党军第二十八师，生擒其师长。1950年9月出席中华人民共和国全国战斗英雄代表会议。

战争将他冶炼成一名出色的军事指挥员，熟悉作战图上的符号和等高线，像熟悉自己手掌的纹路和指头的斗箕。但他不识字，当上团长了，上级来的电报还都得由参谋念给他听。

他意识到这是自己的文化残疾，第五次战役后他去找曾绍山，请求说：“军长，我这辈子一场接一场光打仗了，什么速成班、训练班都没上过。老不识字怎么办？你让我上学去吧。”

曾绍山很理解他，说：“是啊，是该学文化了。可是你瞧，我们军的金城防御任务来了。这样吧，我保证这次防御作战一结束，就送你回国学文化。”

可是在金城防御了一年，撤下来还没走到休整地，上甘岭形势吃紧，第十二军又调回头来给第十五军当二梯队。

上甘岭战役胜利后，曾绍山要李长林去第三十四师任师长。李长林摇摇头，说：“不，军长你答应过的，先让我去学文化。没有文化，我去了三十四师也不一定当得好师长。”

曾绍山再也没话可说，尽快安排他回国，去重庆上速成文化学校。

川音浓郁的李长林老人说话极有特点，多么惊心动魄的事，他也是神情淡然，悠着劲儿款款道来——

> 说实在的，接到任务我是有点恼火。我们九十二团8号才拉上来，11号就要打。弹药弹药没有，都让十五军打反击打光了；地形地形不熟悉，这么大的反击战，部队拉过来三天就让上，看地形的时间都没有。张蕴钰参谋长来我们部队征求意见，我也不会客套，有话照直说。我说我还从没这样急慌慌地打过无准备的仗呢。见到秦军长我也如实反映情况。秦军长说：“是啊，仗是打得急了一些。可北山那些坑道里还有我们的不少人呢，他们断水断粮十几天了。”我一听，这还说什么？再难也得打啊！

战争记忆刀刻斧凿。隔着四十多年，老人张口便说出第九十二团拉到上甘岭的时间是11月8日。

韩国《朝鲜战争》记载：11月8日“这天是狙击棱线战斗四十二天中唯一没有交战的一天。敌人总是夜必攻昼必撤，而今天却在整个战场不见影子”。

因为这一天双方没交战，韩国军史学家便把上甘岭战役算作了四十二天。

准确地说，这一天确实没有步兵交战，但敌我双方对上甘岭的炮击终日未停。这天拂晓，准备反击597.9高地11号阵地的第九十三团三营营长甄申，带着几个连、排长，就是冒着美军炮火爬到高地上看地形的。前沿对峙的阵地上，也有一些小规模的枪战。

所以，志愿军确认上甘岭战役为整整四十三天。

8日这天，秦基伟多次向“前指”询问第九十二团准备情况，强调务必准时反击，刻不容缓。因为537.7高地北山坑道坚守部队历尽磨难，正度日如年。

北山东南山梁上的5号阵地坑道里，第四十五师警卫连副排长方永平带着十四个战士，从10月23日反击后倚洞作战至今，坚守了十七个昼夜。饥渴交加中，他们身体已虚弱得没一个人站得起来了。

就在第九十二团接到反击作战任务的这天，敌人猛烈炮击北山2号阵地主坑道。坑道虽未毁，但坑道内第一三三团的三十多名官兵全部牺牲，关押在洞里的两个韩军俘虏亦亡。死者情状极惨，无一处明显创伤，然而凡暴露衣外的皮肤均溃烂流水，头发如野火燎过般地焦黄，各个怒目圆睁，不瞑而亡。

当天晚上，韩第二师前沿宣传喇叭里就得意地喊叫：“在我万发炮弹的猛烈打击下，中共军队损失惨重。其中十发最大威力的炮弹，即阻止住中共军队的进攻”云云。

据第四十五师当天阵中日志记载：判断敌可能使用原子加农炮或化学毒气弹。

原子加农炮是种11英寸口径，炮筒长12米，液压式装填的炮弹重600磅，射程达40英里的巨型大炮。据美第八六八原子加农炮营下士贾维斯·巴雷特回忆，1953年该营曾接到开赴朝鲜的命令，但最终命令取消，改为开赴东、西德边境。

美国第八集团军资料中，无装备和使用原子加农炮的任何记录。

韩国《朝鲜战争》10月15日“战争日志”中倒是有条记载：“美首次公开280毫米口径原子炮。”但也仅此而已，看不出与北山坑道事件有何关联。

笔者认为，北山2号阵地主坑道人员的死亡，当为106.7毫米口径化学迫击炮毒气弹所致。

距北山2号阵地四百米左右的9号阵地上，有个“L”形的排坑道，里面困守着第四十五师十一个打散和受伤的士兵。其中一个四川兵，名叫邓五梅。10月22日，他所在的师警卫连三排奉命反击537.7高地北山7号阵地。战斗中，他右脸颊被炮弹片崩伤，就近撤入9号阵地坑道。可是他进去没多久，坑道就被韩军封锁。整整十二天里，他与先后退守进坑道的十名掉队和受伤的战友，就靠吃坑道里储存的饼干喝自己的尿存活。

11月4日，正是范弗里特超级火力反炮兵计划实施的第二天，猛烈炮火将9号阵地坑道炸塌。邓五梅和另外六个人，浑身血污地侥幸爬了出来。当天晚上大家都渴得实在熬不住了，他独自一人爬下高地找水。水是找到了，回阵地的路却被韩军阻断。他在那个小水洼边躲了一天多，6日凌晨被韩军巡逻队捕获。

审讯时，美第七师情报官问这个战俘编号为132的中国士兵：“你是不是被中共军队强行征召入伍的？”

邓五梅说：“不，我是1951年从家乡四川中江县自愿入伍的。”

情报官问：“你是开小差被俘的吗？”

邓五梅回答说：“我们师警卫连一日三餐食物充足，每人每天一斤七两五大米或白面，还有半两多菜油，以及咸鱼、豆子和酱菜，每人每月还有四听肉罐头；连队待遇公平，官兵关系良好，士气很高，我从来未有过开小差的想法。”

情报官问他：“在前线看到过我们联合国军撒的宣传册子和传单没有？”

邓五梅说：“看到过许多从飞机上撒下来的小册子。可我没有文化，不识字。”

情报官又问他：“可曾听见过美军的空中广播？”

邓五梅说：“那倒是经常听见，但是飞机噪音太大了，根本听不清楚它讲的什么玩意儿。”

抄录完邓五梅的审讯记录，笔者不禁满怀惦念，这位好兵，不知现在何方？

当邓五梅困守的坑道被炸塌时，537.7高地北山7号阵地坑道的处境也恶劣到了极点。这是整个537.7高地北山距南山守敌最近的一个排坑道。困守其中的是10月29日晚第一三三团反击北山时被打散的零散人员。他们退进坑道不久，即被敌人包围，从此与后方失去联系。整整十一天里，他们未得到一粒子弹、一颗粮的接济。苦熬到11月7日，坑道内的十五名伤员全部饿死，步话机员赵昌荣、杨小会亦冻饿身亡。九连指导员张示宽和班长张志轩饿得几次昏死过去，又互救醒转过来。艰难至极，张示宽这才下决心于8日凌晨3点全体突围。幸存的七个人刚出坑道口没多远，一个叫杨静悦的副班长便因饥饿过度，心力衰竭而亡。

“前指”将这一情况报到第十五军指挥所，军首长们愕然相视，许久没人说话。

秦基伟在这天的阵中日记里详细记下了他沉重的心情——

> 537.7高地北山（7号阵地）剩下的指导员、排长、两名班长、两名步话机员和一名战士，在几日未进食，周围都是敌人的情况下，迫不得已于拂晓前突围，找到了主力。从这些同志说，他们勇敢地突围回来，是表现了人民军队的艰苦顽强，在那种极艰难的日子里，他们的意志坚如钢铁；但从整个斗争来说，7号坑道丢失之后，对今后反击增加了更多的困难，这是很不利的。过去几次战斗没有打通与7号坑道的联系，未能给予坑道内的同志生活上的保障及精神上的安慰，对有生力量进行调换加强，这是重大的教训。

拯救坑道部队，已急如燃眉。

而且，韩第二师第十七团五连连长金宰东发明了一种新的阵地筑城法：将空汽油桶的一面钻出射击孔，另一面揭开铁皮做连接交通壕的入口，然后将汽油桶“栽”在地上，射击孔周围堆上麻包，构成跪姿射击掩体。韩第二师依照此法，派出一支四百多人的工程劳务大队，在537.7 高地北山上展开大规模的“汽油桶阵地”建设。

我第九十二团反击时间越晚，北山韩军阵地便建设得越加巩固。

李长林老人回忆说——

我们的反击准备昼夜进行。为了保证作战所需的弹药，我们临时把第九十二团二营拉上去，参加突击抢运。他们原本是反击的二梯队，二梯队搞运输是兵家大忌，但没有别的办法。我只带一梯队的干部草草看了一回北山地形，便展开反击作战。

当时我的位置在上所里北山团指挥所，那是个只有十来米长的小坑道，光十几部电话机和六七部电台就占了多半个洞子。师、团指挥员和值班参谋围坐在一个用空弹药箱垒起的小台子旁指挥作战，挪挪屁股的空间都没有。台子上那盏小煤油灯，因坑道里氧气不足，火光比黄豆粒大不了多少。香烟抽得满坑道跟着了火一样，浓烟滚滚，熏得眼睛都睁不开。那时真是忧心如焚啊，主要担心部队准备得不充分仗打不好，山头反击不下来。越担心香烟就抽得越凶，我一天三盒还不够，全是“大中华”，祖国赴朝慰问团慰问的好烟……

久经战阵的李长林怎么能不担忧呢？三天的准备时间，对于一支远道赶来，连口气都没喘匀的团队，实在是勉强为之。一梯队的连、排长们，只在距北山一千多米的地方，看了看它朝向五圣山的那半拉子地形。双方近一个月的猛烈炮战，高地早已被打变了形，几个坑道位置也模糊不清。就这么远远地看一眼，连、排长们谁也没能把北山的九个编号阵地弄清楚。用李长林的话说：仗也只好这么打了。

为求得537.7高地北山首攻即克，第九十二团计划投入红一连、七连和八连，形成三路突进，向心攻击。

可是计划赶不上变化，11日中午，五圣山地区气候骤变，漫天冷雨夹着小雪，遍山雾气迷蒙。下午两点钟，“前指”决定抓住美军轰炸机受能见度所掣不能起飞，北山守敌失去航空火力支援这一有利时机，命令第九十二团提前两个小时发起北山反击战。

李全贵团长接到命令，汗唰地就流出来了。此时距反击时间只有两小时，红一连突击排昨天夜里就已秘密潜伏到6号阵地的石崖前，正忍受着冷雨浸衣的困苦，悄悄地趴在韩军眼皮子底下。那里没有架设有线电话，根本来不及通知他们变更攻击时间。情急之下，李全贵只好调整部署，临阵换将，改由红一连二梯队的三排担任突击任务。

当命令传到三排时，反击北山的炮火准备已经开始了。

2. 最后一名志愿军战俘

15时40分，一对红色信号弹从五圣山顶腾空而起，将阴霾的天空划出两道猩红的血痕。信号弹优美的弧线还在空中闪烁，五圣山二线十几个炮阵地上，七十门榴弹炮和十几门喀秋莎火箭炮，一起瞄准537.7高地北山，半个小时内骤雨般倾泻出一万多发炮弹。覆盖式大轰炸，愣是把这个高地打得摇晃起来。

这是上甘岭战役中每小时消耗炮弹量最高的一次。

李全贵团长也称得上身经百战的指挥员了，但11日志愿军炮火之猛烈，他说从来没有见过，北山仿佛一堆干柴在燃烧。

16时整，炮火延伸，第九十二团的三个连借助炮火威势，在雨雪初霁后的泥泞山地上，一步一滑溜地往北山攻去。

此时的北山坚固如磐。

据韩《朝鲜战争》记载：11日由韩第三十二团一个营守备的北山，防御设施有铁丝网六百多米、防步兵雷二百多颗、掩体六十七个、汽油桶立射掩体五十七个、重火器阵地两处。

由于地形太陌生，第九十二团的这次攻击打成了个乱仗。这个排误把7号阵地当成3号阵地打；那个班该攻7号阵地却错往3号阵地上冲；指挥所刚接到一连占领2号阵地的消息，又传来九连正在2号阵地激战的报告。

但第九十二团高超娴熟的小兵群和单兵作战技能，使他们抓住了可能趁乱溜走的胜利。这些训练有素、充满进攻意识的官兵们，遇到战友就自动组合结伴，碰不上便自己指挥自己，遇到敌人就打，见着地堡就炸。其中七连打得最凶，全连除少数人有机枪、冲锋枪外，大部分战士都不要枪，光带手榴弹、手雷和爆破筒。

上甘岭战役是小山头上打大仗，所有轻重武器性能优良与否，都在这片战场受到最严格的检验鉴定。

由于两高地区域狭小，攻防转换迅速，敌我双方一照面就是抵近交火，加上韩军攻击多采用集团冲锋，羊群队形，所以上甘岭成了打密度而不是打精度的战场。第十五军官兵都嫌步枪和半自动步枪击发速度慢，进攻或防御都耽误事，无论守备还是反击，官兵们都喜欢使用冲锋枪。第四十五师打坏的枪支中，冲锋枪占了70%。

战士们普遍反映苏式五〇弹鼓型冲锋枪最好使唤，枪体轻，射速高，特别适用于伏击、反击。其不足之处是配发的弹鼓太少，平均每支枪摊不上两个，百十发子弹一旦打光，肉搏起来那枪还真不如烧火棍抡着顺手。

被志愿军官兵俗称为“转盘机枪”的7.62毫米口径苏式捷格加廖夫轻机枪，是苏联军队在第二次世界大战中主要轻武器装备之一。这型轻机枪虽然弹匣装弹量大，火力凶猛，但它有个致命的毛病，就是转盘弹匣空回大，身体稍有晃动，它就在你肩上咔啦咔啦乱响，部队运动或夜袭时很容易暴露行踪。

捷克式轻机枪瞄准基线长，射击精度高。而它多是当年从国民党军队缴获的，使用多年，枪口太老，得大把大把往上涂油降温，否则子弹卡壳率高得让人恼火。上甘岭激战，瞬间生死，谁有工夫老用黄油伺候它？

重机枪里最不适用于上甘岭作战的是马克辛，零部件复杂、枪体笨重都且不说，还需要经常加水冷却，需要坚固工事支撑。滴水贵如油的两高地上，人喝的水都没有，哪还有水给枪降温？早已被炮弹打得酥软虚松的高地上，四五十公斤重的马克辛一架，半截子都埋在土里，根本没法儿打。

于是，手榴弹便成了抢手货、热门货。尤其是加重手榴弹、反坦克手雷和爆破筒这一类特种家伙，那就更受反击固守部队赏识。一颗手雷扔出去，炸出的坑直径达两三米，深近一米，可杀伤一个排敌人，掀翻一座敌地堡。爆破筒威力更大，不是半个连敌人集团冲锋，战士们根本不舍得用它，说用了不划算。

但凡投掷类弹药，给多少官兵们都背上。有些官兵为了多背几颗手榴弹，天寒地冻的季节里连棉衣都扔了，以减轻负重。许多官兵上阵地，宁扛一根爆破筒，不肯扛杆步骑枪。步骑枪在上甘岭几乎是个累赘，所以第十五军补充新兵的应急训练，也只教冲锋枪、手榴弹、手雷和爆破筒的使用。

二次重建的第一三五团一连投入决定性大反击前夕，五班班长发给孙富银一杆苏式步骑枪。孙富银愣了愣神儿，细声细气地问："班长，你对我是不是有啥意见？"

班长挺纳闷儿，说："你个小新兵蛋子，补充到我手上才两天，名字我还不知道是哪三个字儿，我能对你有啥意见啊？"

孙富银说："那你为什么发这种枪给我？枪你留着使，再给我添俩手榴弹，保证给你立个功回来！"

10月26日，第一三三团六连连长命副班长尚安群带十二个人坚守537.7高地北山7号阵地，并为这个小兵群每人配备十颗手榴弹、四颗手雷。他们自己又在阵地上搜罗了敌人遗弃的十七箱手榴弹，每箱四十颗。十二个人打了一整天防御，除了一个机枪手射出七百多发子弹，其他人一枪未发，硬是用手榴弹打退了敌人两个连的进攻。

手榴弹在他们手上投出了威力，也砸出了技巧。对付敌战斗小组用普通手榴弹，阻击敌连排进攻用手雷、爆破筒；遇有躲藏在岩下死角处或山坳部的敌人，就把手榴弹在头顶抡上一圈再投掷出去，让它凌空爆炸。战士们谓之打“空炸”。

据第四十五师后勤部统计：整个朝鲜战争期间，该师共消耗11.14万颗手榴弹，其中上甘岭23天里就消耗了10.65万颗。

上甘岭战役的胜利，几乎就是手榴弹的胜利。

这一仗让美军也感受到投掷武器的魅力。美第三十一团《598高地指挥报告》中就有以下两条建议：

…………

C.在部队训练中应增强如何使用临时提供的类似于中国手榴弹的防御型手榴弹；

J.每个士兵在进攻行动中应携带至少六枚手榴弹……

我第三十一师的兵们更狠，一说上阵地，许多人都将手榴弹用干粮袋装了往腰上缠。有的兵还嫌这不够，干脆脱下长裤扎住俩裤管，塞满手榴弹后跟小马驾辕似的往脖子上一套。

刘怀珍老人说起上甘岭，记忆清晰得如同昨日：我们八连拉上597.9高地时，冲锋枪手每人携带五百发子弹、两颗手雷、十个手榴弹、一个炸药包；所有步枪手一律改徒手，每人扛两根爆破筒，背六个手雷、两枚加重手榴弹、四枚普通手榴弹，总负重有四十多公斤，跑起来各个都趔趔趄趄的。

第九十二团七连上阵地前，有个河南兵跑去找司务长，要求发给他一条面口袋。司务长好生奇怪，问他：“你要面口袋干吗？”

那个河南兵愣乎乎地说：“装手榴弹。”

司务长看着他瘦巴巴的身子骨就笑：“你个傻小子，一面口袋手榴弹，你扛得动吗？”

那个河南兵脖子一梗：“这你甭管了，发一条就是。”

手榴弹在防御战中所显示出的杀伤效应，使战士觉得握住它，就意味着握住了力量，握住了胜利。

537.7高地北山上，第九十二团二连连长派副班长曾平章带几个人去守4号阵地腰部，问他：“你有没有把握守住它？”

曾平章坚定地回答说：“有。连长，你要是能再给我几个手榴弹，我就更有把握守住它。”

连长瞅瞅他，只见他肩上扛着根爆破筒，手里拎着两颗手雷，皮腰带上密匝匝插了一圈手榴弹，问他：“你还拿得了吗？”

曾平章说：“只要连长你给，我自然会有办法。”

连长指着脚边那个弹药箱说：“那好，你就只管拿吧。”

曾平章脱下身上的烂军衣，欻欻地撕成条，把箱子里的手榴弹分成三两个一捆，糖葫芦似的穿起来，往身上一背，笑不唧儿地奔4号阵地山腰去了。这一去曾平章就再没回来，当天下午两点左右，他把糖葫芦似的手榴弹打光后，又用扛上阵地的那根爆破筒，与包围他的韩军同归于尽。

这一天下午，第九十二团反击连队火力奇猛，手榴弹扔得跟下雹子似的，硬将537.7高地北山的旮旮旯旯挨个儿炸了一遍。

这些穿着被子弹头和炮弹片撕咬得絮花败露的绗条棉袄，脚蹬千补百衲破胶鞋的中国士兵，自己也没意识到他们正在创造着何等辉煌的业绩。穿过半个多世纪的云层望去，其功其勋，仍灿如悬日，让人不敢对视，久视。看得久了，竟就冷汗浃背，惶惶地漫浸出一种渺小感、不类感和人种退化的疑惑来。

韩国《朝鲜战争》记载，11月11日——

当面中共军第三十一师从三角高地战斗结束以来，经五天侦察，于这天黄昏同第二十九师八十七团（笔者注：该团并未参加11日对537.7高地北山的反击），向我联合发起了第二十五次反击。

接近日落时分，敌人向全团防区发射八千多发炮弹，16时15分，从A高地北侧发起攻击，我第一连一举击退该敌。16时35分，敌又增加两个连向同一目标发起第二波攻击，同时以一个连攻击岩石棱线，另一个连攻击第一连。17时20分，又有一个连发起第三波攻击。A高地终于变成了肉搏的血战场。不到一个小时，第一连被压到A高地南麓。18时10分，营长通过无线通讯得知情况后，令第三连立即实施反冲击。但，战局已经恶化，岩石棱线的第二连被冲散，退至鹰峰，左翼第一连也溃退下来，阵地全部被敌攻占。

这场反击战打了不到两个小时，刘瑄政委就拿起电话向秦基伟报告："秦军长，我第九十二团已全部恢复北山阵地，和坚守坑道的部队会师了。"

秦基伟一高兴，嗓门儿就特别高："很好，你们打得很好啊，我代表十五军全军祝贺你们！请告诉反击部队，要抓紧时间抢修工事，准备敌人的反扑。"

但是，反击北山的胜利代价太沉重，不到两小时的攻击，伤亡便达三百多人，反击后的七连和八连合起来只有三十个人。

李全贵团长命令攻上北山的三个连就地重组，并连夜再增援三个连上去，修复挖掘工事，组织防御固守。一挖工事，许多官兵都难过得掉眼泪。满阵地都是爆炸的尘土浅浅掩盖住的尸体，一镐就刨出一段残骸，一锹就挖出一截断肢。战士们都不忍心再动镐锹，便用双手去刨。

毛毛细雨飘若烟雾的12日早晨，冰冷的537.7高地北山再次飞溅起火光和血光。

第二次整补起来的韩第十七团一营，在猛烈炮火的支援下，顶着漫天雨雾，浑身湿漉漉地分两路反扑北山主峰。刚平息几小时的537.7高地北山，重又展开得失无常、反复易手的攻防拉锯战。

北山的防御形态太恶劣了，原有的坑道大多被炸塌，第九十二团反击部队挖了大半夜才抢修起的一些简易工事，被敌人一阵炮火就抹平了。不具备任何防御条件的光秃秃的北山上，进攻之敌和537.7高地南山主峰以及注字洞南山之敌的侧射火力，使第九十二团守备部队处于三面受敌的险境死地。

第九十二团官兵们硬着头皮强行防御，利用弹坑和岩缝，跑来跳去地一边躲闪敌人炮火和侧射火力，一边抗击敌步兵进攻。

在北山东北角上，坚守6号阵地的二连一排十九个人无处可躲，便人贴人地挤进阵地反斜面的一个岩石缝里屯集，阵地上只摆五个人，伤亡一个，岩石缝里补充出去一个。

就是这个一排，一把镐锹都没有，却利用战斗间隙，硬是用双手在光秃秃的小山头上，扒出一条交通沟，掏出五个猫耳洞、七个单人掩体。就凭着这些简易工事，他们与韩军胶着争战了一整天，打退韩军多次反扑。

第九十二团为中国军事战役学增添了一个新术语：阵地内运动防御。

打到12日下午5点多钟，除1号、6号和9号阵地各有半个控制在第九十二团手里外，其余阵地俱失，该团伤亡已达六百余人。

闻报，秦基伟半晌不语。当天的阵中日记里，他忧虑地写到："这是二十九天以来第一次最大的失利，而野、榴炮弹的消耗量为最大，未起到应有的作用。"

上甘岭之战，委实是场奇异诡谲的战事。两高地不大，却一个难攻一个难守，罕见地将攻与守这对战争基本命题，集中呈现于同一个战场。

13日，第九十二团六个残缺不全的连队，几天未进一粒米、一滴水，实在睏极了就抱着枪蜷在弹坑里，或倚在石岩下打个盹儿。整整一个昼间，他们就这样在极度的饥渴困顿中，依托北山上的三个半拉子阵地，与韩军纠缠在一起打，不停地实施阵地内的突击与反突击。

傍晚，北山主峰的一片混乱厮杀中，九连六班战士贾桉富被俘。

九连是11日夜间拉往北山的，但开进途中遭遇美军拦阻炮火，没上到高地就伤亡了六十人。再经两天激战，散布在几个阵地上的九连所余不到二十人。暮色和混战中，谁也没有发现四川兵贾桉富是怎么被韩军抓住的。

这是上甘岭战役中志愿军最后一个被俘人员，战俘编号为72。美第七师情报官审来审去，到了也没搞清这个答非所问的志愿军士兵真傻还是装傻。最后审讯官不耐烦了，给了贾桉富一个“智力较低，回答问题相互矛盾，可靠性很差”的评估。

坚贞的表现方式是多种多样的。对于仅仅读过半年小学的贾桉富来说，面对美军的刑讯拷打，答非所问也是战斗。

上甘岭战役攻防转换频繁，阵地倏得倏失，连队建制杂乱，人员伤亡巨大。因而，偶有被俘，无人知情。所以，第十五军历史档案资料中，没有任何有关上甘岭被俘人员的记载。

笔者告知时任第一三四团作战参谋的郑宣凯老人：上甘岭战役中第十五军和第十二军共有四十四人被俘，其中以第一三四团和第一三五团最多，各有十四人。

老人吃惊不浅：“啊，有这么多人啊？从没听说过。如果发现有人被俘，我们肯定要上报。其他单位要是有人被俘，上面也会有通报下来的。”

按照军史编纂的惯例，战场上下落不明人员，通常都列入“失踪”。

《空降兵第十五军抗美援朝战争战史》中的“本军抗美援朝战争期间人员伤亡统计表”显示：1952 年“失踪八百一十四人、被俘四人……”

“被俘四人”均有据可查，其中三人系上甘岭战役前三个多月里，在597.9高地夜间被俘的哨兵。还有一个叫孙崞弥的，安徽凤台县人，系第四十四师第一三一团二营战士，1949年11月被解放的国民党兵。第十五军一直以为他也是在夜间哨位上被掳走的，其实他是1952年9月18日晚，利用站哨之机，携枪潜逃到西方山对面的美第一八七空降团阵地的。

据美第七师情报部门的战俘审讯记录，孙崞弥投敌后供称，他之所以叛逃，是因为1952年7月25日，他批评了中共政策而被班里的伙伴们揭发，关了他四天禁闭后又开全连大会批判，并把他从新兵班班长降为士兵。

“失踪八百一十四人”里，既包括上甘岭战役中被俘的官兵，也包括一小部分战斗中临时安置在朝鲜老百姓家里休养的伤病员。

13日下午，李全贵团长命令把第九十二团最后一个营拉上北山。

此时，被临时抽调去参加火线运输任务的二营八百多人，正散布在水泰里至448高地的十二公里山道上，冒着炮火抢运弹药。

537.7高地北山每天激战所需之弹药粮秣，要动用两千多人肩扛背驮。为了多装快跑，二营官兵把武器放在后方统一保管，轻装上阵抢运。

2010年8月，第九十一团二营四连老兵李夏，通过北京出版社转来一份回忆材料，从中我们可以深切感受到火线运输的艰难困苦——

> 供应前线物资的兵站在五圣山背面的水泰里，连队送弹药只有一条路，那就是翻过五圣山东边一个山垭口，才能到达阵地后面的临时存储点。来回一趟有二十多里，都在敌人炮火控制之下。特别是过山垭口，敌人用固定的高射机关枪严密封锁，不停扫射，白天是过不去的。到了黄昏，战士们背上弹药出发，一宿要跑两个来回。去时背弹药，回来背伤员。一箱弹药六十斤，一般都背两箱，有的

还背三箱。如果是往前线送萝卜，有用麻袋装的，每袋一百斤。

夜，漆黑，还下着小雨夹雪。漫山焦土泥泞，弹坑密布，已经没有了路。一阵炮弹打来，又出现新的炮弹坑。走到陡坡上，很滑，只好把弹药驮在背上，手抓着被打断的树桩桩，向前爬行。山口被敌人高射机关枪封锁，必须从一段曲折的交通沟通行。交通沟里，泥浆淹没小腿肚，机关枪曳光弹红红绿绿，像蝗虫那样，一串串密集地向北飞过头顶。交通沟里人来人往，往前送弹药和往后送伤员的互相让路，川流不息。在那狭窄处，实在错不开，只好让抬伤员的担架员踩着我们的背过去。一路上，枪炮爆炸声、伤员呻吟声、负伤人员紧急求救声交织在一起。我和战士们运输第二趟时，已经疲惫不堪，浑身湿透，汗水雨水分不清。我们满面焦土，黑乎乎的，只有两只眼睛在闪光，很想坐下来歇一会儿，可是稍一停下，就冷得打颤，牙齿咯咯响，浑身起鸡皮疙瘩。再说，情况也不允许在路上多停留，只好咬着牙，不停地往前背呀，抬呀！就这样，我们运输了三个夜晚……

第九十二团分工负责后勤工作的马魁鸾也奔波在运输队伍里。他回忆说：有天夜里，“在679.1高地南坡山沟敌炮弹爆炸的闪光里，突然看见一个人影在山边坐着，一动不动。是不是负伤的同志呀？我急忙跑过去，打亮手电一看：嘿！好好的一个战士，原来是坐在那里睡着了，呼噜呼噜的鼾声，呼得可响哩！他手里拿着一个没有吃完的馒头，嘴角上还沾着几粒馒头的碎末。看来，他是在休息时吃着馒头就睡着了，连刚才那一阵炮弹爆炸声都没有把他震醒……”

13日暮时，二营官兵刚把第一趟弹药送到448高地，就被团里截住，命令投入反击。八百多人收拢后，从营长到战士手里都没有一杆枪。四连指导员甄占林只得交代战士们：“武器就在附近找，找到能用的就带上。要是没有，每人扛一箱手榴弹吧！”

二营就这样用伤员的、烈士的以及缴获的枪支弹药，匆匆武装起来。他们揉揉被弹药箱压得红肿的肩膀和酸胀的腰肌，于当夜9时52分发起反击。

李夏没有随四连参加反击，他被副教导员于春栋临时留下，在阵地下的一个半截坑道里开设前线救护所。但战争给他心灵的震撼，绝不亚于在阵地上。几十年后，他还痛苦地回忆道：

> 勇敢的战友们利用炮火轰击的效果，迅速冲上阵地，比较顺利地占领了4、5、6号阵地。紧接着伤员就不断地送下来了。坑道只有一个口，很狭窄。我们的伤员不断抬到里面来，多是一些缺胳膊断腿的，虽然给包扎过，但有的还在不断往外流血。血水和屎尿满地都是，空气十分污浊，令人发呕。
>
> 按常规，救护所应当尽快将伤员送到后方野战医院治疗，但是战事紧迫，担架队上不来呀！他们在坑道里忍着剧痛和饥饿，静静地躺在地上。我没有能力挽救他们，只能隔一阵子用手去摸摸他们，如果躯体凉了，知道是死了，就强忍悲痛将他拖到坑道外面。伤员不断地下来，顾活人就顾不了死人了。虽然于心不忍把他们拖出坑道再挨轰炸，可是我别无选择。外面炮弹如雨，爆炸不停，我哪有能力去掩埋战友呢？人死了，尸体是很重的，有的我拖不动，要找战友帮忙，两人抬，才能抬到坑道外面去。坑道外边的尸体堆越码越高，可没有存在多久就无影无踪了。我的年轻的战友的生命，在这样的烈火中涅槃，真正回归大自然了……

3. 韩国兵比美国鬼子还难缠

韩国军队在朝鲜战争中的表现，曾让李奇微大为恼火。这支军队简直是群聚啸山林的乌合之众，与志愿军一触即溃，满地撒丫子逃命，常常造成美军防线侧翼空虚。所以美军师、团指挥官们都不愿与他们打协同，有人愤然骂道：“这帮亚洲佬只会跑，一听到枪响比兔子溜得还快！”

十几年后，李奇微想起志愿军第十五军在第五次战役中痛歼美第二师的往事，还在回忆录里愤然写到：“在中共军队的进攻面前，美第二师又一次首当其冲，遭受重大损失，尤其是火炮损失更为严重。这些损失主要是由于韩国第八师仓惶撤退造成的。该师在敌人的一次夜间进攻面前彻底崩溃，致使美第二师侧翼暴露无遗。韩国军队在中国军队的打击下损失惨重，往往对中国士兵怀有非常畏惧的心理，几乎把这些人看成了天兵天将。脚踏胶鞋的中共士兵如果突然出现在韩国军队的阵地上，总是把许多韩国士兵吓得头也不回地飞快逃命。”

若干年后，连韩国的将军们回忆起来也不得不承认：“那个时候的国军，能不能真的叫作军队都值得怀疑。因为每天激战，所以需要一批接一批地补充人员，可很多是穿着便服和凉鞋，拿着枪来的，而且甚至有的人连一次实弹射击都没有打过。可第一线的情况是，就连这样的人也不得不立即被派了上去。因此遭受的伤亡势必要多，所以还需要进行补充，这样的恶性循环反复进行。加上中、下级干部的损耗随着战况的急迫成比例地累积增加，这就越发加快了质量的降低。”

而这时李奇微也已经意识到，他不能只用美军来保卫这个国家，如果韩国人不想保卫自己的家园，美国人为之流血牺牲是不值得的。因此，第五次战役之后李奇微下决心，利用一年多来两军对峙战场相对平静的机会，让美军教官把韩国军队通通轮番训练一遍。

李承晚欣然接受了李奇微的建议，立即着手建立韩国新兵训练所和陆军训练中心，并很快将其扩充到一期能训练一万五千人的规模。同时，他还重建了陆军军官学校和指挥参谋大学，并大幅度增加了到美国军校留学的人数。

1952年下半年，在范弗里特的全力支持下，韩国军队开始急剧扩充兵员，并将各师、团轮流开进训练中心学习战术技术；士官须经官校严格考核，合格后才能补入部队任职；新兵一律需经新兵训练所训练之后，方可分到连队担负战斗任务。

这一招儿果然见效，到上甘岭战役打响时，韩军战斗力不仅非同以往，而且颇有点“出于蓝胜于蓝”的劲头。

第十五军许多既跟美军较量过，也和韩军交过手的老人都有这个体会，说:“李承晚的部队我们过去没少跟他们干过嘛，不行嘛，稀松得很，真打心眼儿里瞧不上他们。一听说今天要打李承晚的兵，大伙儿都觉着挺没劲的。哎，可到了打上甘岭那会儿，忽然发现，他们怎么比美国鬼子的头还难剃?”

美军装备好，鸭绒睡袋、罐头食品、防弹背心、钢盔……行头齐全，特别是自动火器多。而且阔佬打阔仗，部队收缩后撤时，他们连架在露天工事上的机枪都懒得拿就钻进地堡，顺手抄起地堡里的备份机枪接着打。10月14日晚反击597.9高地时，第一三五团七连打了美军六个地堡，就缴获了几十挺轻、重机枪。

但是美军攻击精神差，刚发起进攻时还比较注意保持攻击队形，遇到阻击就乱了，枪一响就往一块儿靠，挤成一个球一个蛋儿的。所以，第四十五师官兵常常只一颗手雷，便能炸倒他们二三十人。

韩军官兵却恪守美军教官传授的战术原则，始终注意保持疏散队形，狡诈而有耐心地一个弹坑一个弹坑地蛇形向前，蛙跳跃进。特别是韩军比美军吃得苦耐得劳，每占领一个阵地，总是一丝不苟地立即认真抢修工事，不惜花费力气，成龙配套地构筑起战壕、铁丝网、鹿砦和火力点。不像美军挖工事偷懒怕累，敷衍了事。同是一个597.9高地，第四十五师官兵就明显感觉到，反击韩军阵地，就要比反击美军阵地费劲得多。

韩第二师狗皮膏药似的黏在上甘岭，几乎打完了战役全程，充分显示了韩军持续作战能力的大幅度提高。该师虽然伤亡很大，与第四十五师一样几次三番地进行整补，但第四十五师补入的新兵大多都没经过严格训练，许多新兵不会据枪瞄准，甚至攥着手榴弹不知道怎么拉弦。在决定性大反击前，第四十五师仓促重建的十三个步兵连，补入的新兵只接受了一些应急训练，许多人都是在向上甘岭开进途中，才由老兵手把手教他们怎么换弹匣投手榴弹，如何利用地形地物隐蔽接敌，可谓现教现学，边练边打。

而上甘岭战役后期补入韩第二师的新兵，都经过新兵训练所起码九个星期的基础训练，已具备了基本军事素质。所以，韩军在上甘岭变得越来越难缠，他们不仅学会了步炮协同，而且敢于贴近厮杀，居然多次与志愿军打成肉搏战。

11月28日，志愿军第三兵团代司令员王近山，在关于战术运用的电话指示中也着重谈到："……在战术上美军死板，伪军较灵活、鬼、狡猾；能抢修工事，善于在反斜面死角处屯兵，向我进行连续之反扑。"

第十五军许多老人都有同感，说：韩九师的部队是在白马山跟第三十八军硬拼学会防守的，韩二师的兵是在上甘岭跟我们第十五军死磕学会进攻的。

我第九十二团与韩第二师胶着在537.7高地北山上，打得异常艰苦。整整一个团，在这个小山头上打了两夜三个昼间，伤亡逾千之众，7号、8号两个阵地还没夺回来。

李全贵团长咽不下这口气，打算组织二营五连、六连残余兵力再做最后一击，把两个阵地拿下来，给接替守备的第九十三团交出个完整的北山阵地。但李德生副军长不同意。他打电话给第三十一师政委刘瑄，说：“要留下一些骨干，不要把九十二团都打掉了。你把阵地交给李基中团长吧，九十二团全部撤下来整补。”

“前指”11月18日给第十五军的报告，让军指挥所的人听了尽皆骇然：九十二团伤亡一千四百余人，仅下来四百个伤员。

其中，二营损失最为惨重。

李夏回忆说——

> 从11月13日到16日，我在营救护所工作了四天，还没等到天黑，我们就撤出了阵地。我这个人有点好奇心，有意识地走在最后边。我挨个儿数了一下我们营往后走的人数，连我在内，一共二十七人。营里有教导员、副教导员和参谋范树桥。其中，我们连的人最多，还有十来个。记得进入阵地那天晚上，我们掉队的炮排都不止这点人。特别是五连和六连，打得更惨，二十多位连、排干部，一个都没有剩下……

这一天是11月14日，上甘岭已激战整整一个月。

黄昏时，我第九十三团团长李基中走进上所里北山团指挥所，接过第九十二团指挥权，然后爬到山顶观察所，察看537.7高地北山地形。

此时，料峭寒风中的五圣山地区，远山近岭皆银装素裹，一片洁白。唯独上甘岭像大地冰肌玉体上一块永难愈合的黑色疤痢，刺目地隆起在半岛的雪野上。炮火将高地的土层烤得烫手，雪片落上去便化成水滴，但没等它渗进干涸灼热的地表，就在又一阵疾风般的炮击中迅速蒸发。

一年之后，李基中再回上甘岭，眼前还是一片焦黑的虚土，曾经植被丰茂的两高地，仍旧寸草不生。雨水将两座被炮火炸得酥软膨松的山岭，从顶部到山麓冲刷出上百道豁沟，远远望去，整个山头像是爆裂开来。李基中看得心惊肉跳，曾在回忆文章里写到："山犹如此，人何以堪？"

当晚，第九十三团二营偃旗息鼓，悄然拉上北山。

与此同时，在文岩里通往五圣山的简易公路上，从志愿军炮兵第七师和炮兵第二十一师调集来的七十一台大卡车，正以夜间摩托化行军的态势，将第十二军第三十四师第一〇六团紧急车运上甘岭。

这天深夜，秦基伟坐在军作战室的小马灯下，打开阵中日记本，甚感不安地反思——

在这次阻击作战中，我感到以下问题需引起领导接受教训：

一、军的防御正面应缩短，大体上不超过二十公里。军、师均以后三角队形为宜，这样平常工作及斗争更主动，而又能应付敌人较大的攻势，使第二梯队力量大，才能保持战斗的持续性。防御正面过宽不能保持强大的纵深，部队大打时即陷于被动。

二、预备兵员的准备及训练问题，这是保证部队持续的作战能力，不损伤部队元气的极其重要的工作。但我们这方面的工作做得最不好。为了减少运输，减少在朝吃饭人数，从军到志司都没有预备兵员。战斗打起来再从国内调动，实际上来不及，使部队失去元气，再补充不能保持原有作战能力，这是最大的损失。伪二师、伪九师的补充比我们强得多。二十多天的战斗中，敌人死伤超过我们两到三倍，还能坚持打下去，我们用三个师却不能坚持到最后。

三、弹药，军里必须保持一定的机动，才能保持随打随补，否则待打起来再报每天的消耗领补，是远水解不了近渴的，这样势必增加部队的伤亡。

总之，现代战争是打钢铁和人，有了强大的二梯队，有了一定数量的弹药火炮，再在指挥上不犯错误，注意兵力弹药的节约使用，仗就保证打得好。

在灿若星汉的共和国将领中，秦基伟确是一位值得好好研究的将军。他就任九纵司令员之后，战豫西、打淮海、渡长江、大追击、剿悍匪……几无一仗指挥失利。除了将军高于常人的军事天分，更重要的是他勤于思考，敏于动脑，随打随总结，边战边提高。而第十五军也就随着他指挥艺术的渐臻佳境而逐步善战起来，具备了给它一个机会就能辉煌的优良素质。

15日天刚拂晓，韩军便攻势不减地向我第十二军三十一师九十三团发起冲锋。

第十二军原为中原野战军主力纵队，功勋等身，称得起百战雄师。其第九十三团原为抗日战争时期著名的“朱德警卫团”，曾于1941年11月在太行山与日寇激战，一仗打出了“黄烟洞保卫战英雄团”的荣誉称号，算得上第十二军一等主力团队。但从团长李基中到士兵，谁也没打过上甘岭这么惨烈的战役。

敌我双方炮火如犁，翻来覆去地耕作了一个多月，炸得北山酥软欲瘫、砾石遍地、虚土盈尺，一脚踩下去没至小腿肚子。一颗手榴弹落下来，就听“噗”的一声闷响，窝在土里爆不起弹片。战士们只好两三颗手榴弹捆在一块儿，使双手往外抡。恁大一座山头，找不到一块架机枪的硬实地儿，急红了眼的机枪手，顺手拖过来一具遗体支上枪就打。等打退敌人一波进攻，机枪手才发现那具遗体是他的班长，他抱住班长好一通儿大哭。

高地上所有的机枪管都打红了，正副射手轮着尿也浇不过来。一个叫周绍荣的机枪手说：“说尿就尿，那是容易的吗？眼瞅着枪管红得跟紫玉似的，尿却半天憋不出来，那才急人呢！使劲往下憋气，憋得都要岔气了……”

北山上血雨腥风地打了一天，整整一个二营几乎拼光了。

第九十三团铁心死守，寸土不让，15日当晚便将三营又拉上去。然而，战至17日中午，三营七连只剩一个排，九连还剩十三个人，八连仅存连长王南固等八人，尽皆退守6号阵地坑道。天黑时，4号、5号、6号、7号、8号阵地，尽沦于敌手。

夜晚的寒风掠过寸草无存的北山，被炸弹掀起的一蔸蔸树根在熊熊燃烧，映照着遍地弹坑、碎石。

刚从重庆高级步校毕业回来的三营参谋长赵小五，在北山一块石岩下，将阵地上尚存的四十多个连排干部和勤务人员组织起来，带领他们做最后一击，于天亮前夺回了三个阵地。

至此，仅537.7高地北山上，第三十一师就已投入第九十二、第九十三团的五个营又一个连。然而，上甘岭的血光之灾还在继续。

18日凌晨两点多钟，“前指”沉重地向第十五军军部报告：“我自11日至今已消耗十六个连队。今夜一〇六团参战。”

第九十三团未能向第一〇六团移交一个完整的北山高地，其7号和8号阵地仍沦于敌手。这两个阵地是537.7高地北山的最前沿，位于北山与南山相连的山梁上，占据南山主峰的韩军居高临下，一个小跑就能冲上8号阵地。

当年的第十二军师、团指挥员，一提起北山7号、8号阵地就恼火不已，曲起指关节啪啪啪地敲着地图说：“这两个阵地无任何军事价值，也无任何坚守条件，根本就不能摆兵，摆上去就是送死，摆多少死多少！”光是在537.7高地北山的7号、8号阵地上，与敌同归于尽的功臣、英雄就有十几位。

三十多年后，一群赴朝采访的新华社记者来到这里，随手抓起一把土来，里面还尽是弹屑和骨头渣子。

但是，志愿军战略防御的一条基本原则是“寸土不丢”，为朝鲜人民多争得一寸国土，也就是为中国人民多赢得一片和平的空间。

4. 第九个步兵团投入战斗

李德生副军长决心彻底改变北山恶劣守势，阻止继续为7号、8号阵地流血牺牲。第一〇六团拉上北山时，他专门叮嘱该团团长武效贤："记住，7号、8号阵地不放部队，用炮火控制它们。"

第一〇六团也是一支荣誉丰厚的英雄团队。它是原武汉军区司令员陈再道1938年在冀南开辟抗日根据地时拉起的队伍，1945年编入秦基伟任司令员、赖际发任政委的太行一支队，当时也简称"秦赖支队"。由于这种历史的亲缘关系，该团拉上北山后，秦基伟特别关注这个部队的战况。

这是志愿军向上甘岭投入的第九个步兵团，于18日拂晓前全部接过北山防务。

那天天没亮，一个很结实的小个子就钻进上所里北山烛火如豆的团指挥所，神气抖擞地宣布说："三十一师的部队全撤掉吧，没你们的事了，现在阵地由我来！"

他就是第一〇六团团长武效贤，山西清源人，十二岁参军，二十六岁就当了团长。第十二军的九个团长里，没有比他更年轻、更少壮的。第五次战役后，他被选送到南京军事学院高级系速成班学习一年半。毕业后，兵团代司令员王近山点名要他回朝鲜，还带第一〇六团。

他的战争经历可谓有声有色。当教导员时，他的营里出了个全军闻名的"爱兵模范"王克勤。延安《解放日报》曾发表社论，高度评价王克勤带兵经验："为中国人民的解放事业创造了新的光荣范例。"当副师长时，他又发现了郭兴福这个训练典型，并助其总结出著名的"郭兴福教学法"。但在他担任南京步兵学校副校长时，"文化大革命"爆发了。他未能幸免于难，担了个莫须有的罪名，被闲置多年，坐看鬓发成霜。"文革"十年大荒诞，不知毁了多少俊才良将。

此人很能打仗，但脾气也大，有股子不加掩饰的傲气。或许多是为此个性所累，他这些年才跌宕沉浮，屡遭坎坷。然而他一如既往，活得奔放无忌，畅快尽兴。采访时他已是七十多岁的老人了，却个性依旧，快人快语，还是当年那派朝气勃发，那副血气方刚。听老人回忆当年战事，笔者全部身心都被他的热烈狂放渗透了——

接受坚守537.7高地北山任务时，李副军长当面跟我说：“你们团要全部恢复和巩固住北山，再不上别的团了。几个主力团都用光了，以后怎么办？我再补给你一个营，你们一〇六团准备打到底，收摊子吧。”我说：“行啊，副军长，不就这么个高地吗？我给你收好这个尾就是了。”当时我心里暗暗在想，有四个营兵力在手上，我还守不住这蛋大的一个高地？你看我怎么给你唱这出压轴戏吧。不是吹牛皮，这出戏也只有我一〇六团来唱了。

但我跟你说实在话，第一天跟伪二师打下来，我就发现这些家伙还行，不是个软茬子。这好啊，我倒很高兴对手是只虎、是条狼。你想想，如果让我们对付的是条狗、是只猫，那不是寒碜我和我的一〇六团吗？李副军长绝不会干那傻事儿，用牛刀杀鸡。只要用上我一〇六团，那都是血丝糊拉的恶仗。

占有的欲望，使得韩第二师就像穿上了那双魔幻的红舞鞋，难以驻足地在537.7高地北山这不到一平方公里的舞台上，疯狂地一直跳下去，直到倒毙为止。

18日清晨5时25分，第一〇六团八连的北山防御部署尚未就绪，韩第二师便在曙色熹微中发起了攻击。

第一〇六团三营营长权银刚这样回忆——

敌人先是以四架轰炸机轮番进行攻击。攻击中敌人主要盯着6号阵地打，像是不炸平6号阵地不甘心似的。成吨的炸弹泻到了6号阵地上，只见整个山头上弹片、石头到处飞，焦土一片。敌人为什么盯着6号阵地呢？6号阵地是537.7高地北山左翼最突出的一个阵地。地势较高，距我后方补给距离最近，也是我左翼防守的重要屏障。敌若控制它，则对我右翼的1、2、3号阵地和浅近纵深的448高地构成直接威胁。我若控制，则可以6号阵地为依托，稳住左翼，同时控制4、5号阵地，直接支持右翼1、2、3号阵地作战。因此，6号阵地一直是我们与敌人反复争夺的焦点。

敌人的狂轰滥炸，把6号阵地上仅剩的一条半截子坑道给炸塌了，进出口全被堵死。八连指挥员和三排的人全被埋在里面。八连连长文法礼等二十多人都牺牲了。

这还没完，敌人空中威风耍完之后，就是炮击，持续时间长达十五分钟。这一天里，我4、5、6号三个阵地上落弹两万多发。

等炮火将北山的角角落落都搂了一遍，韩第二师的步兵漫山遍野地涌过来，其中一个连的兵力直扑八连防御阵地。

八连有一对同胞兄弟，叫邱大云和邱大华，四川岳池县人。

邱大云九岁那年，家里穷得揭不开锅，父母忍痛将四岁的弟弟邱大华以一斗米的价，辗转卖到他乡。兄弟俩幼年一别，彼此天涯，再无音讯。

巧可入书的是，后来邱家兄弟俩都入伍到第十二军。第五次战役后，邱大华从另一个团队抽调到邱大云所在的八连当司号员。可他压根儿没有想到，那个时常爱跟他开个玩笑的八班长邱大云，就是他的亲哥哥。几个月后，连队召开“仇美诉苦”大会，兄弟俩在会上谈起各自的苦难身世，这才发现他们竟是骨肉兄弟。

两兄弟阔别十七年后朝鲜战场相逢，顿成第一〇六团的重大新闻。团政委于永贤专程赶到八连祝贺，并特意请人为兄弟俩拍了张团圆照。只是当时谁也不曾想到，这张照片竟成了邱家兄弟俩最后的遗像。

11月18日上午，年轻的邱家兄弟先后战死在北山6号阵地上。

炮击的烈焰、气浪和蝗群般飞舞的弹片，吞噬、撕扯着活着的和死去的士兵们，将北山变成了最血腥的屠场。土层绵软的高地上，不时地腾起一阵肉末血雨，继而弥散成刺目的红雾。

多少年过去了，从537.7高地北山幸存下来的老人们，还都不敢说这事，怕有宣扬“战争恐怖论”的嫌疑。可那血色的雾，至今仍在他们记忆中骇人地弥漫着。

然而，双方的二梯队仍在红雾中不断向高地上填补。

在20世纪60年代初的一次中央军委会议上，时任国防部部长的林彪说：未来的防御战，要像上甘岭打肉磨子。

这话说得太血腥、太残酷、太刺激，但也很形象。

当战争之“磨”碾轧着千百个鲜活的生命，残忍地旋转到11月20日时，在邱家兄弟壮烈牺牲的地方，第一〇六团的又一对高氏兄弟，再次血染6号阵地。

6号阵地是19日晚上丢失的，20日凌晨4点钟左右，替换下七连的九连，派出一班反击6号阵地。一班十几个人兵分多路，每一路都是单兵与小组进攻。恶战到天色破晓之时，终于反击得手，但全班也仅存战士高守余一人，余皆战死，其中有他的弟弟高守荣。

兄弟俩去年3月告别鲁北故乡，来到朝鲜后分在一个班里。几天前在五圣山下集结待命时，高守余见弟弟脚上那双黑布鞋已破得露出了脚趾头，心疼地说，我还有双新鞋子，等打完这一仗就给你换上。

可是弟弟用不着了。

高守余不知道弟弟什么时候负的伤，等发现他时，他的一条腿已经炸没了，肠子热气腾腾地从拳头大的腹伤处流了出来，右臂上也中了颗子弹，浑身血污地躺在地上。

高守余大恸：“守荣守荣，你醒醒！”

高守荣睁了睁眼睛，却说不出话来。这时，敌人炮击停了，韩军成群地反扑上来。高守余对弟弟说：“守荣，你躺着别动，我打退了敌人就带你回去治伤！”他浑身攒满仇恨的力量，搂了一抱手榴弹，腋下还一边夹着一根十几斤重的爆破筒，眼珠赤红地独自迎将上去。

被击溃的韩军退到坡下，呼叫美军炮火支援。随即而至的猛烈炮火，将趴在弹坑里的高守余震昏了，一醒来他就想到重伤的弟弟，赶紧爬起来去找。可是弟弟躺着的地方，已成了一个巨大的弹坑。

高守余满坑里扒呀，掏啊，终于找到弟弟的一只脚，脚上还穿着他熟悉的那只露出脚趾的黑布鞋。他把弟弟的脚紧紧抱在怀里，大脑一片空白，坐地上愣怔了许久才哭出声来。

苍天无语，英雄有泪。

泪眼迷离中偶一回眸，高守余看见一个胡子拉碴的韩军士兵已爬上阵地，一抬手朝他扔了个手榴弹过来。他几乎未假思索，便本能地弹跳起来，健猿般扑住那颗已冒青烟的手榴弹，顺手就扔回到那个胡子兵面前，手榴弹没落地就炸了。胡子兵倒下时身上血花四溅，几乎没了脑袋。

高守余一颗接一颗地抓起身边的手榴弹，朝随之涌上来的敌群砸过去。

在6号阵地东侧，隔着一条不到百米宽的小山沟，就是韩军的战斗集结地阳地村。美国合众社记者肯尼德站在村西口，正举着望远镜观战。目睹这一幕攻防战之后，他急忙回到野战帐篷里，在英文打字机上敲出一篇战地报道："韩国军冲上山顶，但是一个中国士兵站起来，挥舞着手臂向韩军投掷手榴弹。他几乎是独自击破这次进攻……"

高守余在阵地的岩缝、弹坑间腾挪跳跃，带伤而战。他不知道增援部队几时才能赶到，也不清楚自己已然消灭了多少敌人，他只牢牢记住了一条：没有上级的撤退命令，剩下他一个人，也继续打下去。

这个战后被志愿军总部记一等功，授予二级孤胆英雄称号，并荣获朝鲜民主主义人民共和国一级国旗勋章的年轻士兵，从拂晓打到黄昏，只吃了口袋里剩下的三颗祖国慰问团慰问的糖果，却用手榴弹、手雷和爆破筒，顽强地击退韩军六次连、排规模的进攻，歼敌逾百，创造了抗美援朝战争中单兵防御作战的典型范例。

这里用“顽强”而不是“坚强”，因为世界著名军事理论家克劳塞维茨曾定义：“坚强是指意志对猛烈打击的抵抗力，顽强则是指意志对持续打击的抵抗力。”

太阳西沉时，军衣褴褛、满脸烟尘的高守余一扭头，看到后续部队冒着敌人炮火增援上来，激动得一阵晕眩，倒下了。

北山防御，艰苦备至。

敌人恶浪滚滚地猛攻北山的同时，还用密集炮火切断上甘岭后勤补给线。其封锁之绵密，之疯狂，旷史罕见。

第一〇六团政委于永贤曾回忆说——

> 记得有一天，敌人发现我一个运输员在团弹药所到前沿的这条路上运动，便用四门榴弹炮打了五个齐放，三排炮弹在地上炸，两排炮弹在空中爆。
>
> 11月21日清晨，敌人发现我三个运输员在这条路上走动，他们像疯了一样，派四架飞机和一个营的多管火箭炮打了两个小时。炸弹和炮弹在山谷里响成一片，震得地动山摇。山谷里硝烟弥漫，像大雾天一样，什么也看不见……

给养送不上来，寒风飕飕的北山上，三营官兵每天只能啃一两个冻得梆硬的馒头和萝卜支撑战斗。

到了20日下午，三营长权银刚手里连个完整的排预备队都没有了。他蜷曲着身子，已经在448高地营指挥所那个逼仄的小坑道里窝了整整三昼夜。

十几个指挥员、参谋、通讯兵，把这个小坑道塞得满满当当，人只能一个挨着一个坐在地上，腿都伸不直。自11月11日落雪以来，五圣山地区气温骤降，夜间达零下三十多摄氏度，可是坑道里却闷热得只穿件衬衣还一身汗。作战地图没地方摆，权银刚就把它摊在膝盖上看，一只手举着蜡烛。送饭的炊事员根本进不来，只好在坑道口一碗一碗往里面递。递进来权银刚也吃不下，却把三条大生产牌香烟吸得一支也没剩下。香烟吸完了，他的三营也打光了。

权银刚拿起电话请求武效贤说："团长，二营上来了，阵地上已经没有我的部队，我这个营长也该下去了吧？"

武效贤的声音从千米之外的团指挥所嘶哑地传过来："你不能下，你熟悉情况，就留在448，继续指挥二营战斗。"

权银刚说："二营干部都在这里，我三营长指挥二营打，算怎么回事儿嘛！这关系也不顺哪！"

武效贤说："这不要紧，我已经和二营的同志讲了，他们会全力支持你的，都是为了多打胜仗消灭敌人嘛！"

于是，权银刚还得设法找点儿"大生产"，接着吸下去，在憋屈的空间里，继续指挥部队抗击韩军进攻。

韩军攻击优势突出地体现在火力支援上，不仅南面有537.7高地南山火炮和固定配置坦克居高临下的直接掩护，东北面注字洞南山的韩军也昼夜不停地以大炮和重机枪侧射，封锁北山全战场。

第十二军好几位老人都叹息说，十五军本来准备拔掉注字洞南山的，可惜动手晚了几天，让美军抢先打响了上甘岭。上甘岭一打起来，反击注字洞南山的计划就取消了。结果就是这个注字洞南山，造成我们北山防御部队重大伤亡。

直到1953年夏季反击战打响，这个毒钉子一样的注字洞南山，才被接替第十五军平、金、淮地区防务的第二十四军拔除。

腹背受敌固定火力钳制的北山，表面阵地早已荡然无存，1号和6号阵地上原有的两个半截子小坑道，如今也全部被炸塌。整个北山，除了一些凹凸的岩石，就是深可没膝的虚土，找不到一处自然遮蔽物，攻防双方一交手就是面抵面扫射、投掷。在韩军火力多面夹击下，第十二军守备部队伤亡有增无减。到20日傍晚，第一〇六团三天便打光了四个多连队，伤亡达六百多人。

惜兵如金的武效贤急眼了，嗓门儿嘶哑地嚷嚷："照这样打下去，我一〇六团顶多再打四五天就光个尿的了。不行，得变变打法！"

有指挥员问："咋变？这打法是李副军长同意了的，要变谁敢跟他说去？"

武效贤脖子梗梗的："我去说，我不怕。"说罢，抄起电话要通"前指"。电话里没说上几句，李德生说："电话里说不清楚，你到前指来一趟吧！"

武效贤拉上政委于永贤一块儿去，愣头愣脑地对李德生说："李副军长，照这么个打法，我可收不了北山这摊子。"

李德生一听就恼火："欸，你这个小团长怎么这么说话，那依着你怎么打？"

武效贤也不怵，低下脑袋在地图上指指戳戳地说："李副军长你看啊，整个儿北山，只有我方斜面山脚下还有两个小屯兵洞没被打坏，挤巴挤巴能屯进一个加强排去。但这两个屯兵洞离山顶还有五百多公尺，运动路线太长。每次部队往上增援，还没跟敌人照上面，就被他们炮火伤亡一多半了。能不能守住北山，关键就看我们会不会保存兵力。我考虑得先挖猫耳洞，在这五百多公尺运动路线上，每隔上五六公尺挖一个，成梯子形向山顶上延伸。延伸到离山顶二十多米的地方，再挖一个排的屯兵洞。这样部队沿着梯形猫耳洞，蛙跳式地运动到山顶屯兵洞集结，阵地上缺几个人，坑道里就补出去几个，这样一个排一天都打不完。我有两周时间，就能挖好这些洞子。"

李德生皱着眉想了想，点头说："嗯，你说的是有道理。不过，两周的时间太长了。"

武效贤说："我也想一夜就挖成，可是副军长啊，在敌炮火下作业，不是得特别注意隐蔽嘛！"

李德生同意："好吧，就按你的意见办。但时间还是要缩短，尽量快点儿。一周，只给你一周的时间，而且要注意阵地配置，火力要前重后轻，兵力要前轻后重……”

11月22日开始，第一〇六团冒着严寒，用十二门榴弹炮，四十门迫击炮掩护部队，在冻土顽石层上突击筑城。同时，第十五军军属炮群策应性地对敌进行纵深压制。可是，有个炮兵阵地很快被美军侦察机发现。

《朝鲜战争中的美国空军》记载："11月22日，第八联队第八十战斗轰炸机中队的一个小队长查尔斯·J.小洛林少校，率领四机小队，对正在轰击我地面军队的一个共军炮兵阵地进行了攻击。在攻击中，小洛林少校的F-80负了重伤。于是，他从容地将飞机转过头来，向敌火炮阵地掩体俯冲了下去，摧毁了目标，自己也牺牲了。由于查尔斯·J.小洛林少校在给联合国地面军队排除危险时所表现的忘我的英雄行为，美国政府特追赠给他国会荣誉勋章。"

笔者在第十五军上甘岭资料中，未能查到与此有关记载。

第一〇六团党委向冒着敌机轰炸奋勇筑城的部队发出号召：凡一昼夜挖一米以上的猫耳洞，就给予记功。结果只用了一个星期，吃大苦耐大劳的筑城部队便在1号、2号、6号和9号等主要阵地上，挖出了十二个屯兵洞、五个避弹坑和七条共长三十七米的坑道，从而形成了一个基本防御体系。

同时，一反过去分兵把口、处处摆兵的僵硬战法，第一〇六团集中兵力固守2号和6号阵地，其他次要阵地，白天用炮火控制，夜晚派出小兵群伺机反击。战法一变，战局改观。这样一来，伤亡骤减，士气亦大振，不仅牢牢守住主要阵地，还有富余兵力主动出击次要阵地，主动权一下就夺回来了。

韩第二师终于垮在了我第一〇六团手上。

美国第八集团军计划作战部的报告中记载：11月25日，韩第二师第十七、第三十二团撤下537.7南山，由韩第九师第二十八团接手防御。

第一〇六团却在北山上越打越活跃，小股部队频频出击，打了就走，攻一把就撤，作战时间与方式绝无规律可循。气得韩第九师在阵地前沿的高音喇叭里乱骂一通儿："一〇六团太狡猾，太诡诈……"

12月3日，韩第九师发动了接防北山以来的第一次大规模进攻。

这一天，敌人光飞机就出动了几十个架次，协同地面炮火，对537.7高地北山进行了持续两个多小时的轰炸。整个高地被裹入腾腾烈焰中，暴尘的烟云扬起十几丈高。

2号坑道口八米多厚的坚石岩层，终于没能顶住一颗颗重磅炸弹的猛击，轰然坍塌。二连副连长带领的一个加强排四十多人，全被捂在坑道里。两个班工兵冒着敌人的炮火，扑上去挖掘洞口实施抢救。可是上去一拨儿便被敌炮火炸掉一拨儿，两个班损失光了也没能救出那个加强排。

炮火一延伸，两个连的韩军便猛攻上来。

2号阵地上，只有一个还没来得及进坑道就被炸伤的战士，躲在石缝里看到韩军，端着根爆破筒便扑进敌群，与敌同归于尽。

因这个加强排已全部牺牲，这位舍身赴死的战士的姓名，始终未能查清。

第一〇六团北山血战，与敌攻守进退了十几个回合。日落时分，韩第九师终于力竭而退。从此这个师就老实了，再也没有发动过任何进攻。

537.7高地北山，在第一〇六团手上最终稳定下来。

12月15日，第一〇六团以固守二十八天、歼敌数千的战绩，漂漂亮亮地收拾妥当北山这一摊战事，将阵地移交给第二十九师守备。

在1953年7月16日金城战役第二阶段作战中，志愿军第二十四军趁当面韩军调整防务之机，以第七十二师和第七十师各一部攻占了537.7高地南山，从而完整地控制了537.7高地。

第十章　说不完的上甘岭

1. 终点即起点的战争怪圈

这一天，悄悄走失在许多人的记忆里。

多日来朝鲜半岛上空愁云笼罩，寒风瑟瑟，干冷干冷的，充满了阴郁。可是，11月25日突然满天放晴，云柔风软，阳光乍暖，似乎是在暗示着一个辉煌的来临。然而人们未能醒悟，只是觉察到地动山摇了整整四十三天的上甘岭，倏然沉寂下来，静得仿佛这里什么也不曾发生。

宁静来得过于突然，战争之弦绷得太紧的志愿军官兵们一下子还缓不过神儿来，他们瞅了一眼硝烟正在散去的残破高地，心里还挺纳闷儿：今儿个咋还没开打呢？便又忙着各自的事去了。

于是，许多微不足道的琐碎记忆，与这个非凡的日子连在了一起。

1000高地旁——

周绍荣在休整地的坑道里拾掇他那挺苏式轻机枪。枪架被炮弹片崩弯了，他找来个十字镐，当当当地敲着，想把它砸直了。那声音震得班长心烦，朝他吼了一嗓子："你别鼓屎了好不好？闹得慌！"

周绍荣粗声闷气地说："不鼓屎，不鼓屎再打仗使啥家伙？"

兵马洞坑道内——

李保成口渴到处找不到茶缸，便急得乱嚷嚷："谁个把我的茶缸拿去了？"

小通信员赶紧跑过来，说："这不桌上放着呢？"

"这是我的吗？谁把我黄茶缸换成白的了？"

"它本来就是白的嘛。"

李保成愣了愣神儿，明白了：坑道里得下的色盲症，不治而愈了。

师野战医院门前——

腰部重伤需转送回国治疗的班长陈新和，在被抬上卡车时无意中瞥了眼外胎磨得跟内胎一般光溜的车轮，心里便犯嘀咕：这破车轮子，还能跑回祖国去？

果然，车刚开出师医院那条山沟，就"啪"地爆了个轮胎。

德山岘第四十五师作战科——

姚参谋一天不落地填写当日阵中日志："今敌我无接触，冷枪狙击……"写到这儿，平时挺好使的一支粗杆儿大号铱金笔忽然就下水不畅。他甩了甩笔，没写几个字又甩。百十个字的日志，写写甩甩地折腾了将近个把小时还没写完。

然而，这一天他们没有任何预感。

第二天依旧平静。清晨，秦基伟还没走进作战室，值班参谋便迎上前来报告：“军长，前指电报，自25日零时以后，敌方未动一兵，也未打一枪一炮，也没有一架敌机活动……”

秦基伟似乎早已看到这一战役结局，神色平静，只说了句：“他们不打，我们也不打了！”

平静到27日，第十五军才给所属部队发了封电报，宣布上甘岭战役于25日胜利结束。

虽然537.7高地北山和西方山方向的391高地仍处于零星小规模战斗中，但作为战役性作战，至25日为止，基本结束了。

可是25日已过去两天了，那些征战疲惫的官兵，都没能仔细看看那个不平凡的日子，许多人甚至已记不清那个历史性的一天是阴还是晴。然而，他们每个人都闻到了清新迷人的和平空气，如真似幻地看见一群雪白的鸽子，从上甘岭这血祭的圣坛上扑棱棱地飞起来，将悦耳的鸽哨悠长地播向远天。

美国第八集团军新闻发言人是在25日这天，宣布两高地战斗结束的。他们无论如何也没想到，付出了这等沉重代价，战争却和他们开了个残忍的玩笑。它像一个用力抛出的“飞去来”，兜了一圈又飞回来，终点即是起点，上甘岭重又恢复到10月14日前的战场态势。即便对很有幽默感的美国人来说，这玩笑开得也有点过分了。

其实这并不奇怪，在世界战争史上，上甘岭不是第一个，肯定也不是最后一个战争怪圈。

美军宣布两高地战斗结束的当天，克拉克在电话里告诉范弗里特：“如果不是绝对必要，我们不应该再重复像三角高地和狙击兵岭那样的流血的战斗了。”

尽管范弗里特在视察美第七师时安慰他的部属们说：“我们虽然没拿下三角高地，但造成中共军队大量伤亡，足够了。”但在传记作家保罗·布拉姆面前，他还是如实承认，“这次行动代价不小，‘摊牌作战’并没有达到预期目的。”

美联社的伦多夫，是最早在战地报道中为范弗里特做过辩解的记者。他认为："金化山岭战役的结果完全出乎范弗里特意料。其牺牲之大，并不能归咎于个人或任何部队……甚至不能归咎于指挥他们作战的、在一般上讲都很谨慎而能胜利的军官们。这完全是一件由战斗本身所产生而难以预料的残酷事实。

"范弗里特这次在金化地区发动进攻，是经过极周密计划的。从团部到第八集团军总部，经过各级指挥机关多方磋商之后才下令进攻，而且还特别派美国第九军军长詹姆斯中将全面指挥。他是一个曾在范弗里特手下到希腊服过役的老资格军人。"

这位战地记者唠叨半天也没说清这场失败的因果关系。与之相比，克拉克的表述倒是明了深刻得多。

这位"联合国军"司令官承担了全部精神上的重荷与名誉上的损失。在其回忆录《从多瑙河到鸭绿江》一书中，他诚实而深刻地反省上甘岭一役——

1952年5月，我受命为联合国军统帅，代表十七个国家在韩国抵抗共产党的侵略。十五个月后，我签订了一项停战协定，这协定暂时停止了那个不幸半岛上的战争。那是我军事经历最高的一个职位，但是它没有光荣。在执行我国政府的训令中，我获得了一项不值得羡慕的荣誉，那就是我成了历史上签订没有胜利的停战条约的第一位美国陆军司令官。

宽一百五十五英里的正面，在六个月以前即已固定于一条弯曲的战线。这条冻结的战线表示一种真正的势力平衡。这个冻结的战线是如此一个悲剧：它使联合国军司令部在人员死、伤与失踪方面所付出的代价，等于釜山周边防御、仁川登陆、1950年之向鸭绿江推进，以及从北韩严酷的冬季撤退各役的总伤亡人数的一半，而战果毫无。

我是以我使命的基本条件为依据的，即采取守势。政府既没有授我权力，也没有给我军事资源以获致胜利，却训令我尽一切努力尽速实现停战。范弗里特及其所属各级指挥官，同我一样，处此守势作战之情况下，甚为焦灼。他不时呈报在窄狭地区做有限攻势之计划。除极少之情况外，我总是拒绝他们。假若我们不是进行决战，这样去损失兵力是没有意义的。唯一的例外是狙击兵岭、三角高地之作战。是役开始于1952年10月14日，恰在哈里逊停战谈判暂时休会之后六天，而这次休会竟是一整个的冬季。

这个开始为有限目标之攻击，发展成为一场残忍的挽救面子的恶性赌博。当一方获致暂时之优势时，其他一方即增加其赌注。猛烈的战斗连续十四天，以后间歇的冲突又有一个月。我认为这次作战是失败的。

这段话清楚地揭示了上甘岭之战演变的逻辑关系。

美国国家档案馆解密的美军资料已经证明，就美国第八集团军“摊牌作战”的初衷而言，委实是准备打一场有限的局部战斗。然而，战争是只关在笼子里的猛虎，一旦放出来，便难以制服它嗜血的兽性。初战失利，使范弗里特大感意外。于是，一个致命的错误就此酿成了：不断遇阻受挫，不断增兵强攻；部队越调越多，赌注越下越大。一场原本营、连规模的攻防战斗，很快脱轨失控，直向战役规模发展。

韩国人不如美国人坦诚，拒不承认他们在上甘岭的失败。

若干年后，四卷本的韩国《朝鲜战争》这样叙述——

从11月15日开始，敌人也放弃了进攻狙击棱线的企图，双方展开威力侦察和打击有生力量的战斗。因此，11月18日，军团决定进行部队换防，以正在史仓里进行整补的韩第九师（军团预备队）接替韩第二师……要求11月25日6时交接完毕……25日5时30分，第三十二团第一营指挥所最后撤出战斗。至此，交接防完毕。第二师在狙击棱线进攻战斗中，虽然未能夺取敌人的Y高地，但攻占了主峰A高地和岩石棱线，向史仓里迈开了胜利的步伐。

武效贤老人听说后很较真儿地愤然骂道："胡说八道嘛，上甘岭这仗是我收的尾，我还不知道吗？上甘岭战役是11月25号结束了，可我们一〇六团跟他们二十八团打到12月3号才算完。主峰他想都不要想，整个儿537.7高地北山，只有7、8号两个前哨班阵地没放部队，我们始终用炮火控制它，其余的阵地都是经我手交给二十九师的，他还迈开'胜利步伐'呢！"

长期以来中国军史谈上甘岭，多从军事地理意义上强调此战的重要性，认为上甘岭与五圣山唇齿相依，丢了上甘岭，五圣山也就难保了。

韩国《朝鲜战争》一书亦称："如果拿下这两个高地，五圣山也就唇亡齿寒了。"

事实并非如此。

五圣山海拔1061.7米，比上甘岭597.9高地高出近一倍，且陡峭险峻，草深林密。

桑临春老人回忆说："1952年3月，我随秦基伟军长到五圣山看地形，山陡得人下不来，只好坐在地上顺草坡往下出溜……"

徒手下山尚且艰难，负重仰攻谈何容易？更何况上甘岭与五圣山之间，还隔着比上甘岭两高地海拔更高的781高地和679.1等高地。如果把上甘岭两高地比作五圣山的第一列屏障，781高地和679.1高地就是第二列屏障。可以说，即使丢了上甘岭，也不一定会失去五圣山。

第十五军死守上甘岭，绝非担忧五圣山有何闪失，主要基于志愿军"寸土不让"的作战方针，以便在朝鲜停战谈判中实现"就地停火"，为朝鲜民主主义人民共和国多争得一些国土面积。

倘若丢失上甘岭，第四十五师将被迫后撤一千五到两千米，在781高地至679.1高地一线建立新的防御阵地，从而就会丢失若干平方公里国土。

它的另一个意义，在志愿军第三兵团1952年10月27日的那份作战指示中说得很明确："……朝鲜战场上敌二线目前仅有美第四十师可机动使用，如果我们能把美第七师打残，迫使美第四十师接替其防务，那就再没有部队来接替了，这样就会使敌人逐步转入被动。因此，这一战斗对朝鲜战局意义很大。"

对第十五军官兵来说，左右邻兄弟部队都在攻山头、夺阵地，他们要是丢了上甘岭，这支从太行山杀出来的英雄部队荣誉何在？尊严何在？

因此，上述三点决定了第十五军必定会铁下心死守，喋血衔命地将这场战役打到底。

1952年11月26日，我第十五军司令部发布上甘岭战役战绩公报——

> 在43天的战斗中，我打退敌排以上进攻900余次，与敌进行大规模争夺战29次，以11529人的伤亡代价，毙、伤、俘敌25489人。
>
> 其中包含第十二军伤亡4263人，毙、伤、俘敌6774人。

《第十五军军史》战绩统计表显示，上甘岭战役中毙、伤、俘虏美军（包括他国参战军队）共5271人。

可美军只承认伤亡2000余人。

有史以来任何一场战争，敌对双方公布的战果都不可能一致，特别是现代战争中远程投掷、发射的炸弹、炮弹，所造成的伤亡主要靠估测，并或多或少都能挤出水分来。

笔者以为，第十五军对击落击伤击毁敌飞机、大炮、坦克，尤其是歼灭美军数字估计偏高，但也绝不是美军承认的伤亡

2000余人。

美军每个阵亡者名字都是要刻上朝鲜战争阵亡将士纪念牌的，否则死者亲属不答应。因而，美军阵亡数字应该是准确无误的，而伤者数字则可能被掺水，被转嫁，将一部分伤者列为非战斗伤亡。

美第三十一团除了其二营连续作战三天，一营、三营只打了一天就撤下597.9高地。但在1952年11月8日，该团上报的《598高地指挥报告》中统计：10月14日至17日，共伤亡失踪1266人。其中包括配属该团的哥伦比亚营6人阵亡、21人负伤。

美第七师《598高地指挥报告》中的伤亡统计则显示：第三十一团伤亡失踪1239人；第三十二团伤亡失踪845人；第十七团伤亡805人；埃塞俄比亚营伤亡40人；哥伦比亚营伤亡27人；合计2956人。

这个数字里，还不包括美第一八七空降团一个营和近30000人的支援部队伤亡。

又据美国第八集团军人事部统计报告：1952年10月，美国第八集团军指挥的美军、韩军、英联邦师、土耳其旅、菲律宾营、泰国营、荷兰营、法国营、埃塞俄比亚营、希腊营、哥伦比亚营、比利时营、挪威连等13国部队，共伤亡失踪16934人，其中美军3446人；11月美国第八集团军共伤亡失踪8686人，其中美军1575人。

10月，美军参加的唯一重大战事就是“摊牌作战”，所谓美军伤亡也就是美第七师的伤亡。11月美军人员的损失，则主要是遭受策应上甘岭作战的第四十四师打击，以及志愿军一线野战军反击所致。

因而，笔者根据上述美军指挥、作战报告测算，美军在上甘岭伤亡应为3300人左右。

韩国《朝鲜战争》一书中公布的两高地战斗战果及伤亡数字是：毙敌3772人、俘敌72人，共3844人；阵亡1127人、负伤3613人、失踪89人，共4829人。

这组统计数字可信度极低，不足为凭，所以笔者还是以美军统计为参照。

据美国第八集团军人事部统计报告——

10月韩军亡2502人、伤9434人、失踪1114人，共13050人；

11月韩军亡1582人、伤4633人、失踪361人，共6576人；

韩军10月、11月伤亡失踪人数，总计19626人。

1952年10月至11月期间，韩军战事唯有白马山战斗和上甘岭战役。除去韩国《朝鲜战争》一书承认的白马山战斗韩军亡505人、伤2526人、失踪391人，共3422人，10月上甘岭战役中韩军应亡1997人、伤6908人、失踪723人，共9628人。再加上韩军11月损失，总计为16204人。

尽管按美第八集团军统计数据计算，比韩国《朝鲜战争》公布的伤亡失踪数字已高出了3.36倍，但它仍具虚假性。

韩军10月攻击527.7高地北山，10月25日开始独自担负上甘岭两高地全部攻防任务，并一直打到11月底。可是11月韩军伤亡失踪总数，却让人匪夷所思地比10月下降了近32%。

在韩军上报美第八集团军的人员损失数据中，还有一项更泡沫的“非战斗伤亡”统计：10月为2617 人；11月居然翻番，高达5501人。这很容易让人怀疑，韩军为压低作战伤亡人数，而有意提高“非战斗伤亡”数字。

笔者依据上述数据测算，上甘岭战役中韩军伤亡应为两万人左右，再加上美军伤亡3300人，基本接近第十五军公布的歼敌数字。

然而，伤与亡是两个完全不同质地的字眼。倘若把上甘岭战役中美军与志愿军第十五军的伤亡数字拆开来掂量，人们会感受到一种别样的悲怆与痛惜。

在美军绝对优势的炮火面前，固守反击上甘岭的第十五军官兵付出了巨大生命代价。但是，该军发布的战绩公报只公布了一个伤亡总数11529人，却没有分别统计的负伤、阵亡数字。《抗美援朝战争战史》之“本军抗美援朝期间人员伤亡统计表”中，也只记载该军1952年共伤亡15015人，其中阵亡和因伤而亡为5729人。

1976年8月，中国人民解放军军政大学训练部在《关于上甘岭防御战役后勤工作》报告中，对第十五军在上甘岭战役中的伤与亡，做了详细的分析统计：共有6691人负伤，占伤亡总数58.04%；4838人阵亡，占伤亡总数41.96%。而伤亡总数中，阻击伤亡占44.38%，反击伤亡占29.8%，运输伤亡占14.88%，运动伤亡占10.94%。

参战的三个步兵师中，第四十五师承受了最大伤亡。

《步兵第四十五师战史》记载：43天上甘岭战役中，该师伤2832人，亡2849人，伤亡比例高达0.99∶1。

第十五军“前指”1952年11月16日有个关于第九十二团537.7高地北山战斗情况的报告，称：“……部队伤亡巨大（不完全统计全团伤亡1400余名），轻伤不下火线，重伤坚持战斗举不胜举，故牺牲者占2/3以上。”

同月18日“前指”报告中，第九十二团伤亡数字更具体了：伤亡1400余名，仅下来400伤员。该团伤亡比例竟高达1∶3.5。

美第七师的三个团中，伤亡最大的是第三十一团，共阵亡166人，负伤1018人，失踪82人。

鉴于第十五军在整个上甘岭战役中俘敌82人，其中美军仅3人，且均为10月19日之后被俘，因而可以将10月16日晚便退出战斗的美第三十一团失踪人员，全部视为阵亡。这样，该团共伤1018人，亡248人，伤亡比例为4.1∶1。

该团卫生连连长报告：10月14日，全团危重伤员仅占3%、严重伤员占15%，82%的伤员可治愈归队。

美第七师的三个团里，在597.9高地作战时间最长的是美第三十二团，伤亡比例则为4.4∶1。

敌我伤亡比例悬殊如此之大的原因，除了美军巨大的炮火杀伤力之外，美军现代化单兵装备和完备的战场救护，也保护和挽救了众多生命。担负进攻的美第七师官兵不光有飞机大炮的掩护，而且各个头戴钢盔，身穿防弹背心。

据美第八集团军资料，这种最新款防弹背心，是上甘岭战前的6月份就配发到美军一线部队的，仅重7.5磅。官兵们试穿时就对这款背心的设计普遍感到满意，觉得重量平均分布，穿上没有任何不适感。由于它为许多官兵化解了致命危险，美第三十一团战后总结经验时首先提到的一条就是："所有参战人员都配有防弹背心。"

据美第三十一团卫生连连长罗伯特·费力克斯上尉报告：该团两个营进攻，担任战场救护的就有师属第七卫生营和三个团属卫生连，另有直升机分遣队、M-39装甲运兵车分遣队、美军称之为KATUSA的韩国运输队，以及韩国担架队等近千名医护人员和运送人员。

美军医务人员与韩国运输队、担架队将伤员从597.9高地上抢运、疏散下来后，迅速抬上M-39装甲运兵车或坦克，随即送至转运搭车点，再搭乘中型吉普车到前沿救护站或野战医院，进行紧急救治。

而第十五军作战官兵没有任何单兵防护装备，也得不到及时的医疗救护。战场环境过于恶劣，尽管火线运输员冒着漫天炮火，两人背一个，拼尽全力抢运，一名伤员送到团救护所一般也需七十二个小时，送到师医院则需九十六个小时。

究竟有多少伤员在抢运途中停止了呼吸？没有一个完整统计数据，只在第十五军《抗美援朝战争战史》中留有一句话："团以下伤员死亡率较高。"

五千多名志愿军官兵殒命上甘岭，他们中许多人甚至没能留下一根骸骨、一缕布片、一句遗言，从而使得这场胜利隐隐含着无可名状的痛楚。

痛心之余，王二老人发狠似的说：中国，砸锅卖铁也要搞军队现代化建设！

2. 战役之最

在中国人民志愿军发起的七次战役中，上甘岭战役以多项战事之“最”，成为现代战争史上的经典战例之一。

《中国大百科全书·军事卷》“上甘岭”条目称：“这次作战的特点，是由战斗发展成为战役规模，持续时间长，战斗激烈程度为第二次世界大战以来所罕见。”

在这仅仅3.7平方公里的狭小战场上，美国第八集团军整建制地投入了美第七步兵师、韩第二步兵师、韩第九步兵师第三十团、韩第三十七团，以及美第一八七空降团一个营、哥伦比亚营、埃塞俄比亚营等，共计八个步兵团又三个营；支援部队有美、韩军十六个炮兵营又三个炮兵连、八个坦克连，以及美第十五高射炮营、第八十六探照灯营、第七卫生营、第二观测营、第七信号连、第三八八化学兵连、第五航空队、海军陆战队第一航空联队，韩第一三〇二工兵营、第六一四六空军辅助大队第二分遣队和战中陆续补入作战部队的第一〇五编练师9000余名新兵。

美军一个步兵团满编4500人，即使朝鲜战争期间缺席缺编，也有4000人左右；一个炮兵连约250人，一个坦克连130人左右，一个卫生连170人左右。韩军编制与美军相仿。

以此可以概略计算出，美国第八集团军参战兵力约60000人。

志愿军参战部队有第十五军第四十五师、第二十九师（欠第八十五团）、第三十一师、第三十四师一〇六团，共9个步兵团。支援部队有炮兵第二师和第七师各一部，火箭炮第二〇九团、第六十军炮兵团、炮兵第九团、高射炮第六〇一团和第六一〇团各一部，以及战中第十五军从军机关和直属分队抽调补充第四十五师的1200名战士，志愿军司令部补充第十五军与第十二军第三十一师的7000余人。

志愿军步兵师编制12000余人，炮兵团编制两千五百余人。

以此计算，第十五军参战兵力应为5万余人。

敌我双方麇集鏖战于上甘岭的总兵力约11万之众，平均33.6平方米面积上一个人。其役兵力之密集，亦为世界战争史所罕见。

美军在上甘岭一线配置了十六个炮兵营又三个炮兵连和8个坦克连，共310余门大口径火炮和三十余辆坦克。

另据《朝鲜战争中的美国空军》记载：1952年10月，“在这个月中，第五航空队及其配属的部队一共出动了4488架次飞机遂行密切支援任务，其中的2217架次是用于支援美第九军在三角山和狙击兵岭进行的‘摊牌作战’”。加上11月份的出动架次，美国空军投入上甘岭战役的飞机总数，超过《第十五军军史》记录的“三千架次”。

美军地面炮火与空袭轰炸密度，堪为朝鲜战争之最。

此役是美军在朝鲜战争中，或许也是美军战史上最失控的一次作战。投入的步兵是原计划的18倍，动用的战斗轰炸机是原计划的15倍，作战时间是原计划的8.6倍，作战伤亡是原先估计的127倍。美军将一场营连规模的战斗，打成11万人参加的战役，却仍未达成任何作战意图。

上甘岭战役中，“志司”和第三兵团陆续为第十五军机动调集大口径火炮达114门，共发射40多万发炮弹，为中国人民解放军前所未有的一个野战军实施的大规模炮战。

43天激战中，第十五军共消耗各类物资11071吨，其中弹药5530吨，投入运输的汽车多达2163台（次）。第三兵团、第十五军和朝鲜金化、淮阳郡劳动党组织，抽调官兵、组织民工1.67万人，在敌猛烈炮击和空袭下突击抢运，堪称抗美援朝七次战役中最庞大的一支后勤运输队伍。

是役，第十五军依托坑道为骨干支撑点式的坚固阵地奋勇作战，创造了人民解放军历史上最著名的大规模长期阵地防御作战光辉范例。上甘岭战役的胜利，标志着我志愿军阵地防御作战能力，已完全适应当时的现代化战争，并极大地充实与丰富了我军的战略战役学。

第十五军在四十三天防御作战中，机动灵活地不断调整作战方式，创造性地运用固守反击、坑道战、添油式战法、阵地内反击、阵地内运动防御等战术，击退敌人排以上规模的进攻数百次，与敌人大规模争夺战数十次，创造了人民解放军战史上一役攻防频繁度之最。

刘伯承元帅与崔建功师长谈话，曾评价说："你们上甘岭打得很好，就是没有教条主义。同是一本书，庞涓是教条主义，孙膑就不是；马谡是教条主义，孔明就不是。"

第十五军入朝参战，曾先后击败美军、韩军、加拿大步兵旅、菲律宾营、哥伦比亚营和埃塞俄比亚营，为志愿军作战对象最广泛的野战军。

是役，还打出一个世界战争史上从未出现过的、带有深刻规律性的有趣数字：10月14日至10月20日的两高地反复争夺阶段和10月30日至11月5日的597.9高地反击固守阶段，都是整整七昼夜。两个阶段中敌人各投入十七个营，第十五军则各投入二十一个连；双方在两阶段中损耗的兵力，亦大致相同。

第十五军于上甘岭毙、伤、俘敌两万五千四百九十八人，为志愿军一战歼敌人数最多的野战军。

自1947年组建到1954年班师回国的七年征战中，第十五军历经淮海、渡江、两广等重大战役，共阵亡1.5万余人。而上甘岭一战四十三天里，该军便阵亡五千三百一十九人，占七年阵亡总数的35.5%，为伤亡最惨重的一仗。

浴血二十三昼夜的第四十五师遍体伤痕，全师二十七个步兵连有十六个连两次打光重建；第一三四团八连则三次打光重建。其中还包括配属到各步兵连的团属炮连、重机枪连。全师连队干部伤亡65%以上；排级干部伤亡89%；班长、副班长伤亡则达100%。尤其是第一三四团八连四班，先后四次补充兵员，伤亡六任班长。全师三百零七挺机枪，打坏了二百五十七挺；

一千七百一十七支冲锋枪只剩三百五十支尚可使用；步枪不常使用，仍打坏半数以上。全师共消耗弹药约一千二百五十七吨，其中还不包括阵地上搜集的大量敌人遗弃之弹药。

该师从太行山组建旅、团，到上甘岭战役打响前的五年间，共伤七千九百五十二人，亡两千一百六十一人。而上甘岭一战该师伤亡便达五千六百八十一人，其中阵亡人数超过以往五年的总和，达两千八百四十九人。

在淮海战役这样决定国共双方命运的一百四十多万军队大决战中，该师伤亡比例为4.03∶1；在五十天的朝鲜第五次战役中，该师伤亡比例也只有2.4∶1；而上甘岭战役中该师固守反击二十三昼夜，伤亡比例竟然高达0.99∶1。一役伤亡如此巨大，为第四十五师战史之最。

韩国军方也认为“此役时间之长，战斗之残酷，伤亡之惨重，为韩国战史上史无前例的”。

韩国《朝鲜战争》称：两高地“战斗一开始便成了血战，互不示弱，创造了韩国战史上战斗持续时间最长的纪录。激战整整六周”，并承认：“当面之敌中共军第十五军防御意志坚定，因而，三角高地战况始终没有进展，反而足以使敌人为打成漂亮仗而自豪。”

上甘岭一战，是朝鲜战场上中美两军最终的战役较量。此后，美国第八集团军再也无力向志愿军防线发动团以上规模的进攻。接替范弗里特第八集团军司令官一职的马克斯维尔·泰勒中将，上任时带来了华盛顿的命令：任何进攻不得动用两个营以上的兵力。同时，此战也彻底消除了中国共产党和朝鲜劳动党对能否守住阵地的担忧，将朝鲜战争的战略对峙，成功地稳定在三八线附近，并加速了朝鲜停战谈判的进程。

1986年版的朝鲜民主主义人民共和国五百万分之一地图上，找不到海拔逾千米的五圣山，但却标出了上甘岭。只是那个赫然醒目的黑三角图例旁，没有标高数字。事实上，它巨大的象征意义无法标高。它不仅具有军事上的范例价值，更是一柱嵯峨入云的精神丰碑，一座富丽堂皇的荣誉圣殿。时至今日，“上甘岭”依然是当代中国英勇顽强的代名词，革命英雄主义的同义语，解放军光荣传统的重要部分，感动并引领着一代代中国人阔步前行。

整个抗美援朝战争期间，我志愿军将士共有30.2万人立功受奖、获得荣誉称号，约占入朝参战志愿军总数的15%。而第十五军在第五次战役后，评出了三等功以上功臣1109名（其中特等功臣6名，一等功臣22名，二等功臣257名，三等功臣824名）。上甘岭一战，第十五军呼呼啦啦涌现出以特等功、特级英雄黄继光为代表的英雄、模范、功臣13455名（其中授予英雄、模范称号的36名）；以集体特等功第一三四团八连为代表的二等功以上英雄集体63个（笔者注：以上数字不含第十二军上甘岭战役中的英雄、功臣），占第十五军入朝作战期间立功总数的92%，呈现出蔚为壮观的英雄气象。

功臣风聚云涌，英雄星光灿烂。

就因为上甘岭一下站起了太多旗帜式的人物，使得张广生、赵毛臣、崔含弼这样为战役胜利做出突出贡献的官兵，也只能评个特等功，没有一人获得英雄称号。

朝鲜停战后，朝鲜民主主义人民共和国最高人民会议常任委员会授予以彭德怀为首的十二名志愿军官兵朝鲜民主主义人民共和国英雄称号和金星勋章。其中第十五军官兵占了三名：黄继光、邱少云、孙占元，都具有跨国界的知名度。

列入《中国大百科全书·军事卷》之“抗美援朝作战时期英雄模范人物”条目的志愿军官兵，共十九人，其中有第十五军官兵四人：黄继光、邱少云、孙占元、牛保才。

第十五军编撰的那本重如城砖的《抗美援朝战争战史》中有这样一句话：上甘岭战役中，“负伤不下火线，继续参加战斗，在危急时刻，拉响手榴弹、爆破筒，与敌同归于尽，舍身炸敌地堡，堵敌枪眼等，成为普遍现象”。

不知道这个世界上，还有哪支部队敢像第十五军这样自豪地宣称“与敌同归于尽”的惊天壮举为“普遍现象”？如此慷慨壮烈的献身，使得人类不能不重新认识和表述生命的意义。这种由瞬间血肉横飞的刚性和苦守坑道十四昼夜的韧性合铸成的铁血军魂，不仅是中国式的，而且焕发着璀璨的国际主义光辉，堪称世界军事史上最完美、最立体的革命英雄主义。

有些烈士的英名已经佚失在战争的纷乱中了，可是即便如此，笔者仍从第十五军和第十二军的史料中，梳理出三十八位舍身殉国者，几乎平均每天都有一位英雄，在与敌同归于尽的爆响中诞生。愿今天饱享和平的人们，能永远记住这些曾在上甘岭血与火的日子里，如黄钟大吕般轰响的名字——

孙子明　江苏高邮人　23岁　1952年10月14日上午牺牲于537.7高地北山8号阵地　特等功臣　二级战斗英雄

孙占元　河南林县人　27岁　1952年10月14日晚牺牲于597.9高地2号阵地　特等功臣　一级战斗英雄

栗振林　河南林县人　21岁　1952年10月14日晚牺牲于537.7高地北山2号阵地　特等功臣　二级战斗英雄

李忠先　山东平西人　24岁　1952年10月14日晚牺牲于597.9高地　特等功臣　二级战斗英雄

郑金钵　山东广德人　1952年10月15日牺牲于537.7高地北山　特等功臣　二级战斗英雄

侬廷秋　广西天保人　23岁　1952年10月15日牺牲于537.7高地北山　特等功臣　二级战斗英雄

安贵丑　河北隆尧人　1952年10月15日牺牲于597.9高地　一等功臣

刘俊卿　湖南湘乡人　41岁　1952年10月16日牺牲于597.9高地　特等功臣　二级战斗英雄

王玉庭　1952年10月16日牺牲于597.9高地

霍大楷　四川荷阳人　1952年10月17日牺牲于537.7

高地北山　一等功臣

李文彦　河南沁阳人　25岁　1952年10月17日牺牲于上佳山西北无名高地　特等功臣　二级战斗英雄

黄继光　四川中江人　21岁　1952年10月19日晚牺牲于597.9高地0号阵地　特等功臣　特级战斗英雄

龙世昌　贵州松桃人（苗族）　1952年10月19日晚牺牲于597.9高地3号与9号阵地之间　特等功臣　二级战斗英雄

赖发均　四川中江人　21岁　1952年10月19日晚牺牲于597.9高地9号阵地　特等功臣　二级战斗英雄

欧阳代炎　湖南耒阳人　1952年10月19日晚牺牲于597.9高地8号阵地　一等功臣　二级战斗英雄

葛洪臣　河南临颍人　25岁　1952年10月20日牺牲于537.7高地北山4号阵地　特等功臣　二级战斗英雄

戴华荣　贵州习水人（苗族）　1952年10月牺牲于391高地　特等功臣　二级战斗英雄

林吉成　四川绵阳人　25岁　1952年10月22日牺牲于537.7高地北山2号阵地　一等功臣

王新发　1952年10月22日牺牲于537.7高地北山2号阵地

陈喜逵　1952年10月23日牺牲于537.7高地北山　一等功臣

蒋元伦　四川中江人　21岁　1952年10月25日晚牺牲于537.7高地北山2号阵地　一等功臣　二级战斗英雄

翟春生　河南叶县人　23岁　1952年10月27日牺牲于537.7高地北山　一等功臣

马忠保　湖南零陵人　24岁　1952年10月29日牺牲于537.7高地北山　一等功臣

吕慕祥　福建建阳人　23岁　1952年10月30日牺牲于597.9高地3号阵地　特等功臣　二级战斗英雄

田立明　湖北洪山人　1952年11月1日牺牲于597.9高地9号阵地　特等功臣　二级战斗英雄

朱有光　四川安岳人　20岁　1952年11月2日牺牲于597.9高地1号阵地　特等功臣

王万成　四川安岳人　19岁　1952年11月2日牺牲于597.9高地1号阵地　特等功臣

唐治平　四川宜宾人　21岁　1952年11月5日牺牲于597.9高地2号阵地　一等功臣　二级战斗英雄

张志荣　1952年11月5日牺牲于597.9高地2号阵地

杨国良　重庆大足人　1952年11月12日牺牲于597.9高地11号阵地　特等功臣　二级战斗英雄

曾平章　1952年11月12日牺牲于537.7高地北山4号阵地　一等功臣　二级战斗英雄

曾超志　1952年11月14日牺牲于537.7高地北山4号阵地

钟兴全　1952年11月18日牺牲于537.7高地北山6号阵地

侯　超　四川雅安人　1952年11月18日牺牲于537.7高地北山5号阵地

刘保成　安徽阜阳人　34岁　1952年11月20日牺牲于537.7高地北山6号阵地　一等功臣　二级战斗英雄

陈大脚　1952年11月24日牺牲于537.7高地北山6号阵地

李子华　1952年11月24日牺牲于537.7高地北山6号阵地

无名氏　1952年12月3日牺牲于537.7高地北山2号阵地

3. 走出战火硝烟之后

除了沃克早早车祸身亡，美国第八集团军几任司令官都抱怨在朝作战指挥权力受限，而为此最感愤怒和沮丧的是范弗里特。在他看来，这些限制都源自于国务院和杜鲁门总统的调和政策。

保罗·布拉姆说，大约1952年6月间，范弗里特在给住院的德格斯·穆德少将信中发牢骚说：他训练南韩军队是为了让他们从美军手里接管阵地，而华盛顿那些不愿赢得战争的政治人物，不准他进行这一渐进式替代。这封信他同时也发给了太太海伦。女儿贝蒂看了，又将信件转给她的朋友巴巴拉·艾森豪威尔，最终到了德怀特·艾森豪威尔手里。艾森豪威尔当即给海伦打电话，请她允许将这封信披露出去。海伦同意了。于是，共和党竞选总部将这封信作为民主党不想打赢朝鲜战争的证据，在总统大选前十天——10月25日发表了。这在华盛顿引发极大震动，也为艾森豪威尔赢得大把选票。有报道说杜鲁门认为范弗里特信件是公然的违逆之举，白宫更是明确宣布收到了很多要求撤掉范弗里特的来信。虽然杜鲁门极力否认他有撤换范弗里特的想法，然而11月9日，美国陆军部新闻发言人宣布：范弗里特上将将于明年1月24日退役。

提前两个多月宣布一位四星将军，而且是身在战场的集团军司令官退役的消息，这在美国从无先例。

紧接着又有媒体报道：范弗里特将提前六十天离任回国。

第二天，美第八集团军新闻发言人否认了这一报道。

范弗里特心里很清楚，如今他不仅落下背叛总统的骂名，还由于他坚决支持华府讨厌的李承晚，从远东司令部、陆军部，参谋长联席会议，直到国务院，都把他看作“李承晚问题”的一部分。他们认为他经常出入韩国总统官邸，胳膊肘往外拐，与李承晚合起伙儿来跟华盛顿作对。

1952年12月2日，美国曼哈顿岛上空晓星闪烁，晨风冷冽。白宫特工处最精干的特工格林，陪着一个身穿厚呢大衣，脑袋紧缩在立领里的高个子男人，匆匆走出莫宁赛德大道60号的铁栅栏大门，坐进早已停在路边的那辆黑色双排座大轿车。这辆豪华轿车沙沙地穿过行人寥寥的大街，疾驰向米彻尔机场。

机场跑道上的两架星座式飞机已在预热。

当穿呢大衣的高个儿男人走下轿车，等候在飞机旁的新任美国国务卿杜勒斯迎上来："早上好，总统先生。"

美国新总统艾森豪威尔点点头，应道："早上好！"便钻进机舱。两架星座式飞机一前一后爬升着，飞向高寒的天空。

这是艾森豪威尔的一次秘密远行，目的地是朝鲜前线。

几个月前，艾森豪威尔在竞选演说中曾向他的选民们承诺："假如当选，我将到朝鲜去。"可这句话太中庸，美国各政党、阶层，各有各的解读。范弗里特和许多在朝美军将领的理解是，艾森豪威尔将到朝鲜采取行动，以赢得这场战争。

中国中央人民广播电台署名文章也认为，艾森豪威尔访问南朝鲜，是为了扩大战争。

打那以后，范弗里特就热烈期待着新总统的朝鲜之行。艾森豪威尔于他，不仅有西点军校四年同窗之谊，而且有欧洲战场知遇之恩。如果不是艾森豪威尔提携，他范弗里特就不可能有二战中节节升迁的好运。因为盟军中，美军师长以上指挥官任免令，都是经艾森豪威尔亲手签署的。

在喷气式客机尚未出现的上世纪50年代初，星座式是世界上速度最快的客机，可它仍然飞了一天才越过太平洋，晚上8点钟降落在韩国金浦机场。克拉克、李承晚和范弗里特等，早已迎候在彻骨的寒风里。

在视察前线的三天里，艾森豪威尔翻阅了大量作战地图，听取了近期防御作战情况汇报，还走进营区与士兵们进行了交谈。范弗里特越发相信，这一切都意味着新总统正酝酿一个打败共产党军队的新方略。

可是1953年1月20日总统就职典礼后，艾森豪威尔宣布，仍将寻求通过谈判方式结束朝鲜战争。这令范弗里特大失所望，他知道，自己再也没机会打赢这场战争了。

三个多月之后，范弗里特被召回国，卸任退役。他原本1953年1月24日就到了美军最高服役年限，实际延长到了这年的3月31日才正式退役。

前来接任的是美国陆军助理参谋长马克斯维尔·泰勒，原第一〇一空降师师长。连范弗里特自己都觉得怪异，他接李奇微的班，泰勒又来顶他的职，怎么前后都跟两个空降师长摽上了？而且他反感李奇微，与泰勒也有点历史上的小过节。

九年前，范弗里特率美第八团向诺曼底的瑟堡挺进时，泰勒曾找他借几辆坦克第二天攻桥。他却回答说：你今天攻桥我可以借，明天不行。

泰勒说：今天，我们一〇一师还没做好进攻准备。

范弗里特仍不买他账，说：我的八团可是准备好了，明天打瑟堡。

一个著名空降师师长，就这么被一个普通步兵团团长给撅回去，范弗里特知道泰勒的心里不会舒坦了。

回国前，范弗里特最后一次巡视了第八集团军前线。此时正值朝鲜隆冬，战局也像是被北来的寒流冻僵了似的，没有一丝生气。他在望远镜里眺望着白雪覆盖的寂静战场，那带刺的铁丝网，坟茔般的地堡和纵横交织的堑沟、交通壕，不禁想起九年前僵持的欧洲西部战场。只是朝鲜的寒冬无论在他视觉和感觉里，都比欧洲那个冬天更阴郁，更黯淡。

不知道为什么，美国著名作家约翰·托兰在他《漫长的战斗》一书中，说范弗里特很不光彩地离开了朝鲜。

其实他走得还算风光。1953年2月12日他离开朝鲜，经日本、檀香山回到美国。每到一地都有盛大欢迎会，华盛顿甚至为他的退役举行了阅兵式。他一次次接受欢呼和鲜花，也一次次发表演讲，执拗地重复着他的观点：“我们在远东没有任何达成真正的政治解决方案的可能性”，“朝鲜问题只有通过武力才能解决”。

退休后他虽然还挂着个美韩基金会主席的闲职，但主要精力还是用来经营自己的波尔克农场。1953年8月到1954年4月，他曾两次回到韩国，一次是考察支援韩国的经济建设；另一次是作为总统特别代表，视察美国对远东军事援助情况。

范弗里特可能是这个世界上最长寿的将军之一。1992年3月19日，两个女儿在农场为他举办了一个很热闹的百岁生日派对。只是在场的亲人中，少了他八年前去世的妻子海伦，还有四十年前在朝鲜失踪的儿子吉米。

范弗里特一生征战，从法国西线打到朝鲜三八线，两次世界大战中都负过伤流过血。可在朝鲜战争中，他献出的是自己唯一的儿子。

1992年9月23日早上，他在晨风中醒来，向守候在病床前的女儿贝蒂笑了笑，然后又接着睡。而这一睡就再也没有醒来，死于充血性心力衰竭。他被葬在阿灵顿国家公墓，墓碑背面刻着他的座右铭：战则必胜。

这是他最喜爱的一尊希腊公元前3世纪青铜雕塑的题词，也是作家保罗·布拉姆为他作传的书名。

座右铭下方，刻着他一生中三个重要的军事阶段：

1944. 6. 6	犹他海滩
1948—1950	希腊
1951—1953	朝鲜

1972年8月，塞纳河畔的一个月夜。

巴黎市郊纳伊区城堡街的中国驻法大使官邸里，黄镇大使与趁夜潜行官邸的美国驻法使馆武官沃尔特斯将军会晤，商谈基辛格博士秘密访华的细节部分。谈完正事，两人便轻松地闲聊起来。沃尔特斯点上一支雪茄，很敬重地对黄镇说：“大使先生，我听说您也曾是位将军。”

黄镇笑道：“您知道三角高地吗？”

“哦，当然，我1951年到过朝鲜，美国军人都知道我们在那个高地付出了太大的代价。”

曾是第十五军前身九纵第一任政治委员的黄镇很得意，说：“那就是我的部队打的。”

沃尔特斯惊圆了他那灰蓝的眸子，望着比他整整低一个头的中国外交家：“原来是这样？”

黄镇说：“你们的装备很好，但我们人的素质比你们强，所以你们打败了。”

沃尔特斯坦率地点点头，承认说：“在朝鲜时我们就已经意识到了，中国的志愿军是我们美国两次世界大战以来所碰到的最强硬的对手。”

朝鲜停战前后，许多美国人都像沃尔特斯一样，知道美军在朝鲜三角高地打了场恶仗。

克拉克在批准“摊牌作战”计划时，虽然特意提醒范弗里特只让报界对此战做有限常规性报道，并强调夺取这些高地出于战略考虑，然而这场激烈战斗，第一天就广泛进入了公共领域。

美国时间1952年10月14日晚，美第三十一团团长摩西的太太露丝，就是从收音机里听到了这个消息：著名“海外军团”“北极熊”第三十一步兵团，在南达科他州的劳埃德·摩西率领下，经过一系列战斗，吃苦耐劳的士兵攀上朝鲜70度陡坡的岩土高地……

摩西团长在接受采访时说，第三十一团拥有美国陆军里最令人羡慕的作战记录。可是，除了几十个尚健在的美第七师朝战老兵，如今的美国人几乎都不知道这场战役。这不是集体失忆，就是人为淡化。

虽然上甘岭战役是由美第九军策划发动并统一指挥的，但美军认为他们只负责攻击597.9高地，至于攻击537.7高地北山，则是韩第二师的任务。而权益分割一向认真的美国人，总是只保存自己的作战资料，绝不会为别人保管失败的记录。因此，所藏甚丰的美国国家档案馆、图书馆，只馆藏着极少量的美第七师598高地作战资料。中、美、韩、埃、哥等五国军队约十一万人参加，喋血四十三昼夜的上甘岭战役，在美国军史上便被简略成了“美第七师10月14日至10月25日的598高地战斗”。对于二次大战中曾赢得许多重大战役的美国来说，发生在朝鲜一个小高地上的战斗，又算得了什么呢?

因而，从1951年到1977年间，美国好莱坞几个片厂先后推出《钢盔》《猪排山》《永不撤退》等十三部反映朝鲜战争的影片，却没有一部是关于上甘岭的。

克莱·布莱尔的《朝鲜战争，被遗忘的战争》一书，被认为是美国朝鲜战争史的权威之作。此作以1951年7月10日停战谈判开始为历史节点，用了九百四十一页讲述此前的朝鲜战事，只有三十五页讲述此后的停战谈判和战俘交换，其中没有关于上甘岭的只言片语。

最让人奇怪的是，有些中国作家也犯了与布莱尔同样的错误，写朝鲜战争，只讲五次战役，不谈上甘岭战役和金城战役。更有甚者，还将上甘岭战役称之为“战斗”。

1993年8月，约翰·托兰《漫长的战斗》在中国翻译出版，热销数年，被认为是迄今为止最全面叙述朝鲜战争的著作。该书倒是写到了白马山战斗，也谈到了金城战役，可这位美国史学家好像从来就没听说过三角高地和狙击兵岭。

大卫·哈伯斯塔姆在他的名作《最寒冷的冬天》里，也只字未提上甘岭。五次战役后的朝鲜战事，他似乎只知道猪排山之战，知道这场战斗的第一天美军发射了三万七千六百五十五发炮弹。但他不知道上甘岭战役的第一天，美军发射了二十多万发炮弹。

在长达一百二十万字的日本《朝鲜战争》中，关于上甘岭战役也只有如下些许文字：“这样，板门店的谈判，在1952年10月自然地进入了无限期的休会。这就是被中断了，就是无言地比赛上耐性了。这期间，在二百多公里的战线上，准备着什么时候就会到来的停战之日，反复地对重要地点进行了争夺。规模最大而且最激烈的，是被称为‘铁三角’地区的中部战线要地——以铁原至金化为底边，以平康为顶点的三角地区的攻防战。”

几年前我国防大学一位教授参观美国西点军校，曾发现它的校史馆里摆着一个供教学研究用的上甘岭两高地沙盘。

然而凯文说，他多次去过西点军校，从没有听说那里有上甘岭两高地沙盘。还说，摩西去世后，美国只有他孤独一人在研究上甘岭。

“疯子团长”摩西，可能是唯一狂热推崇“摊牌作战”军事价值的美国人。虽然他率领美第三十一团各营，轮流打了两天便交出指挥权，却为自己攒足了升迁资本。就在第十二军全力反击537.7高地北山的前一天，摩西被调往驻日本仙台的美第十六军任参谋长，后又回国担任美第五军副军长、军长。1964年，年满六十岁的摩西卸任退役。为此，他满腹怨气，认为自己身体健康、思维敏捷、经验丰富，仅仅由于年龄而被强制退役，很有种被欺骗的感觉。他最感遗憾的是，如果再晚几个月退役便可晋升中将，那么他就又可以在军队里再多干五年。

退役后的摩西没有什么名誉性闲职，因而也就没什么社会活动，便埋头在家写自传。598高地战斗，是他自传《不惜代价》的重点。传中，他详细描述了此战从计划到实施的全过程，极力宣扬其非同寻常的战略意义，认为：“‘摊牌作战’是朝鲜战争一个转折点，它打破了长时间的军事僵局。”

这个观点多出于感性，因而一不留神他把上甘岭之战的军事意义给说颠倒了。美军发动的这场攻势，不但丝毫未能打破朝鲜战争的僵持局面，反而使敌我双方的对峙成为一种常态，并稳定地一直保持到朝鲜停战。

虽然1991年美国南达科他大学出版社为他出版了这本自传，

却没有引起丝毫社会关注。对此，2002年以九十三岁高龄去世的摩西，至死都很失望。

曾几次采访过他的凯文说："如果摩西知道中国这么看重598高地战斗，非得高兴死不可。"

如今的美国人几乎都不知道上甘岭，甚至不知道朝鲜战争。

作家大卫·哈伯斯塔姆认为——

> 除战争亲历者外，对许多美国人而言，朝鲜战争始终是历史中的一个黑洞。停火的第二年，它就变成了一场没人愿意再去回忆和了解的战争。而在中国，恰恰相反。对中国人而言，这是一次值得骄傲的成功，也是这个国家在新的历史中写下的最灿烂的一个乐章。对他们来说，朝鲜战争代表的不仅是一场胜利，更重要的在于，它也是新中国的又一次解放，是与长期受西方列强压迫的旧中国的彻底决裂。与刚诞生的新中国打成平手的，不只是这个世界上最强大的、刚刚征服日本和德国的美国，而是整个联合国的军队，按照中国人的意识形态，被他们打败的是所有帝国主义国家及其走狗。从这个层面上说，这个胜利的意义是无法估量的……战争结束之后，每个人都不得不另眼看待这个正在冉冉升起的东方大国。

1953年初春，中央军委任命秦基伟为云南军区副司令员兼参谋长，由李成芳接任第十五军军长。但由于朝鲜战场出现新的军事动向，彭德怀批准他暂时仍留在朝鲜。

是时，朝鲜战场再次呈现出冷峻对峙的格局。远离本土的美国第八集团军禁不起这种拖延，却又正面进攻无望，便转而将作战目标投向朝鲜半岛的蜂腰两侧，企图从东西海岸实施登陆作战。

毛泽东主席提醒邓华代司令员：志愿军应从"肯定登陆这一判断出发，来确定我之行动方针"。

为此，“志司”迅速做出决策，命第十五军将平、金、淮地区的防务移交给第二十四军，挥师东移，屯兵东海岸，准备抗击敌人的登陆。

这年5月，第十五军完成了东海岸防御体系建设，秦基伟才于当月19日离职回国。途经东北时，他被他的老上级、哈尔滨军事工程学院院长陈赓留住，给哈军工师生和东北党政军干部作了十几天的报告，6月初才到了北京。

秦基伟住进北京饭店没几天，彭德怀就给他来了个电话，说他打算建议毛主席接见他。秦基伟兴奋得哪儿都不去，在北京饭店的那套客房里，每天皮鞋擦得明光锃亮，守在电话机旁等消息。

6月13日那天晚饭后，床头柜上的电话机突然响了。军委办公厅打来电话，通知秦基伟说毛主席要接见他。

当晚7时半，秦基伟被接到中南海颐年堂。他刚坐下，毛泽东主席便伟岸如山地从里屋走出来，握住他的手说：“欢迎你啊，秦基伟同志。”

6月中旬的北京，气候凉爽宜人，可秦基伟觉着手心里攥的全是汗，竟一下子想不起该跟主席说些什么。

毛主席递给他一支烟，问他会不会抽。

战争年代秦基伟离不开两样东西：一是大米，二是香烟。上甘岭打得最紧张那会儿，他烟抽得一支接一支，手上几乎不断火。可这会儿他觉得在主席面前吞云吐雾有点儿不像样，便推辞说不会。

毛主席似乎感到有些意外，“噢”了一声，说：“当军长的还不会抽烟啊！——美国佬好对付吗？”

秦基伟回答说：“我看美国佬有三个长处，也有三条缺点。”

毛主席很感兴趣，将烟头往烟缸里一摁：“说说看嘛。”

秦基伟说：“美国佬三个长处：一是机动快，二有制空权，三是后勤补给及时充足。三条缺点：一怕夜战，二怕近战，三怕死。有这三条，他就注定会败在我们手里。”

毛主席笑起来，却忽然转了个话题，问道：“你还当过太行司令啊？”

秦基伟心里一热：主席还知道我当过太行军区司令！但没等他回答，毛主席又说：“你先不慌到云南上任，到处走一走，给大家吹一吹上甘岭嘛。”

于是，按毛主席的意见，秦基伟先后到天津、广州、重庆等地巡回作报告，给各界人士讲他的第十五军如何浴血上甘岭，反响极其热烈。直讲到8月，他才脱出身来，赶到云南军区任职。

以上所述，未载史籍，是秦基伟从颐年堂回到北京饭店后，亲口告诉他的作战参谋桑临春的。

关于这次接见，《毛泽东年谱》第二卷113页“1953年6月13日”记载如下——

> 同日　晚七时半，在中南海颐年堂接见从抗美援朝前线回国的秦基伟。毛泽东说：你们在上甘岭打得好，上甘岭战役是个奇迹，它证明了中国人民志愿军的骨头比美国的钢铁还要硬。这奇迹是你们创造的。朝鲜战争是要停下来的，所以调你到云南工作。云南是我国的西南大门，处于重要的战略位置，边防线长，还有残匪在境外活动，斗争情况复杂。你年轻力壮，到任后要多下去熟悉地形、了解部属，把边防建设好，把大门守好。

接见整整半个小时。秦基伟辞别时，毛泽东召集来开会的刘少奇、朱德、周恩来、彭真、王稼祥等领导人，正前后脚走进颐年堂。

领袖的接见，温暖了将军一辈子。

朝鲜战争结束了，可四亿五千万中国人还沉浸在上甘岭战役胜利的激动中，对英雄的群体崇拜在不断升温。人们由衷地渴望一睹英雄的风采，聆听英雄们那传奇式的战斗故事。

刚刚建起的第十五军几个营区里，经常挤满了各大报社、电台的记者。地方单位和群众团体则通过各种途径和诸多让人无法推辞的理由，将第十五军的功臣模范们从营区，从家乡，从在读的军事院校，从养伤的医院、疗养院请出来。还有些英雄甚至被人从出差途中拦下截住，直接拉到礼堂作报告，一场接一场地讲述上甘岭那些血泊中流过的日日夜夜。所有的会场一律横幅标语、彩旗飘飘，一概充满鞭炮声、欢呼声和感动的抽泣声。

还是在南京中山陵风景区旁的那幢白色小楼里，李长林老人一边整理那团弄乱的十磅尼龙鱼线，一边淡淡地说："我跟尤太忠师长在重庆学习时候，四十五师副师长唐万成跟我们一个班，经常有人到学校来请他作报告，没人找我和尤太忠。"

话说得寡淡，却让人能咀嚼出几分被冷落的伤感。

或许那些报告人自身的经历太深刻，或许他们不了解兄弟部队的战况，或许基层官兵太年轻，嘴上少遮拦，总之他们只说自己的第十五军，不大提第十二军的战事。有些官兵提了倒还不如不提，说十二军上去是收收摊子，扫扫尾子。还有人轻描淡写地说，他们后期反击坚守都很顺利，没费多大劲儿。

话传出去，一下就刺伤了第十二军的官兵们，尤其是中、基层干部，心理更不平衡：想想第十二军在朝鲜，第五次战役前一阶段，仗打得不理想，后一阶段没有多大战果，拉到金城一线苦苦守了一年，也没遇上大战役，小打了几仗根本不过瘾。赶巧有了上甘岭参战机会，投入了那么大的兵力，付出四千二百多人伤亡的巨大代价，结果功劳全成人家的了。

越想越窝囊，越想越委屈：什么叫收收摊子扫扫尾子啊？上甘岭一仗，第十五军投入五个团，我们十二军上去了四个团；第十五军打了二十三天，我们第十二军打了二十天。况且，历来的战役原则都是二梯队投入战斗，应作为一个新阶段的开始。

但这毕竟都是些自尊受伤后的私下议论，顾大局识大体的第十二军领导倒未计较过此事——都是我们人民军队的胜利，什么你啊我的！

然而不知打何时起，忽然流行开了一个近乎成形的观点，说上甘岭战役的前半截二十三天是秦基伟的第十五军打的，后半截二十天是李德生的第十二军打的，甚至一度连一些军事院校的教官们也以此说教授上甘岭战役一课，直到1990年出版的一些关于朝鲜战争的专著，亦执此说。这就把上甘岭战役弄乱了。

澄清军史战事，并不只是军史学家们的责任。况且，这段史实不算复杂。

1952年12月2日，在有第三十一师领导参加上甘岭战役情况汇报会上，秦基伟专门用了近一小时时间，高度评价第十二军对此役的贡献——

> 十二军参战是取得上甘岭作战全部胜利的保证。十二军是在什么样情况下投入战斗的呢？是当战斗最紧张、最艰苦，军二梯队已无法战斗时，十二军赶来参战的。敌人调来了韩九师三个团，韩二师则集中最后力量，再加上埃塞俄比亚营，第一八七空降团投入最后反扑。这时597.9高地的战斗发展到了决战阶段，三十一师投入战斗，不仅使我们增加了取得胜利的信心，而且能保证取得完满的胜利。李德生副军长来后我们才出了一口气，保证进行到最后，保证不丢阵地。巧妇能做有米的饭，没兵指挥员不能表现指挥力量。没有十二军的投入，即便打得好，阵地也是没法巩固的。四十五师伤亡很苦。

他逐个称赞第十二军参战团队说：

> 九十一团反击、坚守、巩固597.9高地，出了最大力量。九十二团、九十三团对537.7北山反击，夺回了表面阵地，改变了537.7北山的斗争形势，由被动转为主动。九十二团打得漂亮，一上去就恢复了阵地。又经九十三团、

一〇六团后一段努力，主要阵地我们都控制了。可以说，战役结束，寸土未失。

十二军的部队我们很熟悉，来后使用很大胆，没有任何顾虑。部队多了，容易让人有顾虑。但十二军识大体，都很老练。我们用起来大胆，敢批评，发挥了作用和力量。

十二军部队作风很好，表现在艰苦朴素上。干部很有教养，很老练。按经历，十二军的历史长，打仗多，但到这里表现很谦虚，给我很大教育。

第十二军有大功，但是“两截说”，将第十二军从上甘岭战役进程中独立出来，有违史实。

志愿军第三兵团1952年11月5日《对597.9高地及537.7北山作战部署》，是澄清这一史事的关键文件。该部署中明确了统一指挥第三十一师和第三十四师反击作战的五圣山作战指挥所，归第十五军秦基伟军长指挥。

第十二军投入战场时，第四十五师炮兵群、观察所、后勤机构等均原地未动，仍一如既往地保障战斗。同时，第四十四师还照旧担负着西方山方向的牵制作战任务，以减轻第十二军反击固守北山的军事压力。

事实上，第十二军参战部队是配属给第十五军的。因而，无论从哪种意义，这两支野战军都是打断骨头连着筋，密不可分。

1989年6月，时任国防部部长的秦基伟在《第十五军军史》审稿会上，曾专门就“前半截”与“后半截”的问题，有过一段讲话，最后了结了这段史实之争——

有当时历史文件为准嘛。现在李德生同志和我认识一致了，就是说上甘岭战役从头到尾都是十五军指挥的。李德生同志是配属来继续完成上甘岭战役任务的，是十五军统一指挥的序列，并不是独立的。这一点从军委、军事科学院、国防大学等都是统一的。

我们在写这个历史的时候，要充分肯定十二军的作用。没有十二军的参战，当时的这个客观情况，要是只靠十五军，很难把它打成最后这么个结局的。因为没有国内来的新兵补充，十二军不上也还要上别的军。非上一个二梯队不可。上甘岭是战斗发展到战役的，战斗有二梯队，战役也有二梯队嘛！

无论这个世界上存在着多少社会制度、政治体制、宗教信仰、经济模式和文化形态上的差异，各国军队无不把一面共同的旗帜竞相举过头顶——英雄主义。它永远是军队之魂，军人之魄。

半个多世纪过去了，军官转业，老兵退伍，第十五军砖红色营房里，流水般淌走了多少扛枪的汉子带兵的人。可是，许多未见经传的上甘岭故事，却在一茬茬官兵的神聊闲侃中，在各地乡音方言里，像部英雄史诗，口头流传下来。

我们不妨撷其几则，以飨读者——

1964年老兵赵根全讲的故事：

当年咱们十五军和三十八军在朝鲜，都是最能打的部队。三十八军比咱们占便宜的是他们先入朝，先打出了名，二次战役后被称为“万岁军”。

五圣山打防御时，三十八军是我们军的右邻。行军时碰上了，我们军的兵问：“你们是哪部分的啊？”

三十八军的人很傲气地说：“万岁军。你们呢？”

我们军的兵，气也盛，回答道：“咱起码，九千岁部队！”

打完上甘岭，我们军就更牛了，有人就提出：既然“万岁军”只能有一个，那我们十五军应该和三十八军轮着当。据说此事报到彭老总那里，彭老总还真答应可以考虑这个方案。

后来回国，我们军名气大得简直是中国第一军，也就不跟三十八军去争那万岁不万岁的了。

1968年的老排长李友新侃的大山：

听说过美二师吗？美军一等王牌。据说打遍大半拉世界没吃过败仗。可在朝鲜第五次战役中，一仗就让咱十五军给打趴下了。打那以后，一听说中共十五军来了，他们就尿裆。

后来范弗里特那家伙把它调到五圣山正面，准备对付咱志愿军二十六军的。哪晓得咱十五军跟二十六军换防了。得到这情报的当天晚上，美二师就吓得连夜撤到东海岸担任防御去了。

打完上甘岭，咱们军跟腚也撵到东海岸，部队还没放下背包，就听对面阵地上的大喇叭穷喊鬼叫起来："美二师的弟兄们注意啦，中共主力十五军又上来了，各团要加强警戒……"

阵地上的美国兵顿时像炸了窝的蜂群一样，慌乱得不成样子。

1970年的干事周雅听来的故事：

当年我们崔老师长手下有三只虎：一连长王二，六连长万福来，八连长李保成。

今儿个先给你们讲讲王二连长。

上甘岭战役头一天打下来，坚守537.7高地北山的一连，就剩下王二和通信员了。撤下阵地时，王二连长心里直发毛，心想，一个二百来号人的连队都叫我给打光了，这下见了师长还有好吗？

一见到崔师长，王二便哆哆嗦嗦地先检讨起来："师长，这仗没打好，你枪毙我吧！"

崔师长说："打得好啊，该记功！"

王二以为老师长说反话，挖苦他，那小腿就更哆嗦了，连忙道："打得不好，该枪毙该枪毙……"

崔师长不耐烦地骂起来："你他妈王二给我滚一边儿去，说你打得好就是打得好嘛！你知道你今天面对多少敌人？两个营，两个营哪！一个连对他两个营打了一天，还消灭了他们六七百人。这仗打得很漂亮嘛，本师长要为你和一连请功。你先下去休息一下，我给你补齐人马，今天夜里就给我把阵地都夺回来！"

当天夜里，王二连长带着新补充的连队，摸黑儿向537.7高地北山坑道里运动。通过敌人封锁线时，一排重炮弹掀起丈把高的土浪，将王二连长和他身边的通信员一起埋进土里。

连队进了坑道后，都以为王二连长已经牺牲了，马上将情况报告给崔师长。崔师长痛惜地叹了口气说："狗日的美国鬼子，一连连根苗都不给我留下……"

可王二没死，他是被炮火震晕了。夜晚冷风一吹他又醒转过来，独自摸进了坑道。坑道里小油灯，黄豆粒大的火苗苗，模模糊糊地照见满面烟尘浑身土的王二，把个小战士吓得倒抽冷气，问："你……你是人还是……是鬼……"

王二啐了一口："你他妈才是鬼。迷糊蛋，连你连长都认不出来？"

"连长？我……刚补到一连，你别吓唬我，你不是……不是已经死了吗？"

王二扑哧一笑，说："死不了，我仗还没打够呢！"

…………

此类奇闻逸事，或许掺有一些情感的成分，为史不足信，却又较野史多几分神圣，多几分亲近。基层官兵从没有谁会去考证其真伪虚实，觉着那是犯嫌，反正讲得精彩，听了带劲儿，比军史资料中的英雄们更鲜活，更生动。不知不觉中，某种精神营养品夜雨润物般一点点地渗进官兵们正在发育的骨骼，隐隐地便有了股力拔山兮气盖世的强健感。

这些口头军史文学与第十五军军史展览馆、军史教育课、老英雄报告会等等，合力营造出一个英雄主义氛围。这氛围如同一副模具，将这些年轻生命按上甘岭英雄的模样铸造成形。当你步入第十五军龙腾虎跃的营区时，不禁会想：倘若再打一个上甘岭，这里又会站起多少个黄继光，走出多少个特功八连？

上甘岭，延续在几代第十五军官兵心头的骄傲。

前面说过，美军“疯子团长”摩西是个情商很高的指挥官。上甘岭战役过去很多年了，他还怀念那场激战，并时常打听老对手第四十五师的情况。他把得来的消息写进了自传：“据证实，敌四十五师的三个团大量被歼，但它的损失没有在朝鲜补充。后来第四十五师回到中国重组，作为首都警备师驻在北京。”

这段话里，只有“北京”二字与史实多少沾点边儿。

1953年4月第十五军班师归国后，一直驻扎中南，隶属武汉军区。1960年初，该军第四十五师曾奉命开赴首都，施工十个月，参加中国革命军事博物馆、京西宾馆、总后军需装备技术研究院、科委大楼、解放军总医院高干病房和高干俱乐部等重点工程建设。

1961年的热带季风，从大隅海峡吹拂过来，怜惜地抚摩着那片橡叶形的孤岛，给台湾送去一个短暂却温湿宜人的春天。于是，一个蛰伏了十二年的欲望，忽然在这个飘溢着海腥味的季节里苏醒了，膨胀了，竟让蒋介石谵妄般鼓噪起“反攻大陆”来。

共产党人可是很当真，旋即做出一连串政治、军事、外交上的反应。军事上的反应之一，便是立即着手扩建中国空降兵种。

中央军委会议上，精于谋略的将帅们在全军几十支野战军中反复遴选出三支，交由国防部副部长、空军第一任司令员刘亚楼上将，再从中挑选，将其中一支改建成现代化空降兵部队。

三支野战劲旅都是中国最骁勇的陆军部队，其中第×军、第××军，曾分别是一野和四野的主力部队，都有着战功叠摞的历史背景。

担任过四野参谋长的刘亚楼，显然最熟悉第××军。可是，上甘岭一战，使得“第十五”这个序列数更有魅力。

刘亚楼断然伸出他那绵圆的手指，拣出了第十五军这张王牌。

1961年4月2日，刘亚楼专程从北京赶到武汉东湖之滨的曹家花园，在武汉军区招待所，当面向时任第十五军军长的赵兰田和政委廖冠贤布置改建工作。

刘亚楼口才极好，说话很有鼓动性。他说：空降兵是统帅部的战略预备队，它在战略防御、战略反攻中，都是一支强大的突击力量。在第二次世界大战中，空降兵发挥了重大作用。过去我们只有一个伞兵师，不能成为一个兵种。我们国土辽阔，一个空降师太少了，空降兵要扩大，这次改建是要建立一个新的兵种。

赵兰田回忆说："我们听了，心里很振奋，但也有些纳闷儿，全国那么多部队，为什么选我们十五军改建？"

刘亚楼说：这次改建也是经过挑选和比较的。十五军是个能打仗的部队，你们在上甘岭打出了国威，不仅在中国，而且在全世界都知道有个十五军。做了比较后，军委就决定下来了。你们改建后，十五军番号就不改了，就叫空降兵第十五军。十五军负有为中国人民解放军建立新兵种的历史使命。中央下决心拿一个军搞空降兵，你们要有雄心壮志，要有独创精神，为解放军创造性地建设一个新军种。你们要上下一心，完成这个历史使命。

半个多世纪恍若一瞬，历史也以惊人速度改变着这个世界的结构，不断调整着人类的关系。

当美国总统尼克松在毛泽东的书房里握住了中国领袖那只绵厚的大手时，一条最宽的国际裂缝开始弥合。继而朝韩对话，使得剑拔弩张了几十年的三千里江山有了几分春意。1992年韩国首尔的一个街区内，也高耸起一座飘着五星红旗的大使馆府邸。时至今日，中国已成为韩国第一大贸易伙伴和第一大出口市场。国际贸易专家颇有把握地预测，中韩建交二十周年之际，双边贸易额将突破两千亿美元大关。

此时回首浴血四十三天的上甘岭，人们或许会有隔世之感。但对昨天战争的参与者和奇迹的创造者们来说，上甘岭是高筑在心灵上永不坍塌的和平祭坛。

1973年9月，崔建功作为志愿军代表团成员，赴朝参加朝鲜民主主义人民共和国成立二十五周年国庆盛典时，提出想去拜谒上甘岭。朝鲜政府专门用直升机将他从平壤送到五圣山下，然后换乘汽车，沿一条简易公路盘旋前行。

1979年，时任南京军区副司令员的向守志将军访问朝鲜，也想去看望上甘岭，却因那条通往五圣山的简易公路被山洪冲坏而未能成行，将军至今为之抱憾。

1986年夏天，时任北京军区司令员的秦基伟将军，随中国人民解放军军官休假团访问朝鲜，当面向金日成首相提出，他唯一的愿望就是再上五圣山，重返上甘岭。朝鲜政府调集人力物力，突击抢修出一条公路，直达五圣山下。是时，已七十三岁高龄的秦基伟沿着一条掩埋在草丛中的小道，穿越层层山林，徒步登上五圣山和597.9高地，并特意来到高地上的0号阵地，即黄继光牺牲的地方，为他最英勇的士兵献上了一束烂漫山花。

秦基伟将军重又站上海拔1061.7公尺的主峰，俯望已是满山葱郁的上甘岭，听松风呼啸，空谷回声，如闻当年四万五千雄兵大呼猛进，不禁壮怀激烈，往事叠映……他久久地默然凭吊着这些曾追随他下太行、战淮海、渡长江、横扫大西南，最后却战死在异国山岭的第十五军官兵们。他们用生命筑起朝鲜民主主义人民共和国的南界，同时也将中国和平扩展到北纬38度线。

将军的目光越过上甘岭，眺望着两高地以南1.5公里处那条横贯朝鲜半岛的军事分界线。这条世界著名的军事分界线长二百四十五公里，南北各宽两公里为非军事区，设有一千二百九十三个规格、文字完全相同的黄色界标。这片朝鲜人民温馨的家园，停战后却成了布满地雷、碉堡、哨棚和带倒刺铁丝网的无人区，只有数百种走兽飞禽在这里悠闲地栖息，只有上千种蕨类植物在这里尽情地生长。几十年的军事对抗，不经意间将这个由高耸的山脉、连绵的低地和沿海湿地构成的地带，变成了世界上生态资源最丰富的区域之一。

2005年11月，美国有线电视新闻国际公司的创始人特德·特纳在访问朝韩两国时，曾提议将这片非军事区建成和平公园，并申报世界自然文化遗产，以纪念朝鲜战争中的死难者。据说负责审批世界自然文化遗产的联合国机构非常支持特纳的想法，韩国环境部也已邀请朝鲜政府一起为非军事区申报世界遗产，不过朝鲜对此一直没有做出回应。

然而秦基伟将军坚信，这条人为疆界终究要消失，停战协议必定会变成友好条约。朝鲜半岛统一之日不会太远，民族分裂毕竟有悖于人类的根本意愿。

到那时，自由往来于北纬38度线的人们，一抬头就能看见标志性地物上甘岭。他们会用心来解读这如碑的山岭：它是战争的，归根结底是和平的。他们也会用心来掂量这血浸的高地，继而一声叹息：和平是美好的，但也是昂贵的！

2009年8月30日于南京小营

2021年10月再版修订定稿

附录

上甘岭战役敌我双方部队参战简况

10月14日

美第七师第三十一团和韩第二师第三十二团，同时向597.9高地、537.7高地北山发起猛烈进攻。

我志愿军第十五军第四十五师第一三五团固守反击两高地。

10月16日

美第三十二团接替美第三十一团，继续攻击597.9高地。

我第四十五师第一三三、第一三四团各营、连，开始陆续投入两高地反击固守。

10月18日

美第十七团接替美第三十二团，继续攻击597.9高地。

10月20日

美第三十二团接替美第十七团597.9高地防御。

韩第十七团接替韩第三十二团防御537.7高地北山。

10月25日

美第三十二团撤下597.9高地，韩第三十一团接替其防务。

我第十五军第二十九师第八十六、第八十七团，开始陆续投入两高地固守反击。

10月31日

埃塞俄比亚营投入597.9高地战斗。

11月1日

韩第九师第三十团投入两高地战斗。

11月2日

美第一八七空降团一个营投入597.9高地战斗。

我志愿军第十二军第三十一师第九十一团，陆续投入597.9高地防御战。

11月5日

我第四十五师撤出上甘岭，移师兵马洞一带整补。

11月10日

韩第三十二团接防537.7高地北山。

11月11日

我第三十一师第九十二团投入537.7高地北山反击战。

11月12日

韩第十七团反扑537.7高地北山。

11月15日

我第三十一师第九十三团投入537.7高地北山反击固守。

11月18日

我第十二军第三十四师第一〇六团投入537.7高地北山防御。

韩第三十二团接替韩第十七团，攻击537.7高地北山。

11月25日

韩第二师撤出上甘岭地区，移至史仓里整补；韩第九师第二十八团接防537.7高地南山防御。

12月3日

我第一〇六团与韩第二十八团激烈争夺537.7高地北山。

12月13日

我第一〇六团将日益稳固的537.7高地北山，移交给第二十九师守备。

2016年3月1日　于南京小营

再版后记

承蒙北京出版集团厚爱，十年后再版《解密上甘岭》一书修订本，不胜感激。

2010年《解密上甘岭》出版后屡获大奖，欣慰之余，却总还有些遗憾时时萦怀，比如：上甘岭战役打响的确切时间，究竟是1952年10月14日的几时几分？当日当晚，反击上甘岭597.9高地的我军连长是谁？美军是怎样撤出的这个高地？上甘岭战役中志愿军共有多少人立功获奖得称号？战后，狙击英雄邹习祥又去了哪里？甚至，还没能确认坚守上甘岭坑道或阵地的志愿军官兵，到底收到了几个红苹果……

当然，更多的，还有我对抗美援朝战事的整体思考。

为此，十年来我怀着一如既往的热忱，继续国内国外地搜寻，采访幸存者，终而又获得许多宝贵资料，逐一厘清了上述疑点。值此再版良机，不仅弥补了先前的缺憾，还对书中一些有关敌我编制、伤亡数字、阵地方位的缺失与误差等，进行了全面订正。我要求自己的文字必须一丝不苟，才对得起那些阵亡将士！

我相信，随着时间的推移与更多史料的披露，《解密上甘岭》还会呈现给读者更坚实的史实，从战壕到战局，从细微到宏观。

上甘岭，让人顿生敬意的高地。

上甘岭的英雄，这是献给你们的永远的怀念！

张嵩山

2021年11月